中央高校基金创新团队项目"中外诗歌发展问题研究"
（SWU2009110）

跨学科
诗学论丛

中国新诗研究所 编

吕进序跋集

吕 进 著

中国社会科学出版社

图书在版编目(CIP)数据

吕进序跋集/吕进著. —北京：中国社会科学出版社，2022.1
(跨学科诗学论丛)
ISBN 978 - 7 - 5203 - 9466 - 6

Ⅰ.①吕… Ⅱ.①吕… Ⅲ.①序跋—作品集—中国—当代
Ⅳ.①I267

中国版本图书馆 CIP 数据核字(2021)第 273716 号

出 版 人	赵剑英	
责任编辑	郭晓鸿	
特约编辑	杜若佳	
责任校对	师敏革	
责任印制	戴 宽	

出 版	中国社会科学出版社	
社 址	北京鼓楼西大街甲 158 号	
邮 编	100720	
网 址	http://www.csspw.cn	
发 行 部	010 - 84083685	
门 市 部	010 - 84029450	
经 销	新华书店及其他书店	

印 刷	北京明恒达印务有限公司	
装 订	廊坊市广阳区广增装订厂	
版 次	2022 年 1 月第 1 版	
印 次	2022 年 1 月第 1 次印刷	

开 本	710×1000 1/16	
印 张	27	
插 页	2	
字 数	363 千字	
定 价	148.00 元	

凡购买中国社会科学出版社图书，如有质量问题请与本社营销中心联系调换
电话：010 - 84083683

目　录

洁白的云朵

——王尔碑散文诗谈片

处于巨大转机之中的新诗首先关注的，是要让诗具备真正的诗的内核，它对那些可能掩盖"非诗"的内在质素的外在形式提高了警觉。应当说，这是时代使然，是新诗历尽坎坷道路后的成熟。近两年，散文美因而也就较之格律美成了诗坛更广泛的诗美浪潮。于是，和更加自由的自由诗一起，散文诗也获得了青春。

散文诗当然并非今天才有。中国新诗的发祥地是《新青年》。一九一八年一月，《新青年》杂志的四卷一号刊出的首批新诗中，沈尹默的《人力车夫》便是散文诗。现代文学史上的不少大师涉猎过散文诗领域，包括鲁迅、郭沫若、茅盾三位。郭风的"叶笛"，柯蓝的"短笛"，以悠扬的笛声吸引了广大读者群。不过，散文诗最有生气的篇页恐怕还是这两年掀开的：追随前人的脚迹，诗坛出现了一群散文诗的探求者。本文评论的王尔碑就是很值得关注的一位。

云，是王尔碑散文诗的常见主题。"夏日的厚重的云，在蓝天的石壁上，塑造它自己的维纳斯"，王尔碑这样唱道。云的意象体现了这位女诗人的美学。她的诗章，正像洁白的云朵：柔和而纯净。

有如洁白的云朵，王尔碑散文诗是柔和的。

诗人用一颗女性的心去感受生活，她的心中流动着的是似水柔情。不以奔放雄豪的气度见长，也不以哲理意蕴的深度取胜，诗人的目光喜欢停留于一花一叶、一草一石之上，她把撷取的花叶草石放在自己全部的人生经验当中发酵，进行柔和化的处理，酝酿出生活的美，心灵的美，自然的美。从馈赠石榴的山里的妈妈身上，诗人看见的是："呵，山里的妈妈给我一颗美丽的心。我知道：那颗心里藏着许多珍珠，水红水红的珍珠"；从红嘴的相思鸟的鸣叫中，诗人听到的是："心，已唱碎了，鲜血染红我的嘴唇。这是海水也洗不掉的胭脂，它要人们永远看见我的思念"。诗人对生活的全部感受，对生活的形象思考和感情评价，诗篇中饱含的爱憎，都投上了柔情的光环。这是更内向、更婉妙的歌声。树、萤、夕阳、新月、姑娘、小孩……一旦入诗，便都以温情脉脉的眼神望着读者。

这一别开蹊径的诗格使诗人乐于"撞车"：诗的触角不但向不为人们熟悉的"物"伸展，尤其乐于向人们熟悉的"物"伸展。诗就是发现，从不熟悉之物发现熟悉的诗情，这也许容易一些；从熟悉之物去开拓出不熟悉的诗的天国，这就需要更大的功力。取材平凡而又别有开掘，王尔碑的散文诗就往往使读者在想象空间上、美的享受上很富有。女儿，是妈妈"一面会说话的诚实的镜子"；雨珠，"是大地母亲最小的女儿"。童年迷恋过的萤在问："你，还是以前的你吗？"忘神地编织着的蜘蛛在说："我不要你稀罕！我创造，我快乐！"古老的诗歌形象闪射出陌生的异彩。时代的风，在王尔碑的琴弦上弹出新的音符——柔美的音符。

六十年代，诗坛曾经围绕郭风的散文诗掀起过一场争论。争论是由对郭风散文诗"不善于充分表达那挥斥风雷、拔山倒海的气概"的指责开始的。显然，这种指责有碍于诗歌园地的百花齐放。我们说，柔和婉约的风格有其局限性，但哪一种诗歌风格没有自己的局限性呢？我们应该要求每一位诗人都要表现时代诗情，我们却不应该规定每一位诗人都只能通过一种途径去表现时代诗情。我以为不但为整个社会主义新诗而奋斗，而且为每一位诗人的艺术个性而奋斗的诗评,才能适合时代的需要和诗歌发展的需要。

有如洁白的云朵,王尔碑散文诗是纯净的。

比起一般的抒情诗,散文诗有更多的叙述、描绘和议论的方便与自由。这种"自由"也带来危险。散文诗的自由是跳舞的自由,游泳的自由。不合舞步,不懂游泳技巧,就有出洋相甚至丧失生命的危险。高尔基完成剧本《底层》的次年(即一九〇三年),又写了著名散文诗《人》。他在致《底层》西班牙译者的信中,希望后者也把《人》翻译出来。高尔基说,因为"那里面体现并发展了《底层》的主要思想"。也就是说,散文诗毕竟是诗,尽管它也有散文的某些特点,它与叙事性文学却是不可相互取代的。同一主题的《底层》与《人》各司其职,各展其长,后者是前者的潜台词,前者是后者的故事化。

王尔碑很懂得将散文诗的叙述、描绘与议论置于诗的艺术规律之下。她的散文诗的纯净正源于此。她对避免行文的汪洋恣肆有很高的警惕,在她的散文诗中,叙述,是突破时空限制的叙述;描绘,是突破形体限制的描绘;议论,是附丽于诗歌形象的议论。

试读《遥寄》:

夜雨中,你悄悄走了。

走得那么遥远。听不见母亲的呼唤;你只听见大海的叹息。

岁暮,黄昏。

母亲,痴痴地等待……呵,海上飞来一朵浪花,可是你寄回的魂灵?

信里,只有一幅画:半截燃烧的红烛。

红烛呵,在夜风里没有熄灭。天涯游子的爱不会熄灭。

从"走"到"等",从"等"到"信",诗笔沿着所抒之情大步跳跃前进，将一切属于散文的叙述从诗中推出去，形成大片大片的空白。

"大海的叹息"——"飞来一朵浪花"——"半截燃烧的红烛"，这是诗人用蘸满诗情的超脱之笔进行的描绘，它们"离形得似"充满暗示，这是诗的描绘，而属于散文的描绘也从诗中被推了出去，形成形象的高度集中与高度概括。

《遥寄》通篇有诗人对游子乡思的感情评价，但它尽在无言中，是空中音，是水中盐，是蜜中花。

王尔碑就是这样细心地保护着诗的纯净，细心地去掉她的散文诗云朵中的尘埃。

她的散文诗因此比通常的散文诗篇幅更加短小，但又富有景不盈尺而游目无穷的艺术效果。上举的《遥寄》几乎概括了一部长篇小说的内容，可是它尚不足百字，而在王尔碑的诗篇里，《遥寄》已远非短小之作了！纯净，带来篇幅短小；短小，又进一步有利于表现手法的纯净。重叠、排比，这些散文诗的常见手法在王尔碑散文诗这里几乎没有交椅。篇幅短小的散文诗似乎不需要维系全诗的链子，它们如晴空白云，卷舒自如，浑然天成，纯净无瑕。

柔和纯净，这是王尔碑对散文诗的美的奉献。

王尔碑出生在四川盐亭县一个偏僻山村里，自幼爱诗，富于幻想。家庭和学校给了她最初的诗的熏陶。王尔碑引起更多注意的是她的散文诗，但她并不只写散文诗；这如同她引起人们更多注意是在这几年，但她远远不是近几年才开始写诗。新近出版的大型诗集《黎明的呼唤》就收进了这位女诗人的三首小诗。其中的《纺车声》是她在一九四六年以"海涛"的笔名发表在重庆《新华日报》上的。

美是不倦的创造，这是诗人的信条。在诗创作过程中，她没有停止过探索的脚步，她寻觅自己，发展自己，完善自己。动的追求在作品中凝结为静的属性——她的作品从内容到形式都呈现出不断更新的状态。从"海涛"到"白云",这是一条近四十年的漫长之路。但她的追求中始终有一个基本风格:醉心于诗意的自然流出,不愿给华丽的音韵这类形式因素以阻塞诗意泉水的机会。诗人向往的是:青草的灵魂,流云的形态,泉水的歌声。

现在,诗人终于找到了和她的个性、气质、志趣、审美理想最和谐的诗歌样式,并取得了第一批可喜的收获。我愿王尔碑的散文诗在深化自己的时代内涵上有更加长足的进展,我多愿诗坛的蓝色天幕上升起更多更美的柔和纯净的白云!

(王尔碑:《行云集》,重庆出版社1984年版)

唉，……

——序穆仁《绿色小唱》

一

穆仁做了一辈子文艺编辑：先在《重庆日报》，近些年在重庆出版社。他做编辑和做人都太认真了，有时认真到"不近人情"的地步，因此也招惹来一些议论——现在要做点事也真难。其实，穆仁的"不近人情"首先表现在对待他自己上。他写了四十年诗，却不愿出集子。除了对自己作品太苛刻以外，主要还因为他是重庆出版社副总编。朋友们都催促他，我也是这"们"中的一个，但穆仁总是固执地说："在我当副总编期间，绝不在重庆出版社出书，也绝不在其他出版社出书！"固执中有谨慎，固执中更有天真；固执得"可恨"，又固执得可敬。朋友们无可奈何！

事情终于有了转机。9 月的一天，我上了课回家，因为人在发烧，疲乏极了。正准备回家后上床躺躺，谁知门一推开，穆仁已经坐在我家里，正同我妻子谈天呢。我有一种兴奋的预感——果然，他从手提包里掏出一本书稿，这就是《绿色小唱》。从重庆出版社到西南师大，几乎有近百里地，他挤公共汽车专程而来——足见他的郑重与喜悦。我在推门前似乎已难以忍受的劳累刹那间变得能够忍受了。我靠在长沙发上，端了一根板凳放在面前，把双脚抬起搁上去，然后，静静地听着客人的自白。他谈了许多：诗，诗之路，诗人之路……当然，有一个重要话题被他藏匿起来了：现在，他已经由于年龄关系从副总编岗位上退了下来,这才将几十年心血编成一本小小的诗集。手里捧着《绿色小唱》,我觉得我的心也变绿了,我想起他的《豆蔻天竺葵》:

　　　　和她的花瓣握握手
　　　　你的手就香了
　　　　你就变成一朵芬芳的花了

　　是的,虽然还来不及展卷细读,但我已经被《绿色小唱》所感动,诗人的人品飘着清香呵:

　　　　希望整个世界都能变成一朵
　　　　香气扑鼻的花
　　　　多美呀

　　　　我这样想
　　　　我觉得:自己的思想
　　　　也有了一点儿香了

二

　　诗评家任愫有一次用他那浓浓的东北口音问我:"你老兄是从哪里冒出来的?你老兄前几年在干什么呀?"的确,这似乎是不少人心里藏着的一个疑问。记得去年外省一家省级出版社编辞典,要把我作为一个词条,来信叫寄材料去。过了一些时候,他们又来了一封信:"先生原是学外语的,现在从事诗歌理论研究,可否请先生对此略加说明。"

　　得坦白承认,我的确是外文系毕业的,而且现在每年都还在翻译外国诗歌和诗论，而且过去在课堂上我是很少讲汉语的。我这"出身"至今还为有的"科班"出来的饱学之士所不齿。但也是无法可想的事。谁叫你年少时要去投考外文系？你既然从小就喜好新诗，为什么不去投考新诗系——看，我这出身卑微的人又开"黄腔"了：迄今中国哪里有什么新诗系？因为不是"科班"，我倒也有我的笨方法——凭直觉去认识诗和诗人。然后，对有兴趣的诗歌现象追根溯源。

近几年，穆仁有几首诗打动我了，于是，我开始寻找他的脚印。找到的是1956年出版的他与诗人杨山的合集《工厂短歌》。说句大实话（请杨山鉴谅，这年头在人际关系上可得千百倍小心），我的兴趣突然退潮了。

一直到1984年前后，穆仁送了我一本他珍藏的诗集《早安呵，市街》（突兀文艺社1946年版）。这集子开本小，篇幅小，印刷也粗糙，典型的"其貌不扬"。静夜，读着诗集，我的眼睛亮了。这才是穆仁的真正面容呵。后来遇到诗人，我直言不讳（我反正是外文系毕业的，这种心理因素给我带来了"言论自由"）："你建国前的诗比建国后的诗写得好。"

现在看来，这话其实并不对。其一，用20世纪50年代的作品去评价一位中华人民共和国成立前开始歌唱的诗人常常是不公正的。50年代，诗人们面对崭新的生活一时茫然无措，这是普遍现象；另外，由于诗与时代、诗与政治、诗与政策、诗与诗人等一系列理论命题上不全面的答案，诗人们削弱个性去表现"人民之情"，这也是普遍现象。怎能苛求当时在政治激情推动下丢掉"芦笛"的穆仁呢！其二，穆仁的《绿色小唱》中近年的新作给人印象是深刻的。只要自己的季节来到，穆仁的诗花是可以开得繁茂、开得美丽的。

现在，我可以明白无误地概括《绿色小唱》留给我的总体印象：中华人民共和国成立前和中华人民共和国成立后均有佳作，但是新时期是诗人穆仁更加值得纪念、价值珍贵的年代。

三

我更喜欢《绿色小唱》中那些抒写人生体验、吟咏诗人性情的篇章。许多诗行像连绵不断的海浪拍打着我的心,激起阵阵回音。

我觉得,穆仁为人的突出特点是实在,他抒写的人生体验也是实在的。穆仁是个"归来者",而且属于那种被惩罚最凶又归来最迟的人中的一个。这种不幸给他的这类作品带来深厚。

人们近年喜欢谈论再现与表现,我倒更注意另一个范畴——发现与表现。诗的生命恐怕在于发现——对生活的发现,对时代的发现,对人生的发现;或者,从发现自己去发现他人,由发现他人来发现自己。诗人之所以是诗人,诗人之所以是民族的智慧与良知,主要在于他对精神世界的开拓,或者,他对人类的过去、现在与未来的诗意的裁判。

许多不朽诗篇或诗句并不靠(至少主要不靠)技巧取胜。它们得以流传,是由于凭借诗人的慧眼,人们发现了人生,也发现了自己。饱含在这"发现"中的"表现"技巧往往被忽略了。

"这可不是混着好玩,这是生活,/一万支暗箭埋伏在你身边,/伺候你一千回小心里一回的不检点"(臧克家);"凝视着一片化石,/傻瓜也得到教训:/离开了运动,/就没有生命"(艾青);"阳光,谁也不能垄断"(白桦);"为扬旗般高举的手臂歌唱/为路障般不举的手臂歌唱"(刘祖慈),诸如此类的诗篇发出的是诗人的呼吸,而不是匠人的呼吸。

单向技巧讨生活的诗人只是匠人或小诗人而已!

《绿色小唱》中属于诗人自己的"发现"的精彩之作不在少数。《惊异》《记忆与遗忘》《希望》《最初的》《到运动场去》《我愿做一颗小小的螺丝钉》《给老师》等,引起我的强烈共鸣。

即以《记忆与遗忘》来说吧，它可以被认为是穆仁的"归来的歌"。在二十多年的"漫天风霜"之后，来到这"美好动人的时光"，他的人生态度是，"要学会记忆，也要学会遗忘"：

美好的记忆是一盏长明的灯，
它将照亮你满眼的阴云；
幸福的往事是一盆不灭的火，
它将暖和你冰僵的心魂！

为什么任悲愁模糊你明亮的目光？
为什么叫失望窒息你跃动的心房？
抖落它们，像绿树抖落积雪，
扫除它们，像白昼把黑夜遗忘。

真是精辟，它道出了归来后的穆仁生机勃勃的心灵秘密，也唱出了一个更带普遍价值的人生态度。老实讲，在共鸣之余，我从中汲取了丰富的精神营养呢。

我比穆仁年轻一二十岁，他的"漫天风霜"中的滋味我没有尝过。但是，现在要做一点事，可也得"学会记忆""学会遗忘"。友谊的支持，勇敢的维护，无私的扶植，我的生活中的这些"记忆"给我温暖和信心。而对生活中有些影子和声音，我也努力"学会遗忘"。学会带着轻蔑意味的"遗忘"，绿树就不会被积雪压垮了，白昼就不会被阴影笼罩了。今天的时代多美好，人的一生多短暂，学会记忆也学会遗忘，就能坚韧地走向丰富而有价值的人生。《记忆与遗忘》绝不只属于归来者！

《惊异》也是令人难忘的诗篇。它也是对人生的实实在在的发现：

　　人生原应是不断的发现,

　　熟悉常会蒙蔽观察的眼睛;

　　对老朋友也该像新相识,

　　在惊异中,心儿贴得更近。

　　友谊原本就不是凝固的东西。凝固总是消亡的先声。友谊是熟悉中的陌生,友谊是惊异中的亲近,友谊是淙淙流动的泉水。

　　穆仁身边有一群朋友,大体上都是患难之交。这群友人凑在一起总是很热闹:说不完的话,分享不完的温暖。穆仁珍重友谊,当然,这毫不妨碍他常常当面(未必总是正确的)数落别人的某篇作品"一点也不行"。《惊异》是他珍重友谊的见证:一位从不写诗的老友突然发表了一首绝妙好诗所引起的诗人的喜悦。惊异就是兴奋,惊异就是进一步的理解与敬重。从"惊异"中开拓更宽阔的诗情,生活中的发现就升华成了散发着人生馨香的诗的发现了。

　　《绿色小唱》中抒写人生体验、吟咏诗人性情的篇章之所以有魅力,我以为,首先在于诗人的人格有魅力。沉稳、真挚而又热情、天真的诗人本身就像一首耐读的诗。

四

　　相比之下,我不太喜欢《绿色小唱》中有些着力挖掘哲理意蕴的小诗和短诗。

　　穆仁也是个杂文作家。他毕业于复旦大学新闻系,又长期在报社供职,养成了随听随记的习惯。他的听力不行,所以,在各种会议上,总可以看到他在吃力而又带着微笑地听着和记着,那样子有时有些滑稽。他的各种本子上记满密密麻麻的蝇头小字——拥挤而工整。随听随记随思随写,大概这就产生了他的杂文。

　　可以再扩展地说,穆仁是由杂文而接近文学的。四十年代的诗集

《早安呵，市街》是至今读来也不觉逊色的作品，但他当时主要写作的是杂文。杂文和他的青年时代是连在一起的。当他现在兴趣盎然地谈论聂绀弩时，你完全可以作这样的理解：他在回忆他自己的青春。

杂文家可不能写诗。

第一，杂文和诗总是寻找着各自的对象。诗在各种文学样式中是最富感情的，或者干脆地说，诗就是感情。可是并不能说，杂文就是感情。

第二，杂文和诗总是寻找着各自的美。诗是不讲"理"的艺术，它的美恰在化理为情。和杂文相比，诗在自己的规范中也没有能力如杂文那样把"理"说透。

第三，诗也富哲理内蕴，但它是更高层次的更超脱的哲理（这里，我又得请杂文家们鉴谅，我这是"屠夫谈猪，书生谈书"，绝无对杂文家有丝毫不恭敬之处），它的着眼点在世界、自然、人生。杂文则更现实，它的眼睛将现实事件盯得很紧。诗的哲理是一种渗透，杂文的哲理是行动的指导；前者更飘逸，后者更带功利性。

一个人诚然可以既写杂文又写诗，但是，写杂文时必须是杂文家，写诗时必须是诗人。诗人写不出好杂文，杂文家写不出好诗。也就是说，兼写杂文的诗人在挥动诗笔的时刻，必须调整自己的感觉系统、心理结构和审美眼光。

在《绿色小唱》中，当穆仁不能成功地调整自己，用诗心去感觉生活、感应生活，用诗的眼光去审视生活的时候，他的挖掘哲理意蕴的作品就显得诗味不浓，失之浅泛。比如《闹钟》：

在该提醒你的时候
我提醒你

黎明时分，我准点

撵走那纠缠你的梦

当你忘记了时间在流逝
我厉声呵斥："快快赶路！"

不介意你的感谢或厌烦
我是棱角分明的畏友

我注视着你生命的节奏
我要把流逝的浪涛注入你的心中

　　这样的诗得来太容易。"棱角分明的畏友"倒有新意，但全诗的象征义却嫌浅显，让人为之动情、为之回味的诗韵不多。这是杂文家在写作。
　　又如《航标灯》：

在汹涌的道路上，
举起微弱但清醒的光，
千里遥遥相望。

站在险滩口，
站在暗礁上，
身旁让出一条
逼退黑夜的路，铺在水上。

　　"汹涌的道路"和"铺在水上"的路，这是新鲜意象。而就全篇的立意讲，就太熟了，似曾相识。在航标灯上，诗人穆仁没有找到诗。

再如《致诗人》，也是缺少将诗人的哲理思索化为诗的功夫。类似作品还有一些。

与此相反，当穆仁成功地调整感觉系统、心理结构和审美眼光时，他的哲理色彩浓厚的佳作就从笔下流出。

诗集第四辑《绿色小唱》中有不少好诗。树、芽、花、果都是诗人人格的外化，都是诗人对朴质与奉献的礼赞。《落叶树》有诗人的发现。那种稍遇挫折就由骄傲而颓丧、从绿色到灰色的脆而不坚的性格，和诗人坚实的性格截然相反：

昔日年青的笑声呢？
昔日倔强的生机呢？

是询问，是惋惜，也是嘲笑。同时，是诗人与"落叶树"相反的人生哲学的宣泄。《果实》也有诗的发现，写得深厚、含蓄。全诗一共只有四行：

收敛了炫目的色彩，
闭合了扑鼻的芬芳，
艳丽悄悄化为甜美，
在朴素里深深隐藏。

你可以说诗人在写果实；你又何尝不可以说他在写人生，在歌唱成熟的人生。你同样可以联想到艺术，联想到诗："落其纷华，然后可造平淡之境"；"跃跃诗情在眼前，聚如风雨散如烟，敢为常语谈何易，百炼功纯始自然"。这些理解都是对的。因为这是诗。诗的"理"和诗的"纯"浑然一体时，诗就"体正而意圆"了。"体正，故无偏驳之弊；意圆，故有超诣之妙"（明人王祎《书刘宗弼诗后》，《王忠文公集》卷十七）。

属于此类的成功之作尚多，第六辑《镜的折光》就有不少。我读了这辑中的《春天的花》后，那开始一行就被铭刻于心了：

　　春天是冬天凝成的花

一本诗集有这么三两个使人过目不忘的诗行，这诗集的价值就很可观了吧？

五

诗离不开文化。进而言之，诗人应当是文化人。再进而言之，诗人应当是自己民族、自己时代文化的最高代表。

新中国成立初期，曾经大力扶持工农诗人，这心意自然是好的，但请让我斗胆地说一句，这里面有理论的糊涂——工农和文化人在社会主义社会中是对立关系还是兄弟关系呢？由此而来的另一个糊涂是，文化素质和诗人素质有没有直接联系？

这些疑问，过去可不能提出，但又不能不常浮现于心，真所谓"聪明难，糊涂难，变聪明为糊涂更难，难得糊涂"。现在我想直率地说，诗的领域是文化素质好的人才可以显身手的地方。

读《绿色小唱》，我觉得穆仁的文化素质很好。读者只需注意一下那些听音乐、看画展之类的作品，也许就会得出和我相同的结论。

《看芭蕾舞专场（三首）》的前两首是精妙诗章。《隔着一道栅栏》在写舞台之实，更在写诗人之意。诗中的芭蕾舞已经融进了诗人细腻的艺术感应。最后一节：

　　他们可曾在栅栏两边呼唤浪潮？
　　他们可曾想到：

泛起心的浪潮，

冲毁那道栅栏？

（幕落下来了。我仿佛听见

谁在无声地叨念……）

舞台艺术有"第四堵墙"的理论，就是说，除了可见的三堵墙，还有面向观众的第四堵看不见的墙。这里，诗人已经"泛起心的浪潮""冲毁"那第四堵墙而进入艺术世界了。

四十年代写的《大合唱的指挥》是更妙的诗章。这首诗言此而意彼，这，我就不管它了，我只谈诗人的艺术感觉。在写这首诗时，穆仁已经变成音符，变成琴键，已经消失在大合唱里。请看诗笔下的指挥：

你捏拢拳头，使声音集合

你摊开双手。让声音分散

你把声音挑起来，像白云一样飘忽缭绕

你把声音压下去，像海水一样骚动低啸

你猛猛地捶击，使声音跳起来

又陡然停住，使声音斩钉截铁地凝结

你引导声音，为声音开辟道路

又关切声音，时时注视着它们的希望和痛苦

我过去津津乐道艾青的《小泽征尔》。如果考虑到《小泽征尔》是80年代之作，而《大合唱的指挥》是40年代之作（也就是说，当时新诗还只有二、三十年历史）；如果再考虑到《小泽征尔》单纯是写音乐指挥，而《大合唱的指挥》则是富有弹性；我想说，《大合唱的指挥》和《小泽征尔》完全可以并肩而立。要写这样的诗,只能欣赏《语录歌》的人可是不济事的。

我不知道在自然科学领域里如何。在诗(包括诗论)领域,诗人(诗评家)的文化素质并不体现在(至少,并不一定要体现在)作品的高深莫测、晦涩玄奥上。穆仁的美学追求是:短小、明朗、自然,我觉得这正是他站在较高文化层次上的证明。"炫目的色彩""扑鼻的芬芳""艳丽"都留给了刚刚起步的年代。

《绿色小唱》的不少篇什,短小,却并不单薄;明朗,却内涵丰富;自然,却有"无迹"的工力。(正像葛立方在《韵语阳秋》中说的那样,"雕琢",又无"斧凿痕"。)

在寻觅自己的美学目标的时候,他并不在写法上"定于一尊"。穆仁尝试着各种路子,细心的读者会发现诗人的这一点明慧,虽然未必总是成功的。比如,《天,是在路上亮的》就闪射着陌生光彩:

> 我们的车灯闭上眼睛
> 天空的眼睛猛然睁开了
> 赶夜路人的天
> 是在路上亮的
> 昏睡的影子在我们心上消失
> 清新的晨风
> 在田野上奔忙了……

这最后一节已经显示了这首诗的风貌。诗发表以后,叫好的人不少,我却没有说话。在这里我可以公开一个秘密:对一具体作品我不说话,常常并不是无话可说。谈点理论,我常常忘乎所以,我是个典型的"纸上谈兵"者。可是,当别人(尤其是十几岁的青年同志)拿来作品要我判断成败优劣时,我却十分缺乏自信。我很怕

— 17 —

自己的胡言乱语害了别人，甚至将诗友引向坎坷，所以一般都是沉默。这沉默，首先是对别人的保护，其次也是对自己的保护。如果你愿意，这沉默也是一种滑头。

对《天，是在路上亮的》其实我是有想法的。

穆仁在艺术上注意走新路，凝重中见活泼，这是我敬重的。同样写云南植物园，《豆蔻天竺葵》更自由，《小小温室》更严整。同样写树，《睡莲》含蕴不露，趣在笔外；《尤加利树》倾吐积愫，畅快淋漓。但是，问题还有另外一面。

热学中有个熵增加原理，它与进化论恰成对照。原理揭示这样一个规律：物质的演化随着熵的增加逐渐由复杂到简单、由高级到低级退化。退化的极限是熵最大状态，即无序的平衡态。且把熵增加原理特定的物理学内涵去掉，把它升华为哲学：世界的演化总是多样归一的。我看，诗人的艺术风格也是如此。多样的追求、多样的技法，最后还得归到特定的基本风格去，如果这是一位成熟的诗人的话。

穆仁的基本风格是短小、明朗、自然。从形式着眼，他的诗更接近均齐美、格律美。诗人的气质、个性、兴趣造就风格，时代造就风格。多样的努力必然要归到"一"去。《天，是在路上亮的》是一首好诗，但从它更偏向散文美、更适合默读（而不是诉诸听觉）看，它不会成为穆仁的基本道路。《天，是在路上亮的》是属于叫好的友人们的。

把握自己的"一"（当然，这个"一"也不是凝固不变的），去寻求多样，出现佳作的契机就会更多些。

六

穆仁把诗集交给我的时候，诚恳地说："你觉得哪些应当取掉，就告诉我。"对诚恳应报以诚恳，我牢牢记住了他的嘱托。

翻来覆去地看，抱着"鸡蛋里面挑骨头"的决心去读，最后结论："一首也不能删。"

作为老编辑，穆仁有一句"名言"："编集子要掐豌豆尖。"《绿色小唱》是对诗人四十年收获的精选，"豌豆尖"委实不少。这集子是结实的。有一首《最初的》：

第一片叶芽最鲜润，

第一朵花儿最姣好。

第一次歌唱动人心，

第一封来信忘不了。

最初的思念常反复，

最初的印象活到老……

假如把对人的爱情改换为对诗的爱情，这诗同样是穆仁活生生的写照。从青年到老年，他对诗始终保持着初恋的甜蜜与神往，"豌豆尖"必然就会有许多。

当然，集子中也有一部分算不得"豌豆尖"，但是我主张通通编入，因为它们是"化石"。

穆仁的诗之路是有代表意义的：一个从 40 年代开始为诗的进步诗人之路。建国前，诗的音符在参加斗争大合唱、革命大合唱、解放大合唱。那时的诗光彩照人，神气十足。50 年代后，许多诗人（包括二三十年代成名的老诗人）丢掉或基本丢掉自己的个性，去充当"炸弹与旗帜"，去歌颂现实。从史学看，当年真挚歌颂的在历史上未必都保留着光辉；从诗学看，诗在与诗人的自我脱钩以后消失了。70 年代末，诗人又在丧失自己后找回自己。这个弯路是普遍的，不独穆仁经历过。

打量历史得用历史眼光。我觉得恩格斯在《费尔巴哈与德国古典哲学的终结》中的一个见解是正确的："凡今天被承认是真理的东西，都有现时隐蔽着而过些时候会显露出来的错误的方面；同样，凡现在被承认是谬误的东西，也都有真理的方面，因而，它从前才能被认做真理；那被断定为必然的东西，是由种种纯粹的偶然所构成的；而被认为是偶然的东西，则是一种有必然性隐藏在里面的形式，如此等等。"夸张地讲：历史就是弯路。在对待一代诗人走过的道路上，我主张宽厚一些。

在指责前辈的时候，请想想，你以后也会是前辈。对于未来而言，现在就是历史，而历史总是幼稚的。

编《绿色小唱》时，穆仁把"弯路"之作几乎全部推开了。现在留下一点，作为时代和个人诗史的"化石"供人研究，我以为大有必要。

另外，世界上一切事物都是一个过程。写诗也是一个过程，穆仁四十多年的诗歌创作也是一个过程。留下少量每个时期未必是最好的作品作为诗人自己小小的纪念，我以为也大有必要，而且，这对于读者、研究者也是一个方便。

以"豌豆尖"为主，留下少量"化石"，这也许是个人选集的最佳编法吧？

七

不知道别人如何，我自己常常被孤独感所折磨。寻觅纯洁的心可不是容易的事儿。

不过，在这世界上也有一些人，以他们的人格使我的人生充满温暖。穆仁便是其中一个。

穆仁实在是个好人，以至于有一次我向他提出这样一个荒诞的问题："你当年是怎么被划为右派的？"因为在我想象中，当年受害的人们大概总有一些容易被"阶级斗争专家"作为口实的弱点吧，比如喜欢讲话、性情孤傲、抗上等等。但我在穆仁身上却没能找到这些。对我的问题，穆仁哈哈一笑，用诗的含蓄语言抛给我一个答案："你怎么问我自己呢?"

穆仁的为人，有许多故事。

有一次，他和重庆出版社几位同事搭公共汽车，见到一名青年不向站在面前的白发老者让座，于是，找上前去和青年说理。穆仁是喜欢"杯中物"的，那天大概又喝了几口，所以大说了一顿"胡昏话"，最后也没有在辩论中获胜。坐着的仍然坐着，那位不相识的老者仍然站着。

又一次，他从来稿中发现了一部较有质量的散文集，喜不自胜，决定亲自跑一趟，去和素昧平生的作者商量修改方案。穆仁是粗中有细的人。他不愿告诉作者行期，怕劳烦别人到码头去迎接，更怕别人摆出酒席。但他又担心，如果一点消息不露，万一到了万县（那作者在万县工作）别人不在，岂不冤枉?想来想去，拍了一个含含糊糊的电报，只说将到万县，不言具体行期。

谁知那热情的作者还是跑到码头去等，手里举着一张写有姓名的纸条。只见穆仁肩扛行李随一老妇拾级而上，作者以为是副总编的母亲同到了。结果才知道，这老太太穆仁并不相识，他见她单身一人，行李又多，于是……

诗这种艺术很怪，作品与作者是连在一起的，创造者就是自己的创造品。所以，人品好，这可是诗品高的前提呢!

穆仁又是十分勤奋的诗人。傅天琳在《音乐岛》的《代后记》中写到过他：

　　因此我那样地崇敬
　　从相邻的办公室

跳出的带格子的灯光

一位新归队的老编辑正在写诗

诗句穿过午夜

化期盼和忠诚为彩虹

彩虹

就是人们常指的信念吗？

穆仁应当早应不是现在的穆仁了。

他失去的太多，以致到了 1986 年才由不学无术的吕进为他新中国成立后单独出版的第一部诗集写序。

唉，……

1986 年 10 月 20—22 日于新诗研究所

（穆仁：《绿色小唱》，重庆出版社 1987 年版）

变革，为了新诗在当代中国的繁荣

——卷末语

缘起

这本七人合集的缘起和上园饭店不无关系。1984 年春，一个读书会在上园饭店举行。这是一家新建饭店，位于北京的西北角。一年多过去了，1985 年隆冬，又一个读书会的地址凑巧又是这里。

从第一个读书会到第二个读书会，上园饭店给一大群诗评家提供了结识机会。他们虽然大多过去不曾谋面，然而早就熟悉彼此的名字，以文会友，上园饭店的相聚使他们一见如故。

两个读书会的参加者虽然不尽相同，友谊却是相同的，面对面的切磋，北往南来的鸿雁，深化了讨论，也深化了友谊。于是，一个念头应运而生：合出评论集子。于是，又一个念头不谋而合：书名一定得有"上园"二字，以纪念在这家饭店萌生的学术友谊。这个念头得到重庆出版社的热情支持。他们不但将本书立即补入选题计划，而且想方设法加快出书速度。

《上园谈诗》的作者只有七位，唯一原因是篇幅有限。好在七位作者的诗学见解大概是能在一定程度上代表"上园"朋友的。通过这个集子也许还能结识更多朋友呢！入集作品大多曾公开发表过，现在按照一定顺序分辑编集，希望能给读者诸君提供一个学派的整体性印象。少数作品由作者或编者作了些许更动。此外，还收入了穆仁、刘光、黄虹三同志的书简和张志民、周政保同志的论文，它们和本书的内容有关，大多也是公开刊发过的。如果这个集子能收入更多朋友的著述该有多好！但就是现在这样，本书也已超过了二十万字，好在来日方长，且把这个愿望留给明天吧！

现在，请允许我依照入集的七位朋友的居住地区从北到南地对他们作一个简单介绍。

东北的阿红 50 年代初期毕业于南京大学，著有《漫谈诗的技巧》、《探索诗的奥秘》、《诗歌技巧新探》和《漫谈当代诗歌技巧》，最近又与人合著了《诗歌创作咨询手册》。北京的朱先树长于对诗坛作全景式观照。他毕业于中国人民大学，著有《追寻诗人的脚步》，编有《中国当代优秀短诗赏析》和《假如你要作个诗人》，后者是重庆出版社近年的畅销书之一。山东的袁忠岳和江苏的叶橹都在大学年代就显露出理论才华，而又都曾被 1957 年那股"奇异的风"卷到荒漠的远方。袁忠岳以基础理论研究见长，叶橹以敏锐的诗美感受力著称，他们现在都在大学执教，后者的《艾青作品欣赏》即将出书。杨光治和朱子庆则在南国的花城。杨光治文思迅捷，快人快语，是《野诗谈趣》一书的著者。作为诗歌编辑，他对诗坛状况的把握是敏锐的。朱子庆算是七人中的"小字辈"了。他 1982 年从中山大学毕业，是《诗刊》优秀评论奖的得主。吕进在重庆工作。为了让有兴趣的读者获得更多满足，本书特意附录了四篇文章。

七位作者的诗学见解接近，这当然完全不是指同一角度、同一层面、同一风格的重复与平行。欧洲好几种语言中的"抒情诗"都源于古希腊的"里拉"一词（英语的"lyric"，俄语的"Лирика"等），即"七弦琴"。七弦琴的七根弦奏出各自的乐音，彼此既不会雷同，也不能相互取代。（就是每一根弦，也在变换自己的声音呢！）然而，它们又和谐于同一旋律里。

至于《上园谈诗》作者们各自的具体见解，自然就用不着我在这里饶舌了，有兴趣的读者完全可以直接阅读他们的诗论。我在下面写的,只是编完本书以后产生的零碎随想。

第一点随想

这个集子的求实意识。

本书作者们似乎对趋时缺乏热情,正如同他们对于诗的变革充满热情一样。表现在文风上,他们对朴实的寻求,对"新名词轰炸"的拒绝,都给人突出的印象。

诗学面临的对象是最丰富的非常规世界,最不具备实体性的流动世界,它是现实的幻影,它是良知的馨香。用非诗规范要求诗,用非诗人规范要求诗人,用全民族诗歌的使命衡评每一首具体作品,或者,用对时髦潮流的追赶去代替对诗的认真审视,都会使诗学丧失求实气质。

诗学的基石是理解。马克思在 1892 年 1 月 16 日致约·魏德迈的信中说过:"所有的诗人,甚至最优秀的诗人,多多少少都是喜欢奉承的,要给他们说好话,使他们赋诗吟唱。……诗人——不管他是一个怎样的人——总是需要赞扬和崇拜的。我想这是他们的天性。"[1]

新时期诗人在作多方面尝试。诗人的心是敏感的,又往往是脆弱的。在艺术道路上,他们常常会为现实生活中的那位"同貌人"的纠缠所烦恼。心灵艺术家最需要的正是心灵的同情与抚慰,认真的艺术变革最需要认真的关注与探讨。以理解作为基石的诗学才有可能成为诗人的诤友,诗的诚实伴侣。

过去一个历史时期,庸俗社会学的诗学与诗处于隔膜状况甚至对立地位。一些评论对有情的诗进行无情的肢解后,最后"抽"出的那几个给予肯定的诗行往往恰是败笔。更不用说以"哨兵"自诩的评论了——诗人遇到它们,简直是百分之百的"秀才遇见兵",还

---

[1] 马克思:《约·魏德迈》,《马克思恩格斯全集》第 28 卷,郭大力、王亚南译,人民出版社 1972 年版,第 474 页。

谈得上什么理解呢？

当然，理解不是诠释性、附庸性、无个性的别称。理解是为了超越——对诗的心心相印的推动。

真正的理论超越离不开人类创造的各种思想财富，离不开马克思主义，后者是人类理论思维在近代的一大迈进。诗表现的被再造过的心灵是诗人心灵与社会历史的联结，而且，吟唱主体本身就是一种社会存在。马克思主义正是把文艺（包括诗歌）纳入社会历史框架进行考察的。马克思主义诚然不能代替诗学，它却能给诗学以俯视诗歌的历史高度。

当然，马克思主义也需要在实践中（包括从马克思主义以外的人类思想财富中吸取营养）求得发展。我们和马克思主义经典作家们具有寻求真理的同等自由，应当永远结束那种认为人的思维与行动的一切结果都具有最终性质的看法。但是努力把握马克思主义那些经受了历史检验的命题，努力把握马克思主义哲学——辩证唯物主义和历史唯物主义，无疑会有助于诗学沿着求实道路的前行。

第二点随想

这个集子的创新意识。

珍视既往的诗学遗产绝不是盲目崇拜过去。诗学的生命力在于它不仅仅停留于对已发现的诗歌艺术规律的阐发，而是利用已有轨迹继续向前开拓。

新时期是一个除旧布新、推陈出新的时代。新诗也在刷新：诗美规范的刷新，诗歌接受的刷新，诗坛格局的刷新。

诗的发展加强了诗学改造和加宽自己构架的紧迫性。诗学应当是多角度的，借助心理学、语言学、哲学、美学等的内部研究；借助政治学、社会学、法学、经济学等的外部研究。诗学应当是多方法的，除了发展传统研究方法外，还应当求实地吸收其他方法（符号学、现象学、接受美学、系统学、信息论、控制论……）中的普遍性因素以丰富自己。

克服思维惰性，打破思维定式，是我们时代诗学令人振奋的努力。诗学研究重心正在移动：由客体到主体的移动——审美不是欲念的满足，审美判断有着更复杂的心理因素，主体的回归，是诗学极重要的进展；由外到内的移动——诗成为诗学直接、主要的审视对象，细微深入的研究多起来了；由一到多的移动——多侧面、多层次、多方位的研究，"横看成岭侧成峰，远近高低各不同"，诗的审美结构被更多地发掘出来。"高级广告""分配赞扬"式的评论、"车水马龙"式的评论（胡乱引用一点车别杜、马列、《文心雕龙》再加一点"水"）在新时期将会极少有机会为自己寻觅到一个坚固的立足点。

与诗的发展同步的诗学才会得到时代的尊重、诗的尊重。这种例子中外都有很多。18 世纪莱辛写出《拉奥孔》，针对温克尔曼《关于在绘画与雕刻中模仿希腊作品的一些意见》的陈旧观点阐述了诗歌从封建宫廷趣味和古典主义的影响下解放出来所必须解决的重要理论课题。这样的著作在当时就产生了革命性影响。歌德回忆说："这部著作把我们从一种可怜的静观境界中拉出来""像闪电一样照亮了我们"。

丰富的诗歌现象不是原有的诗学规范所能容纳的，而诗学的创新要求诗评家素质的变革。诗学研究是一种研究主体与研究客体之间没有明晰分界线的领域。在对于诗的一般感觉终止的地方，创新意识的诗评论才真正开始。当代诗评家的素质首先应当不因循守旧，有变革的锐气与明慧。

当然，创新的内核仍是求实：求实的突破、求实的推动。离开这个内核的华丽辞藻、玄乎术语、哗众取宠与创新是绝缘的。

第三点随想

这个集子的多元意识。

新时期诗坛是多元结构。以年龄、创作方法等作为标准在诗人和诗评家中划分优劣新旧是可笑的。不同心理类型、文化结构、思维方式、个性追求的老中青诗人和诗人群在作各种变革、尝试；不同经历、气质、心态、风格的老中青理论家和理论家群也在作各种探索。多流派、多学派的竞赛与共同发展有益于新诗艺术的进步与繁荣。反过来说，诗坛多元格局的初步形成也体现了时代的进步。只有诗人和诗评家的意志、情感、个性、爱好受到尊重的时候，只有创作自由和评论自由成为事实的时候，诗坛才会结束一元格局。

习惯于用"一花""一家"的病态眼光去打量"百花""百家"的健康世界将是可笑的。致力于一种风格、一种流派与学派对创新垄断权的寻求本身就很陈旧。竞赛不是一统天下的霸业，竞赛是友谊。多元格局的诗坛就其为人民、为社会主义服务的方向而言是一元的。因此，像丁国成在谈到理论争鸣时说的那样，"仅仅理论的对峙不应该成为友谊的障碍"。① 应当推崇好诗，不管它的作者属于什么流派；应当赞成正确的见解，不管它是谁提出的。

自中华人民共和国成立以来，中国新诗大体经历了三个阶段。"文革"前是蓬勃发展，同时又开始积淀了一些潜在的危机，"文革"是这些危机合乎逻辑的发展。新时期则是新诗的成熟与探索期，流派的出现是成熟与探索的主要标志之一。评论应当促进创作流派的形成。比如说，在我看来，当今诗坛上有一个庞大的中青年群体，在和全国的诗人一起作出贡献。这些诗人分布在北起新疆、南到广东的辽阔地域，而评论对这个群体的瞩目与支持显然不够。

这个群体注重诗的内视性，他们回避对外在现实进行广泛描绘和分行叙述。他们将诗笔伸进人的内心生活，充分展现精神世界的丰富，寻觅着超脱的、真纯的诗美。同时，他们又充分运用诗的抒情主体的无名性去达到高度的艺术概括性，从内视角去积极地对时

① 丁国成：《古今诗坛》，吉林人民出版社1984年版，第79页。

代给予诗的表现,拒绝离开对时代的观照而躲进封闭的自我。

这个群体在艺术上不守成规,他们似乎总是处在永恒的流动过程中。以傅天琳和刘湛秋先后出版的几部诗集为例,就很有利于这个立论。这些中青年诗人总是在突破——突破别人,也突破自己。他们的艺术胸襟宽广,既注重横的批判借鉴,也刻意于纵的批判继承。他们力求形成风格,但是十分回避落入"定格"。

这个群体看重读者。他们确信:使读者无所适从的诗不能带去审美愉悦,而诗的最后完成总是仰赖读者的参与意识、响应状态与再创造活动。我所说到的这群诗人的形式、技巧能力是强的,但是他们不屑玩弄技巧,形式只是他们传达诗情、和读者实现心与心的感应的手段。"形式"是经布丰、温克尔曼等的使用而成为艺术的基本概念的。其实从词源学出发,"形式"一词在拉丁语里原指罗马时代记录用的在蜡板上刻字的铁笔。也就是说,形式是工具,而不是价值本身。离开读者,诗人是难以实现自己价值的。

新时期诗歌变革促成了中青年群体的形成,在新时期诗歌变革中也有这个群体的贡献与功勋。为此,本书特意编选了一辑中青年诗人评论。

总之,多元结构的诗坛上各种流派都有自己的特色。促进它们的发展与成熟,促进它们之间的竞赛以及在竞赛中的相互借鉴,首先需要评论具有多元意识而不是相反。

春天在期待

编完《上园谈诗》,窗外早已响起迎春的爆竹声。春天,繁荣的季节。八十年代的中国春天,变革的季节,为了新诗的繁荣,需要大胆的变革。春天正期待着我们。

把随想匆忙草出,也来不及征询天南海北的朋友们(尤其是几位入集的作者)的意见了。好在这只是个人随想,而不是对本书的任何意义上的概括。是为"卷末语"。

丙寅年正月初四于西南师大

一九八六年八月十四日改定于北戴河

（吕进主编：《上园谈诗》，重庆出版社1987年版）

明天，我将远行

——序《当代大学生抒情诗精选》

一

我突然年轻了。

胸前别着白底红字的校徽，我徜徉在树影与楼群中寻觅诗的闪光。

一股青春的热流，诗的热流。

刚刚读完《当代大学生抒情诗精选》。幻觉，令人陶醉的幻觉。

二

但是，我绝然写不出这样的诗章。他们属于"季节风"——20世纪80年代"年轻的季节风"。

诗不是一种职业，诗兴许也不是一种事业，诗只是热情的自由流淌，青春不由自主地呼喊。校园诗人的优势与魅力正在这里。他们本身就是热情，他们本身都是青春：

> 当不再想成为诗人时
> 忽然成了诗人
> ——包临轩《诗友们》

而且，他们是当代的热情，当代的青春。诗集中诚然有些"才胜于情"的诗行，对超越于真情实感之外的技巧的崇拜，对游离于诗人生命之外的"沉甸甸"的相互模仿，然而，绝大多数篇章是饱满的，如金黄的麦穗。

对当代大学生来说，青春就是"叛逆"的热情，不可遏止的对解脱羁绊和因袭的热情在躁动。他们，"需要认识跑向世界的一切"；他们，"需要世界注视发现"自己。《自行车与五香豆》来自一个真挚的"自我"，但又离开"自我"，从自身消除了个别性而写出了一代大学生和父辈的对话。像《黄昏风中的望父石》这样的标题，读者也许不会给予崭新的审美期待：传说、叙述、赞叹。可是这样的读者将会发现自己错了，诗中等待的是从城里回来的爸爸，等待的是爸爸带回的对陌生世界"五颜六色"的印象。因为"不喜欢听妈妈讲老故事了"。这是属于80年代的歌：

> 妈妈的故事是一代一代的妈妈
>
> 从类似土谷祠的地方
>
> 纳鞋底晒太阳乘凉时传下来的
>
> 那里故事缠在野藤上费了好大的劲
>
> 也没有攀出生长它们的山谷
>
> 那些故事是歪脖子的槐树
>
> 每年都长出相同的叶子
>
> 落下相同的凄凉

对当今的大学生来说，青春就是对光和美的追求。祖国列车终于驶出"使世界盲目"的长长的"隧道"走向阳光。团徽被时代擦亮了，校徽被时代擦亮了，还有校园里的花蕾，还有阶梯教室的玻璃窗，还有操场上的龙腾虎跃，还有墙上学术活动的海报……

高晓岩的《雪像》唱出的有如白雪一样对美"晶晶莹莹"的渴望，许德民的《紫色的海星星》唱出的对善良的护卫，都使人的心灵得到净化与升华。陆健的《魔幻小说》以非现实主义的手法体现的正义与正直，是对"离奇古怪的事"保持敏感的大学生们在合唱。

世界上，历史中固定下来的一切，必须在校园诗人面前接受诗意的裁判。裁判者想往着更强烈的光亮，在美的今天想往着更美的明天。我想说，这是我们时代最动人的诗情：

> 青春属于远航
> 即使有一天我们化为珊瑚
> 也要让新的启航
> 从我们身边开始
> ——苏历铭《航海去》

三

这是不满足的一代，这是寻求远航的一代，这又是幸运的一代。

时代在尽量满足他们的不满足，时代在尽量为他们的远航打破坚冰。于是，出现于诗笔下的校园生活是那样丰富，是那样的令过去的大学生艳羡：

他们在上课：

> 在教授衔着大烟斗
> 而又严谨得象清晨小树林的目光里
> 背行云流水背抑扬顿挫
> ——曹笑《季节风》

他们在作毕业论文答辩：

> 至亲至爱的祖国呵

今天，请听我答辩

我向你捧出心灵般鲜亮的葡萄

是的，这果实还有几分生涩

也不是那么浑圆而饱满

只因为此刻刚交夏天

然而，火红的夏天既到

金色的秋天还会太远？

——张华《祖国，请听我答辩》

他们在度周末：

这是周末

有一场电影在等待我们

将给我们只有黑板与白粉笔

白纸与黑体字的生活

接出一部彩色的"蒙太奇"

——于跃《周末，有一场电影》

他们在等待走向明天，走向奋斗：

明天，教学楼的灯火，

和教授睿智的目光

不会再照耀我了，

我将到只有乘着梦才去过的大西北——

掘起红柳削成的第一枝教鞭，

指挥一部稚嫩的思维交响曲。

——傅铁成《明天，我将远行》

当然，校园诗的视野绝不止于校园。校园诗是在校园学习的诗人写的诗。它主要是献给校园的，但是校园外的生活色彩与馨香对它有多大的诱惑力啊。在这本诗集里的非校园题材的歌唱同样是动人的。

曹剑的《上海姑娘》、张德强的《我常常设想》、黄云鹤的《冷饮店印象》、王雪莹的《无法赠寄的夜歌》、王小妮的《我感到了阳光》、吕宾的《思念》、赵丽宏的《卵石》以及其他一些短章，都别具韵味。这是大学生眼中的世界，这是表现大学生文化心理结构的世界。

四

校园诗人是时代的产儿。

时代将大学校园和大学生推到了整个民族关注和尊重的目光下。

时代给了热爱缪斯的大学生以安定的环境、良好的写作条件。

时代给了八十年代的大学生以开阔的思维原野。

于是，这些有文化素养的年轻人，这些富有青春活力的文化人，便握着诗笔脱颖而出。尤其令我兴奋的，是我在《当代大学生抒情诗精选》中看到的形式与内容的一致。

"形式"一词的词源，是罗马时代记录用的在蜡板上刻字的铁笔，它是后来才被运用到文学领域的。正像词源所表示的那样，形式是工具，是手段，而不是价值本身。"形式"与"内容"不是专门的诗学概念，而是更广泛的哲学概念。形式和内容的统一是客观世界发展的普遍规律，诗亦如此。

诗是更重形式的文学。但是对诗而言，形式与内容的统一同样是基本规律，它决定诗的完整性和审美价值。我愿意说，优秀的诗是形式与内容进行有辩证意味的斗争而达到的和谐。在我看来，诗的形式与内容的相互关系与作用是有"度"的。"度"的破坏带来诗的完整性与审美价值的破坏。美好诗情的恶劣表现，这是"度"的一种破坏；"纯粹形式"的寻求，这是"度"的另一种破坏。对校园诗人来讲，当前，对后者尤应警觉。

诗人是人生的情人、世界的哲人。诗人不是匠人。技术只有在服务于诗的情感内容的时候才能提高到技巧的水平，才具有诗的价值。因此，诗的最高境界是朴，大巧之朴；是淡，浓后之淡；是自然，"苦而无迹"；是无形式，摆脱形式而获得的形式。

在这本诗集里，大多数篇章正是在对"华而不实""故弄玄虚"的拒绝上给我以喜悦，正是在对形式与内容和谐的追求上给我以希望。

入集的作者们正沿着健康之路、大诗人之路走向明天。试读徐晓鹤的《找》：

> 我从那墨绿色的夜中走来，
> 断不是追求什么墨绿色的所在，
> 我愿变成一粒奔跑的光子，
> 在晨露中找到金色的时代。
>
> 我从那哭泣着的雨中走来，
> 断不是寻找什么哭泣着的悲哀，
> 我愿变成一卡跳跃的热能，
> 在燃烧中找到新生的愉快。
>
> 我从那昏沉沉的雾中走来，
> 断不是愿作什么昏沉沉的磕拜，
> 我愿变成一个坚强的细胞，
> 在自由中找到自己的情爱。

在这样的诗篇中，何为内容、何为形式，已经浑然一体。"内容非它，即形式之转化为内容；形式非它，即内容之转化为形式"（黑格尔）。这里，没有技巧的卖弄，没有知识的炫耀，没有难解的谜语，没有对读者的挤眉弄眼。而在《当代大学生抒情诗精选》中，这样的诗篇占了绝大多数。

五

谢谢周安平、董小玉同志，他们不惮辛苦，四处搜集佳作，最后为我们精选出这样一部有特色、有代表性的集子。

说实话，虽然这位或那位相识的或不相识的校园诗人时或寄来他们的作品，但我往日没有集中读过全国校园诗人的作品。这部诗稿使我得到一个迟到的消息：校园诗人已经在我的忽略中结成大军了，而且，他们当中的不少人已经获得了一定的"知名度"。

> 我相信时间对于诗人是有利的。
> 只有时间创造了流动
> 创造了河
> ——宋琳《只有时间》

大步走向明天的远行者呵，请接受我的祝贺，也请接受我的祝福！

1987 年 4 月 13 日于西南师范大学中国新诗研究所
（董小玉、周安平编：《当代大学生抒情诗精选》，四川大学出版社 1987 年版）

序培贵《彩色人生》

一

一次，大约是在北京吧，一位贵州朋友对我说："重庆年轻的诗人中间，除了傅天琳和李钢，你应该注意一下培贵。"其实，这是一个迟到的建议，至少迟到了五六年吧，因为我跟踪培贵诗的脚步已经好几年了。

培贵和我是相识的，但见面机会不多，鸿雁往返却是常事。他喜欢将刚发表的新作寄给我，让我分享他的快乐，也听到他的足音。他给我留下的印象很不错：沉静，内向，执着。写诗的人并不都是诗人，对那种将写诗当作寻求个人某种利益的手段的人，我避之唯恐不远，培贵却不是这样的人。他爱诗，静静地爱，将这种爱蕴藏于心内，执着地探求着，苦恼着，喜悦着，创造着……

我在搞诗歌评论时，总是比较看重诗人的人格，这也许是一种执拗和偏见。我总认为，和其他文学样式不同，诗和作者之间的界限实在是很模糊的。诗是诗人人格的外化，或者，诗是世界的人格化。高层次的人格是高层次诗格的前提。

因此，我对培贵抱有希望。

二

贵州诗友特别关心培贵有其特殊原因。培贵的专业是法律。从中国人民大学毕业以后，他被分配到贵州，而他的诗之路正是从那里起步的。

一九八一年对于培贵是个值得纪念的年份。这一年他发表的《土地的报告》开始引起注意，这时的他已在重庆市歌舞团任创作员。他最大的欣喜是"感觉到在中西之间，在古典写实、浪漫抒情和现代抽象、象征之间，找到了适合于自己的创作路子"。这个"路子"的中心一环是"把个人的感情与社会生活、时代潮流联系在一起"。①

培贵在其后几年作过各种各样的创新尝试，这些努力都是沿着同一"路子"的。他写出了不少佳篇。《卖煤者及其后裔》《说书人说书》《英雄的诗和我的歌》《深巷的回想》《童年纪事》都证实了他的"路子"是康庄大道。我不知道培贵的诗属于第几次浪潮，我只觉得他的佳篇像海边朴实的岩石，沉静地看着那些很快卷起而又迅速消失的喧闹的浪花。

三

诗人的桂冠不能单靠勤奋获得。没有诗人气质，就是一天写二十四小时恐怕也成不了气候，这实在是毫无办法的事。

翻开《彩色人生》，读者想必不难发现，这本诗集的作者的确富有诗人气质。他在用诗的耳朵倾听，他在用诗的眼睛观看，他在用一颗敏感的诗心感应。于是，在他的笔下，世界变得陌生，变得色彩缤纷：

　　来了收荒货老汉的吆喝
　　把深巷喊得又细又长
　　——《深巷的回想》

---

① 培贵：《诗——我的追求》，《星星》1983 年第 7 期。

被高楼和高楼挤瘦的小街
——《小街》

店堂的那厢，水
在壶中嘤嘤地哭了
历史泡在今日的杯中
惊堂木下，现代从古代中惊醒
茶，苦涩且冷
——《说书人说书》

唯有相传的手镯不老
在腕上晃动着少女时的美丽
——《蚕妇》

这是诗的深巷，诗的小街，诗的茶水，诗的蚕妇。

整本诗集还显示了诗人的文体自觉性。诗的语言的"意义"在这里已经向后退去，它的"意味"则向前走出。或者说，在培贵的不少作品中，语言的指称作用已经淡化，它只具有很弱的语义性，而语言的表意作用大大强化，它具有强烈的体验性。意指错位，于是一些佳篇不离语言，不在语言，诗味浓郁。培贵尤其擅长运用虚实对应去获取最大的美感效应。

文体自觉性既是诗集的明显长处，又见出诗集的明显短处——诗人有时用力过度了。用典太多，使诗人在有些作品中举轻若重；人工雕琢，使诗人之情在有些作品中被淹没了，才胜于情可不是令人舒心的事儿。

四

诗集第一辑《人的雕像》是篇幅最大的一辑。其实，《蓝火焰黑火焰》《热土》也都是人的雕像。可以说，诗集《彩色人生》的题材特色正在于此。

大体说来，抒情诗有两类。一类是以诗人感受本身为题材的，一类是以外部世界为题材的。在后一类抒情诗中，诗人要对外部世界进行感情概括。审美态度是一种表现态度，纯然地描绘或叙述外部世界是没有诗的。

培贵正是以诗的方式去写人物的。他比一般抒情诗人更多地运用了描绘与叙述，但所有这些描绘与叙述都听从抒情的调遣。于是，这些对平凡人、普通人的礼赞就发出了诗的奇妙乐音。

> 小街的男女老幼
> 小街的石板、路灯和炊烟
> 都认识他，都说——
> 如果扁担站起来
> 那就是他
> 如果扁担倒下去
> 那他就是扁担……

扁担在这里诗化了，凝聚了对卖煤者外形的描绘与对卖煤者一生的叙说。这可不是调色板和颜料可以涂出的人物肖像了，诗的韵味留给人诗的美感与遐思。

题材选择诗人。培贵的气质是适合在人物诗领域再作开拓的。我相信新的成功在等待。要取得新进展，我以为诗人还可以摆脱一些拘谨。人物诗的典型化主要似乎不是入诗人物的典型化，而是诗人感情的典型化，以人物为题材的诗与同题材的非诗作品的区别也许正在于此。诗人感情、领悟、感应的典型化，以人物为题材的诗与同题材的非诗作品的区别也许正在于此。诗人感情、领悟、感应

— 41 —

的新颖、起伏兴许可以给人物诗带来更多灵气与活气吧？另外，我以为诗人还可以从人的深层心理结构去寻找更加多样的普通人形象。可以写"扁形人物"（flat character），也可以写"圆形人物"（round character）。人物的心理结构的繁复兴许可以从本质意义上丰富培贵诗笔下的人物画廊吧？

五

有如培贵的人生闪耀着诗的色彩一样，培贵的诗闪耀着人生的色彩，我认为这是培贵的诗最宝贵的地方。大诗人正是出现在人生与诗的交叉点上。

现在，培贵的第一本诗集即将问世，我的欣喜是难以表述的。我只想说，我已经在遥想他的第二本、第三本诗集了。培贵是学法律的，我期望他的诗能准确地、新颖地、优美地不断给时代以"诗意的裁判"。①

是为序。

1986 年 12 月 2 日于西南师范大学新诗所

（培贵：《彩色人生》，四川文艺出版社 1987 年版）

---

① 恩格斯：《致劳尔·拉法格》，《马克思恩格斯全集》第 36 卷，第 87 页。

现代格律诗的新足音

——序黄淮《黄淮九言抒情诗》

一

在我的印象中，黄淮同志是一位颇为勤奋、颇有特色的东北诗人。自从 60 年代步入诗坛以后，黄淮的作品大约已有千首之数吧？他的诗朴素、真挚、富有理趣。就拿《中国新诗年编（1984）》选入的《有的人》来说，我虽然并不打算把它同老诗人臧克家那首同题名作作比，但是我想说，这是 80 年代的中年人对臧克家《有的人》做出的富有时代特色的呼应：

有的人把别人当梯；
有的人用身躯架桥；
有的人是一座富矿，
巷道口却被贴上封条！

自然的富矿越采越少，
总有一天会被废掉；
人生的富矿边采边生，
矿工开掘不辞辛劳。

这是在过早夭亡的中年生命面前的沉思。它之所以感人，是由于这是从十分真实的人生中冒出来的诗情。这里没有对辞藻的把玩、对才华的炫耀或者对读者的戏弄，这是诗化了的人生经验，优秀诗歌的标志正在于斯。黄淮的作品被选入各种选本。近几年，他几乎一年为读者推出一本诗集：1985 年——《爱的格律》（延边教育出版社）；1986 年——《命运与爱》（时代文艺出版社）；1987 年——《人之诗》（中国文联出版公司）；现在，又捧出了《九言抒情诗》。黄淮真是正值黄金季节！从四个集子的集名就可以看到诗人黄淮的两个艺术特色。

其一，爱是他的作品的主旋律。《爱的格律》收入短章《有一句话》：

> 有一句话我并没有说，
> 它象颗星嵌在我心窝。
> 深夜赶路眼前亮盏灯，
> 天寒地冻中抱团火！

> 有一句话我并没有说，
> 它象春风运行在经络。
> 为什么我的诗情如潮，
> 那是它涌动热血似波。

这和闻一多的"有一句话说出就是祸"大异其趣。我们可以替诗人说出那"一句话"：我爱。男女之爱、对人生与世界之爱赋予黄淮的歌唱以耀眼的光环。

其二，他的作品大多是现代格律诗。诗人的气质似乎更倾向于格律化：和热情奔放的诗人相比，黄淮的热情是内化的，而沉静回环的诗情总是更钟情于按照舞步跳舞——在规范中寻求陶醉与创造，如同热情奔放的诗人更喜欢脱下鞋子自由奔跑一样。现在奉献于诸君面前的《九言抒情诗》，正是黄淮这个艺术特色的集中显现和新的丰富。我愿意说，《九言抒情诗》也是中国现代格律诗在成形化道路上的新足音。对格律诗来讲，成形即是成熟。

二

中国新诗有个奇特现象：只有自由诗。在外国，这种诗歌现象实属鲜见。19世纪末期以来，自由诗成为世界性倾向，这自然有它历史的和美学的原因。但是，在外国现代诗歌中，自由诗也只是诗歌的一体，如同格律诗一样。马雅可夫斯基的长达343个诗行的长篇叙事诗《列宁》就是格律诗。中国新诗的这个现象的动因恐怕要上溯到新诗的滥觞。中国新诗出现的时候正遇上世界性的非格律化大潮；同时，一些新诗先驱当时对传统文化持激进态度，而中国诗歌传统从近体诗以降一直是格律诗传统，两种动因交汇，于是，格律诗在中国式微，自由诗成为中国新诗的全体（不只是一体、不只是主体）了。

这种现象作为诗国革命的前期现象是可以理解的，而且有革命的批判的意义，但是它作为中国新诗的长期现象就不能不说是畸形的了。只有自由诗，至少给中国新诗带来两个弊端。第一，现代人的心灵有时由格律诗才能完美地表现，尤其是在新时期的中国——动乱与战争的岁月已经远去，安定与和平的生活酿造出更多的适于格律诗表现的诗情。第二，中国近体诗在一千余年中对读者的诗歌观念、鉴赏心理和期待视野的影响，这种影响的积淀固执地拒绝中国新诗只有自由诗的现象。忽视这个传统影响，就会失去一个的很大新诗读者层。

中国新诗正在向现代化过渡。它包括两个相辅相成的侧面：外国诗歌艺术经验的民族化（而不是全盘洋化），中国诗歌传统的现代化（而不是不加区别地固守全部传统）。就新诗诗体而言，就是自由体、格律体、半自由体（半格律体）的多元并存。

创立与自由诗一起携手并存的现代格律诗，本已是在实践上开始了的思考和探索，而且新诗的发展走向越来越有利于这种思考与探索。那种大体讲求一定格律的"半自由体"正在与日俱增，甚至以倡导"散文美"名世的诗人艾青，也在主要写作自由诗的同时，推出了一些"半自由体"。他的近作《归来的歌》《彩色的诗》具有明显的格律化迹象。这表明了现代格律诗令人欣慰的前景。新诗格律学只能是描述性科学：它的使命在于概括、抽象业已出现的诗歌现象，而绝不是人为地设想、规定某种格律模式。因此，诗人的艺术实验在中国现代格律诗的创立过程中具有第一位的意义。正是从这个角度出发，我可以断言，这本《黄淮九言抒情诗》的贡献是价值珍贵的：诗人用自己的作品在新诗发展最迫切的时机探索了一个最迫切的课题。

三

所谓格律，就是程式化、固定式的格式和韵律，也就是诗中广义的节奏结构。它包括三个方面：节奏式——节奏单元的组成和节奏单元组成诗行的方式；韵式——韵的组成方式和韵在诗中的安排方式；段式——诗行组成诗段的方式和诗行（或诗段）组成诗篇的方式。

不同语言的诗歌有不同格律，相同语言的诗歌在不同时代也有不同格律。中国古诗格律的要素是对仗、平仄，新诗迄今就并不把它们看作格律要素。诗歌格律实质上是诗歌形式、技巧中的部分语言问题，所以，诗的格律的主要依据是语言文字的语音特点。欧洲诗歌的格律就是从欧洲语言文字的语音特点（如文字属表音文字体系、语言有重音等）来的。创立中国现代格律诗就必须把握现代汉语语言文字的语音特点。

汉字是世界上历史最悠久的文字之一。如果从仰韶文化算起，汉字的历史可以远溯到五六千年以前。汉字也是唯一的至今仍在使用的古老文字。它有一系列十分有别于其他文字的特点，所以欧洲人常常用"汉字"这个词来表示"难以理解""神秘深奥"等意思。在我看来，汉语言以及作为书写汉语言的符号体系的汉字，至少有四个重要的语音特点。

1. 汉字不是表音文字，它是表意文字。《说文解字·叙》说："仓颉之初作书，盖依类象形，故谓之文；其后形声相益，即谓之字。"仓颉是否实有其人，且留待文字学家去争论吧，但汉字确实是形音义的统一体，有很强的营造意象的功能。

2. 汉字不是音素文字，它是音节文字。除了少数汉字是例外（如儿化中的"儿"、一些计量单位名称用字等），一个汉字就是一个音节，有很强的灵活组合的功能。

3. 汉字的单音词丰富。换而言之，汉字中一字一词的情况普遍，这又从一个侧面强化了汉字灵活组合的功能。和古汉语相比，现代汉语已经涌现为数甚众的双音词和多音词，尤其是前者，但和其他语系相比，又不能不看到，即使是现代汉语，其单音词也仍然是一个突出特点。

4. 汉字没有重音。欧洲格律诗的"音强体""音强—音节体"等都以重音作为格律要素，汉语格律诗却不可能有有力的节奏。（四声只是汉语的四种声调，它不是重音，而是汉语独有的区别于不同的字词及其含义的手段。）

回过头来看看《黄淮九言抒情诗》，它的节奏式、韵式和段式对汉语言文字的语音特点有所遵循和运用，所以，这种实验是有价值和有生命力的。首先，它以顿作为节奏单元，每行大体都是四顿

（但不必都是同字顿），造成了读者听觉上的节奏感：

> 身后—的路，—到此—中断，
> 眼前—的山，—隔在—彼岸。
> 从—已知数—走向—未知数，
> 本应该—有个—等号—相连。
>
> ——《桥》

其次，每顿的字数虽然可以不必相同，但是每行的字数一定相同。九言诗就是九音诗。日文的俳句是十七音诗，但它不可能成为十七言诗，因为日文是多音节文字。一字一音的汉语就能够做到这一点，它造成了读者视觉上的均齐感、建筑美。再次，《九言抒情诗》大体采用脚韵（行尾韵）和偶体韵（ABCB）、三行韵（AABA）的韵式，使读者"一、三行不论，二、四行分明"，产生节律化的审美期待，很容易适应诗的韵式。最后，《黄淮九言抒情诗》的每个诗段都由四个诗行组成，而全诗的段数则依照展意驰情的需要灵活变化：最普遍的是两段，最长的可达十余段。所有的这些节奏式、韵式、段式的特点，构成了九言诗大体适应汉语言文字语音特色（因而民族特色）的独特格律。这是诗人的实绩。

四

当然，《黄淮九言抒情诗》只是一种探索的开始。诗人的探索不得不解决汉语言文字在现代的变化所带来的课题。比如，古汉语的双音词和多音词较少，所以古诗的四言、五言、七言都较容易写作，而现代汉语大量的双音词和多音词就给每个诗行都要做到字数相同造成了困难。这个问题还有待完美解决。在《黄淮九言抒情诗》中尚有少量篇什给人不自然的印象：诗人似乎为了每行九言而显得生硬和勉强。此外，诗人的探索似还需要从内容与形式的和谐上继续推进。古诗的一句五言诗是两句四言诗的简约，一句七言诗是两句五言诗的简约。诗行的加长实际是诗篇的更加精练。如果这样苛求于九言抒情诗，就会感到，有的诗章在诗情内涵上还不够充实，有的诗情甚至也许是更适合自由诗体的。

外国谚语说："开始就意味着一半的成功。"重要的是开始。《黄淮九言抒情诗》是瑕不掩瑜的，而这"瑜"首先就是艺术实验的开始。我赞赏诗人黄淮的创新意识，我祝福诗人黄淮新的成功。

是为序。

1988 年 2 月 22 日于重庆

（黄淮：《黄淮九言抒情诗》，中国文联出版公司 1988 年版）

诗的漫画　漫画的诗
——序罗绍书《浅刺微讽集》

一

罗绍书同志既是抒情诗人，又是讽刺诗人。在我的印象中，他在讽刺诗上付出的努力似乎更多。他不但常有辛辣而富有诗味的新作，还选编了《中国百家讽刺诗选》，后者选入一九一九年以降的一〇一位诗人的讽刺诗佳篇二百余首，实在在中国新诗史上有拓荒之功。现在，他的《浅刺微讽集》又将面世，我是很高兴的。

二

从西方语言考察，"讽刺"源于古希腊的一个词"萨蒂尔"（英语、俄语的"讽刺"一词都源于此，所以发音相近）。它是古希腊神话中一位模样古怪、行为荒唐的小神的名字。也就是说，讽刺总是与喜剧性事物联系在一起，前者是对后者的特殊评价。

从汉语考察，"讽刺"本作"风刺"。古人说："上以风化下，下以风刺上。""刺者，达也。"从这里可以看出讽刺与幽默的区别。讽刺多少是富有幽默的，但它不完全是幽默。幽默的对象不一定是社会生活和个别人身上的社会性弊病，讽刺的对象却一定是社会性弊病。

词源学帮助我们把握讽刺诗的美学特质。讽刺诗的艺术使命就是以笑为武器对社会生活和个别人身上的社会性弊病给予嘲笑和鞭挞。开放、改革的时代大潮冲刷着中国，随着这大潮也卷起不少泥沙。时代呼唤惊世骇俗的讽刺诗，讽刺诗遇到了发展自己的良好机缘。

如果说，抒情诗的本质是对美的直接肯定，那么，讽刺诗的本质就是对丑的直接否定。当然，任何否定，如果它要成为有诗意的否定的话，它都必须有审美理想在闪光。

我们星球上的第一个讽刺诗人据说是阿尔基洛科斯，他是公元前 7 世纪的古希腊诗人。他的讽刺对象最后在讽刺诗的谴责下上吊自尽了。这足见讽刺诗从一出世就显露出非同寻常的锋芒。我们今天呼唤讽刺诗，当然不是要弄得别人去上吊，而是希望诗歌能够在祖国的现代化进程中加强自己的批判力量。

三

我想把话题讲得远一点。

有人问我：你对 80 年代的中国新诗的宏观把握如何？我曾回答说：热闹中的寂寞。

"小圈子"热闹。写诗的人热闹。从文艺复兴时期的人文主义文学开始到 20 世纪的现代主义文学，欧洲在这七百年间出现过的"旗号""流派"，80 年代的中国新诗在七年间几乎都拿来"热闹"过一阵子。

"大圈子"寂寞。在诗歌接受者的"大圈子"、当代中国人的"大圈子"那里，诗人的"热闹"很少有共振效应；或者更进一步说，诗人越"热闹"，读者越冷漠。

有人说，诗本来就是贵族化的文学样式，像街上流行的红裙子一样流行的诗绝非真诗。这话又对又不对。比起其他文学样式，诗更选择读者。但是谁又能否认作为中国古典诗歌的最高风范的唐诗赢得了一代又一代的亿万读者呢？（请留心，这些读者中还包括一些外国人呢——现在不是有些人总是把对中国文学、中国诗歌的权威评价权送给蓝眼睛、黄头发、高鼻梁吗?)

热闹中的寂寞是千真万确的反常现象,问题只在于如何认识它。我以为这个诗歌现象包容着两个动因。

从外因看,是外在文化条件的变迁。现代中国人的生活节奏加快,业余生活时间减少。在有限的业余生活中,文化生活又大大丰富,尤其是电视文化以它的直观性、娱乐性夺走了数量可观的文学(包括诗歌)读者。同时,商品经济的活跃也减弱了诗歌的扩展。从内因看,是新诗的社会性的减弱。在 80 年代,中国新诗开始了批判性的自我反思。这种反思,从文化革命年代开始,上溯到 50 年代后期,再上溯到中华人民共和国成立初期,更上溯到中国新诗的滥觞期。诗的文体意识加强了。与此同时,作为对中国新诗长期时或出现的"脱轨"现象的警惕,部分诗人在诗的社会性这个课题上产生了误解,以为诗只有在削弱甚至全部排除社会性时才能获得纯粹性。

对第一个动因,我们可做的事情不多。也许我们只能随顺时代的发展。对第二个动因,我们就应当做出改变它的努力。诗总是应当立足于比较超脱的境界,走出人生、走出世界以获得审美静观,但是它的价值、它的魅力最终是与人生和世界相连的:对生命的体验,对人生的思索,对时代的感应。在新与旧、创新与守残相搏斗的时代,"出世"的诗、"出世"的诗人必然被"入世"的读者所冷淡。

诗只能在自己的时代里寻求不朽。

在诗的文体可能性的前提下去加强诗的社会性,将给徘徊中的中国新诗注入新的活力。作为这个努力的一部分,就是应当推动讽刺诗的发展:讽刺诗本身就是社会性、批判性很强的诗体,类似的艺术,如漫画、相声、杂文等目前都比讽刺诗更活跃。

四

《浅刺微讽集》的显著特点是它对近年来的"流行病"的快捷

反应。这说明诗人有颗敏感而多思的诗心。诗集对许多社会性弊病的鞭挞给读者以亲近感。比如，我这个学界中人读到《小招术》《高尔基的奇闻》《"点睛"》《杨贵妃的脚》等篇什时，就感到非常痛快：诗人的投枪正中穴位，使一些现象"光天化日现丑态"。

比如《杨贵妃的脚》所刺的那些老兄：

> 杨贵妃的脚到底有多大？
>
> 嘿，不长不短二寸九。
>
> 增之一分——长过头，
>
> 长生殿上别想走；
>
> 减少一分——短过头，
>
> 玄宗见了必嫌丑；……

丑本来不过就是丑。当丑力求自炫为美的时候，就出现了丑的自身矛盾，丑变成了滑稽。（"滑稽"本是中国古代一种注酒器的名称。《太平御览》说："滑稽，酒器也。转注吐酒，终日不已。"酒从一边流出来，马上又向另一边转注进去，这本身就是一个矛盾。）无聊的问题和故作庄重的学者姿态在这里构成了无价值的内涵和有价值的外表的矛盾。诗人智慧地抓住这个矛盾，运用夸张的手法去强调、强化这个矛盾，于是"刺者、达也"，达到了在笑中批判的目的。

《浅刺微讽集》善于在金碧辉煌、堂堂皇皇的地方发掘出世俗的霉臭，语言生动巧妙。《"揩会"谣》讽刺借"开会"以"揩油"的人们；《"管"娘》讽刺"管"制亲娘的不肖之子，语带双关，妙趣横生。最令人捧腹的是《婚前"检查"》，这里说的可不是去医院作检查：

> 原来婚前要"检查"，

查看腰包圆与否。

腰包儿圆，天长并地久，

腰包儿扁，曲江休折多情柳。

　　滑稽是一种与崇高在形式上相对照、在本质上相一致的形态。如果说，崇高是现实肯定实践的严肃形式，滑稽则是这种肯定的比较轻松的形式。在这些讽刺诗作品里，诗人所肯定的道德观、伦理观、价值观在净化着读者的心灵——就在他们发笑的时候。古罗马诗人把"诗铭"比作蜜蜂：既有刺，又有蜜。讽刺诗亦复如此。或者换个说法，讽刺诗对于社会性弊病是辣椒，但对整个社会来讲，辣椒又是富含多种维生素的营养品呢！

五

　　《浅刺微讽集》是罗绍书同志的第一本讽刺诗集。诗体的繁荣总是需要历史的条件，社会主义初级阶段为讽刺艺术家提供了一显身手的空间。我因此希望能尽快读到诗人的第二本、第三本诗集。新的诗集也许应当比《浅刺微讽集》更放"胆"一些。《浅刺微讽集》给我的印象是：诗集出自一位有胆有识的诗人之手，然而"胆"有时又并不总是与"识"一致。诗人有"识"，还须放"胆"想象，放"胆"夸张，放"胆"地超越"形似"，放"胆"地言过其实。这里需要的是想象力、机智和深邃。唯其如此，诗篇给人的印象就会更深，给人的震动就会更带爆炸性——就像马雅可夫斯基说的那样：

大行冒烟，

小行爆炸。

　　我想绍书同志不会认为这是我的苛求吧？绍书同志早在 1955 年

就开始了诗歌创作，在大学生时代就加入了作协分会，他的艺术经验是丰富的，在"百尺竿头"必能"更进一步"。

是为序。

1988 年 1 月 30 日于中国新诗研究所

（罗绍书：《浅刺微讽集》，贵州人民出版社 1988 年版）

童心发现的世界

——台湾诗人薛林《天使之爱》序

尽管未曾有见面之缘，但从鸿雁传书中，我的心中早已有了一个活生生的薛林：朴实、真诚。我喜欢诗人这样的现实人格。

其实，薛林的诗，尤其是儿童诗我早就拜读过了。我愿意说，他的儿童诗很美、很纯净，处处有童稚心灵在闪光。

我喜欢诗篇中诗人展现的审美人格。

黑格尔论自然美时，认为自然美有一个从低级到高级、从无机界到有机界的发展过程。自然美的顶峰是动物的生命，而人则是自然美的最高级形态。如果此论成立，那么还可以说，儿童是自然美的顶峰的顶峰。儿童本身就是诗。成人经受过社会磨难、扭曲、物化和异化，因此"蚌病成珠"，最美的成人诗是最忧伤的诗。儿童是世界的新客。我和薛林都是四川人。在我的家乡，人们称儿童为"梦童"——他们生活在瑰丽晶莹的梦境中。儿童诗保持了人的世界的新鲜、清纯与明亮。儿童诗是人对世界的最初的惊奇、幻想与挚爱。儿童诗展现了人性最初的"原汤原汁"的美。薛林的儿童诗的最大特色或说最大成功，就是他善于用童稚心灵去感受，用童稚心灵去融化，而后，用童稚的语言方式去表达。薛林的儿童诗，无论写花草木石，还是写虫鱼鸟兽，无处不闪亮着童稚心灵的明洁与情趣。

请读《白花·白蝴蝶》：

数不尽的

白色小蝴蝶

在小白花丛里捉迷藏

花儿飘呀

　　飘呀

蝴蝶在花丛里追呀

　　　　追呀

远远望去

蝴蝶是花

花也是蝴蝶

再请读《人与牛》：

种籽　农具

装满一牛车

主人坐在驾驶座

甩甩鞭子

哼哼歌

老牛一步一步

　　　朝前走

走呀走呀

嗨！到了

主人开始工作

老牛悠闲地啃青草

他们没有契约

　　只有默契

两首诗是从《天使之爱》中随手摘抄的。儿童诗往往是从大自然中受孕的。花与蝴蝶的融合，人与牛的默契，有如人与自然的亲近与融合。人融于自然。喜欢将自然人化、将动物人化，是儿童心理的显著特征。这两首诗以儿童心理作基础，写得好美！它们的美学价值就在于发展儿童的幻想力，美化、净化儿童的心灵。

还应当提到薛林另一类儿童诗，这类诗相当深刻。优秀的儿童诗的读者也有成人。如果说薛林的前一类儿童诗能让成年人重返久已忘却纯净世界、获得人性的慰安的话，那么，薛林的后一类儿童诗就带给成人以沉思：对世界、对人生的沉思。

下面我随手抄两首。

> 小瓢虫来亲我的手
>
> 蝴蝶绕着我做游戏
>
> 小白蛾把舌头
>
> 卷成弹簧
>
> 吞到嘴里又吐出来
>
> 变魔术我看
>
> 小松鼠跟我说捉迷藏
>
> 后来它知道我是人
>
> 很后悔
>
> 赶快跑了
>
> ——《小动物心里的人》

儿童心里的小动物是那么可爱，富有人性光彩；而小动物心里的人却是那么可厌，甚至那么狰狞。诗笔落下，令人心惊。

熊伯伯咬熊妈妈的嘴巴

熊妈妈咬熊伯伯的脖子

它们相拥相扑

熊伯伯身体一歪

都跌倒在地上

熊伯伯坐起来

望着熊妈妈

熊妈妈也望着熊伯伯

它们有一双利爪

一口钢牙

打咬了半天

一点伤都没有

我回头来望望

李叔叔脸上的纱布

李妈妈尖尖的红指甲

映在我心上

　　——《相亲相爱》

　　有一双利爪和一口钢牙的，却"相亲相爱"，没有利爪和钢牙的，反倒遍体鳞伤。这里的笔落处，又令人心惊。

　　这些诗，是儿童对世界的观照，是纯真心灵对混浊尘世的观照；只提出疑问，只描述现象。这一点点火星，飞到成人的胸间就化为熊熊大火了——这大火，有如涅槃之火：烧去旧的一切，再生、永生新的人间之火。

　　人的一生也许经过三种境界：童年时期的纯真、成年时期的复杂和壮老年时期的更加纯真。纯真时期是诗的，复杂时期是散文的，更高的纯真并不是人人都能重获的。能够重获这纯真的壮年人和老年人，我们便称赞他"保持了童心""有赤子之心"。我认为，薛林正是"有童心"的诗人。他的诗展现了童稚心灵发现的世界。

从 1946 年出版诗集《帆》始，薛林几十年来在儿童诗领域辛勤耕耘，成就为人瞩目。1981 年，他获第 5 届世界诗人大会主席罗丝玛丽致赠的世界诗人奖牌，1984 年又列名英国剑桥传记中心的世界有成就的名人录。他与舒兰、林焕彰两位先生同是台湾儿童诗最蓬勃的"布谷鸟时期"的领潮人。

我素来为人审慎，对作序写评很为郑重，但对薛林先生的新作《天使之爱》我乐于写序，并愿借这个机会表达对他在儿童诗创作上的新收获的祝贺。

（薛林：《天使之爱》，布谷鸟出版社 1989 年版）

新诗文体的净化与变革

——《新诗文体学》跋

文体理论首先是分类理论，是确认文体特征和文体可能的理论，是净化文体的理论。

中国和西方的文体理论很不相同。中国传统的文体理论是韵文与散文的两分法，亦即刘勰在《文心雕龙·总术》中提出的"无韵者'笔'也，有韵者'文'也"。自亚里士多德始，西方则一直沿用三分法的分类理论。《诗学》谈到的"史诗和悲剧、喜剧与酒神颂"实际上是西方划分抒情文学、叙事文学、戏剧体文学三大文体的滥觞。中国和西方文体理论的此一相异源于更深层的相异：对各种文体地位的评价。西方推崇戏剧文学，西方的大家如亚里士多德、雨果、黑格尔等众口一词地将非戏剧文学看作过去时代的文体。雨果在《〈克伦威尔〉序》中就说："诗（这里的'诗'是广义的，指文学——引者）有三个时期，每一个时期都相应地和一个社会时期有联系，这三个时期就是抒情短歌、史诗和戏剧。原始时期是抒情性的，古代是史诗性的，而近代则是戏剧性的。"因此，西方的诗学源于戏剧理论，西方文体理论的精粹在于戏剧理论。三大文体的划分表明一个事实：轻视诗歌的西方文体学家们活活地肢解了"微不足道"的诗歌。在中国，显然是另一番景象。中国的传统文体学历来以诗为中心。诗是最"资深"的文体，诗又是最显赫的文体。诗的显赫，甚至使宋元以后出现的小说和戏曲等新文体长期处于不被认可的卑微地位。诗的显赫，也使中国一切非诗文体几乎都具有诗化特征——从立意、架构到语言。由是，中国的分类理论是以诗为视角的。现当代中国文学虽然划分了四类、五类或六类文体，如果大而划之，仍然无非两类：诗与非诗文体。

所以，加强诗歌文体学对中国文论建设具有重要的理论价值，新诗文体学亦复加此。

曹丕在《典论·论文》中说："夫文本同而末异"，"故能之者偏也"。新诗文体学主要的理论对象不是情感体验这个一切文学艺术样式的"本"，而是情感体验在新诗中的外在形态和符号象征，即新诗与其他文体的相"异"之"末"，通过把握、研究、净化这个"末"，推动新诗更加偏"离"非诗文体。当然，"世界上没有纯而又纯的文学样式。文学样式总在相互渗透。在文学史上还时或出现超越文体学的文学现象，它的出现正说明人类在艺术地把握世界的丰富与深化"。[①] 不过，诗总是诗，它总是具有自己的文体特征与文体可能。

中国新诗史上曾经不断出现诗歌的"脱轨"。情况往往是这样：一个时代大潮的到来，给新诗创造许多机会。在部分诗人那里，可贵的时代自觉却并没有和文体自觉相统一，相反，时代自觉成了诗的异物，压垮了文体自觉。其结果是：诗在随顺时代潮流的行进中失去自身。诗变成一篇篇干枯无味的散文或口齿不清的政论。八十年代的中国新诗又不断出现另一种"脱轨"。今次的"脱轨"是在艺术创新大潮中出现的。一些急于领异标新的诗人在焦躁中丢掉诗的文体可能，奔向诗的文体深渊。文体的自由总是有限的。诗诚然是人类寻求心灵自由的高峰，从文体而言，它又只能在最大限度的有限中表现最大限度的无限。最精美的图案诗也难以与一幅拙劣的

---

① 吕进：《论新诗的文体可能》，《西南师范大学学报》1988 年第 3 期。

图画比高下，最"口语"的口语诗也难以与一篇拙劣的小说对白论短长：等待着打碎文体可能的领异标新的将是昙花的命运。

反复出现的"脱轨"现象证明了新诗文体学的贫弱，换一个角度，证明了加强新诗文体学除了有理论意义也有迫切的实践意义。

横的分类只是新诗文体学的艺术使命之一。文体是艺术实践的结晶、社会生活发展的结晶，而艺术实践和社会生活的发展是永恒的，因此，文体不是静态的范畴。就实质而言，新诗文体学是描述性科学，它应当热情而敏锐地注视新诗文体的发展与丰富，从纵的方向推动新诗文体的变革。

古代中国在评论文学时总是有"后不如前"和"洋不如中"的心态，当代中国在评论文学时又有"前不如后""中不如外"的倾向。这是两种极端，但就某一文体而言，倒是确有兴衰演变。在《人间词话》中，王国维说了一个不无道理的观点："盖文体通行既久，染指遂多，自成习套，豪杰之士，亦难于其中自出新意，故遁而作他体，以自解脱。"新诗文体学的重要职责不但在于净化文体，而且在于发展文体：推掉"习套"，推出"新意"，使新诗在文体的净化与解脱中发展。

文体现象总是大大丰富于业已发现的文体可能。反过来说，业已发现的文体可能的围墙总是不能将文体现象全部围住，总会有"墙"外现象。有些"墙"外现象是净化对象，与此同时，另外一些"墙"外现象却是新诗文体学的新的描述对象：新的抒情方式，新的篇章结构，新的意象营造，新的语言行为乃至新的诗体，等等。新诗文体学应当乐意充当"墙"外的抽象与概括者。

"理论的发展，常常有赖于理论对象的类型，并受到它的局限。"① 这是一位外国美学家讲的话。新诗的丰富实践，给新诗文体

---

① ［德］姚斯：《走向接受美学》，《接受美学与接受理论》，辽宁人民出版社 1987 年版，第 96 页。

学推动纵的发展创造了许多可能。

中国新诗已经诞生八十年。近四十年的新诗沿着正题—反题—合题的三段式正好差不多走了一个循环。传统新诗重社会、重现实、重群体、重使命。到了 80 年代，传统新诗实现了自否定、非社会、非现实、重个体、重生命的先锋派诗歌作为对立面日见显现与活跃。到了 80 年代中期，先锋派诗歌实现了自否定，于是中国新诗进入自发展的合题——将正题和反题两个阶段的合理因素、积极因素、有生命力的因素在更高的基础上统一起来。合题阶段在外貌上似乎又回到了正题阶段，其实，它体现的是中国新诗螺旋形的上升过程。80 年代后期重新被看重的诗与现实、诗与时代、诗与公民等"老课题"，都是以真诚化、个性化、生命体验化为前提与基点的，它表明：中国新诗已经有能力比较成熟地选择路向了。

诗是以形式为基础的文学（所以，与以内容为基础的文学相比，诗有那么强劲的抗转述性）。诗表现的心灵不但是原生态心灵的升华，也是升华了的心灵的符号化。诗歌四十年间的大循环，也包含了由单一向多样的文体发展。文体理论的加强正是这种大走向的回声。

横的分类和纵的发展，这就是新诗文体学的双翼。一方面，净化新诗文体，防止"多动症"——只有幼稚的儿童才会染上此病；另一方面，发展新诗文体，防止墨守习套——对任何艺术来讲，凝固都只能意味着消亡。

近年来，我一直希望写出一部新诗文体学专著，大体构想已经成熟，也抽暇作了一些理论准备和资料准备。遗憾的是，由于许多杂事实在难以摆脱，一直未能开笔。不过，依照已有构想倒是写了一些文章。现在姑且先将这些文章（都在海内外发表过）编选一部分，作为实现构想的第一步吧。西谚说："开始，意味着事情的一半。"我盼望能尽快地完成下一半。

　　臧克家先生以八十余岁高龄在春节假日中为本书热情作序，花城出版社在眼下"一切向钱看"的浪潮将几乎所有学术著作都冲到尴尬的角落的大气候中给本书著者以支持，我在这里要向他们道声"谢谢"。

1989 年 2 月 15 日凌晨

（吕进：《新诗文体学》，花城出版社 1990 年版）

关于小诗的小札

——王尔碑、流沙河编《小诗百家点评》序

也许读者诸君知道，世界诗坛上有一种诗体叫大诗。大诗（Mahākāvyā），指印度古代文学中分章分节的长篇叙事诗，它在梵文文学中占有很高的传统地位。印度大诗的主要诗人是迦梨陀娑。

中国新诗中的小诗的渊源之一则是印度小诗（梵文叫偈陀，本是佛经中的唱词）。人们常常议论西方诗歌对中国新诗的影响，其实，中国新诗也从东方诗歌中汲取过营养，小诗就是见证。中国小诗既受到日本和歌和俳句的启迪，也借鉴了印度的宗教哲理小诗。日本语是多音节的，所以 31 音的和歌和 17 音的俳句很难学，这样，印度小诗在中国的实际反响更大。也许由此可以弄清中国小诗何以多半洒脱、多半飘逸。因为，日本和歌与俳句是入世的，而印度小诗是出世的。

逆现象反复出现于中国新诗史中。郭沫若的雄丽诗篇主要受到西方的影响，尤其受到惠特曼的劲弩连发、大海排浪的自由体的影响。而冰心的精巧诗篇则主要受到东方的影响，尤其受到泰戈尔月光般的小诗的影响。

逆现象是诗的健康，是诗的蓬勃。

周作人从 1921 年 5 月开始翻译日本和歌，鼓吹小诗，"到处作者甚众"（朱自清）。这似乎是中国小诗的滥觞。其实，中国小诗有

更久长的源头，小诗的早期重要诗人宗白华不承认外国影响。他在《美学散步》中写道："唐人绝句……我顶喜欢，后来我爱写小诗、短诗，可以说是承受唐人绝句的影响，和日本的俳句毫不相干，泰戈尔的影响也不大。"

但是宗白华又说过："读冰心女士《繁星》诗，拨动了久已沉默的心弦，成小诗数首。遥寄共鸣。"足见有泰戈尔的间接影响存在，不过宗先生从民族诗歌传统中寻觅小诗源头的思想是可取的。

例如小诗喜用问句，这里就有唐人绝句、小令的影子。

请读——

孟浩然《春晓》："春眠不觉晓，处处闻啼鸟。夜来风雨声，花落知多少？"

贺知章《咏柳》："碧玉妆成一树高，万条垂下绿丝绦。不知细叶谁裁出？二月春风似剪刀。"

白居易《忆江南》："江南好，风景旧曾谙。日出江花红胜火，春来江水绿如蓝。能不忆江南？"

也许可以换一个角度：小诗就是新诗的绝句与小令。这种说法似也不十分确切。小诗的最大特征是它的瞬时性：瞬间的体验，刹那的顿悟，一时的景观。它使读者从有限中领受无限，从瞬时中妙悟永恒。小诗是阳光下的露水，情绪的珍珠。唐以后的绝句和小令的神韵和小诗不一定完全相通，但在外观上倒的确相似。

瞬时性不是对诗的生命的描述，瞬时性来自长期的情绪储备和审美经验的积淀。优秀的小诗是开放式的存在，它等待读者的介入与创造；它在多义性、多感性、多时性中获得永无终结的美学效应；它有丰实的生命，冰心的《繁星》《春水》，宗白华的《流云小诗》，莫不如是。

小诗是多路数的。有一路小诗长于浅吟低唱，但须避免脂粉气：小诗的轻曼不宜与轻浮画等号。有一路小诗偏爱哲理意蕴，但须避免头巾气：小诗不堪负载过重。有一路小诗喜作景物描绘，但须避免工匠气：小诗的景物应有诗人的心灵太阳的照耀。

无论哪一路数，小诗都不好写。

《小诗百家点评》的入选作品未必篇篇俱佳，但可以有把握地说，它们中的相当部分称得上珍品。日本的和泉式部有一首小诗："心里怀念着人，见了泽上的萤火，也疑是从自己身里出来的梦游的魂。"我读这部诗选时，常疑一些篇章是从自己心中飞出的梦魂。

《小诗百家点评》在体例上别具一格。海外部分有导读文字，为读者诸君作向导，海内部分由多位点评者各抒己见，见仁见智，相信读者会感兴趣。在这样的体例中，似乎反而不必强求每首小诗都是上乘。

大胆地预测一下：步《小诗百家点评》的体例之后尘，也许会出现一些模仿者。

小诗以它的简洁与精纯正在为新诗开拓着一条不小的出路。20年代的那次高潮没有延续多长时间，"《流云》出后，小诗渐渐完事，新诗跟着也中衰"（朱自清）。70年代末期兴起的小诗热潮延续的时间却长得多。王尔碑、流沙河编选的这部《小诗百家点评》既是对70年来小诗艺术轨迹的描述，也是对当前小诗兴盛的一种提倡。我想起《春水》中的一首：

嫩绿的叶儿

也似诗情么？

颜色一番一番的浓了。

（王尔碑、流沙河编选：《小诗百家点评》，重庆出版社1991年版）

人的剧诗

——序王川平《墓塔林》

　　题材选择诗人。王川平毕业于山东大学历史系考古专业。而跨入大学校门之前，他念了多年"人生"这部"难念的经"：在农村，在 1958 年父亲罹难以后，在十年动乱的日子……因此，像《雪舞》《墓塔林》《第一次站立》《四个神话英雄和一个哑巴女人》这样的篇章似乎只能出自王川平之手。极端地说，这样的远古与现实交织、原始与现代交织、神与人交织的人的剧诗实在是非王川平莫属的。每位诗人都应当有在诗坛上为自己"定位"的智慧，如同他应当保持变化多样的艺术追求的热情一样。而青年诗人寻找到的正是他的合适位置：最能多方面地发挥属于他个人的艺术潜能的位置。

　　诗集《墓塔林》给读者留下的强烈印象也许是人，审美化了的人：

　　　　为了梦的诱惑　我的眼

　　　　第一次平视一切

　　　　太阳　一个血红血红的儿子

　　　　正从我胯下诞生

　　　　——《第一次站立》

　　这些诗行使"人"字突然赋形化、立体化了，突然变得深邃而富诗意。人，从爬行到站立，从混沌的天地到开天辟地，理所当然地应该是诗的庄严主题。《说文》说，人是天地之心。心，就是创世的伟力；心，就是生命的灵气。所以，天地之生是以人为极贵的，我想。

人的主题在 80 年代的中国具有更大的震撼力量。80 年代是中国人在自己的价值、自己的尊严上觉醒的时代；80 年代是中国刚刚抖落了一个长长的噩梦的时代。王川平的诗因此产生在一个大时代的兴奋点上——虽然他的优秀篇什大都是远古题材的。这样的诗之路是容易产生大诗人（而不只是名诗人）的宽广之路。

王川平的作品（包括那些现代题材的短诗）总体上构成了一部人的剧诗。我以为《雩舞》是最使人难忘的力作。《雩舞》使我想到艾略特，想到后者的《荒原》，想到《荒原》第五章《雷霆》里的话：

> 恒河的水位下降了，那些疲软的叶子
> 在等着雨来，而乌黑的浓云
> 在远处集合，在喜马望山上。
> 丛林在静默中拱着背蹲伏着。
> 然后雷霆说了话……

以荒原象征战后的欧洲，呼唤水的滋润，这谱调是十分接近于《雩舞》的。当然，艾略特的"雨"是皈依天主，而《雩舞》的"雨"则是人自身。雩，古代吁嗟求雨之祭。诗章环绕雩而雨展开人对苦难的抗争，神话或史书中的寥寥数语在诗笔下幻变为栩栩如生的生命仪式。诗人的史学知识、诗的想象力结合在灵魂里，生动地再现出远古时代的景观。这"灵视"是当代中国人"心灵"所视，这景观饱和着当代中国人的反思默想。《雩舞》中干裂的土地对雨水的呼唤也许正应合了干渴的心灵对人性的呼唤。对当代中国读者来说，女巫体现的享受生命的欲求、献身生命的崇高、象征生命的永恒都是亲切的。对那个"袒身而目在顶上，走行如风"的为虐的旱魃，读者也会有大体一致的想象的情感反应吧？

剧诗是剧对诗的渗透，是诗借助剧的丰富。诗剧是剧，而剧诗是诗。剧诗的旨趣不在演出故事，而在披露心灵；剧诗的"登场人物"并不"登场"，也无法"登场"；剧诗的台词是摆脱了"台"的限制的诗。王川平在《雩舞》中融合诗与剧，由于他将抒情视点作为融合的基础，于是一部富有叙事构架的可以朗诵的剧诗出现在读者面前。在《雩舞》中，诗人广采民谣入诗，增强了剧情的远古气氛、原始气氛和巫术气氛。

笔下是古，笔外是今；笔下是神，笔外是人，二者的重叠，于是诗就有了象外象、味外味，诗趣由此而饱满。王川平正是以远古、神话题材证明自己的才能与优势的。

《雩舞》是王川平的代表作。作为一位青年诗人，这是很可贺的。因为，并非一切诗人都拥有自己的代表作——哪怕写诗几年、十几年甚或几十年。

没有代表作意味着什么呢？意味着没有立足诗坛的独特人格，没有继续前进的路向，夸张地说，没有代表作意味着诗人的平庸。

有的诗人是代表作之外无佳篇，有的诗人是代表作之外有佳篇，王川平属于后一类诗人。他的代表作是写古，但他并不乏写今的美构；他的代表作是剧诗，但他并不乏抒情短章。王川平是从短诗接近诗的。《苹果核》这首仅有 12 行的诗是他第一次变为铅字的处女作。这首诗显露出王川平的艺术起点是不低的——他在《苹果核》之前看来有较充分的文化准备、艺术准备和情感积累。这首诗也显露出王川平在写今、写短章上同样可能成为好手。

其实，从写古和写今的作品中，从长和短的作品中，我们可以比较容易地发现它们共同的艺术气质：它们不但都是现代意识烛照下的（广义的）人的剧诗，而且都体现出诗人的技巧能力。

王川平的技巧能力首先表现在描绘能力上。神话传说，远古仪式，现实的"众生相"，在他的笔下得到诗的描绘。《雩舞》《第一次站立》《四个神话英雄和一个哑巴女人》如此，短诗亦如此。"回头望望过来的路"的老人，"从水墨画里走出来"的牛娃子，"单独住在村后山上"的二癫子，"纯纯净净"的盲小孩，都跃然诗笺。《三件裙子》别具一体，色彩成了描绘的基本手段，三种颜色的呈现，色彩的斗争与杂乱，描绘出当代中国一个角落的世相，也展现了诗人的描绘能力：剪裁、清洗、虚实、构筑。

王川平的技巧能力也表现在语言能力上。他的作品的语言密度是明显的，无论长诗或短章，几乎没有多余的闲笔。诗人对诗行的吝啬体现出他对读者审美能力和想象能力的充分估计和热情期待。当然，在《墓塔林》的第二辑《蓝黑梦》的一些短诗里，密度过大，跨度过高，隐藏过深，总之："过"了。这就带来抒写情绪状态的某些短诗的难解，但这里说的只是"某些短诗"而已。王川平作品的语言弹性也是明显的。言此意彼，说古道今，景中含情，自然就富有弹性，而弹性就是诗味——弹性越大，诗味越丰。比如，读读《老人》这首短诗吧，几乎句句、行行、字字都有和声，味之给人以愉悦。又比如，读读《女娲》这首短诗吧，诗笔描绘了那位以黄土造人、以五色石补天的神话人物，可是在诗尾，诗突然从神话中跳出：

> 可我眼前
> 总坐着一位用骨针缝豹子皮的女人
> 她要给普天下的儿女缝件天一样大的衣裳
> 她永远也缝不完

雨里　　雪里

她加倍努力

神话人物和人类始祖重叠了。重叠的意象便有了弹性。

《墓塔林》这本诗集虽然显示了青年诗人王川平的技巧能力，但是也显示了：王川平是在用技巧，而不是在"玩"技巧；他是在写诗，而不是在"玩"诗。这是很重要的。其所以重要，就是它给了我们预测王川平的艺术发展的机会。尽管这本诗集作为王川平在诗坛的"第一次站立"还有这样那样的不足，但是这诗集有可能成为王川平的一个新起点——沿着他个人的路向新里程的起点。

1988 年 6 月 9 日于重庆

（王川平：《墓塔林》，重庆出版社 1991 年版）

无题序

——序《中国现代无题诗百家》

　　好的诗题，是一首诗作为有机体的一部分；或者更确切一点，好的诗题是一首诗的眼睛，也是一首诗的语言浓缩剂。例如顾城那首名作：

　　　　黑夜给了我黑色的眼睛，
　　　　我却用它寻找光明。

　　诗题《一代人》，使"我"的内涵一下子就丰厚起来。诗人原来是"自我"表现一代人的精神风貌和心理历程啊！

　　这种情况在散文创作中亦然。

　　鲁迅的《伪自白书》中有一篇题为《现代史》的杂文。鲁迅似乎随意选笔地写了一番"变戏法"的种种景观：或是戴假面的猴子耍一通刀枪；或是将一个孩子装进小口的坛子里面去；在变戏法过程中，变戏法的变着法儿向看客要钱。在杂文的末尾，鲁迅写道："到这里我才记得写错了题目，这真是成'不死不活'的东西。"

　　其实，鲁迅何尝写错了题目？当时的中国，蒋介石、汪精卫、孙科次第登场，每个人上台后，都玩一通把戏，向人民敲诈勒索。

鲁迅以含蓄之笔曲尽其态，《现代史》这个题目真是妙极了！

但是，诗题可有也可无。没有诗题的诗被称作无题诗。

无题，有时是诗人不愿说破——有些情思和意境一经说破就索然无味了。无题，有时是诗人不能说破——无题诗大多别有寄托，那寄托在某一特定环境下只能隐在诗行间。无题，有时是诗人无法说破——无题诗的复杂心绪很难让一个诗题站住。

有诗题的诗，如果题目取得不好，有就是无。无题诗，如果诗写得好，无就是有。读者在心中会得到自己的诗题。

一说中国的无题诗，往往就会说到晚唐诗人李商隐。由于李商隐华丽典雅的无题诗多为爱情诗，因此，从古到今，无题诗便被当作爱情诗的别名。这其实是不准确的。例如名作：

> 相见时难别亦难，东风无力百花残。
> 春蚕到死丝方尽，蜡炬成灰泪始干。
> 晓镜但愁云鬓改，夜吟应觉月光寒。
> 蓬山此去无多路，青鸟殷勤为探看。

便不一定是写爱情的，表面上的离别相思之情掩藏着政治上的隐喻。

在现代中国，无题诗从来没有断过踪迹。鲁迅就写过好几首《无题》古体诗。中国新诗的无题诗较之古代无题诗，艺术视野更宽阔。除了爱情诗以外，哲理诗的实绩也十分突出。此外，慨叹人生、吟咏性情的抒情佳作也不少。

试读秦兆阳的《无题》：

> 最应该记住的最易忘记
> 谁记得母乳的甜美滋味

最应该感激的最易忘记
谁诚心亲吻过亲爱的土地

最应该算计的最易忘记
谁算过先行者的无数血滴

最应该惊奇的最易忘记
谁惊叹大地的无限生机

参天树为什么要深深扎根
为的是繁茂它绿色的生命

历史的河流啊，长流不息
流的是历史的深沉的思绪……

　　这样开阔的襟袍，这样深沉的哲思，古代无题诗是容纳不下的。
　　在外国，无题诗也比较普遍。我主编的《外国名诗鉴赏辞典》
就收了罗马尼亚诗人阿尔盖齐的一首《无题》。尤其是世界各地用华
文写作的诗人，多有无题之作。
　　顺手牵来新加坡诗人怀鹰的华文诗集《花魂》中的《无题》：

没有小溪
能静卧成大海
墙角的幼苗
能葳蔚成悬崖上的高松
路
能坦荡成阳光大道

没有，没有一个生命

能休息成伟大的先哲

新时期以来，无题诗在数量和质量上都有了长足进展。诗人刘湛秋甚至还推出了一本《无题抒情诗》。到了检阅收获、沉思明天的时候了。因此，高凯同志编的这本诗集真是恰逢其时，相信对无题诗的发展会有影响和贡献。

我在为《台港爱情诗选》写的序言中曾说，诗人编诗选是很恰当的事，因为"选家并不好当。选家要有眼光，即要有比较敏锐、比较纯正的诗美感受力。理论家编诗选常会受到美感的挑战，诗人编诗选却有自己的独特优势。远不是每位诗人都能在理论上把审美问题讲清楚，然而具体作品的感应、体验、品评上却常常高于理论家。可以说，缺少诗味的次品绝难混过有成就的诗人的双眼"。

我依然坚守这个看法。

高凯同志是诗人，他自己也写无题诗，因此，他实在是编选本书的合适人选。

1991 年 7 月 19 日于西南师大中国新诗研究所

（高凯编：《中国现代无题诗百家》，陕西人民教育出版社 1993 年版）

中华儿女情

——《爱我中华诗歌鉴赏》总序

一

爱国主义是中国诗歌世代相传的神圣主题。爱国诗篇以对祖国土地的忠诚与挚爱，对民族兴亡的责任感与献身精神，摇撼着一代代读者的心。一个中国人，甚至包括一些并不识字的人，无论命运将他抛到哪里，一章岳飞的《满江红》，总会使他壮怀激烈，产生"莫等闲，白了少年头"的报效祖国的热望。许多中国人，在抗日烽烟中都曾低吟过艾青的名篇《我爱这土地》：

假如我是一只鸟，
我也应该用嘶哑的喉咙歌唱：
这被暴风雨所打击着的土地，
这永远汹涌着我们的悲愤的河流，
这无止息地吹刮着的激怒的风，
和那来自林间的无比温柔的黎明……
——然后我死了，
连羽毛也腐烂在土地里面。

为什么我的眼里常含泪水？
因为我对这土地爱得深沉……

中华民族是苦难深重的民族，又是消化力、凝聚力很强的民族。在几千年的历史中，无论面临多么严峻的内忧外患，中华民族从不分裂，相反，往往"敌存灭祸""多难兴邦"。在世界上，无论汲取多么丰富的域外文化的养分，中华民族都善于在本土化过程中实现以我为主的发展。中国古老的土地，是最宜于盛开爱国的诗之花的土地。不但众多的诗人，而且众多的爱国者，都用真挚的心、鲜血乃至生命留下了千古绝唱。这些诗篇是中华民族的诗歌瑰宝，是中华民族用诗写成的一部辉煌的爱国史。

二

不难发现，中国诗歌的爱国主义主题有一个充实与发展的过程，在艺术长河中逐渐形成历史性、时代性、开放性三个基本特征。

爱国诗歌的历史性和中华民族的融合、同化的一体化历程分不开。

中华民族有文字记载的历史始于距今四千年的商代。"中"指中原，"华"是繁荣之意，中华民族在远古只是中原居民，后因行汉代礼仪、着汉服而被称为汉族。在融和、同化的渐进历程中，古代爱国诗篇就带有难以脱开的历史局限。诗人"爱"的只是自己的"国"。选入本书的《诗经·秦风·无衣》只是为春秋时代的秦国"修我戈矛"，而屈原传之久远的《国殇》追悼的则是为战国时代的楚国而牺牲的士兵（楚辞作家的作品可以说都是"书楚语，作楚声，纪楚地，名楚物"的）。古代还有"夷夏之防"的说法。"夷"，就是后来成为中华民族的有机组成部分的少数民族。《尚书·尧典》说"蛮夷猾夏"，"猾"意为侵略，其实说的是同属中华民族的汉族与少数民族之间的战争，并非他国来"猾"中国。随着中华民族的最后形成，这些还不是近现代意义上的爱国诗篇就成了各族人民共同的精神财富。例如，岳飞虽然所爱的是宋金对立时期的赵宋王朝，南宋后期抗击金军和蒙军的将士多为岳家军后裔，但岳飞的爱国作品却同样得到包括蒙古族在内的各族同胞的传诵。收入本书的蒙古族诗人三多的《观岳鄂王铜印歌》就唱出了动人的礼赞。具体的历史风云消散了，永恒的爱国情怀在闪光。爱国诗篇陶冶人的性情，从人的心灵深处强化中华民族的向心力和自豪感。

一个时代有一个时代的爱国主义，一个时代有一个时代的爱国诗篇。到了近代，中华民族一体的思想与感情更加明确与深化。像"夷夏之防"这类观念的内涵也发生了根本变化。"华"或"夏"与"夷"的对立消失了，它成了整个中华民族抵抗鸦片战争后帝国主义大规模侵略的口号。"杂种"，不再是对少数民族的蔑称，而是给外国侵略者的"雅号"；"不破楼兰终不还"也不再是"破"边疆的少数民族，而是"破"入侵祖国的侵略者。近代的爱国诗篇就与古代的有很大不同。入选本书的满族诗人海钟的《赫哲烈妇歌》，对只有千余人的赫哲族的抗俄斗争献上深情的诗行，表现的就是组成中华民族的五十六个民族的同仇敌忾。读者可以看到，许多近代的爱国诗篇已经摆脱了"爱主即爱国"的封建桎梏，将爱国与反抗黑暗、鼓吹变革、呼唤振兴的先进政治思想联在一起。"灵台无计逃神矢，风雨如磐暗故园。寄意寒星荃不察，我以我血荐轩辕"，是近代爱国诗人的共同"小像"。国家不幸诗家幸，近代爱国诗歌由此获得了自己的时代性。在现当代诗歌中，爱国主义主题又在新的历史条件下有了新的内涵和新的表现方式。爱国与爱共产党与社会主义的统一，是入选现代分册和当代分册的许多作品的共同审美取向。在当代中国，海峡两岸骨肉同胞的分离，也是爱国诗篇的灵感的重要来源。海峡两岸"共此千里月"的吟唱是当代诗歌中又一具有时代精神的闪光的旋律。像台湾诗人余光中唱的那样：

给我一瓢长江水啊长江水

酒一样的长江水

醉酒的滋味

是乡愁的滋味

给我一瓢长江水啊长江水

给我一张海棠红啊海棠红

血一样的海棠红

沸血的烧痛

是乡愁的烧痛

给我一张海棠红啊海棠红

给我一片雪花白啊雪花白

信一样的雪花白

家信的等待

是乡愁的等待

给我一片雪花白啊雪花白

给我一朵腊梅香啊腊梅香

母亲一样的腊梅香

母亲的芬芳

是乡土的芬芳

给我一朵腊梅香啊腊梅香

　　还应当提到的，是现代分册和当代分册选入了以毛泽东为代表的前辈革命家的作品。"诗外无人，人外无诗"的古论在这些篇什中体现得十分充分。诗品与人品的相互交织，赋予本书令人瞩目的光辉。

开放性也可以说是时代性在新时期的中国爱国诗篇中显示出的突出特征。开放对封闭的取代，祖国与世界交往的日益频繁，物理空间中国与国的距离的缩小，必然刷新自古以来的爱国主义。新时期的中国爱国诗篇出现了爱自己祖国与爱作为世界一员的祖国的一致，爱自己的民族与爱作为人类的组成部分的中华民族的一致。且听诗人在异国他乡的咏唱：

> 一样的白云，
>
> 一样的蓝天，
>
> 但不同风景，不同语言；
>
> 尽管风景不同，语言不同，
>
> 一样的白云
>
> 一样的蓝天。
>
> ——绿原：《白云书简》

诗人有祖国，诗歌无国界。在当代世界上，各国诗歌的诗情内涵呈现着人类一体性。当然，爱国情怀正是全人类彼此相通的共性之一。对于当代中国诗人，爱国不是满足现状、抱残守缺的别名，爱国意味着改革；爱国不是闭关锁国、故步自封的别名，爱国意味着开放。既保持堂堂中华、炎黄裔胄的尊严，又发扬关注世界、关注人类的精神，这是新时期许多优秀佳构的面貌。

三

本书是分类选本。以相类主题或题材选诗成集并非本书的创造。一千五百年前的《昭明文选》的诗歌部分就是将作品按"祖饯""对励""军戎"等二十三类分编的。近年来，也有一些断代或历代的爱国诗选问世。

本书有四个属于自己的特色。

其一，时间跨度长。

选入本书的最早作品采自《诗经》，最新作品是女诗人张烨1991年10月发表于《诗刊》的获奖作品《东方之墟》，时间跨度超过了三千年：如果分代而言，古代三千年，近代八十年，现代三十年，当代四十年。

在如此漫长的时间内选爱国诗是复杂的工作。由于本书有特定的选材角度，所以许多不是以爱国为主题的佳作就未能入选。基于同样的原因，每位诗人的入选数量并不一定与他在文学史上的地位相一致。例如，唐代边塞诗派的作品就比山水田园派作品选得多。又如，选编宋代作品时，虽然对豪放派、婉约派、江西诗派都给予了注意，但苏、辛作品的入选数量远远超过李清照和黄庭坚，而李清照和作为中国古诗从"吟"彻底发展到"说"的集大成者的黄庭坚对中国诗歌发展的重要贡献是自不待言的。再如，近代分册中丘逢甲的诗较多，原因不只在于他既是"诗界革命一巨子"，又是"近代诗家三杰"之一，还因为他在内渡后所作的一千七百余首诗可说篇篇俱是爱国之作。如前所述，许多著名的爱国诗篇出自并不是诗人的爱国者之手，这些爱国者的情况很不相同。本书只能以作品的内容和客观效应作为选材标准，而将作者全面的历史评价留给史学家去评说。以人废诗显然不够恰当。

其二，空间跨度大。

近七百首入选作品，有中国内地诗人的，也有台湾、香港诗人的。侨居世界各地的华文诗人的爱国名作也得以入选。像洛夫（中国台湾）的《边界望乡》、蓝海文（中国香港）的《三个月亮》、彭邦桢（美国）的《月之故乡》、和权（菲律宾）的《桔子的话》都流播较广，有的还被谱曲传唱。

其三，诗体多样。

本书是丰富多彩的诗体大展。可以说，凡在中国诗歌史上产生过重大影响的诗体在本书中大多都有。古代爱国诗篇的诗体纷呈迭出：四言诗、近体诗、杂言诗、歌行、古风、词等。本书既选古诗，也选新诗。新诗除了自由诗和现代格律诗以外，还选入在各个历史时期传唱很广的歌词。如果说当初被称为曲子词的宋词也是按照乐谱的音律节拍写出的话，那么就应该说本书收进了古今爱国歌词名篇了。

其四，配有鉴赏文字。

迄今国内出版的爱国诗选，一般是断代的，而且往往只限于古诗词，并且没有鉴赏文字。为了帮助读者更准确、更深入地鉴赏爱国诗篇，本书对每首入选作品都配有简短的鉴赏文字。这些文字都在相当的水平线以上，不少篇页出自名家之手。它们既沿引前言成说，又提出个人心得；既深入诗的真味，又触及史的脉搏。好些鉴赏文字对前人会心所在善于体会发挥，但并不单凭主观感受，离开作品去引申揣度，故作惊人之语，而是以博学、精思为基础，熔考据、诠释、鉴赏于一炉，有较高的诗学价值。

四

本书是出自加强青少年爱国主义教育的需要而编写的，读者对象主要是中学生、大学生，振兴中华，创建中国历史的黄金时代，是当代青年难得的历史机遇，也是一种来之不易的幸福。要振兴中华，就要了解中华，了解她的昨天、今天和明天。青少年应当熟悉前辈三千余年间留下的爱国诗篇，从中获取振兴中华的巨大精神力量。

重庆大学出版社的这套重点图书，由沈永思、谭大容、张宗荫策划；一些著名专家、教授、诗人及优秀中青年诗学工作者参加到这项工程中来，他们在百忙中或担任分册副主编，或撰写鉴赏文章。

各分册的副主编担任了该分册的统稿工作。中国新诗研究所的访问学者毛翰同志做了许多具体工作。在本书得以付梓的时候，作为主编，我向这些同志和重庆大学出版社致以谢忱。

　　　　　　　　　1993 年 4 月 7 日于中国新诗研究所

　　[吕进主编：《爱我中华诗歌鉴赏（古代一分册、古代二分册、近代分册、现代分册、当代分册)》，重庆大学出版社（当代分册）1993 年 6 月，（现代分册）1993 年 10 月，（古代一分册、古代二分册、近代分册）1993 年 12 月]

东鳞西爪说于沙

——《于沙诗选》序

1

于沙属于这样的诗人：他的诗和他的人生浑然一体。他的诗，就是他的人生；他的人生，就是他的诗。

我坚持一个见解：诗人，不应当是一种职业；写诗，不应当是一种事业。因为，真正的诗，无非人生经验的结晶，无非心灵的不由自主的呼喊。

于沙寻求着经过审美化、艺术化、诗化升华的人生。爱诗、爱酒、爱亲人、爱朋友的于沙，不但写抒情诗，写散文诗，写歌词，写散文，而且陶醉于音乐，潜心于书法，寄情于山水，他的生活抹上了艺术的诗的绚丽光彩。在文学各体中，诗是内视艺术，是心灵现象。主观性是诗美的基本特征。主观性对诗人提出了很高的要求：诗人要拥有一个富于诗意的人生。诗人自己有美的情怀、深刻的悟性，他才能成功地化世界为诗，才能成功地与时代进步的美学理想、与读者新的审美精神，实现内在的适应性。

于沙的诗行，正是从诗意的人生流淌出来的。从 1956 年迄今，他的两千余首（章）诗，是一条流动的河，不停地走向艺术的远方。但是，三十多年的作品，始终有一个共同的品格：它们默契着时代的主旋律，呼唤着爱与真诚，它们是有人生真味的诗。

唯其是有人生真味的诗，所以，它不需雕琢装饰，不屑故作深奥，而有朴实无华的风度。花开草长，鸟语虫声，清水芙蓉，云因行而生变，水因动而生文，一切都如此自然，如此真实，如此亲切。

朴实无华，是对读者的爱与尊重。一首诗就是一个有待于读者完成的、具有某种未定性的开放式结构。优秀的读者都算是半个诗人。读者介入诗美创造的过程，就是诗实现自己价值的过程。好诗正是在读者的不同介入中，获得永无终结的美学效应的，而初感是读者介入诗美创造过程的起点。由初感出发，在周而复始的吟咏与玩味中，读者的感知与理解建立着彼此促进的心理联系。朴实无华的诗，给予读者明确、明朗、明亮的初感，读者便"不隔"。

朴实无华是一种很高的艺术境界。于沙在"快乐的折磨"中走向这种境界，走向"艰辛的愉快"。"雕绘满眼"是学诗的幼稚病，"落其纷华"是诗人成熟的标志。一部《于沙诗选》都在向人们诉说着这个艺术真理。

近年的中国诗坛上，一些人热衷于在表现上玩花样。其实，在我看来，从 80 年代中期以来，中国诗坛真正缺少的是发现：对时代、人生的诗的发现。相反，表现技巧倒是"过剩"了。就一些诗人而言，诗人气淡化，而匠人气浓化了。

"成如容易却艰辛"。于沙朴实无华的诗篇，是真正有发现的作品，它们是浓后之淡、巧后之拙，有大技巧，有丰厚的内容。《于沙诗选》中的作品，有强有弱，但每一辑都在于沙的艺术水平线之上。这样质朴的诗，读者易读，但诗人绝不易写。比如第五辑中的《网》：

> 网，是残缺的完整，完整的残缺。
> 撒下去，水因网的残缺而回归原处；
> 拖上来，鱼因网的完整而在劫难逃。
> 不要害怕残缺，也不要固守完整。

网，是一部张收有致的辩证法……

五个诗行，明白如话。这首小诗的瞬时性、哲理性的亮光多么迷人。诗人以全部人生经验，发酵出一时的景观。从这一时的景观，读者走向哲理意蕴，走向自己的人生经验。一首小诗，景不盈尺却游目无穷。这不是随便就可得到的诗。比起那些和读者玩捉迷藏的诗，这样的朴实无华的诗，显得多么厚实。言近旨远者，才称得上善言者；词平意深者，才称得上诗人。

2

《于沙诗选》最有魅力的地方之一，是它的理趣。

和散文相比，诗有自己从审美上把握世界的方式。和流行的某些见解相悖，我以为：一方面，诗最耻于说理，它是"不讲理"的艺术；另一方面，诗的深层是哲学。从这个角度讲，诗是最富哲理的文体，理趣是不可或缺的诗趣。在人类的社会生活中，诗人的崇高地位，也许和诗人是时代的智者与哲人分不开。

80 年代以来，在中国诗坛上，轻化成了越来越居主要地位的审美取向。可以说，轻化，是中国新诗的深化与艺术化：它顺应读者变化了的审美意识，走向当代人丰富的内心世界；它多样化了和圆熟了诗的艺术技法。但是，也要看到，轻化又是中国新诗的肤浅化与平庸化。中国新诗，在轻化中疏离了强烈的时代感和纵深的历史感。读者翘首期待着时代的大手笔。

轻化是诗坛百花之一。但是，从诗坛的理论导向而言，恐怕应当倡导"写百家的诗，走大家的路"。这样，诗坛才不致失重。

因此，《于沙诗选》的理趣值得珍贵。

思想浅薄或平庸，是诗人的致命伤。于沙是一位沉思者，他的诗大多闪烁着哲理的灵光；他的诗并不总和政治生活中的重大事件

直接联系，或者对政治生活进行直接的诗的开拓。《于沙诗选》的理
趣，更多的是对人生的沉思。诗人走出人生以观照人生，他的诗的
格局就不狭窄，而是十分宽阔。诗人自称第四辑《沉思集》是"政
治抒情诗"，其实就是收入这一辑的作品，不少仍是对人生的审美静
观。当然，收入本辑的政治抒情诗，如《成熟》《色的告别》，更突
出地显示了诗人智者的敏锐与深沉。例如《成熟》：

　　禾苗已经成熟
　　再不轻飘飘迎风摇晃
　　而是沉甸甸弯腰低头
　　虽然褪去了油绿的肤色
　　通体却是黄金的结构
　　啊，成熟就是谦恭
　　啊，成熟就是富有

　　葡萄已经成熟
　　再不是纽扣似的青果
　　恰似满天透明的星斗
　　鼓着眼儿等待采撷
　　不愿在藤架上滞留
　　啊，成熟就是完善
　　啊，成熟就是谢酬

　　思想已经成熟
　　确信：鹿非马，马非牛
　　醉人的不都是美酒
　　甜蜜里常有泪的苦涩

花不尽只恋向阳枝头
啊，成熟就是睿智
啊，成熟就是深厚

祖国已经成熟
体温：不再时升时降
步履：不再忽左忽右
推窗：摄取天下奇观
低头：构筑心上重楼
啊，成熟就是稳健
啊，成熟就是风流

成熟吧，快快成熟
禾苗在分蘖中成熟
葡萄在汗渍中成熟
思想在阵痛中成熟
祖国在改革中成熟
啊，成熟了的不会衰老
啊，成熟之后更有追求

这首写于 1984 年的歌，是大时代之歌，它与新时期的祖国是那样的谐和与默契。扩而言之，应该说，一切优秀诗歌的美学基础，都是对人、对世界、对人和世界的关系的艺术把握，诗人正是在这基础上获得表现人们内心生活的无限可能性。于沙的诗篇，正是以它的美学评价的准确性，使人反复玩味和处于共振性、响应性状态的。

3

于沙是有自己的美学追求的诗人。他力图从多方面给读者造成美感，他希望让读者享受美观、美听、美想、美味，或者说，眼前景、铿锵音、广阔联想和味外之味。

于沙的美学追求是中国气派的。

中国新诗当然要不断寻求新变。不论如何变，它总得有中国气派。传统诗歌与诗歌传统，是互相联系又互相区别的艺术概念。传统诗歌，是指作品，是物态化的；诗歌传统，是指传统诗歌中的某些艺术元素，是外在于作品的，是精神化的。我这里讲的中国气派，当然不是指今人去写仿古诗，而是指对民族优秀诗歌传统的批判性继承。

民族优秀诗歌传统，首先是一种文化精神，一种道德审美理想。在《于沙诗选》中，那种以国家和整个人群社会为本位和匡时济世的人生取向，就是道地的中国气派。比之那些背对国家、民族兴衰的个人和命运的咏叹之作，中国读者更习惯、更喜爱、更欣赏于沙这样的作品。

民族优秀诗歌传统，其次是诗歌审美成就的历史继承性和艺术形式发展的接续性。马克思主义诗美学，从来不看轻诗的形式。马克思主义诗美学和形式主义诗美学的分野在于：前者总是将诗看成是一种特殊的意识形态，拒绝将诗仅仅归结为形式。那种所谓"诗到语言为止"之类的怪论，是对诗美本质的隔膜和降低。

于沙的美视说，其实就是中国诗歌的意象和意境理论的现代版。意象和意境说，是中国诗歌的富有。所谓"作诗之妙，全在意境融彻"，所谓"境到意随"。中国画家作画，总是寻求画中有诗。台湾现代诗人和画家王禄松说得明白："我不是画画，而是画诗""我用色彩来写诗……我画的是诗，且也是梦"。中国诗人写诗，总是寻求诗中有画，有"佳境""妙境"，寻求诗在情景交融中寓含"象外之象""景外之景"。

于沙的诗寻求美观，使意含于象或意含于境，这真是懂得了我国诗歌的高明处。情感状态，最不宜于直接说破，破则无味；情感状态，也往往难以说破，让意含于象或境，读者从美观中获得的情感体验，就是原生态的、鲜活的、丰富的。

试读《难忘记》：

　　　　走过芳草地，

　　　　漫步柳荫堤，

　　　　我们的笑声，

　　　　洒在脚窝里。

　　　　半空飘来雨丝丝，

　　　　打湿了头发与新衣。

　　　　啊，丝丝雨

　　　　雨丝丝

　　　　打湿了的生活难忘记

　　　　你在呼唤我，

　　　　我在追寻你，

　　　　我们的祝愿，

　　　　洒在笑声里。

　　　　半空飘来雨滴滴，

　　　　打湿了一页新日历，

　　　　啊，滴滴雨，

　　　　雨滴滴，

　　　　打湿了的友谊难忘记

　　眼前景中有难忘记的心中情。《于沙诗选》第七辑《看戏记悟》，尤是创造意象和意境的妙篇。一首诗，寥寥几十字，就是一出戏，一个意象。字字在小戏台，字字不只在小戏台。诗人看熟了戏，看懂了戏，看透了戏，而这"熟"，这"懂"，这"透"，尽在意象或意境中。聪明的读者，会由此而增添慧眼，在人生大戏台上做一个好演员。

于沙的美听说，其实就是中国诗歌音乐精神的一种发扬。音乐性是中国古诗最强的一环，也是中国新诗最薄弱的一环。

新诗强调内在音乐性，这无可厚非。西方现代派将内在音乐性和外在音乐性对立起来，扬前者而抑后者。这是一种偏激。中国新诗坛上的一些诗人，完全接受西方现代派的观点，实在是诗坛的悲哀。只讲求外在音乐性，诗篇可能变得矫揉造作、珠光宝气、庸俗粗陋。不过，内在音乐性，总得要有外在音乐性相呼应。中国诗歌，千百年来造就了看重外在音乐性的读者，甚至可以说，造就了喜爱格律美的读者。于沙诗歌的这种中国气派，适应了中国读者的审美需要。

于沙的诗，着重从中国民歌与古诗中吸取音乐性营养，节奏明快，琅琅上口，宜于朗诵，许多作品还讲求对仗。不少诗篇，实际上是现代格律诗。第八辑《爱的备忘录》的艺术实验值得注意。诗人以顿数的均齐代替五、七言，一、二、四句押韵，读起来很美，而且易记诵。第十辑《华夏风景线》的十行诗，也在音乐性上有新的拓展。

诗之纯，在内涵上，是对非主观体验因素的排除；在表现上，是对散文式叙述的排除。《于沙诗选》注意这两个排除，虽然还有不尽如人意的地方，但已获得了相当的纯度。

于沙的美想说和美味说，与中国诗歌的含蓄蕴藉传统一脉相通。他以口头语塑造笔下象和笔下境，寻求象外之言、境外之意。

含蓄蕴藉不是晦涩艰深。前者是充实的沉默，是丰富的无言；后者是空虚的喧哗，是苍白的做作。

《孙趣衾衾》是《于沙诗选》中较为成功的一辑。写童心的世界，写世界的童心，也是简约含隐，以一驭万。请看这一首《大红灯》：

两岁的小孙孙，
真好记性，
记住了一个不可侵犯：
绿灯：走！
红灯：停！

清早去逛公园，
他连蹦带跳地前行。
怎么突然止住了？
指着初升的太阳，
看，一盏大红灯！

诗人多么善于用儿童的心灵去感受，用儿童的语言去歌唱。在一个长时期里，儿童诗的教育作用被片面地理解了，被局促于一方小小的天井之中。其实，儿童诗的永恒主题，应该是童趣、童心。于沙这样的儿童诗，不但对儿童有益，对昔日的儿童又何尝无益？鲁迅在《看图识字》中有这样的话："凡一个人，即使到了中年以至暮年，倘一和孩子接近，便会踏进久经忘却了的孩子世界的边疆去，想到月亮怎么会跟着人走，星星究竟是怎么嵌在天空中。"《孙趣衾衾》给予读者的，正是这样的净化。"新潮"诗人学着西方人，呼喊要走出现代文明"重返家园"。其实，现代文明是摆脱不了的。"新潮"诗人能够"新潮"，就要依靠现代文明提供的种种物质条件。而净化心灵，永葆童心，建设一个理想的文明社会却是可能的。于沙儿童诗的价值在此，而且他的诗写得如此不拖泥带水，字字必争，一个字就是一个无底深渊。这是中国气派。

诗的写法越多越好。"国无法则国乱，诗有法则诗亡。"但是，中国诗人写中国诗，这大概应当是共同的。孟子曰："大匠诲人以规矩，不能使人巧。"欲巧，欲神，欲妙，就要以心胜而不以法胜，"八仙过海，各显神通"。至于"规矩"，恐怕民族气派是第一"规矩"。违规者，读者就会不"规矩"了——他不去读这种诗。

4

我不认为于沙的诗篇篇都是精品，但是，于沙的确是一位属于时代、属于民族的真诗人。我愿意将自己敬重的目光，投向于沙和像于沙这样的真诗人。我想说，属于时代、属于民族的真诗人，是诗的财富与骄傲。一个时代，同时存在着许多流派，总是有一个代表着那个时代的诗的主潮，显示着那个时代的诗的最高水平。我以为，正是拥有于沙这样的审美取向的诗人，组成了我们时代主要的和最高水平的艺术流派。

是为序。

（于沙：《于沙诗选》，时代文艺出版社 1995 年版）

熟读《新诗三百首》，不会吟诗也会吟

——《新诗三百首》前记

　　和古人寻求永恒与不朽相反，聪慧的现代人寻求相对与新变。世界属于流动，唯"一切皆变"的规律才能永恒。就中国诗歌而论，从《诗经》而《楚辞》，从律绝而曲令，从旧体诗而新诗，留下的正是流动的轨迹。任何一个时代的中国诗歌总是在对自己时代新的审美精神的最大适应中获得出世权，诗体新变为诗歌的向前流动开辟新路。中国新诗亦如此。

　　新诗是"五四"新文化运动的产物，又是"诗体大解放"的产物。郭沫若的自由诗宣告了"诗体大解放"的最初胜利。《女神》之后的六十余年间，新诗赢得了自己的繁荣与光荣。《新诗三百首》从一个角度展现了中国新诗在不到一个世纪中的辉煌。希望读者能够喜欢这个选本，并且欣喜地说："熟读《新诗三百首》，不会吟诗也会吟。"

　　回顾是为了前瞻。中国新诗还需要向前流动，这一流动离不开对新诗文体理论的基本课题的检讨与确认。

　　例如，诗与散文。

　　和当年胡适所言的"作诗如作文"相悖，诗与散文有着质的差别。

　　从审美思维与艺术选择而论，诗与散文在审美视点上十分不同：前者偏向表现内心生活的音乐，后者钟情再现外在世界的绘画。也可以说，散文叙述世界，而诗体验世界；散文以它较强的历史反省功能显示自己的优势，而诗以它对世界的心灵反应证明自己的存在；散文展示外宇宙的丰富，而诗披露内宇宙的精微。

从构成方式和存在形式而言，诗与散文的艺术媒介十分不同。散文有文学语言作媒介，诗却没有现成媒介。诗以一般的语言组构独特的语言方式。可以说，作为艺术品的诗是否出现，主要不在它"说什么"，而在"怎么说"。离开独特的语言方式，诗便不复存在。一般语言一经纳入这种语言方式，就获得了非语言化、陌生化、风格化的品格，由实用语言幻变为灵感语言。古中国的"诗"字的"言"是人的口含着笛子的象形，而"寺"是舞蹈的象形。古希腊的"诗"字原意是"精致的讲话"。这是别一种具有音乐性、精致性的语言。不懂得此，实难与之谈诗。

早期一些新诗作品在"诗体大解放"中"作诗如作文"的后果是：虽然白话走进了诗，但诗却走出了白话。

又如，诗与现实。

新诗的诗体解放，根本动因就是希望重建诗与现实的联系。

现实主义的美学精神是中国新诗的财富。关注现实，力求自己的价值取向与时代的发展趋向相一致，是中国新诗所有风格流派的优秀诗歌共同的人文品格。当然，诗的现实主义精神不只表现在与重大社会历史事件的直线对应关系上。作为在人类的翅膀上产生的艺术，诗的"现实"很宽广。诗观照宇宙，咏叹人生，上天入地，出自内心而进入内心。在商品大潮之下，诗还是文化素养高的人们对人性、人情的呼唤，是在物化、冷化、异化的社会风尚中的自救与自娱。

如果以与外在现实的隔绝作为"纯"的标尺，那么，一些人倡导的"纯"诗有如物理学中的"永动机"一样，只是一种浪漫期待而已。应该说杰出诗篇都具有不"纯"性，因为诗人不仅要有

"诗"味，更要有"人"味，而人是一种社会存在。我们倡导提高诗的"纯度"，即一首诗之作为诗的资格程度，它的文体特征的净化度，它对高品质的诗的隶属度。但"纯度"不是以诗与现实的隔绝程度作为衡评标准的，它的标尺是诗与散文的分手。

在"诗与现实"这个课题上，重要的是不要强迫诗承担散文的美学功能，也不要强迫每一首诗承担一个时代的诗的总体的美学使命。

由文体特征所确定，诗有文体优势，又有文化局限；它有所能，又有所不能。它只能通过自己的文体轨道去与现实相连。在新诗发展史上，曾有过分推崇叙事诗、贬抑抒情诗的章页，其源正出自对诗的文体特征的隔膜。简言之，诗是对外在现实的反应，而不是对外在现实的反映。作为得意忘形的艺术，诗至少是通过"反应"而达到"反映"的。《而庵诗话》有云："古人善诗者，皆不喜以故事填塞；若填塞，则词重而体不灵，气不逸，必俗物也。"诗人的美学使命在于化客观为主观（所谓"神圣的主观性"），化对象为体验（所谓"体验第一"的原则），化事物为情思，再化情思为意象（所谓"第三自然"）。在叙述外在世界上，诗不与散文争高下；有如在叙述内心世界上，散文不与诗争高下一样。给诗赋予非诗劳役，只能让诗走上绝境。

再如，诗与传统。

应当将传统和传统主义分开。

传统是具有神圣性、社会性、广泛性、相对稳定性的文化现象。任何民族的诗歌都不可能完全推开传统而另谋生路。推掉几千年的诗歌积蓄去"解放"，只能使新诗成为轻飘、轻薄的无本之木。"诗体大解放"的倡导者们虽然激烈地反传统，但其实，传统的诗学范畴仍潜在地给他们以影响。胡适就自称《尝试集》的"尝试"二字也是从古诗那里取用的。（陆游《能仁院前有石像丈余盖作大像时样也》："江阁欲开千尺像，云龛先定此规模。斜阳徒寄空三叹，尝试成功自古无。")

诗，总是具有诗之作为诗的共有品格。然而，作为文化现象，不同民族的文化又会造成诗的差异。大而言之，以古希腊为代表的西方文化和以中国为代表的东方文化，在天人关系、对人的看法、对自然的看法、对历史发展的看法上从来不同。因此，西方诗与东方诗也有很大不同。

把话说得更远一点，西方诗学和东方诗学也有颇大差异，无论是二者的诗学观念、诗学形态，还是二者的发展之路。西方诗学推崇戏剧，东方诗学以抒情诗为本；西方诗学注重分析性、抽象性、系统性，东方诗学注重领悟性、整体性、经验性；西方诗学运用纯概念，东方诗学运用类概念；西方诗学滔滔，东方诗学沉静；等等。

中国诗歌有自己的道德审美理想，有自己的审美方式与运思方式，有自己的形式、技巧积淀。中国的大诗人必定是中国诗歌优秀传统的发扬光大者。

自然，中国新诗也处在现代化过程中。这是一个扬弃的过程，对传统有继承与发展，也有批判与放弃。只有经受现代化验收、经过现代化处理的传统才可能在新诗中生存、活跃与发展。现代化是一个时间概念，本民族的传统和他民族的传统是一个空间概念，不能用空间概念代替时间概念。如果将现代化理解为"抛却自家无尽藏，沿门持钵效贫儿"，这将是一种滑稽剧。

接通新诗与传统的联系不是倡导传统主义。对传统作僵滞的、静止的理解，甚至将诗传统窄化为传统诗（因而指责新诗的种种"不是"，呼唤旧体诗的复兴，等等），这种传统主义是新诗寻求新变的障碍。

从总趋向看，西方诗存在着摆脱不了传统影响的焦虑，而中国新诗却存在着与传统隔绝的焦虑。和与散文界限太不清相反，新诗与传统界限太清——这个"太清"已经有近几十年的艺术实践为它的危害性做证。接通传统是诗体解放以后新诗十分关键的使命。

新诗文体理论的基本课题当然绝不止于上述几个，这里随手标举几个，是想开通文体理论建设的思路，以推进中国新诗的流动。

全书收入一百七十五家三百一十四首作品，取其成数，简言"三百"，并希望以此书名与《诗》三百篇、《唐诗三百首》的编辑意图（而不是编辑水平）相呼应，祝愿新诗更广泛地普及。《新诗三百首》的选诗标准是"雅俗共赏"。以抒情诗为主，对少数脍炙人口的讽刺诗亦有所选萃，不选叙事诗。就诗史而言，本书不是研究资料，因此不选现在只具化石意义的作品。就诗人个人而言，本书不担负全面评价某一具体诗人的艺术道路的使命，因此只精选合乎本书选诗标准的作品入书。总体而论，新诗发展史上的大多数重要诗人均有作品入选。本书重点突出了几位代表中国新诗的艺术高度、对新诗的发展保持了持久影响的诗人。对少数篇幅长的佳篇，编者只好采用了"割爱"的下策。《新诗三百首》除了作品、诗人小传外，还有简短的导读文字。这些文字都只是"点到为止"，回避下笔千言。诗是多层面的晶体。将作品留给读者自己去玩索，从而获得自己的诗，也许是一种明智的选择。

研究所赵寻撰写了诗人小传，莫海斌助教和赵寻、杨四平两位研究生参加了导读的撰写，从他们的工作来看，中国新诗理论界是后继有人的。

本书是应河北人民出版社之邀而编的。在时下人所共知的风尚中，河北人民出版社努力推出品位高的书籍给读者，这样的出版社散发着一股浓浓的诗香，我在写这篇前记时感到自己也变香了。

1994 年岁末于中国新诗研究所

（吕进主编：《新诗三百首》，河北人民出版社 1996 年版）

令人瞩目的现代转型

——序叶庆瑞《人生第五季》

我和叶庆瑞君至今还没有一面之缘，但是对他的诗，我是熟悉的：在我的有的评论文字当中提及过，在我主编的有的选本里编入过。现在他的《人生第五季》将要面世。我乐于作序。

《人生第五季》给我的印象是：诗人在他的诗路历程中已经跨出了好大一步——令人欣喜、值得祝贺的一大步。庆瑞兄在给我的信中说："1993年外出采访，遇车祸，两下肢骨折，在家疗养近两年，现在上半班。利用半日之闲，整理近五年的诗稿。汇集成《人生第五季》。"这真是不幸酝出大幸，有了不幸，才偷得平生半日闲，诗坛才多了一本《人生第五季》。

《人生第五季》较之庆瑞以往的诗作有了更明显的现代性。诗人努力地在对现代生活做出现代人的反应，对现代人的诗思寻找现代的叙述方式。这是令人瞩目的现代转型。

诗人在创造"另一种走路姿势"，在不无欢愉地"看一个旧我在旋律中渐渐沉没"。

应当承认，现代中国人正面临一种二重性处境：一方面，物质生活在走向富裕，社会生活在走向进步与开放；另一方面，精神价值在贬值，精神生活在走向贫困，现代中国人在天人关系、人际关系、身心关系上都承受着某种程度的精神迷失和心理重负。要作一位优秀诗人的难度就比在战争年代、救亡年代、革命年代大得多。

我正是从这一个角度对《人生第五季》表示赞赏的。

庆瑞写现代生活，写历史事件，写古代天空，都从现代人的视角，用现代诗语方式，去做出自己的诗意裁判。这样，他的作品就散发出现代化光彩。

我们一些读者近年已经积累了自己的阅读经验。近些年的中国诗坛，好诗并不多见，但是"后"什么、"新"什么的以前卫色彩炫人双目的理论宣言倒是并不少见。各种"后"、各种"新"推出的作品往往使人很难进入，诗人似乎乐于建造一座迷宫，叫读者去陷于迷津。因此，一些读者一听"现代"二字就有点恐惧。现代人害怕现代诗，这个现象也许值得我们这些搞评论的人深入想一想。庆瑞的《人生第五季》恰恰不是这样。这里有对现代人的终极关怀，有对现代诗艺的寻索，但是它是深而浅、远而近、难而易的诗。读者很容易处于响应性状态，和诗人一起去寻找在商品化社会中的精神自救与净化，去寻找比简单的生存更高层次的生存空间。

我相信读者会喜欢这个集子。本来，《人生第五季》触发了我许多思考，然而，很遗憾的是没有坐在书桌旁写篇长文的整段时间。如果模仿庆瑞的《上班》的最后一节，便是：

　　短暂的写作时间
　　夭折于
　　不断的门铃声和电话铃声

只好到此打住了。待到庆瑞君的下一本诗集再寻找说话机会吧。

1995 年 5 月 23 日

（叶庆瑞：《人生第五季——现代诗百首赏析》，南京出版社
1997 年版）

进入新世纪

——序王毅《中国现代主义诗歌史论》

这是一部我写不出的书。

对于中国新诗研究而言，现代主义诗歌及其历史曾经长时期地是一部没有打开的大书。自 20 世纪 80 年代以来，这部大书似乎已经翻开了几页，但主观臆测、似是而非的言说不少，要在"众声喧哗"中以这个题目做博士学位论文，确乎需要相当的勇气和自信。如果不是以哗众取宠为目的，而是真的要作一点将来能经受住时间淘洗的学术探求，应该说，这个领域就不容易有鲜花，多的是陷阱、是泥沼，很可能有"吃力不讨好"的命运在等候。但是，正如读者所看到的，《中国现代主义诗歌史论》是成功的，和此前的同类著作相比，它颇有一点"后来居上"的气势。两年前，在王毅的论文答辩之前，我曾在这篇论文的学术评语中写道："这是我今年评阅的博士论文之最佳者。"

这本书从传统价值崩溃是中外现代主义诗歌的根本成因起始，挥洒开去，论点在一个接一个地闪光。如果我在这里用上"目不暇接"这个陈旧的成语，也许并不为过。这本《史论》的"史"与"论"和谐的结合也值得赞许。它不是那种只有一堆史料的书籍，读那类书，我们除了对淹没在史料中挣扎的作者表示同情以外，实在也找不到多少事做。它也不是那种天马行空的理论炫耀，读那类书，不知道我们这些愚人的读书目的是要接触一个学科领域的实在状况，还是为了得知某位著者的前不见古人后不见来者的傲气和前无古人后无来者的才华。《中国现代主义诗歌史论》不是这样，它是理"论"观照中的"史"，它是赋予了"史"的血肉的"论"。这儿既无"我注六经"的平庸，亦无"六经注我"的虚妄，显示了作者的良好学养与学风。本书的阐述对象虽然是现代主义诗歌，但它给予读者的联想空间、思考空间却远远超越了它的阐述对象，而这正是成功的论著的共同学术品格之一。

俗话说"名师出高徒"。读了这篇论文，我不但想对王毅的成功表示高兴，我也想对王毅的导师表示敬意——严谨、严格的陆耀东教授在指导研究生方面的经验对于我是十分宝贵的。"他带研究生究竟有什么秘密呢?"这是当我接触到他的一"代"又一"代"弟子时在脑中常常出现的一个疑问。

人很像一条船。在人生的海洋里航行久了，陈旧的船体上就会有一些附着物。比如像我这条"船"吧，船名现在别人就非得在后面或前面粘上点什么，才能用作呼语，诸如"先生""教授"或至少是什么"兄"之类。当一个人能被别人直呼其名的时候，那是人生中最有锐气、最富有创造精神、最值得留恋的年华。王毅正拥有这样美好的年华。

青春岁月是天然地倾慕种种"先锋"思潮的年代，作为本书作者的王毅是持重而沉稳的。本书之外的王毅却"先锋"得多，这是青年的权利。但是，奇怪的是，在中国新诗研究所，王毅的口碑却甚佳，没有哪怕一丁点儿"先锋"们那些常见的令人退避三舍的毛病。文学史告诉我们，当一位严肃的学者更加成熟的时候，他往往会回过头去重新打量青年时代的自己。"回头"是为了前瞻，它会为自己的事业带来新的光彩。这已经而且将为大量的史实所证明。从王毅的为人和为学，我对他是有所预测的。这算是关于书外的王毅的书外的话吧。

我们已经站在新世纪的门槛之旁了。我和我的同龄人基本上是属于即将逝去的世纪的。下个世纪属于王毅们。

我祝福王毅。是为序。

1998 年 10 月

（王毅：《中国现代主义诗歌史论》，西南师范大学出版社 1998 年版）

可爱的微型诗

——读穆仁编《微型诗 500 首点评》札记，并代序

1

微型诗的高潮出现在这些年，有特定的语境：它既是对新诗冗长散漫之风的反拨，也是对新诗诗体重建的尝试。

2

或问：制作座钟难，还是制作手表难？答曰：各有其难。但二者相比，制作手表当更难，原因就在手表比座钟小。

3

不能看轻诗体的美学作用。在中国诗歌史上，二言、四言、五言、七言、词、曲的出现，都推进了诗的发展。五言诗只比四言诗多一个字，可是却"一言兴诗"。四言诗两字一顿，每句两顿，音节短促，结构呆板。五言由四言的"二二"结构变为"二三"结构，就不但可以容纳单音词，还可容纳双音词和三音词；有偶数顿，又有奇数顿，奇偶交错，变化无穷，推进了诗的口语化和繁荣。

4

没有万能的诗体。重庆某区要修一条步行街，规划将于街口立一碑，盛情邀我写一首新诗作碑文。篇幅：四到六行。主题：区委、

区政府为民办实事，全区人民踊跃集资。酝酿多时，无法找到诗的感觉，只好心甘情愿地向旧体诗缴械。由此想见，新诗再新，也有所能，有所不能；同样，微型诗也有所能，有所不能。由此判断，微型诗只是中国新诗的一个品种，不可能诗都"微型"。

但，"代有偏胜"。在不同的"代"，领风骚的或抒情诗，或叙事诗，或讽刺诗；或长诗，或短诗。也许在某个"代"，微型诗将出而领风骚，也非痴人说梦。

5

诗，与其说亲近勤奋，不如说更亲近诗才。诗歌本天成，妙手偶得之。诗才从来无定格。艾青是天才，以气质胜；闻一多是地才，以格律胜；卞之琳是人才，以理趣胜。微型诗也要给各种各样的人才创造宽阔的舞台。诗人与诗人之间的差异越大，微型诗就越繁荣。应当习惯差异，发展差异。微型诗要创造不微型的艺术世界。

6

微型诗的天地全在篇章之外。工于字句，正是为了推掉字句。海欲宽，尽出之则不宽。山欲高，尽出之则不高。不着一字，反得风流。不懂此理者，难觅佳构。此是微型诗家半夜传家语。

7

微型诗虽然现在才由重庆诗人（新诗应当感谢他们）名之，但它不是无源之水，相反，这样创作现象的渊源久远。上古的二言诗（如《易经》中的一些卦辞；如《吴越春秋》中的《弹歌》："断竹，续竹，飞土，逐肉"），也许就可说是微型诗始祖。就新诗而言，初期白话诗也并不乏微型诗。微型诗当明白自己的身世，在前人和后人之间找到自己的位置：接前人未了之绪，开后人未启之端。

8

微型诗是丰富的概念，或偏于情，或偏于景，或偏于理。但无论何条路子，微型诗都要忌枯。

无象则枯。齐白石在50年代写的《题不倒翁》："乌纱白帽俨然官，不倒原来泥半团。忽然将汝来打破，通身何处有心肝！"诗近微型。以象含不尽意，恰是未曾着墨处，烟波浩渺满目前。

9

更多的微型诗偏于理，这和小诗相似，但此理非彼理，乃是诗之理。诗之理忌直，忌白，也忌空，忌玄。微型诗要与格言划出界线，要与谜语分清门庭。

10

微型诗是诗，体虽微，但须有诗型。微型诗忌不成型。片言断思，也许可以成为其他文体的佳作，却未必是微型诗的美制。

11

《微型诗500首点评》，展现了一个色彩斑斓、卷舒自如的诗艺世界，有抒情诗，有叙事诗，有儿童诗。诗虽三行，却并不妨碍有的篇章还诗分两段，叫人叹为观止。问句、叠句、对话、比喻、象征、通感，各样技法纷呈迭出。《点评》带给读者一个消息：微型诗已经在人们的不经意间有了丰盛的收获。

12

点评古已有之，多人点评则是重庆诗人的又一创造。多人点评的方式，八年前重庆出版社出版的《小诗百家点评》就曾尝试过，并受到读者欢迎。这种方式，仁者见仁，智者见智。萝卜白菜，各有所爱。不但生动活泼，而且与"诗无达诂"的诗歌鉴赏相合，对导引读者进入鉴赏活动，确有好处。

13

实话实说，我虽然是以新诗研究为专业的人，却从来没有集中一次读这样大量的微型诗。掩卷之后，首先是一种震动，惊喜的震动：微型诗有这样大的艺术能量，有这么多的佳作，实在出我意外。可爱的微型诗！

因此，我相信，也祝愿《微型诗500首点评》最后带给编者的是兴奋和成功，带给读者的是全新的审美体验。

（穆仁主编：《微型诗500首点评》，重庆出版社1999年版）

五十年：新诗，与新中国同行

——《新中国 50 年诗选》序

> 中华人民共和国
>
> 在隆隆的雷声里诞生。
>
> 是如此巨大的国家的诞生，
>
> 是经过了如此长期的苦痛
>
> 而又如此欢乐的诞生，
>
> 就不能不像暴风雨一样打击着敌人，
>
> 像雷一样发出震动着世界的声音……

　　这是何其芳写于 1949 年 10 月初的《我们最伟大的节日》的第一个诗节。"隆隆的雷声"不但是诗的意象，也是实写。在这首诗的小序中，何其芳回忆道："1949 年 9 月 21 日，中国人民政治协商会议第一次全体会议在北京开幕。毛泽东主席在开幕词中说：'我们团结起来，以人民解放战争和人民大革命打倒了内外压迫者，宣布中华人民共和国成立了。'他讲话以后，一阵短促的暴风雨突然来临，我们坐在会场里面也听到了由远而近的雷声。"

　　新诗，也随着这"隆隆的雷声"走进新时代。

　　有如《我们最伟大的节日》所显示的，建国前已经起笔的诗人们，都在努力寻求自己的诗在内蕴、题材以及风格上的调整，以适应新中国的新天地，包括何其芳这样的从解放区走来的诗人。作为时代敏感的神经，诗人的《我们最伟大的节日》唱出了全民族共同的喜悦与心声。但是，从艺术上讲，作为个性早已完型的诗人，何其芳消失了。

建国的最初几年可以说是新诗的试唱期。

告别战争硝烟，走进和平年代；从漫漫黑夜走到黎明，这是中国历史的大转折。这是人们久已期待的转折，诗歌与诗人的自身转折就是题中之义了：它艰难而又神圣。在五星红旗的耀眼光辉里，转折需要时间。这一时期出现了像臧克家《有的人》这样的流传至今的佳篇美制，但总的说来，面临新时代的新诗在打量，在内省，在调整，在酝酿着新的声音。

50 年代初到 1957 年是新诗在建国后的第一个高潮期。试唱结束，新时代的合唱开始。"百家争鸣"方针的提出，推动了诗坛的活跃。除了建国前开始写作的诗人，如艾青、臧克家、冯至、何其芳、田间、李季、蔡其矫、严辰、邹荻帆、阮章竞、朱子奇、徐迟、沙鸥等，又唱出了自己新的歌声以外，重要的诗歌现象是，公刘、白桦、周良沛、高平、邵燕祥、李瑛、严阵、胡昭、顾工、韩笑、雁翼、梁上泉、刘章、陆棨、傅仇、流沙河、高缨、孙静轩、铁依甫江、晓雪、韦其麟、金哲等一大批新人的出现。他们是新中国推出的新一代，在艺术上没有什么因袭的重负，吟咏新生活对他们来说如鱼入水，他们给诗坛带来青春、朝气和繁荣。在这些新人中，有的其实早在建国前就开始铺开了自己的诗笺，只是在 50 年代才获得诗名而已。1957 年 1 月，《诗刊》和《星星》分别在北京和成都创刊，这一北一南的诗刊的出世正好作了建国后新诗第一个高潮的象征。

这个时期的新诗有着和新生活一样的清新，有着和黎明露珠一样的单纯。在经济建设里闪亮的诗美体验成了中国新诗从未有过的崭新主题，对祖国和领袖的由衷讴歌成了时代的诗情。正如公刘的《五月一日的夜晚》所唱的：

> 整个世界站在阳台上观看，
> 中国在笑！中国在舞！中国在狂欢！
> 羡慕吧，生活多么好，多么令人爱恋，
> 为了享受这一夜，我们战斗了一生！

　　从50年代中期的反胡风集团斗争和反右斗争始，诗的生存环境日益复杂，一次次斗争使一批批有才华的诗人失去了歌唱的权利。这就使诗坛的元气大伤。同时，在艺术上，对新中国诗歌的"新"的误读，带来诗在处理诗与政治、诗的时代精神与诗人个性、诗的中外古今的关系上的不成熟，建国后新诗的第一个高潮出现退潮。

　　从50年代到"文化大革命"是新中国50年诗歌的第一个阶段。颂歌和战歌是此一阶段新诗的两大基本范式。后者可以从30年代的左翼诗歌、抗战诗歌、国统区讽刺诗运动那里找出发展脉络，前者可以从解放区诗歌那里寻到传统。二者也可以分别从当时对中国新诗拥有强势影响的苏联诗人马雅可夫斯基和伊萨科夫斯基那里找到借鉴关系。老一辈诗人，包括艾青、田间、李季这样的从解放区来的颇负盛名的歌者，在对新时代的适应性调整中都陷入程度不同的危机。艾青除了50年代中期访问南美的一个组诗外，佳作不多；田间和李季的诗作的数量和质量也并不相称。在《有的人》以后，来自国统区的臧克家较少歌唱。《海滨杂诗》和《凯旋》两个组诗受到好评，可惜后来风光不再。他们的主要精力和时间投入了诗坛的组织工作中。于是，从解放区来的年轻诗人就很自然地走到诗坛的前台。以政治抒情诗见长的诗人郭小川、贺敬之和以带叙事因素的生活抒情诗名世的闻捷成了这一阶段的领潮人。他们都是在战争年代就已经有了比较充实的生活积蓄和比较充分的艺术准备的诗人。从《向困难进军》开端，郭小川的鼓动性很强的诗篇在理想主义色彩浓厚的年代那些渴望投入建设新生活热潮去的青年读者中引起巨大反响。他后来写的长章《望星空》则表现了诗人对人生的更深入的哲思。贺敬之的《回延安》等篇什的运思方式都是在历史与现实的交叉点上寻觅诗情与深度。闻捷的《吐鲁番情歌》以甜美、明丽的牧歌谱调使读者心醉。还应当提到的是，三位诗人在新诗诗体重建的探索中都是先行者，尤其是郭小川。

1978 年至 80 年代中期出现了新中国诗歌的第二个高潮。

和 50 年代的第一个高潮相比，这个高潮的成就和影响更大。立足于整个新诗发展史，它同"五四"诗歌、抗战诗歌一起构成了中国新诗发展史上的三大高峰。在严酷的岁月，作为时代的良心，诗歌并没有沉默，更没有死亡。在这个高潮中露面的一些优秀作品，如曾卓的《悬崖边的树》，牛汉的《悼念一棵枫树》《华南虎》，流沙河的《梦西安》，蔡其矫的《祈求》等都是在"文革"中埋在地下的，显然，它们当时不可能也不能问世。正如郭小川在《团泊洼的秋天》里唱的那样：

不管怎样，且把这矛盾重重的诗篇埋在坝下，

它也许不合你秋天的季节，但到明春准会生根发芽。

1976 年"四人帮"倒台，1978 年在有历史意义的党的十一届三中全会以后，中国开始了新时期。

经过一年多的结集，一支越来越庞大的诗人队列喜气洋洋地出现于新时期的诗坛上，而且，逐渐形成群星璀璨的景观。这个时期的领唱者之一是被称为"归来者"的诗人群。此一称呼和艾青在新时期的第一本诗集《归来的歌》有关。作为参与设计新中国国旗的

诗人，艾青在建国后的第一首诗就是《国旗》。50 年代中期，艾青
消失了。1978 年，人们惊喜地在 4 月 30 日的《文汇报》上发现了久
别的艾青的题为《红旗》的新作。艾青后来写道："《红旗》是我的
和群众的见面礼。"在《红旗》中，艾青唱道：

> 最美的是
> 在前进中迎风飘扬的红旗！

自《红旗》始，艾青迎来了他一生中很宝贵的第二个诗的青春。
和艾青一样，一大批饱经风霜的"归来者"，从天南海北，从社会底
层，带着各种创伤，回到了读者面前。牛汉、曾卓、绿原和其他
"胡风案"的诗人回来了；穆旦、唐湜、唐祈回来了。诗集《白色
花》和《九叶集》1981 年的同时出版，表明中国新诗史上两大流派
的归来。人民解放军军歌的作者公木回来了，吕剑、苏金伞回来了，
当年的年轻人公刘、白桦、邵燕祥、昌耀、高平、梁南、沙鸥、孔
孚、晓雪、胡昭、周良沛、王辽生、林希和孙静轩从反右之风卷去
的地方回来了；《星星》全体编辑流沙河、白航、白峡、石天河也回
来了。归来者们在坎坷的人生中获得了过去所不曾有过的体察。"诗
穷而后工"，他们比过去更深刻，因而他们的新作与刚刚从"文革"
中走出来的读者的心息息相通。在 50 年代写过《五月一日的夜晚》
的公刘，现在推出了名篇《哎，大森林》。诗人礼赞张志新烈士，但
诗笔并不停留在悲剧的表层，而是以象征手法对"大森林"进行宏
大叙事，唱出诗人在粉碎"四人帮"之后的开广沉思：

> 我痛苦，因为我渴望了解，
> 我痛苦，因为我终于明白——
> 海底有声音说：这儿明天肯定要化作尘埃，

假如今天啄木鸟还拒绝飞来。

在 1978 年至 80 年代中期的高潮中，另一个领唱的诗人群是朦胧诗人。"朦胧诗"的称呼是一场争鸣的产物。朦胧诗群的优秀代表舒婷的作品就并不朦胧，足见此一冠名的不准确性。朦胧诗人可以说基本是知青诗人。对刚刚成为历史的那个时代，归来者和朦胧诗人都在思考。食指的《这是四点零八分的北京》是较早的作品。当知青们乘坐的去往上山下乡目的地的列车驶离北京时，食指写道：

北京在我的脚下

已经缓缓地移动

这里的"北京"当然不只是一座城市，它的"缓缓移动"就是客观现实在变动。中心的变动、崇高形象的变动引起的诗人的迷惘，也是一代青年的迷惘。在这一思考上，归来者则更多地坚守着自己的理想主义色彩和信念，更珍惜来之不易的今天。高平作于 1982 年的《心迹》写出的也许是归来者的共同心迹：

冬天对不起我，

我要对得起春天。

和归来者相比，多数朦胧诗人却对未来不愿意轻易地相信。舒婷的《也许》《这也是一切》就反映了在朋友之间的争辩。多数朦胧诗人在继续用黑色的眼睛寻找心中的光明。但是，在对人的觉醒、人的尊严的呼唤上，朦胧诗人和归来者有着共同的歌声。在家国为上、群体为本的诗歌美学上，他们都是中国优秀诗歌传统的承接者。因此，对朦胧诗人最先做出肯定性反应的是归来者，这就毫不奇怪了。

"朦胧诗"的冠名当初与朦胧诗其实并无直接关系，而是来自对"九叶诗派"的老诗人杜运燮的批评。这一偶然内蕴的是一种必然：在诗歌观念与艺术技法上，朦胧诗派和 40 年代出现的那个中国式的现代主义诗派在艺术上存在着血缘关系。不过，朦胧诗人比"九叶"诗人更幸运，他们遇到了远比 40 年代更好的生存环境，因而获得了比"九叶"诗人更好的发展机缘。尤其在中国文化转型的剧变期的语境中，当新诗由对历史的反思转向对自身的反思以后，朦胧诗就赢得了更多的注意和更大的影响。它给正从封闭走向开放的好奇的中国新诗带来许多人们不熟悉的现代派的表现策略，为诗坛吹来一阵新奇的风，拓展着新诗的艺术创新之路。

在这个高潮期，前辈诗人也唱出了新的歌。臧克家、陈敬容、郑敏、方敬都表现不俗；贺敬之以《中国的十月》起笔，继续他那特有抒情方式的歌唱；李瑛不但有《一月的哀思》，而且有《我骄傲，我是一棵树》这样的探寻新路之作；张志民的新作有了一种过去很少见的批判的锐气。

除了一大批朦胧诗人，这一时期的新来者可以说是纷呈迭出，他们是新中国诗歌第二个高潮的第三群领唱者。有如杨牧《我是青年》所揭示的那样，他们当中不乏历史原因造成的"迟到"的新来者。新来者属于新时期。他们既在诗的使命感上与归来者相通，又在诗的技法上与朦胧诗人亲近。查干、程维、傅天琳、吉狄马加、纪宇、雷抒雁、李钢、李琦、李松涛、李小雨、林子、刘畅园、刘小放、刘湛秋、刘祖慈、梅绍静、饶庆年、桑恒昌、王家新、杨牧、叶文福、叶延滨、张德强、张新泉、张学梦、张烨、赵恺、郑玲、周涛都为新诗留下了也许将长期流传的篇章。在军旅诗人中，纪鹏、柯原、郭光豹写作甚勤。朱增泉是一位值得注意的将军诗人，他以国际题材见长，诗写得大气，颇有军人风度。

邵燕祥从祖国经济建设的飞速发展中觅得灵感。诗人50年代写过《中国的道路呼唤着汽车》，现在又写出了《中国的汽车呼唤着高速公路》；和归来者更关注外在世界不同，舒婷将眼光投向内在世界，以她那现代加古典的动人歌声，在《致橡树》里呼唤着独立人格；而新来者刘祖慈则关注祖国的民主化进程，在"为高举和不高举的手臂歌唱"。春风得意，百花盛开。归来者、朦胧诗人、新来者三个诗人群的领唱，老中青诗人的合唱，构成了中国新诗少见的黄金时代，而艾青则是当之无愧的总领唱人。

80年代中期，诗的外在环境发生大变化：经济运行机制由计划经济转向市场经济，社会运行的规则出现变化；在精神领域，传统的人文精神为现代商业精神所取代，一些旧的价值观念崩塌；新的文化传媒兴起，文化角色移位，传统的文化构成变化，和文学一样，诗从文化的中心开始滑向边缘。新诗再次面临调整和适应。1978年起始的高潮自然而然地退潮。

80年代中期，在传统价值体系的崩溃处出现了"第三代"。于坚、翟永明、伊蕾、韩东、西川等都显示出了才气。由于"第三代"是十分复杂的信奉"私人化写作"的一大群，而且他们更致力于宣言，作品并不多，所以在评说他们的时候，理论往往出现"失语"状态。不过，总体而言，说"第三代"以"解构一切"为特征也许是八九不离十的。当中国人民正在努力为实现祖国的现代化而奋斗不息的时候，后现代诗歌多少给人以"作秀"的印象。

新诗和共和国一起走过了光彩而又曲折的50年的路程。在1997年7月1日以后，香港诗人也参加了祖国的大合唱：犁青以及蓝海文、张诗剑、梦如、王一桃、傅天虹日益为内地读者所更加熟悉。

对于新诗，过去的50年是富有成就的50年。从颂歌和战歌时代到"第三代"，50年新诗为今后的更好发展提出了三个重要课题。

首先，新诗的精神重建。

诗歌精神的核心在诗歌观念。在颂歌和战歌时代，新诗的诗歌观念主要是移植的苏联的意识形态话语，强调诗的"炸弹与旗帜"的政治功能。这样的诗歌观念有其合理的一面，尤其是在革命和战争年代，但是这样的诗歌观念使新诗的视野比较外在和狭窄，诗的美质有时会被政治功能所压倒。从这样的诗歌观念出发，对新诗发展中的解读、对外国诗歌的借鉴，自然就相当具有排他性与单调。到了新时期，在对自身的反思中，新诗开始调整诗歌观念，诗逐渐回归本位。但在开放的语境中，西方各种诗歌观念涌入。西方的几百年历时性话语变为中国诗坛的共时性话语，在一个时间平面上展开。它们带来启示，也带来混乱。新诗的诗歌观念在诗与社会这一关键课题上出现动荡。其实，中国诗歌从"风骚"始从来就是两立式存在：社会抒情诗与自我抒情诗的互补结构。前者关注外时空，后者关注内时空；前者干预社会，后者干预心灵。中国诗歌从来看重社会使命感。以关注家国命运的诗为上品，看轻社会抒情诗显然不妥当。即便自我抒情诗的个体张扬，也要以社会观照和内省为条件。自我抒情诗的成功标识是：出自"诗人"内心，进入"他人"内心。这里仍有诗与社会的联系。取消诗与社会的联系有如以政治功能取消诗的美质，不是科学的诗歌观念，它会从根本上使诗歌枯萎。

其次，新诗的诗体重建。

新时期对诗自身的反思，大大推动了从中华人民共和国成立之初起就时断时续的新诗诗体建设。可以公平地说，在新时期，新诗的诗体建设取得了突破性进展。一方面，各种年龄、各种不同审美取向的诗人在探寻自由诗的诗美规范上做出了多种奉献。与此同时，刘征、易和元、余薇野在讽刺诗领域，乔羽、张藜、阎肃、晓光在歌诗领域，郭风、耿林莽、王尔碑在散文诗领域，孔孚在小诗领域，金波、高洪波、柯岩、张继楼在儿童诗领域，臧克家、闻捷、冯至在叙事诗领域，都有实绩。诗体重建的另一美学任务是推进现代格律诗的建设。自由诗是尚在形式上处于草创阶段的中国新诗的传统，而格律诗则是中国古代诗歌几千年的传统。传统不是传统主义的同义语。应当反对传统主义，因为它是诗歌变革的首要障碍，但谁也没有力量和传统较劲，谁也跳不出历史的上下文。如果将传统全部反掉，新诗将因失去几千年的诗歌蓄库而变得轻薄与轻飘，在中国这块大地上立脚不稳。对于诗歌传统，新诗只能认识它、把握它，在变革中去推动它的现代化转换。在新中国50年里，何其芳、卞之琳、郭小川、唐湜、林庚、屠岸、邹绛的现代格律诗实验是有诗学价值的。对现代格律诗而言，实验决定成败。现代格律诗只能在艺术实验中而不是谁的指令下前行。

最后，诗人在当代中国的定位。

从新中国诗歌50年历史中，可以考察现在突然成了问题的问题：诗人是什么？诗人应当是常人。他应当对"文革"中和"文革"前流行的"神气"说"不"。但是恢复"人气"并非变得"俗气"。常人的诗人在进入写诗状态后，一定不是常人。四川诗人周纲有一个习惯：写诗前要洗手。这是一个颇富象征性的习惯。诗人在写作时，他是自己，又不是自己。他洗掉自己作为常人的世俗气，从现实性存在转向审美性存在，从个人性经验迈向普适性体验。他走出自己以展现自己。在写诗过程里，创作者成了自己的创作品。有如诗不能单纯地充当意识形态话语一样，诗同样不应充当商业道德的奴仆。人们需要诗人，是希望在现代商品社会中有一片自己的精神绿洲，是希望在快节奏的生活里有一块诗意地栖息的精神家园。

因此，躲避崇高，拒绝精神升华，不应是当代中国有抱负的诗人的美学追求。

新中国的50年是我们民族历史上伟大而光辉的一页。中华民族是诗的民族，50年间，新诗，和共和国同行：

我们唱着《东方红》

当家做主站起来。

我们唱着《春天的故事》

改革开放富起来。

——蒋开儒《走进新时代》

在未来的世纪，富有丰厚的艺术经验的新诗，将寻求更新的高度，以无愧于我们的祖国和时代。就像昌耀唱的那样：

自从听懂波涛的律动以来，

我们的触角，就是如此确凿地

感受着大海的挑逗：

——划呀，划呀，

父亲们！

——《划呀，划呀，父亲们！——献给新时期的船夫》

（吕进、毛翰主编：《新中国 50 年诗选》，重庆出版社 1999 年版）

诗风拂面育新人

——《西南师范大学 50 年诗选》序

西南师范大学的到访者往往喜欢发问，重庆有多少大学，都有些什么特点。在这样的场合，我总是乐于向客人介绍流传于重庆的一首顺口溜："重庆大学的牌子，西南师范大学的园子，四川外语学院的妹子，重庆师范学院的位子。"其实，如果换个角度，人们也可以不仅从表层看到西南师范大学校园的自然山水，也会普遍认同蕴涵在这山水之间的诗情画意，普遍认同西南师范大学校园的人文山水。的确，海内外文学圈和文学爱好者谈到西南师范大学，常常会首先想到诗歌。在诗歌版图上，西南师范大学是一个引人注目的存在。难怪"将军诗人"朱增泉应邀为我校 50 年校庆写的题词是："诗风拂面育新人。"

西南师范大学是一座诗情校园。掀开校园最深的泥土，我们会发现那在我们脚下蔓延生长的根系，这就是诗歌，这就是构成我们这所拥有 50 年历史的大学的传统之一的诗歌。诗歌，陶冶着莘莘学子的情操，净化着他们的心灵视野，提升着他们的智慧，铸造着这所部属大学的美丽校园的人文氛围和诗名。从这里的绿荫掩映之中，走出了方敬领潮的一代，走出了邹绛领潮的一代，走出了"五月诗社"领潮的一代，一代接着一代，几代的歌声相互应和，真是"江山代有才人出"。一个学生，无论他来自何处，无论专业将如何设计他的大学学习生活，无论在学成之后的岗位上他将离诗歌近还是远，只要一踏进西南师范大学的美丽校园，他就注定在四年的学习生涯里至少会成为半个诗人。

70 年代末到 80 年代中期是西南师范大学的新诗"潮似连山喷雪来"的黄金期。那是一段为诗歌而燃烧的年代，前辈诗人们重新唱出了新章："人们伴随着树木，／一齐向春天致意。"那是一个春风又至的季节，那是一段思想视野豁然开朗的岁月，那是一个反思、追求与创造的年代，那是一个诗的梦境。"诗家新景在新春，绿柳才黄半未匀"。年轻的群落，这些富有文化素养的年轻人，这些富有青春活力的文化人，踏着时代的节拍，出现于西南师范大学诗园中，以各自的姿态表达着春天的喜悦和对未来的渴望：

> 明天，教学楼的灯光，
>
> 和教授睿智的目光，
>
> 不会再照耀我了；
>
> 我将到只有乘着梦才去过的大西北——
>
> 握起红柳削成的第一枝教鞭，
>
> 指挥一部稚嫩的思维交响乐。

这是"五月诗社"第一任社长傅铁成的诗句，诗题是：《明天，我将远行》。在 50 年校庆时，打开记忆的心扉，我们的眼前就会浮现一个又一个年轻的身影：在对语感的把握上显露才华的郑单衣，关注都市人生存状态与生活状态的阮化文，长于以口语化的诗性语言表现都市生活的喻言，对校园生活特别钟情、对诗的语言方式特别敏感的季澄洪、傅铁成、曹笑和胡万俊，沉思默想历史和诗歌品质的邱正伦，以泥土一般质朴的语言抒写乡村与大地的田家鹏，关注女性的心理、生理与爱情世界的邵薇、肖琦、龙英、韩敏、李霞，等等。在他们的背后，还有好大的一群同伴。

1983年5月，在方敬的指导下，在校团委的热心扶助下，西南师范大学成立了"五月诗社"。诗社的名称没有任何深意——这是一个偷懒的办法：以诗社成立的月份命名。因为，一大堆备选名称弄得参与讨论者很疲惫。只是到了后来，人们才发现，在新加坡，在中国广东，都有五月诗社。这个当年学校最大的学生社团的成员，不仅来自文科，甚至"主力队员"中也有理科学生。诗歌从来不屑理会专业的界线。中国文化是诗性文化，而文化作为本质的促进力量，它的积极作用是普遍和永恒的。当年我曾收到物理系一位学生的信。信中说，他——"物理学的囚徒"，在枯竭乏味的学习中，"向往着诗的蔚蓝的天空"。正好我的太太在物理系执教，我问她是否认得这"囚徒"。戏剧性的是，来信人正好是听她的课的学生，此事一时传为笑谈。

对在市场经济条件下的中国诗坛而言，90年代是诗的生存环境发生了巨大变化的年代。诗的本质与价值都在受到重新评测与定位。由于诗是十分心灵化的艺术，它创造美而不能直接创造利润和金钱；由于诗回归自身之后，艺术自身的反思与重建尚待时日；由于社会的审美趣味和休闲方式的多元化；等等，诗在文学中最先和最彻底地走向了边缘。一些诗人换笔或"下海"，许多读者离诗而去。经历了半个多世纪的坎坷与沧桑以后，边缘地位是诗歌在艺术上锻造新我的必经之地，诗坛在沉寂中酿造着新的太阳。但是，在西南师范大学，奇迹出现了。在这里，校园诗人依然故我地撑起一方诗的天空；在这里，诗歌的文体革命成绩斐然。毛翰、义海、江弱水、何房子、钟鸣、张直、宋冬游、向阳、贺庆、千秋雪、周建军、汪洋、雨馨等一长串名字在闪亮。在这里，诗歌晚会、诗歌讨论依然热门；在这里，与海内外的诗歌交往依然频繁，来客往往满心羡慕，啧啧称奇。看来，我们赖以自豪的传统已经渗透进了校园的每一颗小草、每一条小溪，成了将与我们的学校同在的生生不息、代代相传的精神资源和情感滋养。但是，历史毕竟已经跨入世纪末。90 年代是实验的年代，和 80 年代的诗歌复苏与复兴相比，这是美学意义、文体意义上的探寻、重建与前行。一些校园诗人在艺术上有了更大伸展，获得了更广泛的诗名。邵薇在美国获女作家奖，成为获奖者中的第一位华人；钟鸣获台湾《联合报》的诗歌大奖；《淮风》诗刊揭晓在读者中评选"十大青年诗评家"的结果，青年教授蒋登科成为这十位中的一位。

在西南师范大学，还有另一根诗歌支脉，这就是古体诗。著名学者和诗人吴宓就留下了不少佳制。1957 年 7 月他写过一首《记学习所得》："阶级为帮赖斗争，是非汝合记分名。层层制度休言改，处处服从莫妄评。政治课先新知足，工农身贵老师轻。中华文史原当废，翘首苏联百事情。"这绝非惯常的那种应酬唱和之作，而是锋芒毕露的直抒胸臆，可谓掷地作金石声。由于组成古体诗人队伍的都是清一色的教师，因此，总体言之，不少古体诗都在一定的水平线之上。

《西南师范大学 50 年诗选》是一次回顾与检阅，回顾是为了前瞻，检阅是为了壮大。再过几个月，我们就将跨入 21 世纪。是的，和 80 年代相比，国内诗坛比较沉寂。但是，我相信，新世纪的太阳一定更美。我愿引用朱增泉的诗行向西南师范大学、向全国的校园诗友祝福：

> 沉寂于悠远的展望
>
> 沉寂于永存不灭的期待
>
> 这才是极有分量的存在啊

2000 年 6 月 21 日

（吕进主编：《西南师范大学 50 年诗选》，西南师范大学出版社 2000 年版）

孤城雄崎万重山

——《钓鱼城诗词释赏》序

西部大开发成了 20 世纪末中华民族的最强音。东部大发展，西部大开发，这是一幅多么激动人心的历史画图，我们能够成为画中人又是多大的幸运。但是，在西部大开发中究竟应当开发什么？西部大开发，文化人怎么办？这是在许多场合常常触及的两个话题。

在我看来，西部大开发有一个资源大开发的问题。资源大开发不仅指自然资源的开发，例如西部的能源资源和土地后备资源的开发，还包括了西部丰富多彩的文化开发。就文化蕴藏而言，应当讲，西部和东部是没有什么差别的，差别只在开发。现在我们读到的这本《钓鱼城诗词释赏》就是又一个例证。嘉陵江边的钓鱼山在宋代就已初具知名度。南宋末年依钓鱼山筑钓鱼城。在抗蒙战争中，钓鱼城一显风流，在长达 36 年的抗蒙交响乐中，击毙蒙哥是最辉煌的乐章。自此，钓鱼城更是名垂青史。"荒烟古垒气犹生"的英雄城是历代文人骚客凭吊之地，于是，这里的文化积淀就随着时间的推移而日益丰厚。《钓鱼城诗词释赏》收入的自南宋以降的 202 首古体诗词，从一个侧面十分有说服力地表明钓鱼城是一座文化富矿。开采这样的富矿是西部大开发的历史使命之一。

我和王利泽先生至今尚无谋面之缘。体弱多病的王利泽先生披阅十余载才编成《钓鱼城诗词释赏》，实在令我感动。这本书，材料翔实，在选材、考据和行文的文采上均颇见功夫，是同类读物中的佼佼者。这就从一个方面回答了"文化人在西部大开发中怎么办"的问题。在西部大开发中忽略文化开发是不明智的，马克思将文化看作人们"把握"世界的一种方式。文化作为本质的促进力量，其积极作用是普遍和永恒的。我们在市场经济前面加上"社会主义"的定语，就是要将市场经济定位于文化、文明的准则之上，就是要在推进物质文明的同时大力地、同步地、持久地推进精神文明建设。这里不仅有劳动者的文化素质问题，而且有经济，有经济效益。只谈经济，到头来就没有经济。今天的文化就是明天的经济。钓鱼城的文化开发对于提高合川的知名度（知名度中自有黄金屋），对于发展合川的旅游业，以游兴市，都是大有好处的。我愿借此机会代表重庆市文联，并以我个人的名义，向王利泽先生，向参加、支持完成此一盛举的各位先生以及合川市委宣传部致以谢意和敬意。是为序。

（王利泽主编：《钓鱼城诗词释赏》，四川人民出版社2000年版）

微型诗话

——《微型诗存》序

1

阅读《微型诗存》校样时，刻意不看作者姓名，试试对微型诗人的熟悉程度。首先跳入眼帘的是《扬州雨》：

> 明清
> 清明
> 下着玩儿

"孔孚！"拍手叫好，果然猜中。接下来——《河边少女》：

> 少女立在河边
> 对着河水默默梳妆
> 藏在水里的青山笑了

"非王尔碑莫属！"一看，又如所料。

当然，此法并非屡试不爽：在微型诗花园，既有好些已经形成自己风格的卓尔不群的名家，更有许多身手不凡的新人。仅以我作序的《小诗百家点评》、《微型诗500首点评》和这部《微型诗存》作为一个视角，就可以发现，近些年来，微型诗苑已经是一个繁花似锦的所在。不微型的微型诗苑是现代诗坛引人瞩目的一道风景，也应当是现代诗学的一个辐射面很广的话题。

2

染指微型诗的年轻人不太多见。微型诗人群似乎年龄一般都较大，诗龄一般都较长。这是一个颇富思考空间的诗歌现象。

微型诗人中的"新人"，其实往往是挥毫多年的"老人"。

也许，尚平淡，是老诗人对漫漫人生路的领悟，是老诗人对人生真谛的领悟。所谓"删繁就简三秋树"，所谓"繁华之极，归于平淡"。

也许，求精练，是诗人对诗的"个中三昧"的深入体察，是诗人在积累了丰厚的艺术经验之后对诗歌技巧的深入体察。所谓"隐"，所谓"减字美学"，所谓"写作技巧就是删去写得不好的东西的技巧"，所谓"在限制中才显出能手，在法则里才获得自由"。

平淡，是诗的最高境界。

精练，是诗的最高技巧。

3

诗的现状如何？此为诗坛从 20 世纪末就谈论纷纷的热门话题。

可以说，诗的状况更好了。

因为，诗在突围。它在属于新世纪的工作方式、生活方式、交往方式和休闲方式中寻找空间，从现代媒介和传播方式中寻找时间，用现代科技铸造翅膀。诗的领地大大扩充了。

诗凭借声光，从平面走向立体。

诗现形在 MTV 中。诗融入音乐——还不说乔羽们的歌词，就是崔健的《一无所有》，也是公认的好诗。

诗活跃在网络上。

不是唐代了。诗要重写辉煌，就要与现代社会"亲密接触"，就要实现自身的现代转型。

同样可以说，诗的状况是"西望长安不见家（佳）"。

因为，文字的诗终究是诗的主体、诗的正体。突围的基地在这里。

而从20世纪80代中期开始，文字的诗就走下坡路。诗要振衰起弊，就需要自身的重建："思想解放"以后的精神重建，"诗体解放"以后的诗体重建。由此，可以把握微型诗的兴起和微型诗的诗体价值。读完《微型诗存》，其中一些作品可谓过目不忘，它们必定会"存"下去。

4

重庆是中国新诗的重镇，这话，近年有些朋友说起来似乎有点不那么理直气壮了。但是，说重庆是中国微型诗的重镇，也许赞同者更众。多家微型诗刊的全国影响，多本微型诗选的广阔覆盖面，都是佐证。

较之《小诗百家点评》和《微型诗500首点评》，《微型诗存》附有诗人简介。孟子说得对："诵其诗，读其书，不知其人，可乎？是以论其世也。"不知诗人之世，就难以进入他的诗世界。知人论世，是诗歌鉴赏的门槛。微型诗虽微，道理亦然。《微型诗存》的这个特点是值得称道的。

（微型诗联谊会编：《微型诗存》，香港天马图书有限公司2001年版）

山里人唱的都市歌谣

——序谭朝春《让日子站起来》

诗坛的太阳早已破碎，近年来，无论写诗还是读诗都已经出现多元化的格局。"萝卜白菜，各有所爱"，这是正常的创作现象和鉴赏现象。我不知道谭朝春的诗是"萝卜"还是"白菜"，反正它正合我的胃口。

在紧张的现代生活节奏里，静静地，读《让日子站起来》。这是一次心与心愉悦的感应，这是在清新的树林里的一次漫步。

北碚是重庆的后花园，以美丽著称。北碚的美不只在自然山水，也在人文山水，它是一个文学和诗歌"故事多"的美丽的"小城"。这里，每一寸土地都浸润着文学和诗歌的滋养；这里，在似锦繁花间有一个文学的尤其是诗歌的传统在延续。老舍故居，梁实秋的"雅舍"，复旦大学夏坝旧址，都在诉说着北碚的昨天。抗战时期的北碚，活跃着郭沫若、茅盾、艾青、田汉、冰心、林语堂、端木蕻良、肖红、姚雪垠等文学名人的身影。夏坝还是胡风和七月诗派的大本营。

传统的生命力是强大的。新时期以来，北碚的诗意更浓。当社会生活充满浮躁和物欲的时候，当诗歌走向社会生活的边缘的时候，小城总是给到访者一个意外的惊喜：在中国之西，山城之北，居然还有这样一方圣洁的诗的净土。这是诗的"桃花源"吗？从缙云山下，走出了傅天琳，走出了毛翰，走出了李北兰，走出了万启福，走出了回光时，走出了贺庆，走出了雨馨，还走出了中国新诗研究所一大群在学术研究之余写诗的年轻学者。在这个诗人队列里，也站着谭朝春。

我和朝春早在 20 世纪 80 年代初就认识了。虽然由于各自的工作都很忙，交往并不多，但是，我们可以算得上彼此了解的老朋友。

80 年代初是各种讲座如雨后春笋的年代。一次，我在小城搞完诗歌讲座以后，一位听众前来和我攀谈，并且，在回西南师范大学的路上送了我一程。我从此记住了这个名字：谭朝春，一个朴素的执着于诗的青年。当时的北碚文化馆馆长王庄也是诗人。在花团锦簇的北碚街头，他主办了一个诗书画廊，给人文北碚再添一景。在诗书画廊上，我读到了朝春的诗，但印象不深。听人谈起，知道他是北碚区的一个镇长，大学的专业是农业，却醉心于诗，为人很好。以后又因讲座见了几面，仍没有留下什么特别的记忆。

90 年代以后，社会转型的步伐越来越大，朝春的生活轨迹也发生了变化：从基层干部变成了经理，又变成了厂长，再变成了董事长。身份在变，诗在他的生活中的位置却一直不变，而且，他的诗长进很快。他出版的处女诗集《岁月的眼睛》，使我对他刮目相看，这下子，有印象了。而这本《让日子站起来》更是给我带来好消息：既是朝春的，又是北碚的，也是诗坛的。

读这本诗集，我利用的是星期日。翻开就放不下，很快就进入了朝春铸造的诗的世界，一口气就轻松地读完了。真爽！掩卷之后，最突出的印象，是它的厚重——不是诗集的篇幅，而是诗集的诗美容量。五辑作品并不在一个水平线上。在我看来，写人生体验的第一辑最强，除去少量篇章，几乎可以夸张地说是字字珠玑；而写山水的第二辑就相对显得弱一些，有的诗还只是浮光掠影之作，缺少属于诗人的酿造。但是，整体而言，诗集的诗美含量不低：无论沉思人生、咏物言志，还是故乡感叹调和对社会众生相打的"响亮的喷嚏"，或者寄情山水的篇什。诗集在告诉读者——世界在诗人看来怎么样，人生在诗人看来怎么样，这"世界"，这"人生"，来自现实世界与现实人生，又绝缘于现实世界与现实人生，它们已经过了诗人高超的诗化处理，读者的诗美享受正来源于此。

人生滋味，是《让日子站起来》的诗味。诗人咀嚼着人生，用诗的眼光打量人生，于是，读者得到了一个脱俗的诗意盎然的别一种人生。诗人写生日，居然说"别问今天是什么日子"；诗人吹生日蜡烛的时候，居然要"把逝去的""一口吹灭"。诗人写新世纪，（天啦，这题材别人已经写成了至少一千首吧）选择的是在世纪的最后一天翻去日历的那一刻：

　　哪能轻轻一抬手
　　就跨过一个世纪

类似这样的诗，内蕴了诗人的独特发现。而这些年，不少人热衷的是表现，忽略的正是发现。

诗当然离不开表现。在文学的诸多品种中，诗是最仰仗表现的艺术，这是常识。但是只有花样翻新的表现，并没有对人生的实实在在的诗意发现，对社会的实实在在的诗意发现，诗表现什么呢？就好比只着意地去编造花篮，却不在养花上使力气一样，再好不过的空篮子，对于赏花人只能是一种戏弄。朝春的诗，寓技法于朴素言说，寓广阔于方寸之间，在表现上是匠心独具的。他的花篮是美的。但是，他的花篮里有花，别具风采的花。

一个"山里人"对城市生活的融合与抗拒、喜悦与无奈，这是朝春奉献给读者的特殊的人生滋味。也许，《与大理石对话》是一把开启诗集的钥匙：

等客人等得难耐
让酒店墙上的大理石
朝我端详 仔细端详

是你呀那个山里娃
西服革履
仪表堂堂
但我仍然想起了你过去的模样

哟，大理石
你这山里来的
石头疙瘩
竟然打磨得这般富丽堂皇
说话间客人来了
我立马打住
恭迎弯腰
墙上的大理石
在我身后暗笑

"山里娃"站在一边，打量城市，打量人生，独特的眼光酿造出独特的诗美。故乡和城市的对比，童年和今天的交融，有几丝怀念，有几许惆怅，有几声叹息，有几多感慨。拱桥，使诗人想起"父辈躬耕的身影"；喷泉，使诗人想起故乡的小溪；超市，使诗人想起童年的五月的阳光。于是，诗人用山里人的眼光对城市进行着诗意的裁判：从繁华里寻觅淳朴，从喧闹里听到人性，从冠冕堂皇的场面里看出无奈，从"庄严""神圣"的东西里挖出荒诞。于是，诗人从不吃牛肉的像牛一样度过一生的父亲那里，从进城的民工那里，寻找着人生的真情、真趣、真味和真谛。

《让日子站起来》是一部有诗美含量的诗集，而诗美含量决定了一部集子对诗的隶属度。因此，我完全有理由向朝春表示道贺。

（谭朝春：《让日子站起来》，中国文联出版社 2002 年版）

现实主义诗人唐诗

　　六年前，当青年诗人唐诗出版他的处女诗集《走向那棵树》的时候，我为他的诗集写了序。在那篇题为《泥土的歌》的序言里，我写道："唐诗的诗给了我一个深深的感动。"六年以后，唐诗的新作《花朵还未走到秋天》又摆在我的案前。掩卷之后，我首先想说的话仍然是：唐诗的诗给了我一个深深的感动。

　　如果比较这两部集子，不难发现：唐诗已经走出唐诗，唐诗又始终是唐诗，那位总是给读者带来感动的诗人。说唐诗已经走出唐诗，是因为在内在视野的拓展上，在诗歌技法的探寻上，今天的唐诗的确已经明显地不再是昔日那个唐诗了。读读这部诗集写城市生活的篇章，读读这部诗集的农村题材的作品，就会测量出唐诗在诗路上已经走过的里程。说唐诗始终是唐诗，我指的是：他的诗歌始终守望着现实主义。也许，他的作品能够打动同时代人的秘密正在于此。诗歌是艺术品，所以只有实现了从现实性存在向审美性存在的升华，才有诗人的出现。当那些只有诗人身世感的作品、那些"下半身"歌者或者"上半身"歌者折磨着我们的时候，唐诗带着他的现实主义的艺术品走向读者，使我们触摸到时代的脉搏，使我们沐浴着诗人心上的阳光，我们应当感谢这位年轻的诗人。

　　可以有把握地说，世界上没有哪一个国家的诗歌拥有中国诗歌这样深厚和悠久的现实主义传统。在欧美，现实主义大师鲜有诗人，他们基本上是一支小说家的队列：司汤达，巴尔扎克，狄更斯，菲尔丁，薄伽丘，果戈里，屠格涅夫，列夫·托尔斯泰，等等。而在中国，从诗三百篇和《楚辞》开始，古代诗歌就形成了现实主义和浪漫主义的双峰并立，现实主义诗歌被认定是这双峰中的主峰。究其根源，苦难深重的中华民族的叙事文学不发达，以儒家文化为中心的中国传统文化赋予诗歌以广泛的社会功能、叙事功能、反映功能和教化功能是主要原因。现实主义诗人在中国诗史上可谓群星璀璨。"文章合为时而著，歌诗合为事而作"的白居易及新乐府派，"但悲不见九州同"的陆游，等等，都是中国古代诗歌的骄傲。而写出"三吏""三别"的杜甫更是被全民族推崇为"诗圣"。

传统绝非凝固与停滞的同义词，相反，它是一个不断地有所舍弃、有所丰富的永恒发展的领域。但是，任何民族的诗歌都不可能摆脱历史的上下文，任何民族的诗人都不可能跳出优秀的传统。诗歌的优秀传统由于经历了长期的完善而获得了稳固性和神圣性，由于影响着多数社会成员对诗歌的审美理想而获得了广泛性和历史继承性，想要摆脱传统、跳离传统，这是无知者的滑稽演出而已。作为中国诗歌现代形态的新诗在艺术上比古诗丰富得多。在现实主义、浪漫主义、现代主义、后现代主义的交相辉映中，现实主义诗歌始终是主潮。像古代诗史一样，现实主义诗人在新诗史上也是群星璀璨。有的现实主义诗人不仅用笔而且用自己的鲜血写出了时代的华章。在八十多年的历史中，新诗出现了三次现实主义高潮：五四时期，抗战时期，新时期。可以说，三次现实主义高潮都是对诗的情感世界的狭窄化和诗的文化建造的形式主义倾向的批判与否定；三次高潮都体现了中国现实主义诗歌在艺术上的发展和走向成熟。唐诗就是出现在中国新诗这样的现实主义的发展链条中，他是新一代的现实主义诗人。从《走向那棵树》到《花朵还未走到秋天》，他向读者展现着平凡人们的平凡生活，以及诗人对世界的人性关照。

他的诗有着浓郁的泥土味，他的审美思维、艺术选择都是属于现实主义的。

新诗是 20 世纪重庆文学的辉煌，它给重庆带来了"中国新诗重镇"的美誉。直到本世纪，新诗在重庆仍然保持着强劲的发展势头：在这座城市里，诗集的出版依然众多，缪斯的追随者依然年轻，新诗的研究依然活跃，新诗的各种活动依然热烈，形成当今中国诗坛的一道奇观。尤其是"众语喧哗"的重庆诗人队伍，使得不少外地诗友表示惊叹与羡慕；老诗人宝刀不老；中年写作颇具实力，已成重庆诗歌的主力军；年轻新秀纷呈迭出，仅近年获得台湾薛林诗奖的就有五位：李元胜、冉冉、雨馨、钟代华和邵薇。这样的语境对于唐诗的发展是相当有利的。

"花朵还未走到秋天，还在为果实赶路"。但是，唐诗已经在重庆乃至全国诗歌版图上找到了自己的坐标，这就向"果实"靠近了。也许在将来的某一天，在中国现实主义新诗的又一次来潮中，唐诗会成为引人瞩目的弄潮儿。我有理由为唐诗祝福。因为，"花朵心中，没有黑暗"。

2001 年 10 月 1 日于重庆

（唐诗:《花朵还未走到秋天》，中国文联出版社 2002 年版）

现代性与现代文学

——序王晓初《中国现代文学发展
演变史(1898—1989)》

晓初和我认识很早，我已经记不清我们第一次接触是在什么时候、什么地点。他给我的印象一直很好：专业功底扎实，学术视野开阔，书卷气重，做学问和做人都很实在。我对他有好感。我总想在他的发展上出点力，但是直到现在都还没能为他做点什么。现在，他完成了《中国现代文学发展演变史（1898—1989）》，厚厚的一本，命我作序。为他高兴之余，我马上推开无穷尽的杂事，欣然命笔。

晓初的大著，实际上是一本20世纪中国文学史。

自黄子平、陈平原、钱理群1985年在《文学评论》上发表《论"20世纪中国文学"》后，围绕这个话题，学术界发表了许多意见，有赞成的，有反对的，也有主张"另写文学史"的部分赞成者。但是，赞成者居多。黄子平、陈平原和钱理群又在1988年联合出版了《"20世纪中国文学"三人谈》（人民文学出版社）。在我看来，"20世纪中国文学"的提出，填平了近代文学、现代文学、当代文学的人为鸿沟，赋予20世纪中国文学以整体感悟的可能。从深处讲，它瓦解了意识形态支配的文学史阐释体系，使文学史界不再按照革命史的话语模式来编撰文学史。在政治标准下似乎无可争辩的现象，在审美标准下却可能成为热烈争鸣的话题。

事实上，"20世纪中国文学"的提出及其深化，对于文学史的编撰和研究是一场"改变学科性质"的革命，它提高了中国现当代文学学科的研究水平。1988年，陈思和和王晓明在《上海文论》上开辟了"重写文学史"专栏。这个专栏先后发表文章40余篇。陈思和写道："重写文学史首先要解决的，不是要在现有的文学史著作中再多几种新的文学史，也不是在现有的文学史基础上再立几个作家的专论，而是要改变这门学科的性质，使之从从属于整个革命史教育状态下摆脱出来，成为一门独立的审美的文学史学科。"对于20世纪文学的性质的讨论是丰富多彩的。有人赞成李泽厚的"启蒙与救亡双重变奏"论；有人提出20世纪文学是三重结构——启蒙、救亡和翻身三重奏，以及由此而来的三种核心意识：人的意识、民族意识和阶级意识，诸如此类。

到了20世纪末21世纪初，几部文学史问世。1998年，山东文艺出版社出版了孔范今主编的《20世纪中国文学史》；1999年，中山大学出版社出版了黄修己主编的《20世纪中国文学史》；2001年，河北教育出版社出版了李岫、秦林芳主编的《二十世纪中外文学交流史》；2002年，中国文联出版社出版了黄曼君主编的《中国20世纪文学理论批评史》；等等。跨度最大的是王一川等合编的《二十世纪中国文学大师文库》，分小说、散文、戏剧和诗歌等卷。在排名中，茅盾被除名，金庸在俗文学里排名第四。另外，山东文艺出版社出版的谢冕主编的《百年中国文学总系》的编法也别出心裁。它选择有代表性的年代来概括一个时代文学的风貌。1956年是"百花时代"，1967年是"狂乱的文学时代"，1978年是"激情岁月"，1985年是"延伸与转折"，1993年则是"世纪末的喧哗"。

对于20世纪中国文学的构成，也有种种说法。陈思和在《鸡鸣风雨》（学林出版社1994年版）中提出庙堂文学、广场文学和民间文学的三级构架，概括了现当代作家与现实政治的三种关系、三种心态、三种立场和三种定位。《中国现代文学研究丛刊》1996 年第 2 期发表王富仁的《当前中国现代文学研究中的若干问题》一文，提出以鲁迅为"屏障"连接左、右翼文学的学科框架，即鲁迅先生居中，左翼作家与右翼作家分居两侧，并驾齐驱。

"20 世纪中国文学"激起众声喧哗。晓初这部大著，则是以现代性为中心的。他以现代性作为视角，对 1898—1989 年间的中国文学的发展演变作了梳理，提出了自己的见解。这是一个具有原创性的工作。美国学者布莱克对于现代化作了这样四点概括：一是现代性挑战，二是现代化领导的权力确立，三是文化转型，四是社会文明结构的重组。这些论点具有普遍性（见《现代化的动力：一个比较史的研究》，浙江人民出版社 1989 年版）。晓初对于现代性的言说是从中国的现实出发的。他对中国现代化与救亡的关系，以及由此而来的救亡与启蒙、西化与民族化、传统与创新等时代课题的阐述是有道理的，对中国现代化道路的独特性的认识也是深刻的。我很赞成。《中国现代文学发展演变史（1898—1989）》将变革作为 1898—1920 年文学的主题，将发展作为 1921—1937 年文学的主题，将统一理性规范和政治意识形态中心作为 1937—1978 年文学的主题，将在新的社会—文化语境中的深刻变异作为 1978—1989 年文学的主题，构筑起自己的基本框架。这本书，思辨力强，逻辑性强，理论语言精练而流畅，的确是作者的呕心沥血之作。

这些年，学术失范的问题已经引起学术界内外的注意和愤慨。学术失范包括学术研究失范、学术评价失范和学术管理失范。以学术研究失范而论，大致有如下表现。

其一，以研究主体代替研究客体。学术研究有一个"显现对象，隐蔽自己"的基本原则。而现在一些人的学风是"六经注我"，将研究对象的本质和运动规律弃之一旁，随意戏说。

其二，从偏爱走向偏废。作为读者，研究者可以有偏爱，但是在研究中绝不能偏废。在现代诗学界甚至有人说："八十年新诗，穆旦一人而已。"这样一来，学术研究成了随意性、印象性的玩具。

其三，以当代语境取消历史语境。用当代人的要求去评衡前人，而不是历史地研究历史问题，将文学价值与文学史价值混为一谈。

其四，以西方话语取消民族话语。忽视跨时空的文化转移的复杂性，以西方的文化场代替本土文化场，充当西方殖民色彩浓厚的强权话语的随从。

其五，以一般代替具体，以总体代替个别。取消了学术研究的一般、特殊、个别的三层次，这是懒汉作风。这种"研究"其实并不具备研究的起码性质。

其六，以哗众取宠冒充创新。学术研究的生命在于原创性，但是，原创性与哗众取宠是绝缘的。原创性只是更深更新的求实而已。"例不十，法不立；例外不十，法不破"是学术研究的又一基本原则。

其七，引经据典的随意性。列宁曾经说过，在当代社会，要为任何观点找到"依据"都不难，问题在于引经据典的经典性与准确性。

其八，文字游戏。一些学术成果，在文字上玩花样。浅入深出，糊弄读者，吓唬读者。文字花招往往是没有内容的表现，它们实际上是学术界的"打假"对象。

学术研究失范实际上不止于这些，也不止于中国。在美国的一个学术会议上，哈佛大学教授司可特在大会发言时说："有的学术著作只有两个读者，一个是责编，一个是作者自己。但是它的作用却很大，可以制造一个终身教授。"全场哄堂大笑，我始终忘不了那笑声和司可特的话。

《中国现代文学发展演变史（1898—1989）》却是一部严肃的学术著作。它的框架，它的立论，支持立论的依据，它的注释，它的参考文献，都是认认真真、一丝不苟地写出来的。在学术研究规范上，值得称道。在这本书里，知识系统的当代性与完整性、理论观

点的原创性与稳妥性、文字传达的生动性与准确性大体上都得到了
统一。

《中国现代文学发展演变史（1898—1989）》是一部有分量的著
作，这是重庆学术界的好消息，也是晓初向新的水平突进的新基石。
在这个基石上，晓初还会跑得更快、更高、更好，我期盼着，等待着。

（王晓初：《中国现代文学发展演变史（1898—1989）》，西南师
范大学出版社 2002 年版）

台港文学研究的新收获

——序《百年中华文学中的台港文学》

近年来，学术界提出了"重写文学史"，并且提出了庙堂文学、民间文学和广场文学的理念。其实，无论庙堂文学、民间文学、还是广场文学，都有一个南北文学的问题。南北文学，古已有之。中国古代文学的"风骚"的两立式结构就是。从文化看，南北之分也很明显。音乐的"南风""北风"（"南音""北音"）；绘画的"南宗""北宗"；书法的"南派""北派"；服饰的"南冠""北冠"；南方美学思潮的飘逸，北方美学思潮的崇高；等等。

南北问题，是研究中国文化与文学的重要课题。这里不但有中国古代的中央王国文化与文学和方国文化与文学的问题，更有区域文化与文学的问题。在一个相当长的时期，"中国文化一源说"成为学界共识：黄河文化从来被认作中国古代文化的摇篮。但是，从20世纪80年代以来，新的考古材料和民族学材料证明，中华文化是多元的。比如说，长江流域、珠江流域、燕赵地区、江浙地区都是中华文化的起源地。黄河流域在古代是九州之中，起到了重要的凝聚作用。黄河文化自身也分为马家窑文化、半坡文化、庙底文化和大汶口文化，长江流域的河姆渡文化更是将中华文明向前推进了两千年。大陆与港澳台文学也是如此，尤其是在半个多世纪里的不同的政治制度，给大陆与港澳台文学带来的影响是显而易见的。金庸说，中华文化与西方文化是不同的。西方文化的发展，是一个中心去征服四面八方。中国的情形很不相同。中国文化的起源是多元的，然后，许多文化向交通方便、经济发达的中原地区凝聚。区域文学是有明显差异的文学。反过来，区域文学又施加影响于整体文学。就像学者钱穆在他的《中国文化史导论》中所说的那样："埃及、巴比伦、印度是一个小家庭，他们只具备一个摇篮，只能长育一个孩子。中国是一个大家庭，她能具备好几个摇篮，同时抚育好几个孩子。这些孩子成长起来，其性情习惯与小家庭的独养子不同。"

我们说的南北文学，实际上都局限于大陆文学。如果将眼光放开，将大陆文学作为一个整体，那么，大陆与港澳台文学也是放大了的南北文学。所以，在我看来，20世纪中国文学研究的总体构架是东—西—南—北。东与西，是整体的中国文学在全球化语境下的本体意义与民族身份的寻求；南与北，是多元的中国文学的区域性与价值负荷的体认。

大陆与港澳台文学从破裂走向整合，成为时代的潮流。中华文学的整体性，已经引起学术界的普遍关注。近年来，一些现当代文学史不再局限于大陆文学，而是放开眼光，以大陆与港澳台为关照对象，也面世了一些研究台港文学的专著。同时，一些高校也陆续开设了台港文学课。

大陆与港澳台的文学显然是具有同构性的文学，这是研究台港文学的一个必要前提。离开这个前提，台港文学研究就会是一个伪科学。台港文学不是别的，而是中华整体文学图谱中的文学，是中华文化框架内的同质文学，具有相同的血缘与遗传。在现代文学的发展中，三者的融合是绝对的，正如差异是相对的。

但是，大陆与港澳台的文学又彼此具有异于他者的差异性，它们都有自己的"集体无意识"，自己的"文学遗传"。无论是地理环境、语言风俗，还是性格特征和文化心理，大陆与港澳台的文学都有自己不同的内在气质和外在特征。在大陆与港澳台文学研究中，南北研究具有现实意义。例如，海峡两岸的当代文学的逆现象，就是一个相当有趣、相当有意义的课题。从 20 世纪 50 年代开始，大陆与台湾的文学围绕一个中心在逆向中展开。50 年代的大陆文学以现实主义为旗帜，台湾文学则是以现代主义为主潮。到了 70 年代末期，台湾文学由现代派思潮转向，传统思潮重新成为主流。而大陆的文学思潮刚刚相反。从 70 年代末期开始，大陆文学的思潮急剧转向，放弃传统，复写西方现代派成为时髦，"从零开始"成了一些大陆文学家对待传统的流行观念。几十年间，大陆和台湾文学总是各自向对方错位。这是一个很值得考察的问题，它关涉到中国整体文学的发展路向。

应当说，现在对东与西的研究大大多于对南与北的研究。在南与北的研究里，近年出现了一些台港文学史，这些文学史可以看作"重写文学史"理念的原质性延伸，也出现了一些台港文学的研究论著，而后者面临的任务更复杂。区域文学的文学遗传在与整体文学的融合中，一定有变异，有了变异，才使融合成为可能，研究者一定不能将"文学遗传"固定化、僵硬化，将这固定了的、僵硬了的"文学遗传"作为研究的唯一内容；也一定有保持，有了保持，才能不在融合中丧失自己，研究者一定不能对区域文学的特质有丝毫忽略。有的著作有独到之处，但是，总的说来，这是一个有待加强的范畴。

2002 年 5 月，在韩国汉城举行了中语中文学国际学术研讨会，我应邀在开幕式上做了主题讲演，这篇讲演稿刊在今年第五期的《文学评论》上。在讲演里我提出，中国新诗研究有三大不足，台港诗歌研究不够深入是其中之一。说的是诗歌，其实文学亦然。

我很高兴地读到陶德宗先生的《百年中华文学中的台港文学》一书的手稿。德宗在学校开设这门课已经有十好几年，很受大学生欢迎。读完全书，我感觉，这本书是台港文学研究领域的新收获。

应当说，台湾文学和香港文学于我都不陌生。两地的文友很多，从两地寄来的赠书赠刊也几乎每周都有。我还应邀担任台湾一些文学刊物的名誉编委。台湾诗人薛林先生出资 3000 美元在中国新诗研究所设立了"薛林怀乡青年诗奖"。出访时我常常经过香港。1998年、1999 年我还两次奉中国作家协会之派，随中国作家访问团访台，走遍台湾全岛。在诗歌界，我似乎被认为是个"台港通"。但是读了德宗的大著，我感到了自己对台港文学了解的浅薄。德宗的著作占有了丰富的材料，我很佩服他的治学精神。《百年中华文学中的台港文学》从 20 世纪中国文学的整体性出发，以时间为经，文学潮流为纬，对上起 1985 年下迄 2002 年的日据时期、光复时期和当代的台湾文学以及香港文学进行了共时性和历时性的多维度的打量，在方法论上也多有新的突破，给人留下不凡印象。

德宗是我的老朋友，对于此书的问世，我愿向他表示诚挚的祝贺。

（陶德宗：《百年中华文学中的台港文学》，巴蜀书社 2003 年版）

自　序
——《中国现代诗歌文体论》

说起我和缪斯的缘分，还得追溯到小学时代。《少年报》《红领巾》杂志成了我最初的梦。那是在 20 世纪 50 年代，电话还是绝大多数人不敢问津的奢侈品，更没有 E – mail，投稿者与编辑部的联系全靠邮件往返。只要是投稿，只需在信封右上方剪去一角，就可以不贴邮票。也没有听说邮局有什么成本之类的抱怨。不时兴邮编，但是邮件投递的速度很快，本市邮件一般是朝发夕至。而且，街头还设有投递急件的黄顶邮筒——不需另外加费。编辑部来信总是称我为"吕进小友"，那时的我，还系着红领巾呢。记得由于稿费太微薄，每次只有 2000 元甚至 1000 元，所以"编辑叔叔"总是将现金夹在信里寄给我。当时的 1000 元也就是现在的区区 1 毛钱。当然，对于一个文学少年来说，稿费只不过是附带的收获，重要的是趣味，是成就感，是对另一个世界的发现。

从儿时开始打造的诗的天地，可以说，大大改变了我的人生。一个生活在诗的世界的人，对诗外世界就有了一番打量，这种打量，为我树立了理想人格的目标和典范；这种打量，使我别有向往，得以洒脱地面对那些难免的令人不愉快的人和事，使我得以轻松地度过这一生中那些不轻松的岁月；这种打量，使我常常"忽略"一些诗外世界似乎不应忽略的事：轻人之所重，重人之所轻。

诗与我并肩而行。时间久了，我开始打量这位同行。于是，在70年代末，我开始转入诗论这个园地。谢谢《诗刊》，这权威刊物给了我很大的帮助。也许由于我是学外语出身的吧，所以写作时不太受那些习见的术语、概念、程式的束缚，往往是从感悟出发，从写作经验和阅读经验出发，兴之所至，随意涂鸦。于是，有人称许："观点很新。"其实呢，我实在是个才疏学浅的人，对"旧"观点本来就不甚了了。

1982年，重庆出版社出版了我的第一本诗学专著《新诗的创作与鉴赏》。许是应了那句"时势造英雄"的话，在80年代那个诗的黄金岁月，在那个需要而又缺乏系统的诗学著作的年代，这本书从1982年到1991年居然印行了3版，总印数达到了4万余册，而且好评如潮，使著者自己也大感意外，受宠若惊。很自然地，80年代初就成了我的诗论写作的爆发期：继《新诗的创作与鉴赏》之后，1984年出版《给新诗爱好者》，1985年出版《一得诗话》，同时，还发表了一些诗论。最初的3本书先后都得了四川省政府的奖励，一些论文也得了这样或那样的奖，让我在现代诗学研究上树立了自信。对《新诗的创作与鉴赏》的评论一直延续了很长时间。90年代，这本书的责编杨本泉先生还偶然在《云南日报》上读到一篇评论，很感高兴，于是写了一篇文章，题目是：《持久的赞赏》。

1986年6月，经过近半年的筹备，西南师范大学中国新诗研究所宣告成立。可以说，这是自中国新诗诞生以后，我国第一家专门以新诗作为研究对象的设在高校的实体机构。照西南师范大学原来的设想，是在中文系和外语系已有基础上成立一家中国文学研究所，下设中国古代文学、中国现代文学、英美文学、俄罗斯文学、澳大利亚文学和文艺学等研究室，请我"提这个篮子"。我却坚持，要成立的不是别的，而应当是中国新诗研究所。我认定，与其追求大而全，不如成立一个能够体现和发挥西南师范大学在文学研究所领域的既有优势、特色和实力的精干的研究机构，而且研究领域集中、研究人员不多，反而可以避免人事纠葛，创造一片学术净土。学校领导是从善如流的，我在这场辩论中最后胜出，而中国新诗研究所作为系统独立机构的成立，从此也就定格了我的下半生，诗学研究成了我生命的一部分，我和缪斯结下的已是不解之缘。

中国现代诗学几乎是和新诗同时诞生的。《新青年》第 4 卷第 1 号发表胡适、沈尹默、刘半农的 9 首诗，它们通常被认为是新诗最早的作品。紧接着，《新青年》第 4 卷第 2 号就发表了钱玄同的《〈尝试集〉序》。两者只差了 1 期。胡适的著名论文《读新诗——八年来一件大事》，被誉为初期现代诗学的"一根大柱"（茅盾）和"金科玉律"（朱自清）。这篇重要文献写于 1919 年 10 月，而胡适的诗歌集比这篇论文晚了 5 个月。在郭沫若那里，情形也很相似。上海亚东图书馆在 1920 年 5 月推出郭沫若、田寿昌、宗白华的论诗通信录《三叶集》，这是中国现代诗学的第一部著作。在此之后的 1 年多，1921 年 8 月，郭沫若的诗集《女神》才问世。

但是，现代诗学在后来几十年间发展得并不理想。由于种种原因，这里一直是比较贫弱的地带。应当说，早期新诗的非诗化倾向，以及新诗在诞生后几十年间周而复始的难以摆脱的痼疾，都与这种贫弱有关。这一状况到了 20 世纪 80 年代才算有明显的改观。

在我看来，从诞生起，中国现代诗学就一直面临三项美学使命：中国诗歌在跨入现代之后的诗歌重建；新诗在实现"诗体解放"后的诗体重建（像钱中文说的那样，"诗歌呼唤形式"）；在现代科技条件下诗歌传媒与传播方式重建。没有这些重建，新诗就没有资格自称"新"，现代诗学就没有资格标榜"现代"。当然，这些重建是动态的，是一个发展过程。在新时期，新诗对自身进行了比较深刻的反思，并从历史意义上的反思转为寻求美学意义上的发展。理论的发展总是有赖于理论对象的发展，中国现代诗学在新时期因此创造了改变贫弱、强壮自己的黄金时代。

　　三项重建不可能在封闭状态中完成。作为现代形态的中国诗学，中国现代诗学要实现与中国传统诗学的对话。这一对话之所以成为可能，是因为，虽然中国现代诗学与传统诗学的术语、概念不尽相同，但是二者同为中国诗学，它们对人的终极关怀是相同的，它们的诗学形态的感悟是相同的。作为中国诗学的现代形态，中国现代诗学要实现与外国现代诗学的对话。这一对话之所以成为可能，是因为，虽然中国现代诗学与外国诗学的文化背景不尽相同，但是二者同为诗学，它们同为现代诗学是相同的。我认为，继承和发展中国传统诗学的人文精神，适当地借鉴外国尤其是西方现代诗学重分析、重体系的科学精神，实现古与今、中与外的整合，中国现代诗学就必定会走向丰满与辉煌。

　　对话与重建，就是我的现代诗学研究的逻辑起点，也是收入这本小册子的文字主题。需要特别说明的是，由于我平日的疏懒，附录的"主要学术反响"非常不全。有些评论文章写得颇具水平，对我富有启发，我至今记忆犹新。但是由于手里的报刊遗失，我难以给出关于这些评论文章的准确的出版情况，因此无法编入，我只能向相识和不相识的作者深表歉意，也向本书的读者深表歉意。

　　钱中文、童庆炳二先生是我素所敬重的学者。这本小册子能够荣幸地被选入他们主编的丛书，我感到鼓舞。在此，我要对他们道一声"谢谢"。

（吕进：《中国现代诗歌文体论》，广西师范大学出版社2003年版）

草屑与泪花

——序谭明《乌江的太阳和雨》

这是一部我所喜欢的诗集。

它沾着乌江的草屑，浸着诗的泪花：真诚而洁净。

诗人给予我们的，是一个经过诗化升华的世界：雨水，落叶，古镇，母亲，校园诗社，湖畔……一切都张开着诗情的眼睛深情地望着我们，令我们不得不为之感动。

前几天我在巴黎作《中国情诗》的学术报告。有法国朋友提问：毛泽东的"百花齐放"包括情诗吗？我答：情诗显然是百花当中的一个品种。但是，我想指出，在毛泽东时代，真正的情诗并不多见。比如闻捷，他是那个时代的情诗名家，他的《吐鲁番情歌》当时流传很广，赢得了许多读者的喜爱。不过，他的情诗仍有劳动加爱情的痕迹。"夜莺还会飞来的，/那时候春天第二次降临；/年轻人也要回来的，/当他成为一个真正的矿工。"爱情有些异化；爱情和劳动勋章混合在一起。从《关雎》开始，几千年的中国情诗形成了自己的传统：与"下半身"拉开距离，含蓄，委婉，寻求诗的净化和情的纯度。但是，爱情就是爱情，不能把它变成劳动的副产品。

读谭明的诗，可以感受到柔柔的温馨爱情。可是，我读到的，更多的是放大了的爱情：

从左岸到右岸，从右岸到左岸。

从上游到下游

从下游到大海，乌江渡口呵

我始终活在你的舵里

我始终是你水的骨骼和泥沙的微笑

乌江的儿子的歌唱是动人心弦的。这歌唱有着乌江水的气质、乌江人的淳朴。对于诗人，乌江是"看得最远的地方/最远也能看见的地方"。对于乌江，诗人是一位听懂了秋风与冬雪唱出的春歌的子民。

我不认识谭明。读完诗集，掩卷遐想，诗集的主人显然是有写诗功底的。从《作者小传》得知，他已经和缪斯交往了差不多二十多年。所以，他的诗笔是老练的。但是，他并没有玩弄技巧——玩弄技巧是对读者极大的不尊重，也没有放弃诗的技法去搞什么"口语化"——将诗家语和口语混为一谈，是诗的彻底的外行。他走的路是诗的正路。

中国是诗的故乡。但是，近年来诗已经边缘化到快要消失。我们看到在高谈阔论的后面，有许多像谭明这样的诗人在默默地、辛勤地寻觅着繁荣之路。中国新诗需要诗歌精神、诗体和诗歌传播的重建。今年秋天，中国新诗研究所将要召开华文诗学名家国际论坛，许多国家和地区的诗学名家都将与会，我们将响亮地提出"中国新诗的二次革命"问题，而像谭明这样的年轻诗人的探索正给我们提供了正面的经验。

如诗人所言，诗是——

可以无限地趋近

却永远不能到达

因此，谭明的路还很长。诗集里的少数篇章略嫌开掘不够，诗意稍淡。我相信，他的第二部诗集在这方面一定会有长足进展。

是为序。

（谭明：《乌江的太阳和雨》，作家出版社 2003 年版）

一路岁月一路歌

——序张航《流过的岁月》

重庆是中国新诗的重镇。

这里有悠久的诗的文化遗传。所谓"下里巴人",就是远古时代巴人所唱之歌。唐代以后一直到清代,在全国流传的"竹枝词"的故乡在重庆,在三峡。李白、杜甫、刘禹锡、白居易、陆游等著名诗人都在三峡这个诗之峡、在奉节这个诗之城留下了杰作。在杜甫一生的诗歌中,夔州诗占了三分之一;陆游离开夔州后,一直到晚年,还在吟唱他的怀念。

几千年的重庆的诗歌沃土哺育了吴芳吉、邓均吾、何其芳、方敬、杨吉甫、梁上泉、沙鸥、傅天琳、李钢这样的名家。在抗战时期和新时期,重庆新诗掀起了两次高潮。抗战时期的"重庆诗歌"早就超越了地域界限。在新诗发展史上,"重庆诗歌"与同时期的"延安诗歌"是同源异貌的进步诗歌,具有全国意义,也是今天建设新诗的重要参考系。新时期的重庆诗歌高潮由本土诗人担当弄潮儿。新时期的重庆诗歌有别于传统派和崛起派,它在处理传统与发展、现实与现代、本土与西方的关系上走出的诗歌道路在全国产生了广泛影响。

在今天的重庆,有一个庞大的诗人群,20世纪40年代的诗人、五六十年代的诗人、新时期的诗人、90年代的诗人在山城大合唱。

当中国诗歌在文化转型中走向边缘、走向沉寂的时候，重庆是另一番风景，这里依然回旋着诗的优美旋律，荡漾着诗的柔情，使来到这里的外地人感到惊喜。

重庆诗人群常常有一些聚集地，重庆市文化局就是这样的地方。从这里走出了王川平，走出了梁平，走出了菲可。他们都是今日重庆诗坛的重量级人物。王川平和傅天琳、李钢等被称为重庆"三套车"。川平是学者型诗人。他的感受能力和技巧能力都给人深刻印象，历史学家的川平，考古学家的川平，赋予诗人川平深邃的慧眼；诗人川平又赋予历史与考古以饱满、深厚的诗情。梁平和菲可都有自己的艺术个性和诗歌道路。

现在，又走出了张航。

张航是我的老朋友。我早就知道他这个文化局局长是个文艺内行。他懂创作，自己也创作，有不少作品——这也是我和他一见如故的原因。但是，对于他是诗人，我却完全不知情。因此，当张航告诉我，他的诗集就要出版，并且嘱我写序时，我先是一惊：他写诗吗？读了他的诗与散文的合集《流过的岁月》，掩卷沉思，大为欣喜——张航的确是诗人，而且是一位有个性、有才华的诗人。回头一想，是的，生活中的张航就有诗人的气质——热情，善感，多思。

翻开《流过的岁月》，我才发现，张航是个"诗龄"很老的诗人。他在20世纪60年代就开始挥动诗笔，到现在已经有了近半个世纪的写诗的履历，堪称"老诗人"了。在部队，在地方，在国内，在异邦，他的诗行总在流动，总在闪光。真是一路岁月一路歌。在诗的写作上，他永远在寻觅，在追求。他尝试了多种诗体，实验过多种言说方式：这本诗集就是见证人。张航几十年的诗不是在一个平面上，他的作品总是向往着进展——比较诗集里60年代的作品和后来的作品，就可以很容易地发现这一点。

按照海德格尔的话来说，诗最接近"在"，是"在"的倾听者和看护人，是"在"的房屋。诗不是一般的"语言言说"，而是人的"本真言说"。因此，诗的关注在人性、人道与人情。诗在多数情况下是生命关怀的体现。

当张航吟咏人生的时候，常常浸透了哲理，使得这人生更耐人咀嚼，更耐人寻味：

    当叶儿告别树冠时
    便种下一片深情
    金秋已经收获
    何须再恋高枝
    不要去埋怨秋风
    那是因为泥土的缘分
    只有融进它的怀抱
    生命才孕育第二个春天
        ——《落叶情思》

这是已经诗化的"落叶"，而且，它是属于张航的——没有悲伤，没有绝望，有的是对"告别"的深情，是对"第二个春天"的向往。秋的落叶拥有的是春的情怀。

再读《面对一张白纸》：

    面对一张白纸
    你是那样的亲近
    面对一张脸
    你却那么的遥远
    我悔恨笔下流洒得太多
    以致见面时是那么难堪

　　也许最美的东西

　　是在虚幻中生成

　　那自己渲染的氛围

　　一旦被现实突破

　　世上就再没有花容月貌

　　这样的感情经历，不是人人都有过。但是，它的内蕴却很真实而特别。因此，它扩大了爱情主题诗篇的视野，丰富了爱情主题诗篇的领地。

　　诗也一定有社会关怀，诗集中有一部分作品是注目于外部世界的。这本书的下部《流在心宇的江河》，是以叙述为主的散文。张航的散文，使我对外部世界有了许多了解。比如，我们经常接触而又并不了解的"秘书"以及生活中各种各样的人物，通过阅读张航的流畅的散文，我就有所"知"。但是诗在"感"而不在"知"，诗是回避叙述的，叙述会把诗引向散文化。张航的社会关怀的诗常常是从人性、人道与人情的视角出发的，它是化客观为主观、化事件为心灵的歌唱，因此对诗的隶属度很高。张航写诗是很内行的。

　　这是张航的《空中小姐》：

　　面对不同的你

　　你的目光　你的微笑

　　都给我带来心灵的春天

　　我只是匆匆过客的一员

　　而与你相遇时

　　你就像白云轻拂

　　把圣洁写在蓝天

　　让好心情常伴着我

穿越人世的万水千山

重要的不是空中小姐本来怎么样，重要的是空中小姐在诗人看来怎么样，诗人心灵对空中小姐的回应怎么样。这就是诗。

张航的诗还有一个显著特点：简洁。

诗的直接内容是情感。它不能像散文那样运用悬念来引动读者的好奇心，始终抓住读者；它也不能像散文那样，有一个完整的故事，使读者可以断断续续地阅读。因此，如同诗在凭借内视点上获得的抒写情感的最大自由一样，诗在篇幅自由上所得到的权利又在所有文学样式中是最小的。就像别林斯基所说的那样，诗是"像风飘过琴弦一样震动诗人心灵的瞬息感觉"。张航懂得这一点。他的诗一般篇幅很短，连标点符号都被剔出诗外。简洁、精练、指示性强的语言，加强了诗味。

重庆诗坛又增添了一个闪光的名字——这个早就应该出场的名字。我很高兴，为张航，也为重庆诗坛。

是为序。

（张航：《流过的岁月——张航诗歌散文集》，重庆出版社2004年版）

20世纪重庆新诗的发展轮廓

——《20世纪重庆新诗发展史》导言

一

到目前为止，重庆的确还不能称为文化大市。但是，对于20世纪的中国新诗来说，重庆却是一座重要的诗城。

巴渝大地哺育了吴芳吉、邓均吾、何其芳、方敬、杨吉甫、梁上泉、沙鸥、傅天琳、李钢这样的著名诗人。1958年，离别故乡多年的何其芳路过万州，曾写下了《夜过万县》。这首诗的最后一节是：

> 凭着船上的栏杆，
>
> 一直到望不见这山城，
>
> 江面的红绿灯标，
>
> 好像在依依送人。

在新诗的八十多年里，郭沫若、宗白华、田汉、陈衡哲、沈尹默、冰心、臧克家、卞之琳、艾青、梁宗岱、孙大雨、方令儒、胡风、绿原、邹荻帆、厂民（严展）、高兰、力扬、唐祈、臧云远、余光中等许许多多名家都在渝州弹奏过他们的竖琴。

重庆新诗有着几千年的源远流长的文化遗传，尤其是三峡地区。三峡是诗之峡，是一片诗的沃土，而奉节则素有"诗城"之称。

20 世纪 50 年代后期,在毛泽东的倡导下,全国曾经掀起了声势浩大的新民歌运动。作为这个运动的一次检阅,周扬、郭沫若合编了《红旗歌谣》,三峡地区有几首当时很著名的民歌入选,如《一天变成两天长》:

太阳落坡坡背黄,

扯把蓑草套太阳,

太阳套在松树上,

一天变作两天长。

这首民歌以它丰富的想象表现了当时农民的豪情壮志,一经出世,就在全国流传。其实,这样的民歌出现在三峡地区是不足为奇的。沿波讨源,三峡地区历来就具有诗歌尤其是民歌悠久的文化遗传。

从考古发现,早在新石器时期,三峡地区就有原始人类的足迹。以奉节县为中心,古代巴人就在那里劳作生息,而民歌就是他们的劳动生活里的音符。所谓"下里巴人",正是这里的巴人所唱之歌。现在我们能够见到的最早的"下里巴人",应数北魏郦道元的《水经注》中提到的《峡中行者歌》:

巴东三峡巫峡长,

猿鸣三声泪沾裳。

巴东三峡猿鸣哀,

猿鸣三声泪沾衣。

唐代以后一直至清代,在全国流传的《竹枝词》的故乡在三峡。鲁迅在《门外文谈》里曾说:"唐朝的《竹枝词》和《柳枝词》之类,原都是无名氏的创作,经文人的采录和润色之后,留传下来的。"通过这个现象,鲁迅总结了一条颇为重要的历史经验:"旧文学衰颓时,因为摄取民间文学或外国文学而起一个新的转变,这例子是常见于文学史上的。"

"竹枝"是巴人聚居地的民歌,原名巴渝舞,"惟峡人善唱",而且,"竹枝"在巴地十分普及,"巴女骑牛唱竹枝"。白居易有诗云:

> 瞿塘峡口水烟低,
> 白帝城头月向西。
> 唱到竹枝声咽处,
> 寒猿暗鸟一时啼。

在竹枝词的发展中,刘禹锡(772—842,字梦得)做出了重大贡献。821 年,刘禹锡从连州到三峡,任夔州刺史。刘禹锡不仅写作了竹枝新词,而且,比刘禹锡早两年到三峡的白居易在《忆梦得》的自注中说:"梦得能唱'竹枝'。"能写善唱,刘禹锡留下了不少作品。且读一首情歌:

> 杨柳青青江水平,
> 闻郎江上踏歌声。
> 东边日出西边雨,
> 道是无晴却有晴。

此诗,道风俗而不俚,唱爱情而不露。"晴"字谐音而双关,诗味无穷。胡仔《苕溪渔隐丛话》写道:"余尝舟行苕溪,夜闻舟人唱吴歌。歌中有此后两句,余皆杂以俚语。岂非梦得之歌,自巴渝流传至此耶?"可见此诗当时已经传至京城。

刘禹锡写峡中景物的"竹枝"也很多。

> 巫峡苍苍烟雨时，
>
> 清猿啼在最高枝。
>
> 个里愁人肠自断，
>
> 由来不是此声悲。

　　唐代的顾况、白居易、张籍、李涉，宋代的苏辙、黄庭坚、范成大，都作"竹枝"。孟郊有一首《教坊歌儿》，有"能诗不如歌，怅望三百篇"之慨。

　　《巫山高》是乐府的古题，其诞生地也在三峡。三峡沿岸，《巫山高》的诗篇比比皆是。唐代诗人沈佺期、张九龄、刘方平、戴叔伦、孟郊、李贺、罗隐，宋代诗人王安石、范成大、苏东坡都作过《巫山高》。如张九龄的《巫山高》：

> 巫山与天近，
>
> 烟景常青荧。
>
> 此中楚王梦，
>
> 梦得神女灵。
>
> 神女去已久，
>
> 云雨空冥冥。
>
> 唯有巴猿啸，
>
> 哀音不可听。

　　在众多以三峡为题材的诗歌中，有两首非常有名的篇章。一为李白的《早发白帝城》："朝辞白帝彩云间，千里江陵一日还。两岸猿声啼不住，轻舟已过万重山。"一为杜甫的《登高》："风急天高猿啸哀，渚清沙白鸟飞回。无边落木萧萧下，不尽长江滚滚来。万里悲秋常作客，百年多病独登台。艰难苦恨繁霜鬓，潦倒新停浊酒杯。"前者以"重"衬"轻",抒发了遇赦之后的轻快之情;后者对仗工整,音响卓绝,被称为"古今七言律第一"。杜甫一生的诗歌,夔州诗占了三分之一。

对三峡的吟唱最久的当数陆游。1170 年,陆游任夔州通判,到三峡途中,就写了几十首。离开三峡后,他还不断地以三峡为题赋诗,写出他对三峡的怀念。

中国新诗是"五四"运动的产物。吴芳吉是站在新诗和旧诗的交叉点上的重庆诗人。可以说,他是重庆最后一位旧体诗人,又是重庆最早的一位新体诗人。他的《婉容词》赢得的巨大的艺术反响在文学史上是很少见的。

二

诗歌观念、诗人构成、诗歌作品,应当说是考察诗歌史上某一发展阶段的几大因素。

在重庆新诗发展史上有过两次高潮:抗战时期和新时期。这两个时期的共同点是诗歌观念的更新、诗人队伍的壮大和诗歌作品的丰富。不同的是在第一次高潮中,因为战乱来渝的外地诗人充当了主角,本土诗人只是伴唱;新时期重庆新诗的高潮则完全是本地诗人所创造的,而且这一时期的重庆诗人还走出了一条具有全国影响的道路。

"中华全国文艺界抗敌协会"1938 年 3 月在武汉成立仅仅数月,1938 年 8 月即内迁来渝。在抗战时期,"文协"以重庆为活动中心,组织领导了长达八年的抗战文艺运动。"文协"也是重庆诗歌的第一次高潮的核心。"文协"在重庆举行了九次诗歌座谈会(最后两次改称"诗歌晚会"),诗人胡风、厂民、高兰、李辉英、沙蕾、杨骚、艾青、力扬、光未然、方殷以及"文协"的负责人茅盾、老舍都先后或多次出席过这些诗歌活动。将端午节作为诗人节也是"文协"

在重庆的提议。九次座谈会就抗战诗歌的特征、诗与歌的关系，如何推行诗歌运动、诗歌语言等问题展开了讨论，并对抗战诗歌创作进行了检讨。"文协"开展的诗歌活动，大批诗人随着"文协"的来渝，加强了诗人队伍，推动了抗战诗歌创作，提升了重庆在全国诗歌运动中的地位。

在这一时期出版的诗歌刊物主要有《诗报》（主编李华飞）、《民族诗坛》（主编卢冀野）、《诗垦地丛刊》（前五期及《诗垦地副刊》在重庆出版，主编邹荻帆、姚奔）、《诗家》（主要负责人禾波、屈楚，发行人王余）、《铁马诗刊》（主编穗秾）、《诗焦点》（主编李岳南）、《诗座》（重庆诗座月刊社编）、《诗部队》（胡牧、绿蕾、文铮编）、《诗前哨》（编委湛卢、穆静、周昌岐、东英）、《诗叶》（主编蓝青）、《诗文学》（主编邱晓菘、魏荒弩）、《火之源》（主办人李一痕、刘予迪）、《诗词曲月刊》（重庆中华乐府月刊社编）和《诗激流》（主编夏渌）。此外，"文协"的刊物《抗战文艺》（编委老舍、田汉、朱自清、朱光潜、宋云彬、胡风、郁达夫、茅盾、夏衍、叶以群、冯乃超、陈西滢、穆木天、丰子恺、王平陵）、《七月》（主编胡风）、《希望》（主编胡风），还有《突兀文艺》（重庆北碚突兀文艺社出版），也发表了许多优秀诗作。

抗战时期的重庆，是诗人荟萃的地方。郭沫若、臧克家、艾青、胡风等老诗人在这里吟唱。高兰、绿原、曾卓、彭燕郊、光未然、力扬以及重庆本地的诗人沙鸥、李华飞等新人都写出了力作。沙鸥的方言诗在当时具有不小的影响。

七月诗派是形成于抗战中、活跃于20世纪40年代的中国新诗发展史上最具影响的流派之一。三四十年代，七月诗派的大本营在重庆。《七月》和《希望》先后在重庆出版。艾青的《向太阳》和《北方》、胡风的《为祖国而歌》、田间的《给战斗者》、鲁藜的《醒来的时候》、天蓝的《预言》、杜谷的《泥土的梦》、冀汸的《跃动的夜》、邹荻帆的《意志的赌徒》、牛汉的《彩色的生活》、彭燕郊的《春天——大地的诱惑》、阿垅的《无弦琴》、绿原的《童话》等名作都是收入在重庆问世的《七月诗丛》《七月文丛》出版的。艾青在来渝途中写下的长诗《火把》成了他的代表作之一。

抗战时期的"重庆诗歌"早就超越了地域界限,在诗歌史上"重庆诗歌"具有全国意义的内涵。与同时期的"延安诗歌"相此,"重庆诗歌"是同源异貌的诗歌。虽然它们都是在党的指引下的进步诗歌,但是,无论在诗歌思潮的引导上、诗人队伍的组成上,还是在诗歌主题、题材、风格的选择上,"重庆诗歌"都为今天中国新诗的发展提供了许多理论和实践上的启示。

外地诗人提高了重庆诗歌的影响和地位,重庆诗歌又为外地诗人创造了美好的记忆。臧克家在 1985 年写的《歌乐山·大天地》中回忆到当年告别居住了三年有余的重庆的情景时,仍然十分动情:

> 离别重庆的一幕是动心的,事隔四十年,到现在,人的颜容,人的声音,人的离别的心情和话语,一闭眼全来到眼前、耳边,而且,如此生动,如此鲜活,如此牵动我的心。①

新时期是重庆新诗的第二次高潮,这次高潮是在全国诗歌高潮的背景下出现的。

比起抗战中的第一次高潮,这次高潮的弄潮儿全是本地诗人。不仅抒情诗,而且,讽刺诗、儿童诗、歌词、诗歌翻译都取得了成绩。

老诗人唱出了深情的新歌:方敬、梁上泉、陆棨、穆仁、余薇野、邹绛、张继楼、凌文远、杨大矛、野谷、王群生、杨山、林彦、吕亮都捧出了新作。

在新时期,重庆诗坛涌出了一大批新来者。如果以姓氏音序排

---

① 《臧克家文集》卷四,山东文艺出版社 1985 年版,第 392 页。

列，至少有下列诗人：柏铭久、成再耕、春秋、杜承南、范明、菲可、郭久麟、江日、何培贵、华万里、柯愈勋、回光时、黄中模、梁平、毛翰、李北兰、欧阳斌、蒲华清、彭斯远、邱正伦、冉庄、冉冉、邵薇、田家鹏、王川平、王长富、万龙生、熊雄、徐国志、向求纬、义海、杨矿、雨馨、杨永年、张于、钟代华、邹雨林和赵发魁。他们组成了实力雄厚、丰富多彩的诗群。傅天琳和李钢是当然的领唱人。新来者中，有些诗人"诗龄"不短，但是成名却是在新时期。在处理传统与发展、现实与现代、本土与西方的关系上，新来者显示了有别于当时的传统派和崛起派的美学理想。他们是传统的崛起派，他们是崛起的传统派。他们走出的诗歌之路在全国具有影响，和者甚众。正是他们，从总体上提升了重庆诗歌在全国的影响和地位，强化了重庆诗歌的辐射力，使重庆成为新时期中国新诗的重镇。

第二次高潮的又一个显著特点，是重庆的新诗评论取得突破。除了老一代的诗歌评论家，陈本益、周晓风、蒋登科、毛翰、李怡、王毅等一批中青年诗歌评论家的出现，更显示了重庆新诗评论的发展实力和发展前景。1986 年西南师范大学中国新诗研究所的成立，标志着重庆的新诗评论也成了新时期中国诗坛的重镇。从中国新诗研究所的博士生、硕士生和访问学者中走出了一批著名诗歌评论家：刘光、江锡诠、翟大炳、毛翰、赵心宪、张中宇、刘静、蒋登科、钱志富、梁笑梅、陆正兰、向天渊、王珂、李震、傅宗洪、王毅、江弱水、莫海斌等。

新时期是重庆新诗在 20 世纪的黄金时期，它也担当了十七年和 90 年代新诗的连接者。

三

20 世纪重庆新诗是一个丰富的存在。从新诗初期、抗战时期，经十七年，到新时期，重庆诗坛始终高潮迭起。到了 20 世纪 90 年代，中国新诗已经危机重重，诗歌读者和诗人都极大地减少了，新诗逐步跨入边缘化的沉寂时代。在 90 年代的重庆却是另一番风景：这里的老中青诗人都在继续歌唱。原来已经成名的诗人，几乎没有舍诗而去的，而且，重庆诗人们的生存状况都比外地诗人好得多。新的年轻诗人成群地走上诗歌舞台，带着新的诗歌观念和审美欲求，进行着他们别具一格的艺术探索。和全国的情形一样，在重庆，同代诗人都有相似的美学追求，而不同代诗人都有相当的美学差距。这和每代人大体相似而不同代人大体相异的人生阅历、艺术道路分不开。各代诗人有差距，这是十分正常的诗歌现象。不过，在重庆，各代诗人却可以成为诗友，可以坐在一块，可以彼此尊重，共同打造重庆诗歌的光荣，这在目前的国内诗坛实在不多见。而且，作为重庆诗人，各代人之间的相同点是存在的：在传统与发展之间，在现实与现代之间，在本土与西方之间，他们有着共同的寻觅。

在 20 世纪，重庆诗歌的探索比较集中在三个方面。

（一）在生命意识和使命意识之间

诗歌从来就有两个基本关怀：社会关怀和生命关怀。就中国新诗而言，当救亡成为社会发展的主旋律的时候，诗歌就更偏重社会关怀：国家的兴衰、民族的危亡，成为诗的主题。当启蒙成为社会发展的主旋律的时候，诗歌就更偏重生命关怀。就像海德格尔讲的那样，现在人们说的 "在"，实际上是 "在者"，"在" 在 "在者" 之先。诗最接近 "在"，是 "在" 的倾听者和看护人，它是人的 "本真言说"。

中国新诗长期处在战争、革命、动乱的外在环境中，因此，从诞生起，新诗就十分注重与社会、时代的诗学联系，注重诗歌的承担精神。注重增添诗歌的思想含量和时代含量。新时期是崭新的生存环境，新诗加大了生命关怀的分量，开始了从以社会关怀为主到以生命关怀为主的过渡。人性、人情、人世、人生、人权、人道成为诗的常见主题。

但是,生命关怀和社会关怀其实很难完全划开。一首优秀的写社会关怀的诗,写到极处,也就会触及生命关怀。因为,诗总是从事到情,从生命的视角去观照社会事件的。一首优秀的写生命关怀的诗,写到极处,也就会触及社会关怀。因为,诗人总是一种社会存在,诗歌终究也是一种社会现象。

重庆诗人总是说,他们寻求着生命意识和社会意识的和谐,这就使得重庆诗歌别具内蕴。标语口号式的作品,只是热衷于诉说自己"牙齿疼"(莱蒙托夫语)的作品,在重庆,是很少见的。方敬戴着"宽檐帽"在忧郁地歌唱,然后又在阳光下"拾穗";梁上泉从"喧腾的高原"走来,唱着人生的"多姿多彩多情";傅天琳的"绿色的音符"里有了"结束与诞生"的哲理;脱下了"蓝水兵"军装的李钢,唱着关于邓小平、关于新时代的动人曲调。他们的诗的生命意识的成分都在加浓,且又都是人性视角的社会之歌、时代之歌、民族之歌。

离开生命意识,很难解读重庆诗人;同样,离开使命意识,也很难解读重庆诗人。

(二)在诗情与诗体之间

胡适讲得好:"我们若用历史进化的眼光来看中国诗的变迁,方可看出自《三百篇》到现在,诗的进化没有一回不是跟着诗体的进化来的。"① 问题是:"进化"第二天呢?

翻翻古代诗歌史就会发现,"风谣体"后有"骚赋体","骚赋体"后有五七言,五七言后有"诗余"——词,词后有"词余"——曲。如果说,散文的基础是内容的话,那么,诗的基础就是形式。

---

① 《谈新诗——八年来的一件大事》,杨匡汉、刘福春编:《中国现代诗学》,花城出版社1985年版,第5页。

爱情与死亡，诗歌唱了几千年，还是有新鲜感，秘密正在于诗的言说方式的千变万化，诗体的千变万化。新诗之新绝不可能在于它是"裸体美人"，对于诗歌，它的美全在衣裳，"裸体"就不是"美人"了。

诗美是内蕴在一切艺术中的最高的美，是一切艺术的灵魂。雅克·马利坦说："诗是所有艺术的神秘生命。"① 海德格尔说："全部艺术在本质上是诗意的。"② 但是作为文体的诗歌，一定有自己的诗体。何其芳说："中国新诗我觉得还有一个形式问题没有解决。从前我是主张自由诗的。因为那可以最自由地表达我自己所要表达的东西，但是现在，我动摇了。"③ 何其芳还说："将来也许会发展到有几种主要的形式，也可能发展到有一种支配的形式。如果要我来预先设想将来的支配形式大概是这样：它既适应现代的语言的结构与特点，又具有比较整齐比较鲜明的节奏与韵脚。"④ 应当说，没有诗体就没有诗歌。诗的本质是无言的沉默。以言传达不可言，以不沉默传达沉默，以未言传达欲言，要靠诗歌的特殊的言说形式。这形式依靠暗示性将诗意置于诗外和笔墨之外，这形式带有符号的自指性，它是形式也是内容。散文注重"说什么"，诗歌更看重"怎么说"。诗的审美表现力和审美感染力，都与诗体有关。作为艺术品的诗歌是否出现，主要取决于诗人运用诗的特殊形式的成功程度。

重庆诗人在诗体探索上做出了不懈努力。在重庆诗坛，那种自由得散漫无边际的自由诗不多。丰富多彩的诗体才能表现丰富多彩的诗情，增多诗体是新诗诗体建设的必要前提，重庆诗人在丰富自由诗的诗体上付出了许多努力。邹绛、陆棨、万龙生、梁上泉对现代格律诗的多年探寻，杨吉甫、穆仁、蒋人初、张天授对小诗和微

---

① 《艺术与诗中的创造性直觉》，生活·读书·新知三联书店 1991 年版，第 15 页。
② 《艺术作品的本源》，文化艺术出版社 1991 年版，第 71 页。
③ 《何其芳文集》卷四，人民文学出版社 1984 年版，第 62 页。
④ 《何其芳文集》卷四，人民文学出版社 1984 年版，第 256 页。

型诗的大力推进，都产生了影响。

（三）在作品与传播之间

中国诗歌的发展规律是每一种诗歌都产生于民间，与音乐交融在一起。然后，文人介入，诗得到完善和提高，但是远离音乐而去，于是，逐渐枯萎，新的品种又出现。新诗却不是这样。新诗不起于民间，和音乐几乎没有关系。所以，从诞生起，新诗就有一个亟待解决的传播问题。

在发展过程中，新诗的传播形成了几种常见方式。一是诗与朗诵的结合。从抗战时期高兰、沙鸥、光未然等的提倡开始，诗歌朗诵在重庆一直热门，诗人们也创作了许多朗诵诗。二是诗与音乐的结合。"能歌的诗"受到青睐。梁上泉、陆棨、何培贵、春秋、王光池、张昌达、赵晓渝等组成了写作"能歌的诗"的兴旺的队伍。梁上泉的《小白杨》等歌曲传唱甚广。三是与电视的结合，电视诗（PTV）成为热点。电视诗以电视的手段阐释诗歌，使诗的意象更具象、更直观、更美。

新的科技改造和丰富着诗的传播方式，近年特别引人瞩目的是网络诗。网络诗有两种。一种是网络上发表的原创诗。诗歌的网络化是诗歌适应信息化生存的产物，它的作者是熟悉电脑操作的年轻诗人。网络诗歌往往具有民间文学和流行文化的特质。在重庆，一大群年轻诗人围绕在以李元胜、何房子等为中心的网络诗刊《界限》周围，从事网络诗歌的写作。《界限》构成了从 20 世纪 90 年代开始的重庆诗坛的一道新的风景线。另一种网络诗是网络上的诗。这些诗并不是在网络上发表的，它们是第二次发表的"平媒诗"。它们将网络作为传播方式，扩大自己的影响。不管哪一种网络诗，作为公开、公平、公正的大众传媒，网络为诗歌的传播开辟了新的空间。网络诗歌以它向社会大众的进军，向时间和空间的进军，证明了自己强化诗歌传播的实力与发展前景。

在 20 世纪的流程中，重庆新诗在曲折的道路上取得了可喜的成就。尤其是新时期，重庆新诗进展迅猛：新诗对自身进行了比较深刻的反思，并且，从历史意义上的反思，转为美学意义上的发展。有理由相信，重庆新诗在 21 世纪会获得更耀眼的辉煌。

我愿意向重庆新诗道一声珍重！

（吕进主编：《20 世纪重庆新诗发展史》，重庆出版社 2004 年版）

新人的发现

——序蔡培国《红帆船——微型诗三百首》

进入 21 世纪以来，我经历了好几次发现新人的喜悦。这是一种多么令人鼓舞的喜悦！好几位年轻诗人，带着他们动人心弦的歌唱，向着我微笑地走来。重庆的谭朝春，荣昌的唐诗，广东的萧萧，现在又出现了蔡培国。

蔡培国的诗才是显而易见的。他的诗是对生活中的诗美的真正发现。蔡培国显然读过前人不少的诗，但是，他的诗，没有一首是模仿和复制的。读着他的诗，你会感到一次新鲜的旅行，一种新鲜的想象，一个新鲜的世界。散文的世界在这里被瓦解了。诗的世界在散文的尽头出现了。

走着
走着
便成了鸟
——《林间》

同舟共济的人
一旦上了岸
便各奔各的世界
——《生活小语·17》

　　容得下海

　　现在

　　一个名字就涨满了

　　——《爱情浅唱·心》

　　在他的诗笔下，落叶成了"折翅的鸟"；冬天的月光成了伤人离愁的"刀片"；月亮成了在两端挑着故乡和天涯的扁担；井底蛙不再是受人嘲笑的对象，他的天空虽小，可也省却了许多麻烦。蔡培国总是这样，他在人生、人间中寻找着属于自己的诗。这是一条通向成长、成熟与成功之路。

　　蔡培国的更大意义在于对诗体的探寻上。

　　新诗的"新"，究竟表现在哪里？既然是诗，显然它的"新"不可能表现在"裸体美人"上。诗的基础是形式，如同散文的基础是内容。散文注重"说什么"，诗的价值在于"怎么说"。爱情与死亡，诗吟唱了几千年，却还在吟唱，原因全在"怎么说"的技巧、"怎么说"的形式。诗的长久活力，诗的艺术生命，在于它的言说方式。诗的一些古老主题，正是在不断出新的诗体中重获青春的。没有诗体，也就失去了诗。八十多年中，许多诗人在这方面作出了努力，微型诗的创造就是这种努力的一个方面。从冰心、周作人开始，微型诗的探索一直没有中断过。在新时期，山东的孔孚、四川的王尔碑、湖南的于沙，在这个领域卓然成家。这些年，穆仁、蒋人初等一大批重庆诗人耕耘着这块土地，收获着喜悦。继 1999 年重庆出版社出版《微型诗 500 首点评》之后，2001 年底，香港天马图书有限公司又推出了穆仁担任主编、邓芝兰和唐元龙担任副主编的《微型诗存》，收入微型诗近千首，显示了这个诗体的实绩。《微型诗存》也选入蔡培国的作品 28 首。

　　蔡培国对于写作微型诗颇具才华。他的每首诗都只有三行。三个诗行，在他的手里，真可谓卷舒自如，来如清风，去如月色，淡妆浓抹总相宜。三行里藏着一个巨大的世界。他字字必争，他的减法美学和空白美学令人称赞。我们完全可以像当年称沙鸥为"沙八行"那样，管蔡培国叫"蔡三行"。他是完全有资格担当这个称号的。

　　是为序。

　　（蔡培国：《红帆船——微型诗三百首》，天马出版有限公司 2004 年版）

为有源头活水来

——序刘静《新诗艺术论》

刘静的《新诗艺术论》即将出版，这是一个好消息。《新诗艺术论》是刘静出版的第一部学术著作，对于她的学术生涯是具有别一番意义的，我愿意向她表示祝贺。

这本书的构筑大概分三个板块：第一个板块是关于诗歌作品的考察，对《女神》艺术成因与日本文化的关系作了全面的梳理；第二个板块是关于诗人群的论述，涉及"九叶"诗派、普罗诗派、中国诗歌会、后中国诗歌会、"七月派"、新月派和现代派等；第三个板块是关于诗歌文体的研究，对微型诗的发展历程和艺术特征，以及抒情诗意象艺术作了深入的探讨。

2000年，刘静到西南师范大学新诗研究所做过我的访问学者。她还没有到我这里来访问的时候，我就读过她的关于"九叶"派的论文，比如《学术界》上发表的《"九叶"诗派的艺术个性》，《东岳论丛》上发表的《"九叶"诗歌的意象艺术》，《上海大学学报》上发表的《论"九叶"派诗歌的现代化探索》，等等。有的文章还被人大复印资料等转载。她对"九叶"似乎情有独钟，研究热情也比较持久。从20世纪80年代开始，"九叶"派一直是诗学界的关注中心之一，这不仅仅是为一个流派正名，也是为当下的中国新诗寻求发展路向。所以，它的学术价值和现实意义都很重大。刘静从多个角度去打量"九叶"派，提出自己的见解，是可贵的。

普罗诗派、中国诗歌会、后中国诗歌会等诗人群的研究，则是刘静参加武汉大学承担的教育部"九五"规划项目"近百年新诗流派史研究"的成果。这个项目的主持人龙泉明是刘静的师兄，他的经过长期修改的博士论文《中国新诗流变论（1917—1949）》1999 年由人民文学出版社出版。刘静对自己所分工的几个诗人群的考察的确别具匠心。

去年刘静到了扶桑之国，在日本帝国大学之一的九州大学做访问学者，师从岩佐昌暲教授。说来凑巧，岩佐是我的老朋友，他是日本著名的汉学家，他的汉语很棒，对中国新诗尤有专攻。《〈女神〉艺术成因与日本文化》就是刘静访学的成果。从中我们可以感受到她的日本导师的治学特色对她的影响：重原始资料，重实证，重考据，无一字无来历。文学研究的突破，首先要仰仗方法论的突破。中文专业出身的人，很容易受到中文系长期形成的程式化的思维方式和表达方式的影响，而使自己的研究缺乏生气和活力，缺乏求新求变的锐气。因此，在方法论上能多几个参照系，由一维参照到多维参照，对于刘静，我以为不能说不是件好事——这是她的继续发展的题中之义。

刘静的新诗研究总是处在动态中——不断更新，不断发展，不断提高。这出自她的勤奋——不断寻求新的突破，不断创造新的境界。这使我想起宋人朱熹的那首《观书有感》：

> 半亩方塘一鉴开，
> 天光云影共徘徊。
> 问渠那得清如许，
> 为有源头活水来。

刘静涉猎的领域是现代新诗史，也就是说，她的研究重心是治史——建国前的新诗发展史：五四运动以后到 1949 年的诗人、诗作、流派。新诗发展史是诗学与历史学的交叉。这就需要一方面有诗的激情和感悟力，另一方面有科学的冷静和客观态度。刘静正好兼备这两种品质。她热情诚挚，专业功底扎实，研究问题深入。我以为，她的前程看好。我希望能更快地看到她的第二部、第三部著作。

　　是为序。

西南师范大学新诗研究所教授　吕进

2004 年 4 月

　　（刘静：《新诗艺术论》，中国文史出版社 2004 年版）

格律与现代

——序《新世纪格律体新诗选》

八十多年了，许多出世之初就出现的问题至今依旧困扰着中国新诗，这些问题制约了新诗的发展，影响了新诗在中国读者中的定位。新诗逐渐淡出现代人的生活、旧体诗词的重新活跃，都在发出警告：这些问题再也拖不下去了。它们关涉到新诗的存与亡。

概括地说，这些问题无非是在"破格"之后如何"创格"，无非是如何在民族性与世界性、艺术性与时代性、自由性与规范性中找到平衡，在这平衡上寻求发展空间。

关于诗歌归属的民族性和诗歌联系的世界性，从理论上说，好像争论不大。也有一些梦想在西方屋檐下寻找光荣的人，有一些"抛却自家无尽藏，沿门持钵效贫儿"的人，但终究难成气候。关于诗如何通过诗的渠道保持与时代的联系，在与时代的呼应中寻求艺术的创新，有争论。有人认为，诗越离开时代就越纯，诗人越离开民众就越高贵，但多数人好像并不信这一套。谈到自由性与规范性，争论就特别大了。许多诗人早就习惯了跑野马，对于提倡诗体建设、提倡形式感和分寸感一概反对和反感，认为这是在妨碍他的创作自由，在给他制造麻烦。野马拒绝笼头。但不知他们想没想过，艺术总是有限制的。艺术的美、艺术家的才华正是在巧妙地运用这限制才得到发挥。像现在这样下去，会不会妨碍读者的读诗兴趣，会不会取消新诗在艺术领域的生存。读者都没有了，新诗都没有了，你要那自由有何用。其实，诗就是一种言说方式。"我爱你"这个主题在诗里写了几千年仍不见尽头，因为诗的言说方式不见尽头：从"关关雎鸠"到"我是天空的一片云，偶尔投影在你的波心"。有如散文的基础是内容，诗的基础是形式。对于诗来说，形式就是内容，没有形式，就没有了内容。没有形式感的人，可以去干别的，但绝对不能做诗人。

围绕现代格律诗，更是众说纷纭。

自由诗是现代世界的潮流。迄今的中国新诗史可以说基本是一部自由诗史。可以肯定，中国新诗今后也会一直都有自由诗。不过，自由诗如果真要是诗，也得遵循诗的规范。自由无边，自由出了诗的边界，和诗也就没有关系了，和诗歌读者也就没有关系了。而且，如果一个民族只有自由诗，它的艺术生态就不正常了。这也许正是一个民族诗歌不成熟的标志。

现代人需要现代格律诗。因为，有些诗情只有格律诗才能完美地表达；因为，中国读者主要习惯于欣赏格律诗美。格律与现代并不矛盾。现代格律诗主要不是一个理论问题，而是一个艺术实验问题。不是理论家来定法则，然后诗人依照法则来写诗。没有这样狂妄的理论家，没有这样愚蠢的诗人。一切在于实验。现在有了许多现代格律诗的探索，例如民歌体、同顿体、同字体、对称体、回文体、汉语十四行、汉俳以及郭小川体等，但由于还没有公认的格律标准，所以还没有严格意义上的现代格律诗。理论的任务是归纳——升华既有的艺术经验，推进艺术实验的前行。从陆志韦到闻一多再到何其芳，中国现代格律诗已经拥有丰富的艺术积累，但标准不明，花样不多，声势不大，影响不显。"革命尚未成功，同志仍需努力"。

所以，现在《东方诗风》论坛的同人推出了《新世纪新体格律体新诗选》，就特别令人高兴。诗集收入各种体式的作品近 250 首，

14 位作者以中青年为主。领军人物万龙生是我的老朋友，从事现代格律诗探索经年。对于现代格律诗，他在创作和理论上均有建树。主要论文作者孙则鸣也在这个领域经营了 30 年。这群诗友最先是在网上切磋。作为公共、公开、公平的大众传播媒体，网络给新诗带来革命性的变化。它已经成为诗歌传播方式重建的重要园地，也已经催生出一种新的诗体——网络诗。有的诗是在网络上第二次发表的"平媒诗"，有的诗则只在网络上面世。"平媒诗"和"网络诗"的共生，形成了诗坛的新景观。这群网上的诗友直到今夏才在合肥会合。他们给诗坛带来了一股清风——诗体重建的清风。我愿向他们致意。

《东方诗风》论坛的朋友们没有使用"现代格律诗"的术语，而是改用"格律体新诗"，原因是担心和现代人写的旧体诗相混。这个担心是有道理的。但是"现代格律诗"在长期使用中似乎已经有了明确的内涵，所以，我在序言里仍然采取了从众的办法。

我记得 20 世纪 30 年代，有人曾经说过，认识时代提供的条件，认识自身的条件，善于发挥自己的条件在时代的条件下推动事业的前进，就能做出杰出的贡献。我觉得这对成功之路说得非常有道理。诗体重建的道路还很长，愿有志者携手并肩，为中国新诗的立足、壮大和繁荣一起努力！

（万龙生、孙则鸣、齐云主编：《新世纪格律体新诗选》，中国文化出版社 2005 年版）

枫叶秋正红

——序何夕报同名诗集

《枫叶秋正红》是一部值得注意的诗集。可以说，入集的一百多首诗，首首都是诗人"踩过半生泥泞"后的歌唱：有喜悦，有痛苦，更有沉思。

诗是心灵的艺术，是心与心的呼应，是微风吹过心灵的琴弦发出的乐音。因此，一代人有一代人的歌唱。我和何夕报是一代人，读他的诗就特别亲切、特别感动。我们这一代是多愁多病的一代，是历尽磨难的一代，又是理想主义的一代。"诗穷而后工"，"国家不幸诗家幸"。欢快是圆球，一滚而过：轻浅，轻巧；忧郁是多边体，滚滚停停：深沉，凝重。艰难的人生是诗的财富，《枫叶秋正红》是又一个证明。

我们经过了苦难，但是我们至今缺乏对苦难的深刻反思。这就是为什么在 20 世纪 50 年代后期开始的颠沛岁月之后，我们至今却没有与此相应的引发心灵地震的作品的原因吧！我们没有列夫·托尔斯泰，我们没有雨果，我们没有狄更斯。我们对不起苦难，我们对不起经历了如此的苦难的我们自己。年过耳顺，何夕报的诗的一个特点就是哲思：对人生，对时代。诗集中的优秀之作往往也是这类作品。哪怕是街头的红灯和绿灯，诗人也品尝出了人生的真味："路口分手告别/路口相逢相迎/几十年红灯绿灯中行走/吉凶祸福都无非过眼烟云。"他的诗不浅，他的诗不俗，他的诗是——

　　疼痛的笔

　　疼痛的诗

　　疼痛的语言

　　疼痛的洁白的纸

　　《枫叶秋正红》的基调是爱，是对人生的爱、对国家的爱，是千人万人举头的"多滋多味的月亮"。写竹，则竹含诗意；写笛，则笛满风情。读完诗集，掩卷沉思，我们的确感觉得到——

　　二十多年的人生

　　在坑坑洼洼的路上

　　夜空有颗明亮的心

　　这明亮的心是可贵的，有如丹柯的心，它会照亮我们前行的路，会给我们带来信心与力量。

　　我和何夕报至今没有一面之缘，他的诗集是我的朋友著名艺术家彭明曔先生转交给我的。这两天何先生到了重庆，本应见面，由诗识人，我也愿意结交这位诗人，但不巧我刚出访回来，又要倒时差，又要处理这十几天堆积如山的事情，只好作罢。何先生和我是同乡，都是成都人，且是成都实验小学的校友（实验小学出了不少人才，四川省原副省长韩邦彦曾对我说，李鹏、他自己都是成都实验小学毕业的）。读了他的诗又有同道的欣喜。

　　是的，枫叶秋正红。祝愿他的诗歌枫叶红得更有魅力、更耀眼。

　　是为序。

　　　　　　　　　　（何夕报：《枫叶秋正红》，重庆出版社 2006 年版）

《九叶集》诗人群研究的新收获

——序蒋登科《九叶诗人论稿》

对于"九叶诗派"的命名，在学术界一直存有不同意见。有些学者认为，这九位诗人与当年同在《诗创造》《中国新诗》上发表诗作的其他诗人，例如方敬、徐迟、方宇晨等，在艺术风格上并没有多大的不同，也并没有在20世纪40年代就紧密联系在一起，形成了一个诗派。以研究新诗发展史名世的学者陆耀东教授多次发表过这样的看法，新诗元老臧克家也对我说过类似意见。有些学者宁愿用"《中国新诗》诗人群"来代替"九叶诗派"的称谓。因此，这篇序言首先遇到的就是这个问题。我想，"九叶诗人"只是20世纪40年代中国现代主义诗人的一部分，是中国新诗第二次现代主义高潮的推动力之一。但是这九位诗人在20世纪80年代合出了《九叶集》，形成了影响，和朦胧诗派（其实这个命名也值得商榷）一起推动了中国现代主义新诗的第三次高潮，这是事实。在80年代他们建立了密切的联系，以流派的姿态出现于诗坛。要简单的话，干脆就叫"《九叶集》诗人群"吧！

蒋登科教授研究《九叶集》诗人群始于攻读博士学位的几年。在导师范培松教授和我的指导下，他的博士学位论文就是以《九叶集》诗人群为研究对象的，题目叫《九叶诗派的合璧艺术》。在开题的时候，就有一个考虑：先以总论作为博士论文，以后再做个案研究。现在这部《九叶诗人论稿》就是后者。作者在这部书里除了注意到九位诗人共同的历史语境和相似的艺术寻求以外，特别对九位诗人的艺术个性给予了考察，尽量客观、深入、细致地做出描述和评价。《九叶集》诗人群是有理论主张的，有自己的理论家，所以本书第十章和第十一章是研究袁可嘉和唐湜的诗学体系的专章。这样的构想和布局，我以为是合理的。

在中国新诗发展史上，《九叶集》诗人群和"七月派"都起过重要作用。两者的艺术走向和语言理想都很不相同。差异形成丰富，多元推进繁荣。《九叶集》诗人群属于现代主义诗群，但他们是中国诗人，他们面对的现实是中国的现实，他们背负的是几千年的中国传统文化和诗歌文化。所以，将他们完全等同于西方现代主义诗人显然是不恰当的。对于从事现代诗学研究的人，重要的是不要"六经注我"，不要从正常的偏爱走向异常的偏废，不要脱离当时的历史环境去论诗，更拒绝以市价去衡评诗歌现象与诗人。科学是求实的领域，科学是老实人的领域，时间是科学的无情裁判员。权术与花巧，无论如何炫耀于一时，最终都会被时间的流水冲洗得无影无踪。蒋登科从事《九叶集》诗人群研究时，不从理论走向理论，也不从别人的研究成果和诗人自己的评价出发——高校教师中有一部分人正是这样做的，而是以诗人的作品作为唯一的依据，对于这一点我很赞赏。我总感觉，高校教师里有这样的人，文学研究对于他们只是糊口和立足的手段。他们并不喜欢文学，也从来没有被什么作品打动过，离开文学家和文学作品很远。而蒋登科本身就是作家、散文诗人，作品不少，因此他有文学的感应，他有文学的眼睛和耳朵。这样，他就能够不是站在诗人之上或者站在诗人之外来研究《九叶集》诗人群，而是站在研究对象当中来研究他们。这样，他的著作就有较高的

可信度和较大的深度。这本书的确是《九叶集》诗人群研究的新
收获。

　　是为序。

（蒋登科：《九叶诗人论稿》，西南师范大学出版社2006年版）

笑对灵魂在白玉里流转

——序梁笑梅《壮丽的歌者:余光中诗艺研究》

我算得上是野蛮导师吧。研究生进校时,我就要开始和他商量确定博士学位论文的题目,而且这"商量"其实是由我起主导作用。相当于研究生一到学校,就开始了他的开题报告。

第一位博士生,我提出的建议是《九叶集》诗人群研究。因为中国新诗发展史上有过三次现代主义浪潮,而《九叶集》诗人群是属第二次和第三次浪潮的重要推动力。《九叶集》诗人群是中国现代主义流派,他们是现代主义的,又是中国的。他们和西方现代主义诗歌有联系,又和西方现代主义诗歌有区别。这是一个非常有趣而又具有学术价值和现实意义的课题。

我给第二位博士生提出的建议是研究七月派。在诗的生命关怀和生存关怀上,"七月"和"九叶"显然各有侧重——他们的审美理想和语言理想显然是有区别的。"七月"的旗帜是现实主义。在诗人队伍上,和基本是"洋"知识分子的"九叶"不同,"七月"基本是底层作家,两支队伍的人生经历、文化素养、写诗情怀都不一样。此外,和"九叶"的自然消隐不一样,"七月"在1949年以后经历了政治风暴,遭受了牢狱之灾:这里蕴藏着政治一元化和文学多样化、文学与"延讲"等不少理论难题。

梁笑梅是第三位博士生。前面两位,在攻读硕士学位的时候,我就是导师，甚至在读本科的时候，我就给他们上过课。梁笑梅是"外来妹"。他们三位的相通处是在大学本科都是外语专业的。这一点很具象征意义：搞现代诗学的，一多半是外语出身，在中国台湾这种情况尤盛。我给梁笑梅提出的学位论文题目是余光中，这位研究对象也是外语出身的。

在台湾，余光中是一位有争议的人物，尤其是对他在"唐文标事件"和乡土文学论战中的一些表现，一些作家颇有非议。但是，我认为，余光中是一个不可忽视的存在，他具有重要的诗学价值。

第一，余光中右手写诗，左手写散文，兼及评论，著作甚丰，影响甚大。

第二，余光中的诗歌与音乐的结合处于很理想的状态，他诗歌的传播学意义很有研究的必要。

第三，余光中"之"字形的诗歌道路很具时代的典型意义——他在《再见，虚无》以后的回归，从某种意义上给予中国新诗发展以启示。

梁笑梅是一位美女研究生。我多次在做报告时开玩笑说，新诗所的第一位硕士生是浙江来的俊男，很像歌星费翔，"也有不同，就是我们的研究生比费翔更俊"。而梁笑梅呢，就有点像法国电影演员苏菲·玛索。作为男性，我当然喜欢美女，但是作为导师，我对美女是有疑虑的——会不会是"花瓶"呢？会不会"徒有其表"呢？梁笑梅有一般美女的特征。她和人相处，总是不即不离，若即若离，又即又离。她是真诚的，但大家反映，她总有那么一点距离——也许是一种保护性的栅栏。走进她的心灵，不是一件容易的事。不过，梁笑梅可是读书的人，做事的人，务实的人。她的本科是外语，还到英国去过；她的硕士是古典文学，在这个领域，她比我这个外语出身的"二百五"强；她的博士又是现当代文学。这是一个比较渊博的人，而且，只要给她下达任务，参加课题什么的，她拿出的东西，我一般都不需要做大的修改。所以我对她比较放心。遇到我这个野蛮导师，博士生挨骂的不少，她好像没怎么挨骂。相反，梁笑梅改变了我对美女的偏见——原来，有些美女是可以做学问的，而且可以做得令人满意。

这本专著《壮丽的歌者：余光中诗艺研究》是梁笑梅以她的博士学位论文作为基础的。它的不足可能主要就是锋芒不足，但是总体而言，我还是满意的，可以用"体大思精"来给予整体评价。对于余光中的打量比较全面，尤其是对西方音乐和西方绘画赋予余光中的影响的剖析很有价值。研究方法多样得力于作者的学术视野的宽广。我特别想指出的是，本书从传播学的视角去考察余光中，是发前人之未发，新意盎然。也许这预示了作者未来几年的学术走向。

《壮丽的歌者：余光中诗艺研究》出版，我很高兴，谨致祝贺。

2006 年 5 月

（梁笑梅：《壮丽的歌者：余光中诗艺研究》，西南师范大学出版社 2006 年版）

说不尽的白色花

——钱志富《诗心与现实的强力结合
——七月诗派研究》序

钱志富是我指导的博士生。他的师兄蒋登科的博士学位论文是写九叶诗派的，志富的论文写的则是七月诗派。这是我的策划。因为，在我看来，九叶和七月都是中国新诗发展史上最重要的流派，需要高层次的专业研究者纳入学术视野。两个流派都已经成为历史，学术外的人事干预已经不是大的问题；同时，经过了时间的沉淀，尤其是经过了新的时期的思想解放运动，进行客观的学理研究的条件已经大体成熟。与其去跟风忙着搬运外国术语，在几十个人的狭小圈子里自傲和自娱，不如做点实际的事情。当然，这还得论文撰写人有兴趣和有基础。幸运的是，博士生们和我的想法完全一致，这就使我的想法能够得以成为现实。

九叶和七月两个诗派，作为中国新诗一个历史阶段的组成部分，它们之间有一些基本的相似，但是研究它们的不同也许更有诗学意义。

比如，应当说，生存关怀和生命关怀是诗的两种基本类型。当然，优秀的抒发生存关怀的诗，写到极处，也就是生命关怀的披露；优秀的抒发生命关怀的诗，写到极处，也就抹不去生存关怀的色彩。九叶更多的是生命关怀的吟唱，七月更多的是生存关怀的呐喊。九叶更向内，七月更向外。九叶和七月出现的现实环境是敌军入侵，整个民族遭受着惊人的苦难：哀鸿遍野，触目死难，"一切个人的哀

叹，与自得的小欢喜，已经是多余的了"。① 时代对于诗歌总是有着
严格的选择。在事过境迁以后，离开时代去品评诗歌流派，事后诸
葛亮似乎很聪明、很高雅，其实是不懂诗学研究的 ABC 的。

又如，从诗人的社会身份考察，九叶和七月也存在区别。九叶
诗人是知识分子：他们文化修养较高，外语功底较好，对域外的诗
歌世界比较了解，有着知识分子的敏感与多思。七月诗人多数出身
底层，从少不更事的年岁开始，他们就尝够了社会的不平和人生的
苦难，有着底层人们的爱憎眼光和是非标准，有着底层社会的愤怒
与抗议。出身经历对于诗人的文化教养、审美追求、语言理想和诗
歌与社会的对接都有重大的影响。

再如，和九叶相比，七月有着自己的系统的主张和理论，有着
自己的大理论家胡风。胡风是中国现当代诗歌史、文学史上的一个
十分重要、十分复杂而又十分独特的诗歌现象和文学现象。"胡风的
理论体系是对五四以来新文学（特别是革命文学）历史经验的反思
中形成的。但又是不够成熟的反思，有其偏执和缺失。"② 胡风在文
学思潮上的左右开弓，强调以人为本，具有巨大的历史价值，他的
明显有着不足的现实主义理论体系是中国现当代文论的财富。关于
主观战斗精神，关于精神奴役创伤，关于"知识分子也是人民"，这
类论述今天看来，都是真知灼见。而研究胡风的悲剧，可以使我们
思考诸如七月与"五四"传统、七月与"延讲"以及政治的一元化
与诗歌、文学的多样化等重大理论问题。

说不尽的白色花！

研究九叶与七月，不仅具有诗歌流派学意义，而且实在是具有
超乎这两个流派的诗学价值和文学价值。在对七月诗派的研究中七
月时而被抬高，时而被贬低，形成了十分复杂而又有趣的批评现象。

---

① 艾青：《艾青全集》第三卷，花山文艺出版社 1991 年版，第 77 页。
② 温儒敏：《中国现代文学批评史》，北京大学出版社 1993 年版，第 248 页。

可以说，七月有时并没有被当作一个真正的诗学批评对象出现。需要呼唤客观的、科学的七月诗派研究。

志富正是应答着时代的召唤从事这个课题的研究的。贫穷和饥饿构成了他的童年。他是吃政府的补助长大的。也许，这样的底层经历天然地造成了志富和七月诗派的接近、理解和尊崇。在完成博士学位论文当中，他查阅大量材料，许多材料是我过去没有见过的；他思考了许多问题，许多问题是我过去没有思考过的。我可以说，这篇论文浸透了他的勤奋、他的心血和他的才华。

在写作论文初稿的时候，我曾经批评他的有些论断"深一足，浅一足"，给人"黄口小儿"的印象。这是因为志富多才多艺，他既是诗人，又是散文家，这种情况对他深入自己的研究对象是有好处的——我从来看不起那种实际不懂文学，没有文学的感觉，和文学其实没有任何关系，只是靠研究文学为生的所谓"学院派"。但是，这也给志富带来负面影响：研究中的情绪化——说话失"度"。论文初稿里，一些关键词的内涵也有移动性。我想，在经过几年的打磨之后，这些毛病应当去除了吧！

志富属于我的"老"学生：从本科，到硕士，再到博士。在我的学生中，志富具有农民的诚挚、真实和善良，他大概是相信"天地君亲师"的说法的，在我和他十几年的交往中，我常常感受到来自他的对老师的耿耿忠心。我和他的关系相当好。现在，他的论文就要出版了，我很高兴，我对此表示衷心的祝贺。

是为序。

（钱志富：《诗心与现实的强力结合——七月诗派研究》，作家出版社 2006 年版）

新诗中国化和汉诗现代化的成功尝试

——序李忠利《新诗中国风》

这篇序的题目是从穆仁兄那里偷来的。知忠利者，穆仁也！他很好地概括了李忠利诗歌的特点和价值。我实在想不出另外的话语。

八十多年的新诗，取得的成就是斐然的，成了我们民族的一笔文化财富。

但是，近一个世纪了，在形式建设上新诗却步履维艰。毛泽东的"迄无成功"之说，当指此。形式建设被忽略，有多层缘由。首先，在诗人这里，是对新诗之"新"的误读。以为"新"是与传统彻底断裂，另起炉灶；或者以为"新"是到西方的文化屋檐下寻找立身之地。这是很浅薄的谬论。"抛却自家无尽藏，沿门持钵效贫儿"是十分可笑、可鄙、可悲的现象。其次，是新诗出世后就遇到的生存环境：长期的战争和持续的动乱。在饿殍遍野、生灵涂炭、国土破损、民族危亡的时代，新诗首要的肯定是生存关怀，而不是生命关怀。在时代中充当旗帜和号角，在社会里充当民众的喉舌和良心，是诗人的正确选择。在那样的时代，诗人也不具备进行形式探索的外在生存条件。艺术问题退居二线，是再正常不过的现象了。

诗终究是以形式为基础的文学，这正是诗和散文的主要分野之一。散文以内容为基础，可以转述，可以翻译。诗是以形式为基础的文学，没有散文看来的内容，因此无法转述，也基本无法完美地翻译。爱与死亡，诗歌唱了几千年，还在继续歌唱，"白日地中出，黄河天外来"。诚然，不同时代的爱与死亡有不同的审美内涵，但是主要原因还是诗的言说方式在不断发展和创新：诗体，语言，修辞。从"关关雎鸠"到"叫我如何不想她"，诗体、语言和修辞都变了——后者是属于现代的思乡诗和爱情诗。

形式建设的缺失是关乎生存的基本缺失，新诗的发展由此受制。

八十多年来，新诗没有在中国读者那里把根扎得更深，相反，却反复出现新诗危机。目下的危机有三个方面：诗歌精神、诗歌形式和诗歌传播。中心是形式，诗歌精神、诗歌传播都与形式相关。我们应当对诗歌有形式的反思，而且在今日和平、兴起之中国，进行形式建设的外在条件也成熟了。

正当诗坛对新诗危机进行种种认真而富有成效的探究的时候，有人居然跑出来企图禁止人们说话，宣扬"新诗正飞翔于辉煌的空间"，真是闭着眼睛说瞎话，不知他是哪个山林的隐士。

正是在形式建设成为现代诗歌的前沿的语境下，出现了李忠利，"终生积累，一朝井喷"的李忠利。

李忠利把我们带到了一个新的境界。他的诗，无论是微型诗、旧词新填，还是六行体，都有一股新鲜之气，精彩之作使人目不暇接。他的诗的共同特点，就是试图在传统与现代之间、在古诗与新诗之间走出一条新路。他的诗显然是新诗，但是却努力容纳我们这个诗的民族的优秀传统，取传统之长，熔自己之路。这样，李忠利就显得厚实，显得丰富，显得有大家之气。

只要读读国外的诗歌，我们就不难发现，没有哪个民族的现代诗歌会在全部推翻传统之后在一片沙漠中立足。现代是昨天的今天化，传统是今天的昨天化。每个时代的诗歌都是民族诗歌发展链条中的一环。昨天、今天是无法断裂的。谁都跳不出诗歌史的上下文。传统，始终是再出发的基点。

李忠利的诗歌给我印象最深的是形式建设。

其一，时代性。

他的诗是今天人们的所感所思，有着当代的情趣和内蕴。第一卷《一朵雪花从唐代飘来》拉开诗集的精彩序幕。从近百首微型诗中，穆仁选出 69 首，这也真是够厉害的选家。这 69 首不是唐诗的稀释，而是唐诗名句的现代版，以唐诗做引子，展示了当代人的情愫和视角。刘禹锡的"静看蜂教诲，闲想鹤仪形"在李忠利这里是——"死于采蜜途中／苦与乐／都充满营养"。从白居易的"野火烧不尽，春风吹又生"中，诗人找到的诗情是——"在劫难和幸运之间／绿一个痛快／活一个清白"。都是微型体，都是自由诗。容广大于方寸之间，纳时间于空间之内。古人和今人的呼应，今人和古人的唱和，真是：古人不见今时月，今月曾经照古人。

其二，音乐感。

音乐性其实正是诗歌形式的关键因素。语言的选择，诗体的确立，修辞的运用，无一离得开音乐性。没有音乐性，诗就不称其为诗了。对于中国诗歌而言，音乐性是特色、优势和传统。李忠利的诗集是音韵铿锵的。旧词新填不说，他的六行体的音韵也是有讲究的。上四下二、一韵到底的新绝句诗体，琅琅上口，余音绕梁。微型诗没有讲究押韵，但是在节奏上是十分用心的。因此，也具有音乐性。

其三，口语化。

李忠利的诗，用字通俗，但是这通俗不是庸俗，不是口水。循习俗言，规摹俗套，必无佳构。他的诗的通俗是脱俗的表现。有人以为，脱俗就是刻意生造险句，扭捏寻求扮酷。其实这正是一种庸俗。推去陈言，翻旧为新，用语平易，这才是真正的通俗。李忠利的诗是深后之浅，奇后之平，难后之通，雅后之俗。试读《胆小如猫》：

时人活得多么猫，

吃饱喝足闹通宵。

猫眼对门外，

猫步能爬高。

看见鱼儿色迷迷，

看见老鼠不敢叼！

都是口语，都是大白话，但这可是经过诗化处理的诗家语呀！话外有话，诗外有诗，能使读者得到一个广阔的联想空间。

盲诗人李忠利是上海碧柯诗社新声研究小组的成员。他不是一个人，不少上海诗人是同调。他们诗社探索新声体，写作新声诗歌。出版了多种书刊，吹起了新诗的中国风，而远在西部的重庆也有许多支持他们的诗友。多么好啊！理论家谈的新诗的二次革命成了活生生的实践，阳光的实践，诗意的实践，属于明天的实践。

我相信，李忠利这部诗集的出版，会引来更多的有志者，中国新诗的未来呼唤着我们，振奋着我们。新诗的中国化，汉诗的现代化，我们携手并肩。

是为序。

（李忠利：《新诗中国风——盲诗人李忠利诗选》，重庆出版社2006 年版）

梁平书

——《梁平诗歌评论集》序

梁平是从重庆走出去的，所以，我的心里总是不愿意承认他现在是重庆以外的人。梁平去到成都，是去《星星》，去从杨牧手里接过接力棒，担任主编。对于诗歌界，《星星》何其了得。从二白（白航、白峡）、二河（石天河、流沙河）时代开始，它就是中国许多诗人的园地，许多青年的梦想。从中学时代开始，《星星》简直就是我的生活中的一部分，而且是不可或缺的一部分。《诗刊》与《星星》，一南一北，构筑了中国诗坛长期的诗刊地图。

有一个现象很有趣：一些人，当他在诗歌界担任什么报什么刊的负责人的时候，就有许多赞誉，发表一点东西，就被吹得不行，甚至没有东西，也被捧得上天。然而，一旦退下，就什么也没有，什么也不是了。真是中国式的悲剧！梁平却不是这种人。他有文学创作的实力，他是中国诗人的实力派。不当《星星》主编，我看梁平还是梁平——当代有魅力的诗人梁平。

梁平写过长篇小说《朝天门》，最近在刊物上还看到他的几篇颇有味道的短篇小说，但说起他来，大家当然会因为他诗歌的影响而对于他的小说之类略去不计，会众口一词地说他是诗人。

从 20 世纪 80 年代开始拨动诗的琴弦，梁平已经有了七部诗集。我以为，他的诗是都市生活的韵律，是一个现代人的生存体验，是一个中国人的深层反思。见到梁平，第一眼印象是仪表堂堂，男人气概。接触久了，又会感觉到他的细腻秀气的内涵。他的诗也正是这样：大气，然而又内蕴着一股秀美。

20 多年的创作道路见证了他是多面手。他写抒情诗，又写巴蜀童谣；他写短章，又写长诗。长诗《重庆书》是一部近年有影响之作。在 1300 多个诗行中，诗人写了几千年的重庆：历史的重庆，人文的重庆。诗人迈进了重庆背后的世界——生命，价值，希望，现实。《重庆书》的丰厚与深刻，令人击节赞赏。可以说，《重庆书》非梁平莫属。他生于这座浸润着巴文化的古城。当他远去成都，从锦官之城回望家乡，有那么多咀嚼，有那么多回味，有那么多漫步，有那么多反思。写作的空间，写作的契机，就自然出现了。长诗《三星堆之门》也是一种必然。从巴到蜀，以巴观蜀，神秘的三星堆就跳入了梁平的笔端。中国诗歌对于三星堆的长篇书写，梁平是当之无愧的第一人。

梁平在重庆期间，我们是朋友。当他在宦途中顺利发展时，当他在生活里失利时，我们都是哥们儿，是全天候的朋友。对于重庆文坛的是是非非，我们几乎总是持有一致的看法。

我很珍惜这份情谊。在他去蓉城以后，我们的交往很少了，不过彼此是心灵相通的。正如在近年，我这个做过《星星》多年编委的，和《星星》没有什么来往了，但却总是珍惜藏在心底的那份与《星星》风雨同舟的记忆。"人情似纸张张薄，世事如棋局局新"。在当下的功利社会风气里，友情是贵如金的。

在梁平的许多头衔里，有一个是"一级作家"，这和我有关。作为重庆市文联主席，我任重庆市文学艺术系列高级职称评委会的副主任。那年开会时，任文化局局长的主任出差，评委会由我主持。正是在那次评审中，担任《红岩》杂志主编的梁平被评为一级作家。他的条件是足够的，我也是铁面评委。记得他通过以后，我连电话也没有给他打一个，他也似乎没有给我打什么电话。友谊归友谊，公事当公办。这是这些年来重庆第一次评一级作家。我很为他高兴，也很为拥有这样的朋友自豪。

《梁平诗歌评论集》共选入评论 37 篇，从不同视角打量了诗人梁平。这对于欣赏梁平、研究梁平，都是有价值的。我想说的是，对梁平的研究还不够，作为当代优秀的诗人，他是一个具有学术价值的研究对象。梁平还在发展，评论应当跟上他的步伐。

是为序。

（吕进、蒋登科主编：《梁平诗歌评论集》，中国文史出版社 2006年版）

春天是从石头里长出来的

——序李明政《我好稀诧你》

赤水河就是古代的安乐水，经贵州赤水县至四川合江汇入长江。

急流险滩的赤水，绝壁悬崖的赤水，森林苍莽的赤水，匍匐蜿蜒500公里的赤水，实在是"惊心动魄"的象征。

赤水的汹涌澎湃的波涛声和1935年初中央红军四渡赤水的呐喊声相交织，历史的激战与现实的腾飞相辉映，赤水就成了诗意的河，令人深思的河，富有人生真谛的河。

可惜的是，长江，黄河，珠江，都披上了诗的美丽轻纱，书写赤水的诗篇却很是鲜见，这不得不说是一种遗憾。现在，在赤水河边，终于走出了一个诗人，寻找赤水的诗味，挖掘赤水的魅力，他就是李明政。

李明政写诗已经20多年。可以说，他是年轻的老诗人。在西南师范大学就读的时候，就开始了诗路之旅。他的专业并不是中文。但是像大家所看到的那样，其实中文系出身的诗人是很少很少的。因为，诗是灵魂的儿子、感悟的朋友，它和理论、文学史似乎离得比较远，诗和人生却是比邻而居的；诗是"不可学"的艺术，它是诗人天生的气质、后天的经历而已。李明政读大学的时候就和我相识，他是喜欢到我家谈诗的众多学生朋友中的一个。

西南师范大学（现在的西南大学）是一方诗意笼罩的地方，从这里走出了几代诗人，也走出了几代诗评家。20 世纪 80 年代初，这里的大学生中的爱诗者成立了五月诗社，这个诗社一直传承到现在。不用说，明政是第一批成员。他的诗笔当时还比较稚气。五月诗社的刊物《五月》创刊号上有一首他的题为《在图书馆》的诗：

> 铅字——煤层，
> 目光——矿灯；
> 为把今天照得更亮，
> 从历史的地层里掘取热能。

一个纯净的明政，一个天真无邪的明政，一个朴素的明政，在对着人们微笑呢。

20 多年以后，站在我们面前的，是一个才气横溢的诗人，一个人生中有眼光的行路人和思考者。他是孙行者，他的诗，和《在图书馆》已经相差十万八千里了。我尤其看重他在《诗刊》上的两组诗：2005 年 7 月号下半月刊的《赤水河（组诗）》和 2006 年 11 月号上半月刊的《赤水河（组诗）》。相同的诗题给我一个期待，也许，赤水河将成为明政的一个倾心的向往、审美的取向。也许，再过一段时间，对于诗歌读者，赤水河的名字将和明政的名字紧密地连在一起。

翻开明政的诗集，赤水河的波涛溅到了我的身上，令人向往的赤水河！诗人对于赤水河的魂牵梦绕打湿了诗稿。身在城市，却又想逃离城市；面对喧嚣，却又背弃喧嚣。向往自然，向往故土，向往赤水，这是诗集的基本旋律。诗人给读者塑造了一尊纹丝不动的老鹳的雕像，但是笔锋一转，指向城市：

> 让我想起一个人

他用西服革履匿藏高楼大厦的绝壁

每日

从都市滚滚的车流觅食

是自怜，是自叹，是自嘲，还是对遥远的精神家园的呼唤？身在都市，冲破都市；身处喧嚣，排解喧嚣。这就是诗人异于常人的地方，这就是读者需要诗的原因。

再读《两棵黄桷树》。城市里的那棵死了；而在赤水河绝壁的那棵，却在"白生生的石头上／结满青翠的树叶"。只有赤水河边的黄桷树，才搭乘上了春天的列车，甚至，"春天就是从石头里长出来的"。

不只是黄桷树。诗人在言说生命，言说生命的价值，言说生命价值的不同的取向。两棵黄桷树是一种暗示：诗人更倾心涛声，更倾心自由的阳光，更倾心打动人的灵魂的天籁之声。

赤水河是有生命的河流。在明政笔下，赤水河以它的生命的光环照亮了一切——山，水，树，石；赤水河让一切拥有了诗的内蕴。于是赤水河成了诗的河，这里的一切都有了生命。卵石的"一声尖叫"，使我想起旅美诗人彭邦桢的名篇《花叫》："春天来了，这就是一种花叫的时分""樱花在叫，桃花在叫，李花在叫，杏花在叫"。真是"红杏枝头春意闹"。而明政的卵石居然也在叫，在赤水河边，在被人踩踏的时候。这叫喊，更人性，更悲剧，更披露出诗人是赤水河的儿子，赤水河一直在陪着他走进都市；更表现了诗人对于赤水河的钟情与爱慕，这里的所有都是诗人的珍宝。

明政的诗笔多样。

《大婆》散发的是诗的散文美，和其他篇章都不一样。艾青的《大堰河——我的保姆》的影响依稀可见。从小到大，诗人喊了40年的"大婆"，具有写实的性质"从早得很的黑／到早得很的白"，"大婆"的勤苦、善良，给人以感动。不仅是艾青的"大堰河"，不仅是明政的"大婆",这其实是古老中国一种妇女的形象。我也是从小被一位叫"曾曾"的保姆养大的。不知她的姓名,不知她的家乡,但是她用她的深爱抚育了我,我的身上有着她的血脉,我的生命里有她的生命。所以,"大婆"很有诗的概括力。诗人用散文笔调,用诗的语言,娓娓道来,令你不能不感动。

"大婆"就是赤水河边人,"大婆"就是赤水河的守候人。所以,这不只是写实,这里有诗的视野,有诗的提升。明政现在是一位颇有特色的诗人了,他所供职的郎酒集团近年来发展迅速,"神采飞扬中国郎"深入人心。郎酒集团有了诗人的加盟,郎酒里也有了诗的芬芳了。

但是,明政是"大婆"养大的。

而我这篇序言的题目也正是从明政那里抄袭过来的。

是为序。

（李明政:《我好稀诧你》,作家出版社 2007 年版）

一座直辖市的青铜雕像

——跋杨矿《三千六百五十行阳光》

诗人从二百万年以前走来，从龙骨坡走来，一直走到"一个单列的水位"，走到"一道亮堂的分水岭"，展开他的诗卷，向着大山，向着大江，用诗的韵律，唱出他的深爱，唱出他的沉思。他以重庆一位公民的眼光，一位历史见证人的身份，向读者倾诉，和城市拥抱。《三千六百五十行阳光》是如此地叩响了我的心灵，作为重庆公民，我也想飞上蓝天放开歌喉。"离天空最近/与飞翔便最亲"。山和水，是这卷长章的主要意象——

> 这是一群热爱大山的人
> 这是一群热爱大水的人
> 这更是一群被大山大水
> 深深热爱的生命
> 他们从大山大水走来
> 又朝着大山大水走去

《三千六百五十行阳光》是厚重的，因为，重庆是一座历经沧桑的古城。秦灭巴后，581 年，隋在这里置渝州；1189 年，宋置重庆府；1363 年，元末大夏国建都；1891 年开商埠；1940 年定陪都；1997 年成为中央直辖市。重庆，山之城，江之城，桥之城，洞之城。

在江和桥之间，在山和洞之间，有重庆的人文精神在闪光。八百里美丽三峡，三千年魅力重庆，负重自强、尚武敢为的重庆人，一路艰险，一路是诗。诗人从诗的视角回望，以诗的语言咏唱，发掘着重庆的生命密码。

《三千六百五十行阳光》是现代的，因为重庆具有现代的品格。明末清初，由于战乱，重庆人口锐减。从清初开始，外地（主要是湖广）移民大量迁入，20世纪又出现了三次主要是"下江人"的移居，这就造就了重庆这座"在长江与嘉陵江的交欢中"诞生的移民城市：眼光广阔，兼容开放。大到经济改革，小到衣着服饰，重庆人勇于接受新事物，敢为天下先。直辖的"十年间，一座城市／就是一个偌大的工地"，现代化飞旋于山川之上。

诗歌一经遇到市场经济，遇到社会的文化转型，似乎就变得微不足道，变成古董。其实，诗歌的命运和时尚有关，也与诗歌自身有关。关键是，新时代需要什么诗歌，诗人需要怎样对待自己的时代。社会在转型，诗也要转型。

是的，传统的文化正在被改写，一种新的文化格局正在形成。在新的历史条件下，诗人与社会的关系正在发生全方位的、深刻的变化。不认识到这一点，就会成为大时代无情抛弃的"遗老"。在社会文化的变迁里，诗歌的确是一种艰难的选择。但是，无论文化格局怎么变，作为心灵艺术的诗歌总得遵从艺术促进社会进步的最后原则，作为时代的情感记录者的诗人总得既具有生命关怀，也具有生存关怀，对养育他的时代和人民有所回报。

背对社会，背对时代，又希望成为社会的骄子，时代的宠儿，恐怕是很搞笑的。

杨矿的《三千六百五十行阳光》，就是诗人对时代的回馈。重庆有福了，在直辖十年的时候，有着这样的情歌。

我想起苏联诗人马雅可夫斯基。1927年，当十月革命迎来十周年的时候，马雅可夫斯基写出了著名长诗《好》，这首长诗永远地留在了文学史中，是十月革命最初十年的情感记录和心灵回音。《好》的许多名句当年即使在中国也流传很广：

> 我赞美
> 祖国的今天，
> 但我要
> 三倍地赞美
> 祖国的明天。

长诗受到热烈回应，著名评论家卢那察尔斯基称它是"十月革命的青铜塑像"。可不可以说，《三千六百五十行阳光》就是直辖市重庆十年的青铜塑像。诗人用个性化的浓浓的情思去瓦解、融化、重铸直辖的重庆，让情得到伸展，让情与事得到融合。重庆的历史经过心灵的酿造，幻化成动人的歌唱：

> 从一到十
> 是个数的结束
> 位数的开始
> 是阿拉伯在一座城市
> 量的突破
> 质的飞跃

诗一般总是倾心于短章。就像黑格尔所说："诗是微风吹过琴弦发出的乐音。"但是，当面临巨大事件和历史风云，诗就非长歌不能展其情了。就个案而言，没有长诗，对于一位诗人，总是一种遗憾。试想，没有"三吏""三别"，杜甫就会是另外一个杜甫；没有《欧根·奥涅金》，普希金就会是另外一个普希金；如果只有"太阳"，没有"火把"，艾青的面貌恐怕也会有变化了。

所以，《三千六百五十行阳光》对诗人杨矿也具有里程碑的意义。从这首长诗来看，诗人是具有驾驭宏大叙事的能力的。本来，这样的长诗就好似非杨矿莫属。杨矿从来都是都市风景的沉思者，从来就钟爱在大山大川中寻觅诗句，他是重庆"土著"，对重庆特别熟悉。穿行于三千六百五十天中，诗自然会找他。不写还不行啊。这首长卷是他在这方面的一次大提升。

重庆新诗历来是重庆新文学的强项和优势。20世纪50年代就有"东北的电影，上海的小说，重庆的诗歌"之说。重庆新诗有着几千年的源远流长的文化遗传，尤其是三峡地区。三峡是诗之峡，是一片诗的沃土。从考古发现，早在新石器时期，三峡地区就有原始人类的足迹。以奉节县为中心，古代巴人就在那里劳作生息，而民歌就是他们的劳动生活里的音符。所谓"下里巴人"，正是这里的巴人所唱之歌。自唐代以后一直至清代，在全国流传的《竹枝词》的故乡也在三峡。"竹枝"是巴人聚居地的民歌，原名巴渝舞，"惟峡人善唱"，而且，"竹枝"在巴地十分普及，"巴女骑牛唱竹枝"。

在重庆新诗发展史上有过两次高潮：抗战时期和新时期。这两个时期的共同点是诗歌观念的更新、诗人队伍的壮大和诗歌作品的丰富。不同的是在第一次高潮中，因为战乱来渝的外地诗人充当了主角，本土诗人只是伴唱；新时期重庆新诗的高潮则完全是本地诗人所创造的，而且这一时期以傅天琳、李钢领唱的重庆诗人还走出了一条既区别于崛起派又有别于传统派的具有全国影响的道路。

到了20世纪90年代，一批60年代前后出生的中年诗人逐渐露出水面，走向重庆诗坛的中心，成为重庆诗坛最活跃、最具实力的中坚力量。李元胜、冉冉、冉仲景、杨矿、邱正伦、何房子、唐诗、谭明、谭朝春、王顺彬、雨馨、李海洲、欧阳斌、钟代华、向阳、冉晓光、李向朝等，都是重庆熟悉的姓名。

中年诗人们显然有"继往"的特征，"继往"是"开来"的基石。他们是傅天琳、李钢打通的"中间道路"的继承者。在传统和先锋之间，他们具有"中间性"：他们是先锋的，但是和传统又保持了畅通，他们是传统的先锋派；他们是传统的，但是又有突破传统、开辟新路的锐气，他们是先锋的传统派。

中年诗人们都具有自己的艺术面貌。李元胜的诗在沉静、克制、精致的语言构架与心灵格局中表现诗人全新的瞬间感觉、感应与感悟，展开抒情、优雅而忧郁的言说。冉冉和冉仲景都是土家族诗人。冉冉的诗回避喧嚣的世界，而努力朝向自身的世界。冉仲景是寂寞人生旅途的思想者，个人内心世界的自审，成为冉仲景的一大特色。杨矿则寻求以重庆的大都市生活作为审美对象。

杨矿正是重庆诗歌中年写作的一员大将，富有实力与更大发展潜力的大将。《三千六百五十行阳光》收藏了重庆的历史，也收藏了他的写作历史。我为他高兴。

我们的城市，母亲的城市，父亲的城市，在直辖的路上已经走过了十年。我们祝福——

> 这城市将在我们
> 不断延续的生命里
> 日复一日地茁壮
> 年复一年地成长
> 日复一日地灿烂
> 年复一年地辉煌
> 日复一日地前程似锦
> 年复一年地美不胜收

（杨矿：《三千六百五十行阳光》，重庆出版社 2007 年版）

日 子

——序冬婴《低处的风声》

　　和许多高校的新诗研究机构不同，西南大学中国新诗研究所和它的研究对象联系很密切，他们不是隔山研究，他们自己就在研究对象中间，新诗研究所在诗歌界的名声超过了在学术界的名声。海内外不少诗人把新诗研究所当成"圣地"，当成自己的家。中国香港诗人犁青写文章说，他到新诗研究所"是朝圣来了"。韩国学者和诗人许世旭甚至写道，新诗研究所是他的"第二故乡"。新诗研究所的师生好像大多本身就能写诗，虽然这只是他们学术生涯的副业，但是他们的创作的确产生了一定影响。从历届研究生中间走出的诗人特别多，像江弱水、义海、邵薇、北塔、向阳、何房子、钱志富、千秋雪等都有一定的知名度。

　　从重庆石柱县考到新诗研究所的两位研究生周建军（1999 级）和冬婴（2000 级）都享有诗名。石柱是一个土家族自治县，盛产黄连。泻火解毒的黄连是个宝贝，药用价值很高。石柱黄连世界知名，产量占了全世界的百分之四十。石柱还有一个宝贝，就是"重庆民歌"《太阳出来喜洋洋》。这支歌全国传唱了几十年，仍然保持了旺盛的生命力。"太阳出来啰儿喜洋洋啰啊——"，当代中国人当中不知道这支歌的人恐怕不多吧，现在重庆电视台每天的起始曲也是它。土家族是出诗人的民族。在当下的重庆，冉冉、冉仲景都是台湾薛林诗歌奖的得主；而周建军和冬婴的诗，可以说发遍了全国各个诗刊。

冬婴本名梁平，和《星星》诗刊主编梁平同名同姓，但是两个梁平性格很不一样。冬婴是我指导的硕士生，为人很低调，就像他说话的声音，真是"低处的风声"。大凡写诗的人，一多半是比较外向的，像冬婴这样内敛得像女孩子般的诗人实不多见。每读冬婴的作品，我总会想到"诗如其人"那句老话。他的诗很质朴，像石柱的泥土那样质朴；他的诗很自然，像石柱的岩石那样自然；他的诗很纯净，像石柱黄连那样纯净。在我的学生中，冬婴就是这样一个质朴、自然、纯净的人——

　　生活有如草根，方位和深度
　　离不开泥土和岩石

但是，冬婴的诗的视野却很宽广。他的视角是乡村的，写山，写水，写树，写花，写父亲，写城市，写日子，乡村的纯真的诗意从笔尖流出。重庆诗坛从 20 世纪 90 年代开始，60 年代前后出生的中年方阵已经成为诗歌的中坚。我曾经在珠海的一个两岸关于中生代的学术会议上展开过这一话题，发言题目就是《重庆诗人的中年写作》。我说，重庆诗人的中年写作已成今日重庆诗歌发展的关键。一大批中年诗人走来，他们批判继承了新时期傅天琳、李钢开辟的既有别于传统派又有别于崛起派的"中间道路"，贯通古今与中外，唱着新世纪的歌谣。他们从新时期走来，但是属于新世纪，所以更平民化，更关注日常生活，更倾心于散文式的自然的诗家语。他们是新世纪的诗人。

在中年方阵里，冬婴很具典型意义。他的诗从日子而来，诗就是他的日子。淡淡的却又浓浓的诗情在日子里闪光——

　　我只有蜘蛛般大小

　　想法却远天远地

《低处的风声》即将问世，我很高兴。

是为序。

2007 年 3 月 31 日于重庆北碚

（冬婴：《低处的风声》，中国文联出版社 2007 年版）

歌词学：学科性与学理性

——序陆正兰《歌词学》

　　陆正兰是我指导的博士生。在我的学生中，她是才华出众的一个：能诗，懂音乐，当然，更在学术研究上有作为，有悟性。在对生活的把握上，对世界的理解上，她多少给人有些"另类"的感觉。不过，这种"另类"气质，也许对于学术探险，是大有好处的。科学的前行不正是"另类"们推动的吗？

　　对于音乐与艺术的关系，中外艺术家似乎并不存在很大的歧见。佩特说："一切艺术都以逼近音乐为指归。"克罗齐则说："一切艺术都是音乐，因为这样说才可以见出艺术的意象都生于情感。"但是当话题变成诗歌和音乐的时候，这个问题就复杂了；变成歌词和音乐的时候，这个话题就更加复杂。

　　歌词不大属于文学，又不能不属于文学；歌词学不属于诗学，又不能不属于诗学。超越分类学的艺术现象的出现，说明人类艺术地把握世界的丰富与深化，同时，也给理论家提出了新的课题。这部专著的基础是陆正兰的博士论文《歌词文体与歌曲流传关系研究》，这篇博士论文正是力图回答面前的新的课题。说实话，这是需要相当的功底，更需要相当的理论勇气的。陆正兰交出的答卷让我这位导师脸上有光。在武汉大学陆耀东教授的主持下，答辩委员会认定"这是一篇优秀的博士学位论文"。

　　本书的第一部分是从文体学的角度，对歌词进行内部研究。中国古代诗歌起源于歌诗，有悠久的发展历史，但在理论上几乎是片空白。中国新诗不起源于音乐，甚至不起源于中国，和歌词更成了陌路。其实在国外，情况也似乎相似。黑格尔就认为，最好的诗很难进入音乐，而最好的音乐也不需要诗。在《美学》第三卷上册第343页上，黑格尔写道："歌词、歌剧以及颂神乐章之类，如果从精细的诗的创作方面看，总是单薄的，多少是平庸的。如果要让音乐家能自由地发挥作用，诗人就不应让人把自己作为诗人来赞赏。"也就是说，歌词是一个独立自主的学科，简单地将它作为文学或者诗学的子学科，显然难以解释歌词的本质和发展规律。以往的研究者总是将歌词与歌曲剥离，仅仅把歌词作为诗的一支旁系进行依附式考察。从文学角度展开言说，这样，就和歌词的美学本质有相当距离。陆正兰深入歌词内部，对歌与诗的文体差异，对歌词的语言、结构、音乐性及体类进行辨析，在她的笔下，有不少理论亮点在闪光。一些有所感觉而又难以厘清的问题明晰了，一些感性的经验升华了。我觉得，她的论说是说得通、立得住的。她的论说有很强的学科性，至少，她为作为学科的歌词学，打下了很好的基础。

　　本书的第二部分是从文化学的角度，对歌词进行外部研究。这是博士论文中触及较少的，也许这是陆正兰近年的学习心得。人类创造了文化，生活在文化世界里面，一切艺术现象都有独特的文化内涵，文化学或者文化形态学是一切人文学术的共同基础。歌词在文化学的视野中的属性如何，这是一部《歌词学》必须回答的问题。没有外部研究，歌词理论将因缺乏充足的学理性而显得单薄。

　　当代中国的歌词正处在高潮期，一个歌词作家比一个诗人的知名度要高得多。中国文联全委会开会时，委员总是按姓氏笔画顺序坐的，因此，我老是和乔羽为邻，因为"吕"和"乔"都是六画。即使开全委会，找"乔老爷"的人也不少，所以我总是和他打趣：

"你再重要，开会时还得回到我的旁边。"歌词发展到这个阶段，特别需要梳理，特别需要升华，特别需要抽象，一句话，特别需要理论。

姚斯在他的《走向接受美学》（第 96 页）中有一句我以为很正确的话："理论的发展，常常有赖于理论对象的类型，并受到它的局限。"学科性，学理性，是一部优秀的歌词著作应有的品格。我以为，陆正兰的《歌词学》正是具有这样的品格。

是为序。

（陆正兰：《歌词学》，中国社会科学出版社 2007 年版）

满城风雨近重阳

——序《当代抒情短诗千首》

宋《冷斋夜话》卷四说到一个至今妇孺皆知的故事。黄州潘大临工诗，多佳构，但甚贫。一日，临川谢无逸致书，问近有新作否。大临答道："秋来景物，件件是佳句，恨为俗气所蔽翳。昨日清卧，闻搅林风雨声，欣然起，题其壁曰：'满城风雨近重阳。'忽催租人至，遂败意。止此一句奉寄。"

诗从来随兴而来，尽意而止。潘大临的一句诗，写出了风雨凄迷、黯淡满城的秋色和诗人内心的秋意。尽管仅此一句，却成为千古佳句。

诗是十分特殊的文学样式。如果和散文相比，散文显示客观世界的丰富，诗披露心灵世界的奥秘；散文在反映世界，诗则是在反应世界；散文叙述世界，化情为事；诗则体验世界，化事为情。因此，诗有长有短，但是更多的诗人总是对短小的篇幅更为亲近和钟情。"美"字拆开，是羊大，羊大为美；"诗"字拆开，是寺者之言，诗小为佳。德国美学家黑格尔在他的名著《美学》里说过："像飘过琴弦一样震动诗人心灵的瞬息感觉，构成抒情作品的内容。因此，无论抒情作品有怎样的内容，它都不应该太长，往往应该是很短的。"

从诗的读者来说，亦是如此。散文长于设计"悬念"，打动读者的好奇心，设计一个或多个事件的发生、发展、高潮和结局来维系读者的阅读兴趣。因此，它的篇幅可以很长，读者可以断断续续地在一个很长的时间里去完成他的鉴赏活动。诗却没有这个"绝招"。诗歌读者必须一次性地完成对一首抒情诗的阅读。篇幅问题就成了诗歌美学的重要问题。

篇幅的文体特点决定了诗是吞吞吐吐的艺术，是欲言又止的艺术，是计白为墨的艺术。情感体验经常是难以言传的。因此，诗又常常是以"不说出"取代"说不出"的艺术。诗在意象之外，诗在笔墨之外，诗在诗外。我以为，懂此，就懂得了诗歌美学的一个基本领域。

正因为这样，在中国新诗诞生九十周年的时候，《当代抒情短诗千首》的出版，我以为是有意义的：诗歌美学的和诗歌发展史的。当然，编辑一部当代诗选有如编写一部当代诗歌发展史，因为是"当代"，就容易有异议，甚至可能遭到攻击之词。这很正常。我们的时代是多元的时代，一部诗选也就仅仅代表编者一家的眼光。与其提出异议，与其制造攻击，不若多做实事，多编几部类似的诗选，让读者有更全面、更充分的了解和鉴赏。这才是多元时代的做法。

这部书的主编、副主编及编委们，多是年过八十高龄的老诗人、老编辑（年岁最高的李一痕已八十七，副主编穆仁已八十五，最年轻的木斧也已是七十七岁），他们是诗痴、诗迷，把毕生的精力献给了诗神缪斯；他们见证了中国新诗的发展历程；他们不光有丰富的创作实践，也有深厚的理论造诣。面对当代诗坛的新思潮、新观念、新手法，也许他们显得有些步履蹒跚，然而他们却痴心不改，仍然在新诗的风雨中，放射着夕阳的余晖，不断地做一些诗坛的建设性工作，使我对这些长辈充满敬意。

新诗已经九十岁了。"满城风雨近重阳"。让新诗振衰起弊，走向新的辉煌，我们共同努力。

是为序。

（李一痕主编：《当代抒情短诗千首》，人民文学出版社 2008 年版）

带我们看自己的诗人

——序《奢华倾城》

　　苏联诗歌曾经有过"响派"和"轻派"并存的时期。在 20 世纪的中国，在类似"响派"的"响亮豪放"之后，类似"轻派"的"悄声细语"的诗人受到读者喜爱，中国新诗走向了轻化时代，刘湛秋是 20 世纪 80 年代的这一诗歌潮流的前驱。这种审美取向不但是新诗回归自身和走向多元的必然，也是诗歌受众远离喧嚣的政治风云和诗歌"日久生厌"的鉴赏规律的必然——在现代安静、平和的生活节奏中，人们需要清纯的浅弹低唱和轻柔的心灵抚摸。适应着这个时代风尚，大批女诗人走到读者面前。她们从女性的感觉系统、审美态度和语言理想出发，寻求着属于自己的纯美世界，传达女性的体察、感慨与情思。无声的琴弦，瘦削的音符，流泪的甜柔，含笑的忧郁——种种诗意给干渴的心田带去人性的传递与慰安。

　　金铃子就这样出现在我们面前。金铃子，虽然我不曾有和她的谋面之缘，但如今在诗里和她相逢，在近年的重庆诗坛上她发出的亮光使人瞩目。金铃子，一个以诗为生活方式甚至以诗为生命的纯净的真诗人。

　　非诗文学求真，教我们看世界——世界究竟怎么样；诗歌求本，教我们看自己——自己的心灵世界怎么样，世界在诗人看来怎么样。金铃子就是一个带我们"看自己"的人："自己"的情绪、

— 216 —

情感，"自己"的人生体验，"自己"的生、老、病、死、别，"自己"的怨憎与情爱……

读罢她的诗，在掩卷冥想中，我踏进了另一个世界：诗的太阳重新照亮的世界。在这里，河流发光，小草含情。眼前有作为诗人的自我，也有作为读者的自我，因为，在诚挚的抒情中，诗人可以无限趋近于这个时代中每一个"自我"的内心——出自内心而进入内心；优秀的诗篇向我们展示的，既是诗人的心灵，也是我们自己的心灵，多音部的，多视角的。

金铃子的第一个自我，带着些许理想失落的懊丧。从 20 世纪七八十年代走来，一路睁眼阅世的文化人，多多少少会经历理想的幻灭，而许多人却又保持着理想主义的幻觉。理想主义给过我们多少朝霞般的希望，就会带给我们多少暮霭般的惆怅：

> 提到理想，我们都有发言权
> 所有的眼睛都注视着未来那根蜡烛，显然他太瘦
> 不够丰腴。30 多年的信仰、工作、希望、都消灭了
> 只剩卑贱的诗歌
> 一个我们主张开城投降，一个我们主张坚守
> ——《我们》

我想起了顾城。他曾经说："我在幻想着/幻想在破灭着/幻想总把破灭宽恕/破灭却从不把幻想放过。"诗人是爱与美最真诚的追求者、最坚定的膜拜者；诗心，是光明的栖息地，是纯洁的代名词；诗性的双眼最见不得污浊，诗意的世界最容不下苟且。因此，理想的幻灭才带给每一个诗人的自我以大绝望，以病痛，以默哀的心，以珍珠般的破碎，甚至毁灭。"哀莫大于心死"，心死也许又孕育出一种别样的成熟：

> 这是我的终期
> 如遗落山道的麦子，默无声息
> ——《已不再》

金铃子的第二个自我，一遍又一遍地坚定爱的信仰，拥抱着爱的渴求。她爱得纯粹，爱得无奈。在她笔下玲珑剔透的诗歌世界里，隐隐可窥见黛玉般的孤高傲世和探春般的果敢决绝。理想幻灭，又不甘幻灭，于是在黑而冷的意象世界中，唱自我生命的"宁为玉碎"，咬紧牙关承受失掉了爱的苦痛和孤独：

> 一个声音在说："你把她杀了。"
> 很好，一个简单而准确的总结
> 我愿意如此，远远超脱尘世，高高翱翔在你们之上
> ——《大绝望》

"我一个人不孤单，想一个人才孤单"，对每一个自我，生命与生命之间的相互欣赏、呼应与认同，是如此迫切的情感需求，乃至一旦缺失，便成"大绝望"。和平而多元的时代里，高尚与卑鄙并行的岁月中，人们纷纷用爱来抵御孤独，当代"谈情说爱"的深刻也许即在于此。爱情一旦升华为诗性哲学，最终总会成为对生命本体的一种关怀。它是生命价值的显现，是对提炼和升华的追求，是对世界的"诗意的裁判"（恩格斯：《致劳尔·拉法格》）。

第三个金铃子，用来睥睨自我。鲁迅说，"绝望之所谓虚妄，正与希望相同"。希腊神话中，美少年纳西索斯（Narcissus）被众神惩罚，恋上了自己水中的倒影，最后化为水仙。铃子的这一个自我，为着不重蹈水仙美少年的覆辙，便需以冷静的理智、超脱的心态，勇敢地去直面一切，包括直面自我。有了这样的自我，诗歌将不再

局限于孤芳自赏的矫情，诗人形象也才可能冲决"小我"的樊篱，得到升华。

> 噪音消失了，只剩和谐清亮的音乐
> 我放弃了寻找上帝的念头，他并不存在
> 谁在用神的勇气超越痛苦的巉岩
> 她整夜不眠，只为这错乱的时间
> ——《爱的巉岩》

甚至在勇敢的咀嚼中，品尝自我：

> 没事的时候，在煲罐里放点盐
> 加葱，老姜，花椒，海椒，加几根自己的贱骨
> 猛火
> ——《江边夜》

这一个自我，要懂得冷眼旁观"爱这点缀着色彩鲜艳的大朵花的土地"（《情祭》）的入世，体认丰富和丰富的痛苦，在一定的高度和距离上确认自己；也要懂得寻找温度和养分，用温柔的信念来保存自己。于是当绝望无边无际地感染，诗人以诗为药，以诗呵护着内心的疼痛，祝福"希望"也可以无边无际地蔓延。

> 只有两个答案，我能够感觉：它们全都死了。它们全都活着
> 春天的刺在我胸口的左部，刺得很深
> ——《奢华倾城 春天的书写（一）》

我对春天的感觉是，让我活下去或者立刻就死
　　——《奢华倾城（六、宴饮）》

不要怕，我一大罪就是这点吧
听那些呼救，是我消遣的方法
春天像砒霜一样有毒？
我送它们一小段路
就耗尽我毕生精力！
　　——《奢华倾城（十、尾声）》

　　这里，选择春天作为书写对象，就是选择了一个最容易体验绝望与希望的季节，用一种在伤口上撒盐的气势来疗救濒临绝望的自己。同时，这个睥睨自我的"自我"，也就是那个寻找火蛇的人，就是火蛇本身：精神离体的焦虑如同炼狱，历经千辛万苦，所有的自我才可以合二为一：

我们便合二为一，坠入尘世
掉在一个隧道里，一路往前
只到一个清晨，我才走出了黑夜
　　——《我的火蛇》

　　金铃子从 20 世纪 80 年代就开始与缪斯为伴，但是这本《奢华倾城》却是她的处女诗集。这是一段道路的回顾，这是一种寻觅的检阅。细读下去，还可以列出第四个、第五个金铃子；又或许，压根就没有这个金铃子，舒卷间只见屈子、李白的衣袂飘飘，或是拜伦、雪莱的星火重新燃烧，甚至，西洋交响的琴音在诗中战栗，唐宋诗词的余香也在诗中袅袅……谁说得清呢？诗魂的飘逸与多彩，

岂是我的一篇短序所能囊括？金铃子只有一个，金铃子又不止一个。不止一个的铃子复叠在诗中，让诗歌变得立体，也让我们阅读的感受变得有些丰富炫目。就像多音部的重唱，让人看到了层峦叠嶂的风景；就像千手观音的舞蹈，让人感受到了幻影重重的美妙。

从本质上讲，诗是无言的沉默。中国古代诗论认为，诗人"常恨言语浅，不及人意深"（刘禹锡），"但见情性，不睹文字，盖诗道之极也"（皎然：《诗式》）。但是诗终究是艺术，而且是最普遍、最高的艺术。诗终究不是情感的露出，而是情感的演出。诗的形体不应裸露而应着装。诗人的艺术使命正在这里。从"本色"到艺术，对于一位诗人，是一条永远走不完的路。诗的陈述总是要使被陈述的体验在一种特殊形式的光辉里呈现出来。我希望，金铃子的诗会更加自觉地寻求这种光辉。

（金铃子：《奢华倾城》，长征出版社 2008 年版）

东南亚诗歌：本土与母土

——序《本土与母土——东南亚华文诗歌研究》

东南亚这个当今世界经济发展最有活力和潜力的地区之一，是中国的南邻。东南亚也是华文诗歌正在成熟的一个富有特色的组成部分，蕉风与华韵富有艺术魅力。

早在 1989 年，我在河北人民出版社出版的《外国名诗鉴赏辞典》中，就选入了菲律宾诗人黎萨尔、新加坡诗人淡莹的作品。对马来西亚诗人吴岸、菲律宾诗人云鹤、泰国诗人岭南人和曾心、新加坡诗人史英和郭永秀，我都心仪已久。新加坡诗人方然还在 2004 年、2006 年出席了中国新诗研究所主办的两届华文诗学名家国际论坛。

东南亚十国，无论是"半岛国家"还是"海洋国家"，都是多民族国家，而在东南亚 90 多个民族中，华侨、华人就有 2000 多万，是世界上华侨、华人最多的地区。华文诗歌是以华人诗歌为主体的世界性文学现象，它在华人众多的东南亚的繁荣就是题中之义了。

东南亚华文诗歌有两个来源：本土文化和华族文化。东南亚诗人既有本土情结，又有母土诗学，二者的交融构成东南亚华文诗歌的基本特色。

本土情结是东南亚诗歌的情感走向，诗人们站立在本国的土地上倾诉着爱恋与心动。从移民意识到身份认同，是华人诗人的共同轨迹。他们的诗作里，有蕉风扑面的南洋风情，有对所在国弱势群体和底层人生的关注。随着华人的南迁，随着华文 20 世纪在东南亚的登陆，于是东南亚出现了从华人诗歌到华文诗歌的发展。华人居多数民族地位的马来西亚和新加坡已经成为今日地球村华文诗歌的重镇。

当然，华文诗歌在各个国家是别具特色、自成一格的。就是同为中国诗歌，在海峡两岸也各有发展轨迹。例如两岸的诗歌观念、诗美取向、诗学用语均同中有异。从 50 年代开始，大陆与台湾的诗歌在现代派诗潮上就出现了逆向展开，并出现了两岸诗风的交替现象。即便是"台湾诗人"的称谓，在海峡两岸也各有内涵：大陆诗人在习惯上将在台湾的诗人一概称为"台湾诗人"；而在台湾，人们在习惯上只称台湾本土诗人为"台湾诗人"；等等。海峡两岸尚且如此，不同国家的东南亚华文诗歌的同中之异就更不用多说了。

母土诗学的辐射在华文诗歌中随处可见。

中华民族早就有"不学诗，无以言"的古训。在这世界上，拥有"以诗取仕"的历史的民族大概也只有中华民族。不但在中国大地上诗歌之树常青，而且随着华人诗人（包括一些有成就的华人诗人）向世界各地的流动，华文诗学也漂洋过海，在异邦土地上焕发光彩。母土诗学的浸润，是东南亚华文诗歌的共同点。这是因为中华民族是诗的民族，母土诗学丰厚而宽广。

诗在中国是文学中的文学，诗学在中国是文学理论中的文学理论，诗学是中国文论的来源和灵魂，"诗魂"是中国所有文学样式的美学追求。

中国古代诗学以诗话为主要文体，从论事到论辞，从宗欧到宗钟，从轻松到严肃，从随意到系统，中国古代诗学不断地推进。以朱光潜和艾青的《诗论》为代表，中国现代诗学也在继承传统和移植外域中取得实绩。华文是诗的文字。如果从仰韶文化算起，华文的历史可以远溯到四五千年以前。它是世界上至今仍在使用的唯一的古老文字，足见有很旺盛的生命力。从诗的角度来讲，华文不是拼音文字，而是表意文字，具有很强的营造意象的功能；华文不是音素文字，而是音节文字，一般而言，一个汉字就是一个拼音。而且华文的单音词特别丰富，加上语法比较松散，华文就具有了十分巧妙的灵活组合功能。这些特点，使华文成为天赋的诗的媒介。

我们从本土情结和母土诗学出发就可以大体解读东南亚的诗歌。

在新的世纪，东南亚诗歌在发展中与作为有共同文化渊源的华文诗歌，包括中国诗歌和世界华文诗歌，更多地面临许多共同课题，这些课题值得我们探讨。

可以随意举出"诗的生存空间"这个共同课题。在世界范围内，随着现代化进程，诗的生存空间有日见缩小的趋势。诗成了心智发育健全的人们在物化、商品化的社会走向中的一种精神自救与自娱，成了期盼在人欲横流的铜臭气中保持一方心灵净土的人们对优美人情、人性的眷恋与呼唤。诗的读者群在现代社会有所减少，读诗者与诗作者的重叠现象日见增加。诗人与诗歌如何在现代人类社会中找准自己的位置和价值，就成了华文诗人的关注焦点之一。

又如华文诗歌的诗体建设。古诗有体，而新诗是以自由体为主，这就有一个诗体建设问题。自由诗的诗美规范何在？艺术从来就是在规范中跳舞，漫无边际的"自由"只能损害诗歌的发展。诗是以形式为基础的文学，没有形式，没有诗体，诗怎么存在？在中国的"五四"运动时期，"诗体大解放"的意义远远超出诗歌范畴，它为中国现代文学杀出了一条血路。从"诗体解放"到"诗体重建"本是合乎逻辑的发展。现代诗学的早行人刘半农在新诗出世之初就提出了"重建诗韵"的创意。从郭沫若的"内节奏"论到艾青的"散文美"论，从闻一多的"创格"论到何其芳的"现代格律诗"论，现代诗学在诗体重建上做出了巨大努力，但是成就不显。

再如诗的传播。在现代社会的科技条件下，诗歌如何利用现代传媒、现代声光站起来，唱起来，扩大自己的领地，也是一个急迫问题。当下的歌词和PTV等，都不仅具有操作意义，也很有诗学价值。

尤其是网络诗为华文诗歌在全球创造了全新的传播天地。网络是一个虚拟化的世界。网络为诗开辟了新的空间，日益发展的网络诗对诗歌创作、诗歌研究、诗歌传播都提出了许多此前从来没有的理论问题。

信息媒介的变化能够导致人的思维方式和审美方式的变化。作为公开、公平、公正的大众传媒，网络给诗歌带来了革命性的变化。网络诗以它向社会大众的进军，向时间和空间的进军，证明了自己的实力和发展前景。

东南亚诗人需要交流，需要探讨。有交流与探讨，才有诗歌与时代的联系，才有诗歌艺术的繁荣与前进。东南亚华文诗人笔会和东南亚华文诗人大会，都在发挥积极的作用。在世界的其他地区好像还没有这样的笔会和诗人大会，这是我们的优势，优势就是力量。

（李国春编：《本土与母土——东南亚华文诗歌研究》，银河出版社2008年版）

走向中西比较诗学

——序《逐点点燃的世界——中西
比较诗学发展史论》

　　天渊要推出新著，我自然非常高兴。天渊年富却力不太强。他的身体状况一直是我关注的事之一。我知道，别人用一分力气做出的事，他往往得付出两三倍的努力。但是天渊是一位优秀的年轻代的学者。他的学问做得比较深入，教学也富有特色，研究生们很敬重他。

　　中国新诗研究所的教师全部是博士。据我观察，他们大体是两路人马：学院派和作家派。学院派的影响主要在学术界，作家派的影响主要在诗歌界。两路兵马倒是能和平共处、互爱互补的。天渊显然是学院派。就拿这部著作来说，他很遵从学术规范，做到了"无一字无来历"；做到了"例不十，法不立，例外不十，法不破"；显示了学院派的本色。

　　我这里所谓的学术规范，包括内在联系紧密的互动的三个方面：学术评价规范、学术管理规范和学术研究规范。近年来，学术规范受到产业化和官场化的强力破坏，日益严重的失范已经成为社会关注的焦点，学术领域不再纯洁和高尚，成为我国学术事业发展急需突围的困局。

　　学术评价和学术管理更多地涉及官场，这里且不说它。就学术研究规范来说，最基本的规范我以为就是学术忠诚原则，我想这应该是符合学术规律、体现学术道德的学术领域的行为准则。大学是新思想的策源地、新文化的孕育地、新学术的诞生地、新人才的培育地，没有学术规范怎么得了？而求实规范是学术忠诚的集中体现。科学是求实者的领域。搞科学就得有求实精神，科学的理论是在社会实践基础上产生并经过后者检验的理论，是研究对象的本质和运动的规律性的正确反映。假如说理科的检验标准是实验，那么，社会实践就是文科学术研究的唯一标准。经不起社会实践检验的理论，无论它贴上什么标签，无论它如何头头是道、口若悬河，都是伪科学。

学术研究规范绝不是舶来品，我国早有几千年的传统。是的，在古代，的确有由于书籍流传的困难，引用时只能取其大意、类书不注明出处、故意作伪等现象。但是，在我国，儒家典籍的传承与解释，为《史记》《汉书》作注释的学者，都不但署名，而且很讲规范的。

天渊这部书，已经孕育了十几年。前两章是中西比较诗学发生、发展的概括性论述，作者有根有据地言说了自己对中西诗学的一些基本问题的看法。在后几章里，他标举出王国维等八位他认为较有分量的比较诗学家，分章介绍了他们的学术成就及得失。史和论的有机结合，我以为还是做得比较好的。

从只研究"事实联系"的法国学派，到进行"平行研究"的美国学派，比较文学学科已经有了一百多年的历史。尽管比较诗学之实先于比较诗学之名，但作为比较文学的重要组成部分，学科意义上的比较诗学也已经走过了百余年的历程。比较诗学现在已经是一门打破时空、地域、学科局限的世界性学问。我想，绝对地说，比较是一切学问、一切思辨的基础，比较性思维是一切学者应当具备的基本思维能力。

　　中西诗学互阐，能够使中国诗学立于更加开阔的空间。我记得拙著《中国现代诗学》的第一章就是"诗学：中国与西方"。在这一章里我提出，中国现代诗学应当保持以抒情诗为本、推崇体验性的诗学观念，同时又在诗对客观世界的历史反省能力和形象性上向西方诗学有所借鉴；中国现代诗学应当保持领悟性、整体性、简洁性的形态特征，同时又在系统性、理论性上向西方诗学有所借鉴；在诗学发展上，中国现代诗学应当保持"通中求变"，同时又不拒绝在艺术的探险精神上向西方诗学有所借鉴。感谢学术界的朋友们，这一章被引用的次数不少。同时，中西诗学的互相阐释，也可以突破西方的文化中心主义，粉碎西方的文化殖民主义，让西方以及东方自己"发现东方"，让左手也知道右手做了什么。

　　天渊的书我以为是一部有价值的著作，特别可以作为年轻人走向中西比较诗学的向导。天渊博士是曹顺庆先生的学生。曹先生是比较文学"中国学派"的领军人物，也是我所佩服的年轻的老朋友。我想，天渊的成就和导师是分不开的。还是那句说烂了的话：名师出高徒。

　　最近杂事实在太多，身体状况也有点"西望长安"，只有写到哪里算哪里，实在不像序言，只好请天渊谅解了。

　　是为序。

　　（向天渊：《逐点点燃的世界——中西比较诗学发展史论》，文心出版社 2009 年版）

风暖鸟声碎，日高花影重

——序徐润润《现代诗学原理新论》

徐润润是上饶师范学院的教授，我敬重的老朋友。

1992年，重庆大学计划新办文学院，向综合大学的方向发展，于是希望我能从西南师范大学调去主持其事。有一天，吴云鹏校长请我吃饭。重庆大学出版社社长沈永思提出，他们出版了一些在工科领域有影响的书籍，现在还想出一些在文科有影响的书。最后商量，决定由我主编一部多卷本的《爱我中华诗歌鉴赏》。《鉴赏》分古代一分册、古代二分册、近代分册、现代分册和当代分册，共五卷。

编委会在商定当代分册鉴赏部分的撰稿人时，自然想到了徐润润兄，他是从事现代诗学的教学和研究的行家。当代分册撰稿人力量很强，吕家乡、毛翰、叶橹、袁忠岳、古继堂、许淇、翟大炳和江弱水、邹建军等一些新锐都参与其事。我记得邀请润润兄写的是东北女诗人林子等人的诗。当时我与润润并无一面之缘，但他的文字给我留下了印象。

从那套书出版的1993年到现在，已经过去了15个年头。后来，中国新诗研究所主办国际学术会议，邀请润润兄光临，我这才和他相识，初见其人，似乎早就认识，因为，文如其人，他和我读到他的《诗人审美心理论稿》和《中国当代文学观察》的感觉非常接近。

润润兄的专著和论文都很实在，不玩概念游戏，不屑故弄玄虚，总是一步一个脚印地把他的研究推向前进。他的脚印是新的。所以我主编的《西南大学学报》（社会科学版）很乐意地发表过他的论文。《诗人审美心理论稿》就不是生硬地套弄心理学术语去言说诗歌现象，像有些著作那样；《中国当代文学观察》以一个不在场的观察者的冷静和客观，对难以把握的、纷纭迭出的当代文学现象做出了有说服力的属于作者自己的判断。

《现代诗学原理新论》是徐润润教授的新著。在中国文学理论中，诗学原理是最丰富也是最复杂的领域。诗学是中国文论的带头学科。因为，在中国，诗是文学的灵魂，文学是具有诗美特征的文学。不懂诗论，就犹如西方文论家不懂戏剧理论一样，是很难深入文学的理论堂奥的。

从胡适的《谈新诗——八年来的一件大事》，草川未雨的《中国新诗的昨日、今日和明日》，田汉、宗白华、郭沫若的《三叶集》问世以来，中国现代诗学已经走过了差不多九十年的路程。这九十年间，尤其是 20 世纪 70 年代末到 80 年代中期的新时期，现代诗学取得了明显的进步。诗学论著从来有两种：诗人谈诗和学者谈诗。历史上两部有影响的《诗论》，艾青的和朱光潜的，就是一种象征。这两种诗论各自的优势与弱势也在先后出版的这两部经典中很充分地显示出来。新时期不但推出了好几部也许将存留于诗论史的著述，而且出现了一批专攻现代诗学的学者和研究机构。但是，不得不承认，现代诗学迄今仍然是一个比较不成熟的领域。

历史在期待，期待贯通古今、融会中外的原创性研究（而不是外国诗学术语与概念的搬运与玩弄），期待胸怀宽广的能够包容和解释多元化诗歌现象的大手笔（而不是圈子评论和炫目偏见），但是这一切期待还只是期待而已，是的，历史在用期待的目光注视着我们。

《现代诗学原理新论》是一部朴素的著作。作者不故作高深来吓唬读者,不把玩半生不熟的概念,而是实实在在地讨论问题。作者视野比较宽广,所论的空间比较开阔,时见"新论"。

我为我的朋友高兴,也向他道贺。希望读到他更多的新著。

杜荀鹤的《春宫怨》本来是宫怨诗的佳篇,但是"风暖鸟声碎,日高花影重"一联的确是传神地写出了春景。我们的时代是春天。我们不要辜负春天。所以我借用了这联诗句作为这篇序言的题目。

（徐润润：《现代诗学原理新论》，光明日报出版社 2009 年版）

生命的痕迹

——序魏东《时间的伤痕》

重庆成为直辖市以后，我当选为市文联的第一届主席。在文联兼职的五年，和机关的人们相处甚佳，结识了一些朋友，认识了魏东，不过接触不多。印象中，他是学美术出身的，个头大大的他，颇有些艺术家的气质。

但是我并不知道魏东写诗。一直到这本诗集快要出版了，友人杨矿探询地问我，能不能写序，我这才知道原来魏东也是一位诗人。查了一下，他其实从 20 世纪 80 年代就开始歌唱，在许多诗歌刊物发表过诗作，也是当年重庆高校的校园诗人当中的活跃人物。

这让我的思绪回到了 80 年代。80 年代是值得怀念的诗意的年代和诗的年代，重庆高校校园里也是诗意盎然。记得有一次团市委请我去开会。那个年代交通很不便，从北碚赶到上清寺，已经迟到了。会议室茶几上早已摆好一份"重庆大学生诗社"主编的诗报。团市委书记对我说，据反映，这报纸上好像有些诗政治上有问题。因为报上印出的顾问是市长余汉卿和我，所以给余市长秘书打了电话，又请我到会。我看了一下，说我其实并不知道我是顾问。但是，从诗歌的眼光，这些划出红杠的诗句好像都看不出问题。诗和日常评议的言说方式有很大区别啊。团市委表示尊重我的意见。那个时代诗就是那样拥有影响，社会对诗的关切就是那样仔细。

　　魏东是四川邻水人。邻水以水为名，不过四川坊间有句顺口溜"邻水无水，大竹无竹，开江无江，平昌不平"，而邻水有两条干流：大洪河（古称东溪，习称大邻水）和御临河（古称西溪，习称小邻水）。翻翻《邻水县志》就会发现，东西两河的古老文明源远流长。如果记忆没有背叛我的话，邻水近年来写新诗的好像不多，而魏东就是一个没有水的邻水哺育的值得关注的现代诗人。

　　诗是心灵的艺术，所以它在文学各样式里总是最没有固定模式的，心灵有多丰富，诗歌就有多精彩。就像魏东的诗行说的那样：

　　　　无法想象所有的花
　　　　都朝着一个方向怒放

　　这本诗集就是属于魏东的，它有自己的视野、自己的表达方式。诗集描述了青春的旧梦和生命的痕迹，在读者面前打开的是一颗真诚的心。诗人由故乡出发，到南方去寻觅青春的梦。诗人又由异乡动身，回返重庆这座梦的城市。生命的痕迹就在这个往返的曲线上，诗人诉说着异乡的孤苦："有时候异乡/是一本难以翻动的书卷"；诗人感受着回乡的温暖："回乡之路/是许多人一生/也抵达不了终点的旅行"。乡恋本是中国诗歌的古老主题，但是在魏东这里，这个主题得到了现代的表达和刷新。诗集里不少诗篇关注的是平凡而琐碎的生活哲学，表达的是普通人丰富而细腻的生活方式，出自诗人内心，到达读者内心。

　　诗大体有两类：外向的和内向的。外向的诗更关怀社会的重大事件，表现人们的心灵对于这些事件的情感反应。内向的诗更关注人的生存，表现人们对于生命的体验与反思。外向的诗大声疾呼，人们倾听诗人的歌唱；内向的诗浅唱低吟，人们偷听诗人的独白。无疑，魏东是内向型的诗人。他有一首《心灵独白》："空气和音乐/

对于我想象崇高/不可或缺/越深入/就越觉得自己/铭记了痛苦/心灵经过的地方/白天是水/而晚上则成了冰。"真正的诗人就是这样，他不屑于玩弄读者和文字，他是灵魂的抚慰者，是内心的圣洁者。咀嚼现实世界的生活，重建诗歌世界的生活，提高人生的悲喜与感悟，这也许就是诗人的宿命。你看，就是一棵普普通通的玉米，诗人也发掘出了浓浓的诗意：

> 玉米是饥饿的敌人
> 丰收时
> 却又成为
> 时间的欢宴上
> 无奈的弃妇

诗歌比生活高远，诗人比同时代的人多感与多思。这就是为什么世界永远需要诗人的原因。

《时间的伤痕》最打动我的，就是诗人对"所有饱满的日子"的期待，就是诗人对于未来的守望。

学会守望才是真正地学会生活。

有了守望，才有人生的翅膀，才有心上的阳光。面对当下的现实社会，我们多么需要守望啊！

2009 年 2 月 14 日于西南大学

（魏东：《时间的伤痕》，长江出版社 2009 年版）

寓万于一，以一驭万

——漫说曾心（代序）

小诗是汉语新诗的重要品种。

1919 年到 1922 年，冰心、周作人、康白情、汪静之、冯雪峰、宗白华他们掀起小诗的第一波。冰心的《繁星》和《春水》奠定了小诗在新诗发展史上的地位。朱自清说："到处作者甚众。"

初期的新诗主要是在从西方诗歌寻求出路，小诗开辟了向东方诗歌借鉴、向唐诗的绝句小令继承的新路。道路越多，诗歌就越繁荣。

20 世纪 80 年代，小诗再掀高潮。这既是对冰心他们遗产的珍视，也是对新诗烦冗风气的反拨，和外国诗歌的关系不大。那个时代，除了流行的三五行、七八行的诗以外，有的小诗小到甚至只有一行：

少女心爱的镜子，把少女弄丢了。（方鸣）

碑上的字都能经住历史的风雨吗？（纪鹏）

青蛙！一年又一年，你就总重复着一个调子的歌么？（孙立洁）

这些小诗，审美价值可不小，诗学价值可不小，辗转模仿的人群可不小。今天的中国，小诗也在继续活跃。

近年在泰华文坛上小诗也开始露头。

最先是台湾诗人林焕彰在他主编的《世界日报·湄南河副刊》推出刊头诗，篇幅在六行以内的刊头诗其实就是小诗。经过几年的跋涉，2006 年，岭南人、曾心、博夫、今石、杨玲、苦觉、蓝焰，再加上台湾的林焕彰，在曼谷"7 + 1"组成"小诗磨坊"，泰华小诗诗人就吹响集结号了。

诗磨不停，诗香遍地。

正是在这样的语境下出现了曾心，他的《凉亭》是泰华文坛的第一部小诗集。

曾心的小诗写社会，写大自然，写爱，写同情。在他的笔下，小诗不小，真是"一花一世界，一叶一如来"。读读《卵石》：

> 本来有棱有角
> 被岁月磨成
> 滑滑圆圆
>
> 无论走到哪儿
> 只是一个 "0"

说卵石没棱没角，这样的诗句好像是常见的，但是圆滑的卵石只是一个 0，就是曾心的发现了。对现实的形象把握，对人生的情感评价，对世界的诗意裁判，尽在笔墨之外。

小诗有它的文体可能，也有它的文体局限。世界上没有万能的诗体。曾心的诗告诉我们，小诗的基本特征是它的瞬时性：瞬间的体验，刹那的感悟，一时的景观。给读者一朵鲜花，让读者去领悟春天的喧闹；给读者一片落叶，让读者去悲叹秋天的寂寞。瞬时性不是对小诗的生命的描述。瞬时性来自长期的情感储备和审美经验的积淀。"蚌病成珠"，优秀的小诗正是这样的情绪的珍珠。

> 跳出母亲的怀抱
> 追风逐雨
>
> 咯咯的笑声
> 突然撞到山脚
> 碎了
> 洒下尽是泪
> ——《浪花》

恐怕没有见过浪花的人绝无仅有吧！但是这样看浪花的，只有曾心。好像是一时的景观，但是又蕴涵了多少经历，蕴涵了多少情感？这是属于曾心的浪花。好的小诗是开放式存在，它在等待读者的介入与创造。它在多义性、多感性、多时性里获得永无终结的美学效应。聪明的读者会从有限的浪花里领受无限，从瞬时的浪花里妙悟永恒。

小诗是多路数的。有一路小诗长于浅吟低唱，但需避免脂粉气；有一路小诗偏爱哲理意蕴，但需避免头巾气；还有一路小诗喜欢景物描绘，但需避免工匠气。从诗人来说，艾青是天才，以气质胜；臧克家是地才，以苦吟胜；卞之琳是人才，以理趣胜；李金发是鬼才，以奇思胜。

无论哪一路数，小诗都不好写。或问，制作座钟难，还是制作手表难？答曰：各有其难。但是制作手表更难，原因就是它比座钟小。

因为小，所以小诗的天地全在篇章之外。工于字句，正是为了推掉字句。海欲宽，尽出之则不宽；山欲高，尽出之则不高。无论何种路数，小诗的精要处是：不着一字，尽得风流——

本来软绵绵

熬煎后

赤裸裸

紧紧相抱

不管外界多热闹

此时，只有他俩

——《油条》

诗人在议人生，诗人在谈爱情。他议了吗？他谈了吗？他只给了我们一根最普通不过的油条啊！

曾心的小诗我觉得是偏于理的。他的许多给我留下深刻印象的作品都有哲理。不管何种小诗，尤其是以理取胜的小诗，切记要忌枯。

无象则枯。

诗之理是有诗趣之理，忌直，忌白，忌空，忌玄。小诗要与格言划出界限，要同谜语分清门庭。

春之精神写不出，以花朵写之。秋之精神写不出，以落叶写之。诗人要善于以"不说出"代替"说不出"，以象尽意。

曾心为读者创造了多少意象！他的诗好读，又耐读。他的那些意象"寓万于一"，又"以一驭万"，很明白，但又饱含暗示，意象之外，有好开阔的天地啊！

本是心中一团火

要为人类事业燃烧

无奈受到压制

使我一直处于

　忍与爆之间
　　——《火山》

忍字是心上一把刀。这是火山，这不是火山。

　自见到了天日
　便一股劲儿往上长

　等到满头皆白
　始悟：
　挺立遭风险
　灵活"摇摆"的重要
　　——《芦苇》

势利是世人所鄙所恨。这是芦苇，这不是芦苇。

　长大了
　越来越看清楚
　天空比不上土地

　越老越把头低下
　——吻自己的根
　吻养育的土地
　　——《老柳》

老，是成熟，是彻悟。这是老柳，这不是老柳。

由曾心的老柳，我想到了小诗诗人。说来奇怪，在中国，染指小诗的年轻人不太多见。小诗的诗人群往往年龄偏大，诗龄偏长。在海外好像也如此。林焕彰和我同年。通过信，相互关注，但我访问过台湾三次，可以说几乎认识台湾所有的知名诗人，居然至今与他没有见面之缘。曾心长我一岁，所以我老称他"诗兄"。

为什么更多的老诗人倾心小诗？这是老诗人对漫漫人生路的领悟，这是老诗人对诗的"个中三昧"的领悟。所谓"删繁就简三秋树"，所谓"繁华之极，归于平淡"。"就简"是诗艺的高端，"平淡"是人生的高端，所以，小诗实在是高端艺术。

"代有偏胜"。在生活节奏大大加快的当代世界，小诗将会引领新诗风骚吗？无论是在中国，还是在泰华，这也许并不是痴人说梦吧？

（曾心著，吕进点评：《曾心小诗点评》，留中大学出版社 2009 年版）

不要忘记邓均吾

——《邓均吾诗文选》序

重庆不要忘记邓均吾，中国新诗也不要忘记邓均吾。

邓均吾（1898—1969 年）的文学成就是多方面的：新诗，散文，文学翻译以及旧体诗词。他还是文学的组织家、活动家。当然，他主要是一位诗人，早期创造社的重要成员，是当年创造社在国内发展的首批社员之一。

对于重庆，邓均吾、柯尧放、朱大枬、叶菲洛等都是重庆新诗发展史上的早期诗人的姓名。叶菲洛曾写道："我写诗十年，无论在我的生活的支持上，诗的精神和技巧的修养上，使我首先不能忘却的，便是我的老大哥邓均吾。"

邓均吾曾以"默声"作为笔名。的确，他一生默默做事，不尚功利。郑伯奇说青年邓均吾"很文静，喜欢沉默"。邓均吾一生中几乎没有写过任何有关自己的文章。但是，一位文学家的贡献、一位诗人的分量终究应该是以他的作品作为依据的。

邓均吾写诗几乎与新诗的发生同步。郭沫若这样评价邓均吾的诗："他那诗品的清醇，在我当时所曾接触过的任谁一位新诗人的新诗之上。"邓均吾的诗清新流丽，音韵谐美，他在早期有一首《琴音》：

是那儿的琴音，

偷渡出那一抹幽林？

袅袅的音波，

随风荡漾，

沁入我岑寂的深心。

林边的月儿

你可也伫立在听？

七个诗行，清醇的诗！这就是邓均吾的琴音：纯净，婉转的心波，沁人心脾的诗韵。

在早期诗人中，邓均吾是比较注意诗体建构的，这很难得，尤其是他处在主张"裸体美人"的郭沫若的影响最盛的时候。他的古典诗词修养和外国诗歌修养在这一点上也许发挥了很好的合力作用。我以为对这一点，后来的研究者应当予以充分的研究和到位的评价：

我曾见草木苍时江水变黄，

我曾见草木黄时江水变苍，

而今已是两度了，这单调的循环，

只是我依然停滞在苍江上。

这是《漫步》里的一个诗节，从音顿，从音韵，从诗形，读者大概就可以认同我的意见吧！

早期新诗是有"非诗化"倾向的，强调"情"，主张"写"，以"自然"作为评价标准，郭沫若主张的"绝端的自由，绝端的自主"颇有和者。重新重视诗美和诗体建设是历史的必然。最先提出问题的是留法的成都人李思纯，他的《诗体革新之形式及我的意见》（1920年）说："我认为诗的形式，是一个重要问题，因为他与诗的艺术，有着甚深的关系""诗的外形，诗的外象，即是所谓形式问题"。他不赞成"美在内容而不在外象"的观点。此后，好几位诗人都发表了这方面的意见。陆志韦写道："诗应切近语言，不就是语言，诗若就是语言，我们说话就够了，何必做诗?"郑伯奇也说："形式上的种种限制，都是形式美的要素。"刘半农更提出了系统主张。闻一多则是中国新诗从"破格"到"创格"的转折点上的人物。邓均吾没有发表理论性的意见，但他应该是早期的洞察者和实践者之一。

邓均吾是文学活动的组织家和活动家，他是开拓早期新诗和领导重庆文学事业的"一粒砂金"。

早在 1922 年，他就和郭沫若、成仿吾、郁达夫一起编辑《创造》季刊，是四位编辑之一。1923 年，他又和郁达夫、成仿吾一起编辑创造社的另外一个重要刊物：《中华新报》的文艺副刊《创造日》。郁达夫去北京大学后，《创造日》就由两"吾"主持其事了。在《创造十年》里，郭沫若对这一时期的邓均吾多有回忆和赞赏，他说："在编辑所里有一位四川人邓均吾，这要算我在马霍路遇着的一粒砂金。"《创造日》时期是邓均吾创作的多产期。《创造日》出版了 101 期，他在上面发表诗歌和翻译的就有 87 期之多。1922 年，邓均吾同时还和在上海读书的四川老乡林如稷、陈翔鹤等发起组织青年文学团体浅草社，创办《浅草》季刊。

1924 年以后，他就基本在重庆了，一直到中华人民共和国成立以后担任中国作家协会重庆分会副主席、重庆市文联副主席等职务。

可以说，在重庆，这样的诗人实在是不多的。忘记他是一件不明智、不光彩的事。

遗憾的是，1998 年重庆出版社才出版了《白鸥：邓均吾早期诗选》。在 20 世纪 20 年代邓均吾就编就了诗集《白鸥》，由于当时动乱的时局，未能出版，以至于白鸥在半个多世纪以后才飞到我们面前。此前，1981年四川人民出版社也曾出版过《邓均吾诗词选》，但是忽略了邓均吾最重要的早期诗作，所以难以算作精本。谢谢邓颖先生，经过他持之以恒的四处奔波，得到了市委宣传部和有关部门的支持，现在《邓均吾诗文选》终于得以问世。《邓均吾诗文选》比较全面、丰富地收入了邓均吾的诗文，这是一件盛事。

邓均吾的家乡是古蔺，这里现在是以郎酒名闻天下的，所谓"神采飞扬中国郎"。郎酒的老总也是一位诗人，其实古蔺人也应该为邓均吾自豪。邓均吾长期在重庆，是重庆无可争议的文化名人，重庆人也应该为邓均吾自豪。

当邓颖先生郑重地把《邓均吾诗文选》的手稿交到我手中时，我感到了很大的安慰，感到了一份光荣，感到了一份责任。

祝贺《邓均吾诗文选》出版。"时人不识凌云木，直待凌云始道高"，这是我掷笔时想起的唐人杜荀鹤《小松》里的诗句。

（邓颖编选：《邓均吾诗文选》，重庆出版社2010年版）

上善若水

——序《曾心自选集——小诗300首》

当人们谈论诗体重建的时候，经常的话题是完善格律体新诗和提升自由诗。

格律体暂且不说，"自由诗"本是田汉翻译成中文的词。其实凡文学皆不自由，哪有什么自由诗，就像哪有什么自由小说、自由散文。放开说去，在艺术领域，哪有什么自由歌曲、自由舞蹈、自由戏剧、自由电影？每个文学品种总是被自己的文体法则制约着，都有自己的文体可能性，这才有那个文学品种的存在。文学家的才华就在于运用这种制约，创造出独特的美，所谓"只有法则能给我们自由"。

超越文体可能性去寻求无限"自由"，好似想抓着自己的头发离开地球，只是一种可爱的空想而已。

小诗是一种自由诗，但是，它又有别于其他自由诗。最基本的特点就是"小"，三五行、七八行的即兴咏叹而已。所以小诗艺术在于小与大、简单与丰富、完成与未完成的融合。它小，可是它抒写的生命、人生、时代、自然、宇宙却很大。它简单，可是它又常常微尘中显大千，刹那间见终古。对于诗人，它是完成品；对于读者，它却是未完成的开放式框架，等待读者的创造。小诗的品格完全用得上英国诗人布莱克说的那句话："一沙一世界，一花一天堂。"没有大的小，不是小诗。没有丰富的简单，不是小诗。没有未完成空间的完成品，不是小诗。

对于诗人，"小"是制约，"小"也是巨大的机会。败也小，成也小。小诗以"小"带给读者无穷的审美乐趣。

读完曾心的这 300 首小诗，他真能在"小"中游刃有余啊：卷舒随意，挥洒自如。曾心的小诗给人们带来的是一股大大的禅意。在这争名于朝、争利于市、人情似纸的世俗世界，这股禅意太宝贵了。富有东方智慧的诗人站在高处体悟世界：见山是山，见水是水；见山不是山，见水不是水；见山又是山，见水又是水。《达摩祖师血脉论》说："性即是心，心即是佛，佛即是道，道即是禅。"禅和道的确相通：清空，静思，无争。由此我从禅想到了道。曾心的诗真像老子说的水，像极了。水是高雅的：无色无味，清明洁净。曾心的诗有着黄袍佛国的宁静和明澈，使我想到几千年前那位在函谷关"著书上下篇，言道德之意五千余言而去，莫知其所终"的老子的名言"上善若水"。老子特别值得当今精神迷失的人们回望，同样，曾心小诗的禅意也特别值得现世的人们珍视。

为小诗集写序，也应该求小，就此打住吧。祝曾心诗兄更上层楼，我期待着，大家期待着。

（曾心：《曾心自选集——小诗 300 首》，银河出版社 2011 年版）

远游无处不消魂

——序孙逸民《诗之旅》

《诗之旅》是一本丰富的诗集。诗人领着读者在中国各地，在欧美各国漫步，让读者对我们栖身的星球有了更开阔的接触。《诗之旅》是诗，它带给读者的世界是诗的太阳重新照亮的世界。旅游诗多为自然和人文物象的描绘。但是诗是本然的世界，又不是本然的世界。在诗的太阳的照耀下，世界被诗人分解，又被诗人组合，变成饱含浓浓诗意的世界。若即若离，又像又不像，又不像又更像，这就是诗。

诗是"得意忘形"的艺术。如果说散文是"所见无非牛者"，那么，诗就是"未尝见全牛也"。"牛"被进行情感化、心灵化的分解，又被进行情感化、心灵化的组合，诗的"牛"就诞生了。外在世界的一切，经过诗化处理而获得诗的生命，犹如睡美人经王子的一吻而复活。

孙逸民正是由此而显示了诗的才华。他懂得，他的兴趣应该不停留在世界本来怎么样，重要的是，世界在诗人看来怎么样：让静态的具有节奏，让没有声响的发出乐音，让没有哲理的获得思想，让没有生命的拥有生命。诗人的使命就是重新给世界万物命名，赋予世界以诗意。在孙逸民的诗笔下，白帝城获得了历史的厚度，使人陷入对千古兴亡的"青史"的沉思：

白帝千古留名篇

夔门雄风入云端

万里长江东流水

涛卷青史映兴衰

——《白帝城》

在孙逸民的笔下，法国巴黎的卢浮宫不仅是一座华丽的王宫，而且带给人启示——在艺术面前，世俗的王朝何其短暂；在王朝面前，纯净的艺术却拥有长久的生命：

稀世珍宝藏卢宫

凝目浮想步其中

王朝历代皆有尽

艺术光辉耀苍穹

——《卢浮宫》

旅游诗的成败取决于分解与组合，也取决于诗人"画龙"的功夫。在描绘世界上，有修养的诗人知道，诗从来不画全龙，诗的旨趣在以一鳞半爪而凸显全龙。德国学者黑格尔称之为"清洗"：一切可能掩盖基本特征的东西，都得"清洗"出去，这就要求诗人具有工于捕捉事物特征的敏感和眼光。这样，诗人才能以少少许写多多许，这是写诗的基本功之一。孙逸民写韩国首都首尔（汉城）：

能歌善舞朝鲜族

益寿延年高丽参

太极八卦韩国旗

举目四顾皆汉文
——《汉城行》

"能歌善舞"、"高丽参"、"八卦旗"和四处可见的汉字，的确把韩国活脱脱地画出来了。"人所难言，我易言之，自不俗。"

孙逸民是搞旅游的，钟灵毓秀的山水就是诗意的无尽源泉啊。陆游有一首《剑门道中遇微雨》："衣上征尘杂酒痕，远游无处不消魂。此身合是诗人未？细雨骑驴入剑门。"现今流行的"驴友"称谓本此。在中国，诗和旅游关系很近，前些年我就参与编辑出版过一本《山水诗鉴赏辞典》。从《诗经》开始，中国诗歌许多名篇产生在旅游中。"一生好入名山游"的李白，几乎都是在旅次中抒写胸中块垒。一座黄鹤楼，崔颢、孟浩然、李白、白居易、王维、范成大、陆游、杨慎等都留下了诗珍墨宝，寄情于此。以三峡这座诗之峡来说，李白的《朝辞白帝城》就是妇孺皆知的诗篇。杜甫的夔州诗产生了许多传世之作，诸如《秋兴八首》《咏怀古迹五首》《登高》等，"无边落木萧萧下，不尽长江滚滚来"这类千古佳句流传至今。难怪孙逸民有"黄山归来不看山，九寨归来不看水，重庆归来不看峡"之叹。旅游这份工作在孙逸民这里成了富含诗情的事业，读万卷书，行万里路，写旅游诗，成了他的生活常态。这是一种高品位的生活。本诗集图文并茂，配有诗人自己的摄影作品，这和诗人的职业也有关吧。

我其实很早就认识孙逸民，他当时在重庆电视台任台长，之前好像在渝中区担任过多种职务。很奇怪，同在文化领域，我们却从来没有直接交往过。但我知道他是一位能干的、有个性的电视人，在电视台，他做了很多事。当年重庆第一部现实题材的方言剧《山城棒棒军》在种种分歧、争议中出生，孙逸民正是它的催生人。我那时在重庆市文联兼任主席，就曾主持过《山城棒棒军》的研讨会。

在他主政时期推出的电视故事节目《雾都夜话》至今受到草根观众的追捧，我的一位段姓学生曾参与其事。但是，孙逸民能诗，这是我读到在《重庆晨报》供职的我的学生何志转给我的这本诗集后才知道的。我很高兴。

祝贺《诗之旅》的面世。

（孙逸民：《诗之旅》，重庆出版社 2011 年版）

低处光芒

——序熊魁《我在巫山等你》

在目下全球性的大众文化背景下，俗文化日益流行，文化重心下移，娱乐成了文艺作品的主调。不可否认，俗文化是大多数受众的需要，也因而拥有大多数受众。但是从文艺的高度和发展来说，雅文化是文艺发展的纯正方向，是一个民族的智慧高度和精神指向。诗就是大雅的艺术，是美的情感领域和精致的讲话。中国的李白和杜甫，俄国的普希金，法国的雨果，美国的惠特曼，英国的莎士比亚，印度的泰戈尔，都是这些民族的骄傲。

为什么需要诗呢？因为，人需要教养。人之所以为人，就在于他能脱离直接性和本能性，人不仅有与其他动物一样的食色需求，更要有诗的感觉系统、历史的深邃眼光和哲学的形而上思考，使个体的人上升为普遍性的精神存在。中国人自古信奉"诗教"，就是要设立一种理想人格的目标和典范，追求和实现人生的诗化。

一个民族对文学的疏远是这个民族缺乏教养的证据。在中国，诗是文学中的文学。中国文学都具有诗化特征：中国文学作品里常常出现诗歌；中国文学在美学特征上受诗歌的有力渗透和强大辐射；中国文学都自觉地追求诗魂。诗魂，是评价一部中国文学作品的质量、层次、品位的最终标准。诗魂赋予文学作品高档次和高纯度。所以，诗的教养是文学教养的起点和最高境界。

话题转到重庆。三峡是诗之峡，这有公论。从考古发现，早在新石器时期，三峡地区就有原始人类的足迹。以奉节为中心，古代巴人就在那里劳作生息，而民歌就是他们的劳动生活里的音符。所谓"下里巴人"，正是这里的巴人所唱之歌。现在我们能够见到的最早的"下里巴人"，应数北魏郦道元的《水经注》中提到的《峡中行者歌》：

　　　　巴东三峡巫峡长，
　　　　猿鸣三声泪沾裳。
　　　　巴东三峡猿鸣哀，
　　　　猿鸣三声泪沾衣。

唐代以后一直到清代，在全国流传的《竹枝词》的故乡也在三峡。"竹枝"是巴人聚居地的民歌，原名巴渝舞，"惟峡人善唱"，而且，"竹枝"在巴地十分普及，"巴女骑牛唱竹枝。"《巫山高》是乐府的古题，其诞生地也在三峡。三峡沿岸，《巫山高》的诗篇比比皆是。三峡地区同样是出产新诗的地方，它是新诗人何其芳、方敬、杨吉甫的故乡，也是新时期以来三峡诗群活跃的地域。巫山正是三峡库区的腹心，是渝东门户，因上古尧帝的御医巫咸而得名。

现在摆在我们面前的是诗集《我在巫山等你》，这是来自巫山的歌唱，一位"七〇后"诗人的第二部诗集。熊魁虽然年轻，但已写诗多年，在《星星》诗刊等处发表过一些作品，1993年出版了诗集《天鹅湖》。《我在巫山等你》写出了对故乡的大爱，抒发了诗人在人生和世界里寻找到的诗意，也显示了诗人的发展前景。我对他抱有希望。

继续前行的重要课题是提炼、提高自己的自由诗体。诗是以形式为基础的文学，这正是诗和散文的主要分野之一。散文以内容为基础，可以转述，可以翻译。诗是形式为基础的文学，有自己的言说方式，但没有散文看来的内容，因此无法转述，也基本无法完美地翻译。爱与死亡，诗歌唱了几千年，还在继续歌唱。诚然，不同时代的爱与死亡有不同的审美内涵，但是主要原因还是诗的言说方式在不断发展和创新：诗体，语言，修辞。从"关关雎鸠"到"叫我如何不想她"，诗体、语言和修辞都变了——后者是属于现代的思乡诗和爱情诗。

诗人熊魁，我在重庆等你。

2011 年 3 月 20 日

（熊魁：《我在巫山等你》，长江出版社 2011 年版）

天才来自勤奋，聪明由于积累

——序张传敏《半蠹集》

传敏的《半蠹集》即将由我家乡的巴蜀书社出版，我是很高兴的。《半蠹集》收集了作者十几年来的部分学术收获，主要的涵盖面就是学科史、左翼文学研究和七月诗派研究这三个传敏用力最多的领域。这不仅是作者对既往的检阅，也给我们提供了可靠的从事学术研究的参考系数。

学人重"史"，文学亦然。传敏的主攻方向是学科史。中国现代文学史研究似乎有两个阶段：起步于 20 世纪 30 年代初期的"新文学史"研究和起步于 1949 年以后的"现代文学史"研究。我特别看重传敏的《民国时期的大学新文学课程研究》一书，它可以说是新文学史和现代文学史的考古学式的史前研究，为学科的历史轨迹提供了某些依据。我觉得这部书有着特别的价值。翻阅这部著作，给人一种厚重的感觉。在当前学风蒙尘、学术失范、学者蒙羞的世风之下，这样的成果令人感动。传敏从学制变迁与"新""旧"话题、"新"派人物与新文学课程、新文学讲义和校园刊物与课程语境四个视角基本再现了民国时期大学新文学课程的历史概貌。附录的北大、清华、青岛大学、武大、西南联大五所学校民国时期的大学课程表、考试时间表、学程说明书，都说明作者下笔的严肃和治学的严谨。没有花哨，没有想当然，筚路蓝缕，数年的艰辛如鱼饮水，冷暖自知。传敏在七月诗派研究和左翼文学研究上也用功不少。在这些领域，他仍然发挥了他的"无一字无来历"的学风，不尚空谈。在青年学者群里，传敏这种学风多么令人欣慰。做学问最怕的就是飘忽。传敏让我想起郭沫若当年说的一句话："天才来自勤奋，聪明由于积累。"

龚自珍有诗云："季方玉粹元方死，握手城东问蠹鱼。""半蠹"是自谦。其实传敏的学养是深厚的，他在中国社会科学院和南京大学先后攻硕和攻博的时候，显然是位好学生，在那里奠定了此后发展的学术基石。传敏风趣幽默，多才多艺，能诗能唱，打球也是好手。2006年7月从山东聊城大学调来新诗研究所以后，给大家留下了好印象。在调动过程里，新诗研究所给我的邮箱里发来几次关于他的材料，我因为忙，没有细看，只看了他的科研成果，觉得是可以调来的。2006年下半年，一次所里开会，大家指着一位帅哥给我介绍说："张传敏！"我大惊，从姓名看，我还一直以为他是一位女博士呢。

传敏是山东临清人。许是从孔子的家乡走来，对待长辈，他特别讲究礼数。每逢过年过节，他是一定要到我的家里坐坐的。不管我是在北碚还是在重庆。临清这座城市对于我并不陌生，研究臧克家时我就注意到它了。臧克家在抗战前的几年都在临清中学任教，这时他刚刚以第一部诗集《烙印》成名不久，在临清出版了诗集《运河》、长诗《自己的写照》等。山东诸城人臧克家是新诗研究所的顾问教授，现在，山东临清又走来了张传敏。山东真亲切啊！

是为序。

（张传敏：《半蠹集》，巴蜀书社2011年版）

序《中国当代军旅诗歌论》

军旅诗是几千年中国诗歌的组成部分。如果按照对"军旅诗"最宽泛的理解，那么，应该说，《诗经》有五分之一的作品就属于军旅诗。有些诗句还流传甚广，比如，知道《邶风·击鼓》里"执子之手，与子偕老"诗句的人就不少吧。按照对"军旅诗"最宽泛的理解，那么，著名的中国古代诗人几乎都有"夜阑卧听风吹雨，铁马冰河入梦来"的体验，他们的名篇名句光耀着古代诗史。

换一个角度，从狭义的"军旅诗"考察，在当代中国，以国防绿为识别标志的军旅诗也有相当程度的发展和繁荣，这是中华诗歌传统的一种很自然的现代化转换。耀眼的国防绿对于老百姓是很亲切的，不但彰显着国土卫士的雄威大勇，而且在这和平的年代，几乎哪里有灾难，国防绿就会出现在哪里。难怪在民意测验里，军人是人们最信得过的人。所以军旅诗不只拥有部队的读者，它的影响甚至超出了军营，在整个中国都响着富有国防绿韵味的歌唱。

我个人就一直比较关注军旅诗。在五届鲁迅文学奖的军人得主中，除了辛茹、刘立云以外，李瑛、王久辛、李松涛、朱增泉、曹宇翔我都熟悉。和李瑛的交往时间最长，他诗里军人的英武气和知识分子的儒雅气，使我获得了一个非常丰富的审美空间。和朱增泉的交往次数最多，他把军队、民族、世界融为一体的大气，他的诗里乾坤，使我一咏三叹，击节赞赏。

自 1949 年以来的军旅诗是有过几次高潮和辉煌的。军人的气度和胸襟，诗人的情致和视野，两者交错，有无限的诗情。中国的军旅诗从来不是把眼光聚焦在戎装上，而是深情地凝视着穿军装的人：人性的美丽，人情的丰富。北朝的《木兰诗》和南朝的《孔雀东南飞》被称为"乐府双璧"，而《木兰诗》写木兰打仗只有"万里赴戎机，关山度若飞。朔气传金柝，寒光照铁衣"二十个字，其余大量篇幅用在了人性和人情的抒写上。当代军旅诗显然也在沿着从"写表面的军装到写穿军装的人"这样的发展道路前行，而且，当代军旅诗还在寻求从一般的写诗套路到寻求诗人的个性表达这样的多元途径的发展。当代军旅诗人沿着从钟情大题材到创造大手笔这样的诗歌向度在提升，只要从历史的角度做一下纵向比较，很容易得出这个结论。

军旅诗需要加强美学建设，这就需要加大研究的力度，有所总结，有所反思，有所提炼，有所推进。当下的新诗似乎在式微。诗发展到今天，应该进入"立"的时代，需要在个人性与公共性、自由性与规范性、大众化与小众化中找到平衡，在这种平衡上寻求"立"的空间。作为新诗的一部分，军旅诗也似乎在式微。造成目前的局面，两者有一些共同的原因，而军旅诗又有一些自己的独特原因，这更需要加强研究。但是，军旅诗研究一直比较薄弱。除了朱向前主编的《中国军旅文学五十年（1949—1999）》等少数论述外（朱著还并不是专门研究当代军旅诗歌史的著作），有影响的成果的确鲜见。

现在洪芳推出了她的博士论文《中国当代军旅诗歌论》，这是一个多么好的消息。

通观这本书，作者的确有大量的付出，无论是时间还是精力。围绕当代军旅诗，她做了许多工作。这本书的史论结合比较好，运用史学考察与理论思辨相结合的方式，将 1949 年至今在中国公开刊物上发表的军旅诗视为一个相对独立完整的话语系统，进行全面研究和个案考察，探讨了当代军旅诗歌独创形态发生的根源与具体表现，展现了当代军旅诗歌"独特的这一个"的面貌和价值。也许可以说，洪芳初步建立起了中国当代军旅诗歌的研究谱系。在研究方法上，洪芳也尝试有所突破。除了常用的社会学、心理学、经验学、美学、本体论方法以外，也对福柯、巴赫金、弗洛伊德等人的理论有所借鉴，这就强化了此书的理论色彩。

洪芳是我的"嫡系"。我既是她的博士导师，也是她的硕士导师。她是一个勤奋的学生、善良的弟子，我们师徒之间是有深厚友谊的。这篇博士学位论文，从选题到成文，我全程关注。因此，我多么希望她的这本著作能够在军旅诗建设上真正地起到一点作用啊！

我祝福洪芳！

（洪芳：《中国当代军旅诗歌论》，世界图书出版公司 2012 年版）

诗人黄亚洲

——序《没有人烟》

对"诗是语言的艺术"的说法似乎没有争议，但是，何为"语言"？这就有歧义了！我们可以遇见古今两种常见说法。第一种是诗与散文使用同一种语言；第二种是诗使用自造的专属语言。

其实两种说法都是门外谈诗。

诗就是由普通语言组成的不普通的诗的言说方式，它来自散文语言又不是散文语言，它来自独创又不是专属语言。诗情体验和普通语言碰撞，诞生了诗的言说方式，而普通语言一经进入这个方式，虽然还保持着原有的外貌，其实已经质变，从外视语言、办事语言变成内视语言、灵感语言，实现了在散文看来的非语言化、陌生化和风格化。

作为艺术品的诗是否出现，取决于写诗者对于诗的言说方式的把握程度。

诗无非就是一种言说方式而已。如何言说，这就是判断真假诗人的标尺。诗人是世界万物的重新命名者。在诗人这里，世界被心灵的太阳照耀，重构成诗意饱满的世界。"我爱你"，这句话说得很准确，具有交际价值，它的意义第一，务求通向听话者。这是典型的散文语言；而在诗人笔下，却是：

如果我是开水

你是茶叶
那么你的香郁
必须依赖我的无味

这是台湾诗人张错在洛杉矶写的《茶的情诗》的第一个诗节。

这种言说已经不具备交际价值了，谁这样和情人说话，多半会被骂成神经病的。它没有实用意义：交际价值最大限度地下降，抒情价值最大限度地上升。意义后退，意味走出。诗人言开水，说茶叶，求爱被诗化了，味之无穷的诗情触动着人们的内心。"我爱你"说了千百年，情诗却能永远年轻，秘密正在于斯。

翻开黄亚洲的《没有人烟》，你会确信，这是诗，它的言说方式就是黄亚洲诗人身份的证明。他写印度女人："印度女人与世界的距离／只是一层轻纱"；他写印度人李中的妹妹："李中的妹妹就读医学专业／将来可能为战争切除阑尾"；他写雨中的婺源宏村："我举着一把雨伞／半湖莲叶，都学着我"；他写绍兴的"旧警察"："看来他们把面目的狰狞都留给电视剧了／今天我只看见满脸的敦厚与友善"；他写今日汶川："房屋，已经像经典诗句一样，不会散架"；他写北川："难道天地磨牙之后，要长长久久／留一些残渣"。精练，别致，情思含量很高，在散文里绝对是遇不到这样的语言的。

到医院去挂号，这经历人人皆有，但是"挂号"在诗里却去掉了外层符号的性质，挂号的场景，挂号者的心态，全化为诗的言说方式：

争先恐后
把半颗心、半只肝、半尺肠子
一叶肺，甚至一粒右眼球
塞进窗口

　　这就是诗了！诗人并不在乎世界本来怎么样，而在乎世界在诗人看来怎么样。肉眼只能看见病历本，写诗的时候，诗人是"肉眼闭而心眼开"，诗笔下的世界是"心眼"看见的内视世界啊。这不是日常的讲话，它披上了诗的光彩，用宋人王安石的说法，就是"诗家语"，用老外的话就是"精致的讲话"（意大利作家薄伽丘）。《没有人烟》随处是"诗家语"，是"精致的讲话"，所以耐读，笔外之韵，篇外之音，味外之味，给人非常舒服的读诗享受。

　　黄亚洲是一位诗人，1970 年开始写诗，立刻就有作品发表在《解放军文艺》上。他后来也同时涉猎散文领域，取得骄人成绩。电影《开天辟地》、电视剧《上海沧桑》、长篇小说《建党伟业》等都闻名遐迩。就是说，黄亚洲有两支笔：诗和非诗文学。除却诗，他的长篇小说，他的电影和电视剧的剧本，都具有知名度。也许正是这样，我们轻易就可以发现，黄亚洲诗歌的言说方式别有风格：不少诗章都带有叙事因素。《升旗》开头两句：

　　　　泪水下来的时候
　　　　旗帜就上去了

　　这一"下"一"上"，真是有诗情的张力。再读下去，到最后两行：

　　　　现在，把泪擦干，把举起的手放下
　　　　虽然昨夜上访归来，但我，认同这个祖国

　　啊，原来是个上访者！虽然上访，对具有"北斗的品格"的五星红旗却忠贞如故。像一幕电视剧，像一个电影的特写镜头，催读者泪下。

《小笼包》就是一个小故事，人物，场景，独白，全都齐备：

> 吃小笼包，要弄只醋碟
> 不是讲究，生活本来就酸
> 这是小小的匹配

读到后面的诗行才知道，说话的"叔叔"是个打工仔，每天"干十二个钟头"，仍然贫穷，家事也坎坷。遇见寒冬里素不相识的卖花女，他自己舍不得，却掏钱请小女孩吃小笼包。听听"叔叔"对小女孩说的话：

> 包子的馅儿真稀
> 这个老板不厚道
> 可是天下老板又有几个厚道
> 他们举牌子捐灾区的钱
> 都是从我们头上刮去的

再听听"叔叔"的最后嘱咐：

> 叔叔先走，你吃完自己离开
> 不过，花别卖了，没人买
> 这个时代
> 冷得太早

在"上访者"和"叔叔"的背后，是诗人对草根阶层深深的理解与柔柔的同情，叙事因素使得黄亚洲的诗更厚重：情有所依，思有所据。

诗歌添加几许叙事成分，是一个现代潮流，西方早有"诗歌戏剧化"的说法。而这，恰恰是黄亚洲的强项。当然，在运用叙事技法的时候，诗人得有警觉。诗终究是诗。诗和散文（即非诗文学）都有自己的文体可能。诗偏向音乐，散文偏向绘画；诗体验世界，散文叙述世界；诗以它对世界的情感反应来证明自己的优势，散文具有较强的历史反省功能；诗披露内心世界的精微，散文显示外在世界的丰富。在散文止步的地方，诗才真正开始。所以，哪怕叙事诗，诗人的旨趣也并不在事，他要摆脱事的拘束，寻求情的空间。这涉及到诗的纯度了。北朝的《木兰诗》，正面写木兰代父从军其实只有 30 个字，从"万里赴戎机"始，到"壮士十年归"止。遇着叙事，诗显然在跳着前进。而落墨于怎么从军、怎么回乡，诗却慢步迂回了，甚至出现"阿爷无大儿，木兰无长兄"这样的黑格尔所说的典型的"废话"。叙事时惜墨如金，抒情时用墨如泼，这是诗的黄金定律，不然就会拉长篇幅，冲淡诗意。黄亚洲在这方面的探寻值得留意。

散文天生和大题材亲近，这是散文的优势，黄亚洲的散文作品很多都是大题材，有人甚至称他为"主旋律作家"。但是，对诗来讲，外在世界的大题材往往不在文体可能之内，它不善于正面表现卷舒的历史风云。诗的大题材是在历史里，时代中的人生、人情、人道、人性，是诗人的人文情怀。所以，诗往往着眼"小"题材，崇尚大手笔。《没有人烟》给人的印象，就是在散文领域的大题材高手黄亚洲的华丽转身，诗人黄亚洲在以他的大手笔抒写人生的感悟和人事的感伤。这是他的智慧，他知道诗是什么。他写离开故土的"这些孩子"，他抒发在热带避寒的心绪，他再现印度女性的纱丽，他咏唱女山湖的螃蟹。但是，在世间的林林总总中，他得到的是诗的感悟。《这些孩子》的结尾两行：

稍微有了一点民主

　　我们，就开始缺钙

　　这就由"小"向"大"升华了。从一些艺人的去国，升高到一个更加普遍的哲理。诗的外壳是言说方式，它的深层则是宗教和哲学。有了深层，诗才耐人咀嚼，耐人寻味，读者才会有所震动，有所共鸣，有所净化，有所提升。诗人背对时代，时代就必然背对诗人，时代不需要只关心自己的一己悲欢的诗人。人们为什么需要诗人呢？就是因为人们需要更丰富的感觉系统，更深邃的思维方式，更敏锐的审美的眼睛。通过诗人的眼睛，人们对世界的了解会更深入，会更聪明，会更人性。

　　黄亚洲的诗也有大题材，透过这些作品，我们也会感受到思想者的风采。他的《金门炮战：1958 年的棋局》是怎样写当年厦门和金门的炮战呢：

　　　　于是，一九五八年，钢铁的声音和喇叭的声音
　　　　开始辩论社会制度谁低谁高
　　　　辩到口渴时，喝几口血
　　　　辩到激烈时，烟雾蔽日，全球难辨
　　　　何处金门岛，何处厦门岛

　　事过半个多世纪了，在硝烟散去以后的这种回头，披露了诗人人性的痛苦，暗含着诗人的嘲笑与评判。从人的视角，人所未言，我自言之；人所难言，我易言之；人所畏言，我敢言之；自不俗。这就是大手笔！

　　《拜谒胡耀邦陵园》一开篇就叙说，胡耀邦为什么不把自己最后的位置选在北京。耀邦是 1989 年去世的，1990 年安葬时，对他的评价还在等候历史的发言：

北京的血管常会"搭桥",有些复杂

虽说,那是心脏

人们知道胡耀邦陵园是在江西省德安县的共青城,这是当年"少共国际师"的诞生地,耀邦曾长期担任政委。同时,在建国后耀邦也长期是共青团中央第一书记。陵园的墓碑是直角三角形旗帜。诗人唱道:

真的是一面大理石的旗帜,但是

一阵最微弱的风,也能使它噼噼啪啪飘扬

诗人就是社会的良心啊,他和山河天地对话,对一切进行"诗意的裁判"(恩格斯语)。

《没有人烟》充分体现了诗人的思想者身份。他在用诗的言说方式表达社会的意愿,好像在轻轻说话,其实好多时候都是轻声说重话,直指社会软肋。

和关在屋子里用下半身或口水话写诗的人不同,喜欢"一身军便装,一只黄挎包,一双旧军鞋"的黄亚洲不但和普通百姓保持血肉联系,而且他是一位行吟诗人。中国南方的雪灾、汶川地震、上海世博园、红军长征路,到处都有他的身影。这正是他的诗歌的艺术力量和思想力量的源泉。

我喜欢《没有人烟》。这本诗集即将出版,我愿意表示我的喜悦和祝贺。

是为序。

(黄亚洲:《没有人烟》,宁夏人民出版社 2012 年版)

滴水诗情

    这是一位军旅诗人的处女诗集。作为诗人，史桢玮一直在写诗，《星星》诗刊、《中国诗歌》、《西南军事文学》等军内外刊物都发表过他的诗作。这本诗集收入了他在1993年以后的诗歌，从中可以看到他的诗路历程。给我的感觉，这显然是一条发展之路，时间上越靠近现在的诗越成熟和自如。

    我和作者缘悭一面，但是，他的歌唱深深地打动了我。我们所处的时代，是一个伟大的时代，又是一个正在转型中的复杂时代。在这个时代里，改革与混乱共生，崇高与卑鄙并存，廉洁与腐败同在。我读到的是，在这个充满不确定因素的时代，诗人对心灵家园的守望，对诗意栖居的寻求，对人生真谛的沉思。

    诗集里描写军旅生活的篇章很少，而且均是20世纪90年代之作。《边境的黎明》《夜练》等篇什在艺术上也比较幼稚，但是，作为一个现代人的人生感悟却很迷人。从写兵到写军营外的世界，这好像是多数军旅诗人的诗歌之路。他在水里看见大气与大海，他在小径中见出永远面临各种选择的人生，他在蓓蕾初放时听到花开的声音。

    如果说诗意的栖居是人类的梦想，那么这个梦想在高楼大厦鳞次栉比的都市里似乎渐行渐远，在灯红酒绿物欲横流的现代生活中似乎难觅踪迹。不是说诗意的栖居是田园生活的现代版，不是说繁华热闹的都市没有诗意，只是越来越多的人在物化生活中心态失衡，对诗意的感触越来越钝化。罗丹说，我们生活中不是没有美，而是缺少发现美的眼睛。史桢玮，就是这样一位能从庸常生活中发现诗美的人。

诗人应该是脱俗的思想者，史桢玮的诗意里有着浓浓的禅意。理趣，是中国诗歌的优秀传统。"理趣"这个词来自佛典《成唯识论》："证有此识，理趣甚多。"但是这与诗无关。从宋代开始，中国诗人才开始以"理趣"说诗。诗歌的左邻是宗教，右舍是哲学。但是，"左邻右舍"都不能直接入诗，所谓"趣"就是诗的审美。诗不能离理，又不能是理语，贵有理趣。就像陶渊明说的那样："此中有真意，欲辨已忘言。"

诗人史桢玮常常"无语禅坐，静若处子"，生活的表层被拨开了，他的诗进入生活的深处，在这里发现了一个哲理的诗美的世界。《沉思在交叉小径的花园》表达了诗人的深度，是的，除了生和死不能选择外，人生就是一个不断选择的过程。成功的选择往往带来机遇和发展。

请读他的《轮回》：

夏天埋葬了春天

秋天埋葬了夏天

冬天埋葬了秋天

到时花自开

到时花自艳

到时花自谢

祖父埋葬了曾祖

父亲埋葬了祖父

儿子埋葬了父亲

到时人自来
到时人自兴
到时人自去

只有诗人才可能看透这种轮回，并从中寻找到了一种解脱，一种潇洒，一种超越。

再读《一滴水可以流多远》：

世俗的眼里
一滴水的生命极其短暂
蒸发了便是消亡了
其实
一滴水并没有消亡
它的魂魄依附大气而永恒
当另一场风暴来临时
它会再次润泽人间
普施一滴水的宽容与轮回
一切苦难源于人心
欲望的峰顶便是死神的窠臼
无论超凡静心顿悟佛法
还是融入红尘救赎众生
让它流入大海
一滴水可以流得很远很远

一滴水可以很短暂，一滴水可以成永恒，关键在于水的定位，在于"小"与"大"的和谐。如果让一滴水的魂魄"依附大气"，如果让一滴水"流入大海"，这滴水就获得了无限的轮回和无尽的生命。

心智健全的人们需要诗，正是由于诗人能给他们情感的滋养和思想的力量啊！我想起达尔文，他的进化论被看作人类19世纪的伟大发现之一。这位英国生物学家晚年在为自己的主要著作《物种起源》写的《后记》中提到了与他的事业似乎毫不相干的诗歌。达尔文写道："如果我能够再活一辈子的话，我一定给自己规定读诗歌作品，每周至少听一次音乐。要是这样，我脑中那些现在已经衰弱了的部分就可以保持它们的生命力。"每一个人诚然不必都做诗人，但是却应当具有崇高、丰富的精神世界。优秀诗歌正是人们陶冶情操的助手，它给人们以情感上的启发、帮助和力量。这些道理，那些穷得只有金钱的庸人是不懂的。

史桢玮的诗看似平淡，其实，诗人不玩捉迷藏，不耍游戏，只是朴素地披露自己的真实体验，这是对读者的尊重，也是对诗歌的尊重。应该说，这是诗家语的正道。清人李重华《贞一斋诗说》概括诗歌技巧时说："诗求文理能通者，为初学言之也；诗贵修饰能工者，为未成家言之也。其实诗到高妙处，何止于通？到神化处，何尝求工？"想想几千年中国诗歌留下的那些名篇佳句，都是一个路子：用看似最平凡的语言，组成诗歌独特的言说方式，道出"人所难言，我易言之"的诗情。诗是一般语言的非一般化，不大接受通常"文理"的裁判，诗之味有时恰恰就在不那样"文理能通"。同样，诗又是非一般化的一般语言，"贵修饰能工者"，是有形式感的人，比"求文理能通者"更接近诗。但是，好诗是"苦而无迹"的：诗人辛苦，读者看不出这辛苦的痕迹。凡有修饰痕迹的，均非诗界高人。要拒绝外露技巧，外露技巧会造成诗的外腴中枯；要拒绝戏弄读者，戏弄读者会剪断诗与读者的联系。这些恰恰是诗的大忌。宋人吴可说："凡装点者，好在外，初读之似好，再三读之则无味。"外露技巧就是过剩技巧。在中国诗歌历史上难道那些卖弄过剩技巧的诗篇成为过上品吗？当然，诗总在"明白与不明白之间""在可言与不可言之间"寻求张力，在这一点上史桢玮可以继续着力，但一定不要赶那些短命的时髦，而是要信心满满地守住自己的基本品格。还是安徒生说得好："镀的金会磨光，猪皮倒永远留在那儿。"

我祝福这滴水流得很远很远。

是为序。

（史桢玮：《一滴水可以流多远》，四川文艺出版社 2013 年版）

兵气拥云间

——朱增泉三部诗集总序

案头上翻开的是朱增泉三部待出的诗集：《中国船》、《生命穿越死亡》和《忧郁的科尔沁草原》。

这三部厚厚的诗集，这几天带给我奢侈的艺术享受。可以说，朱增泉是优秀的抒情诗人，是郭小川之后最有影响的政治抒情诗人，也是李瑛之后最好的军旅诗人之一。这三部诗集也带给我暖暖的回忆，我和朱增泉相识于1991年，算来已经是二十一年的老朋友了。

1991年，我到石家庄参加河北诗人刘章的研讨会。当年我的儿子考上北京大学。按照当时的规矩，北京大学和复旦大学的新生在跨入校门前，得先军训一年，北京大学的新生是到陆军学院，地址也在石家庄。于是，我到石家庄又是去开会，又是去送儿子。我主编的《外国名诗鉴赏辞典》是河北人民出版社1989年出版的，这部辞典销量超过万册，还得了北方十八省市的图书奖。我还从来没有去过这家出版社，听说我到了石家庄，从未谋面的社长和主编请我吃了一次饭，第二天又帮助我把儿子送到陆军学院。

研讨会期间，诗评家张同吾告诉我，朱增泉想请我们几个人去他部队看看，互相认识一下。我在《解放军文艺》和其他一些刊物上读过朱增泉的诗，印象中这是一位老山前线的将军诗人，其他的不甚了了。

朱增泉在晚上来车把我们接去，下车一看，哇，这个军人怎么这样儒雅和英气呀！让我想起大学时代读过的一部苏联小说，作家写到主人公跳出坦克那一瞬间时，用了一句非常漂亮的俄语："哦，我的军神！"于是就闹出了诗歌界一时传为笑柄的故事。我问："朱政委，你是哪所大学毕业的？"朱答："早稻田。"我说："啊，留日的。"朱增泉大笑："我早年在稻田劳动啊！"后来才知道，1959年他在家乡江苏无锡参军时，只有高小文化。靠着长期自学，后来通过成人自学考试取得了大专学历。再后来，这位博览群书的将军，就不止于大学学历了，不信请读读他最近推出的五卷本《战争史笔记》。

这部一百四十余万字的巨著，全程回顾了中华民族波澜壮阔的五千年战争史，给我们带来的准确信息是：朱增泉从一个将军完成了华丽转身，不但转身为诗人，不但转身为作家，而且现在又转身为学者了。《孙子兵法》说："兵者，国之大事，死生之地，存亡之道，不可不察也。"《战争史笔记》有史有论，史家胆识，兵家眼光，诗家情怀，不仅受到军内外读者的欢迎，而且受到军事史、战争史专家的好评。我读后最强烈的感受是："天下虽安，忘战必危。"另一个强烈感受是：我的这位朋友，武可统兵，文可治学，令我从心眼里佩服。

在我的记忆里，无锡是个出人才的宝地。民间有个说法，"唯楚有材"，其实吴楚相近相邻，无锡也是人杰地灵。这里出画家：东晋时期的大画家顾恺之、民国时期的大画家徐悲鸿都是无锡人。这里出文艺家：明代写《徐霞客游记》的地理学家、旅行家、文学家徐霞客，创作《二泉映月》的民间盲人音乐家阿炳，新诗的先行人刘半农也均出自梁溪。另外，荣氏企业的创始人荣德生、当代汉字激光照排系统创始人王选、国学大师钱穆，还有被我们这一行称为"学术昆仑"的学者钱钟书都是无锡人。

化外在为内心，化事件为感情，化经验为体验，这就是诗的生成过程。诗人是这样的人：似僧有发，似俗无尘，做梦中梦，悟身外身。他是本真生命的言说者。内化是写诗的基本功，诗人对物理世界没有兴趣，他视于无形，听于无声，对客观世界进行主观的内酝酿、内加工，使外在的一切露出它的本相和本义，成为诗的美妙世界。所以，王国维在《人间词话》里说："一切景语皆情语""以我观物，故物皆著我之色彩"。

朱增泉的诗，无论军旅诗、抒情诗、政治抒情诗，不一定都是在写军旅生活，但是都是在写军人，他写的都是戎马军人眼中的时代与世界。从把群山看作头戴钢盔的士兵方阵的成名作《钢盔》开始，可以说，在朱增泉的诗的世界里，无论什么题材，一切皆著军人色彩，或显在，或潜在。

翻开这三部诗卷，兵气迎面扑来。阿尔泰的桦树林，秋天全都披上黄金甲，"参加一年一度的阅兵盛典"；至于黄河冰凌，干脆就说："黄河冰凌，兵也。"即使"夜读"，诗人的感觉也是：

> 书籍如列队的兵甲
> 在四围排排肃立
> 等待我检阅

真是"夜阑卧听风吹雨，铁马冰河入梦来"。我想起李白《从军行》里的句子："笛奏梅花曲，刀开明月环。鼓声鸣海上，兵气拥云间。"朱增泉诗篇的兵气的确是"拥云间"的，而且朱增泉后来转战到航天前线，也为"开辟天路"付出了他的心血，他的确到了"云间"。

显然，爱国主义和英雄情结是支撑起朱增泉诗歌世界的两块基石。兵，就是两块基石的体现者：

打过仗的人
就像混凝土中的石子和钢筋
注定要由他们
充当人群中的坚硬成分

其实，这两块基石从《诗经》开始，就支撑起了中华民族自古至今的军旅诗，也支撑起了新中国成立以后的现代军旅诗。朱增泉的军旅诗雄豪大气、浪漫洒脱，与新中国成立以后逐渐流行的精致委婉的军旅诗风相映成趣，丰富了军旅诗苑。但是，朱增泉给中国新诗带来的震撼主要并不在这里，他的贡献是，出现在他笔下的，是一位穿军装的当代人，他向人们展现出更加广阔的心灵世界：对战争的思索，对军人命运的思索，对文化渊薮的思索，对时代的思索，对世界的思索。"战争最响亮的口号是和平"。在"享受和平"的岁月里，军旅诗人应该有怎样的现代襟抱，这就是朱增泉的诗篇所致力展现的。诗人言在耳目之内，情寄八方之表，骑马挥洒，上天入地，铺开了崭新的艺术视野和道德深度。这样，他就纵身跃过了新中国成立以来的军旅诗的跳高标杆，成就了今日的朱增泉。

1999 年，我应重庆出版社之邀，编选了一部三卷本的《新中国 50 年诗选》。这部诗选的编选条例是：一位诗人原则上入选一首。但是，朱增泉的好诗很多，最后确定破例选两首：《莫斯科红场的黄昏》和《昂纳克走向法庭》，都是国际题材。埃里希·昂纳克是两德统一之前东德的统一社会党总书记，也是最后一位东德领导人。朱增泉写他在柏林墙被推倒后接受审判的情景：昂纳克啊，"席卷世纪的风暴/已凝聚成满脸皱纹——""你耳边是否重又响起那首歌/要去作一次最后的斗争"。诗的结尾一节是这样的：

我的同情心未曾泯灭啊

　　请原谅，昂纳克

　　我不能赐予你同情

　　同情崩溃，这不是我的使命

　　太妙了！这里有世纪忧患，这里有侠骨柔肠。历史感，诗人心，都带了一股兵气。的确，昂纳克们留下的是一部需要后人回味和研究的书，也许要经过几百年以后，历史才会发言。但是，"同情崩溃，这不是我的使命"。

　　国无法则国乱，诗有法则诗亡。当然，诗其实是有法的，它摆脱的是外在的僵硬的"法"，心灵的世界是最不能忍受枷锁的。不过，诗总是有自己文体的艺术规则。新诗只是中国诗歌的现代形态而已，它也得遵守中国诗歌的"常"，守"常"求"变"。读朱增泉，就会使人想起"善医者不识药，善将者不言兵"这句话。他是有自己的艺术套路的，但他不爱谈诗歌理论，他是懂得藏拙的。当然，如果把发现诗美的能力和表现诗美的能力两相比较，朱增泉发现诗美的能力的确更强。比如，他在抒情诗《飞向宇宙》一辑中，在西昌这座月亮城，在发射塔下，在乌兰察布草原飞船着陆场，都发现了诗。这很厉害，说明诗人的感觉系统确实敏锐。但是在《发射塔》这样的诗篇里，诗人遇到了高科技，在表现上，显然在超越世相获取诗意上不够自如，叙述多了，事理多了，就影响到了诗的纯度。

　　朱增泉得过"鲁迅文学奖"，这在中国诗坛是一个很高的荣誉。那是鲁奖的第二届，评委会主任李瑛就是军旅诗人。在北京香山武警政治部招待所评了三天，先后三次投票，才决出五部获奖诗集，朱增泉的《地球是一只泪眼》是第一次投票就通过的。满布汪洋大海的地球被想象成一只泪眼，这个意象真是神来之笔啊，诗人的忧患之心、悲悯之情全在这个意象里了。

　　朱增泉的诗,我觉得,他在大气磅礴、汪洋恣肆地抒发诗情的时候,得留心内敛和节制,也就是要注意"清洗",把叙述成分、说理成分最大限度地"清洗"出去。这样,朱增泉的诗就会更纯,诗意就会更浓。当然,前提是保持自己的个人风格。这也是我读完这三部诗稿后提出的一点苛求吧!

　　《中国船》《生命穿越死亡》《忧郁的科尔沁草原》的出版,是中国诗坛,尤其是军旅诗坛的一件盛事,我愿意向朱增泉将军寄去一个老朋友的欣喜与祝贺。

　　(朱增泉:《中国船》,《忧郁的科尔沁草原》,《生命穿越死亡》,四川文艺出版社 2013 年版)

打着绑腿的诗笔

——序黄亚洲诗集《男左女右》

黄亚洲是一位行吟诗人，《男左女右》记录了新的里程。他的诗笔是打着绑腿的，好像从来就没有停止过脚步。

这种行吟可不是"一生好入名山游"。诗人说：

> 如果有男左女右的说法，那么，我的左脚印
>
> 就属于屈子，右脚印就属于李清照

屈平拒绝"与世推移"，坚守"深思高举"。他唱道："沧浪之水清兮，可以濯吾缨；沧浪之水浊兮，可以濯吾足。"凡炎黄子孙对这位高冠广袖、颜色憔悴、形容枯槁、吟歌于泽畔的爱国诗人都不会陌生吧？而那位写下"生当为人杰，死亦为鬼雄"的"不徒俯视巾帼，直欲压倒须眉"的李清照在华夏大地也可谓家喻户晓。诗集《男左女右》的基本品格正在于此。读懂屈原，读懂李清照，也就取得了进入《男左女右》世界的钥匙。

每读亚洲的诗，我都会强烈地感受到他的忧思：为时代，为祖国，为平民百姓。中国诗歌有一个传统，这就是推崇以家国为上的诗，这种诗歌在中国才能算为上品。诗人郭沫若在成都杜甫草堂留有一副楹联："世间疮痍诗中圣哲，民间疾苦笔底波澜"，可视为对

上品诗篇的概括。当然，和散文比，受到文体可能的限制，诗更钟情于"小题材"。优秀的歌者却都知道必须让小题材成为大手笔。请读《世界杯》，诗歌的入口是足球赛，是小题材，但是诗笔又并不只是落于足球赛：

> 没有君子小人，只有摧毁
> 没有骄傲自卑，只有粉碎
> 摧枯拉朽就是道德
> 巧取豪夺就是智慧

诗人赶去二郎镇的郎酒厂。二郎镇的奇迹之一是天宝洞，这是远古的一个天然大溶洞，位于悬崖峭壁上，无路可通，一直是野兽的栖息之地。在原始树林和野草繁花的掩盖下，天宝洞"长在深山无人识"。20 世纪 60 年代末，郎酒的一位工人上山采药，才发现此洞。天宝洞极深，总面积近一万五千平方米，现在成了郎酒集团的藏酒之地。洞里半人高的土陶酒坛有上万个之多，装有用作勾兑的基酒，储存量上万吨，每个酒坛都记载有储藏时间，天宝洞因此有"酒坛兵马俑"之称。诗人对于天宝洞的反应有些出人意料：

> 现在有必要审视酒的人生
> 这时间的原浆
> 山洞作为恒温的国家，为她挡下多少风雨
> 每一朵开花的酒苔，都不会解释
> 政治这个不测的术语

这是神来之笔！他想得很多很远：庆幸于躲过人间的政治折腾，这不懂"政治这个不测的术语"的世界才有纯而又纯的郎酒

的原浆啊。

他写巫山两岸漫山遍野的红叶：

> 叶子真给面子，把深秋裱糊得如此温暖
> 这让我明白，花朵不一定是事物的中心
> 以辅佐为己任的叶子，刹那间
> 底定江山

黄亚洲就是这样，他有一双慧眼，赋予平常以神奇，赋予肤浅以深刻。普普通通的世界，经过他的诗笔一点，就焕发出诗的光彩与韵味。人所未言，诗敢言之；人所难言，诗易言之，自不俗。诗人如果只是自己灵魂的保姆，说实话，世界何需诗人？诗人应该是思想者。他的眼睛要有常人难以企及的穿透力，他比常人要想得更多，想得更深，因此也常常经受着先行者的孤独、寂寞与痛苦。"诗穷而后工"，此言不虚。

我喜欢黄亚洲的一个原因正是他的诗的思想光彩，这就把他和那些只钟爱自己而不钟爱他人、只写自己的个人身世感而不关心时代的诗人区别开来了：

> 为什么我总是不能与你的灵魂劈面相逢，祖国啊
> 我每一步都踩痛着你的肌肤，却一辈子寻寻觅觅

黄亚洲诗思敏捷。在诗歌天地里，他有令人羡慕的感觉系统。登山则情满于山，观海则情满于海，浓浓的诗情如喷泉不择地而自出。去年底我邀请他来西南大学，出席第四届华文诗学名家国际论坛。有些诗人给我提意见：论坛很精彩，但是，太"素"了，总在西南大学一个地方，总是只有学术研讨。所以本届论坛一改往日只

在西南大学开会的做法，在西南大学开幕，在三峡地区的巫山闭幕，把巫山国际红叶节作为论坛的背景。论坛开幕前，郎酒集团又邀请了与会的几位鲁迅文学奖得主和老外，由我带队，去酒厂参观。我这是第一次和黄亚洲同行。经过六个小时的奔波，我们到达二郎镇，当晚，郎酒集团宴请。在宴会上，黄亚洲居然就拿出了好几首路上刚写就的诗朗诵，使人大惊。然后，巫山一组，西南大学一组，简直令人难以置信。好像不是他去找诗，而是诗来找他。他的想象力也非常出众。他写天宝洞：

> 郎酒从洞子里源源娩出的事实
> 证明了高级生命的一种法则
> 因此除了"子宫"之外
> 你已经不可能把洞子想象成别的形状

这是怎么想出来的，天宝洞居然成了子宫？先是一震，靠后一想，拍案叫绝。

黄亚洲也有另外一面，就是在世俗世界他又是"迟钝"的，感觉系统好像特别不发达。我和黄亚洲，一个在浙江，一个在重庆，一直没有谋面之缘，我和他的认识就很有趣。2007 年在绍兴颁发鲁迅文学奖，晚上，中国作家协会举办宴会，我和他都被安排在第二席，对面而坐。其他席的几位获奖诗人都跑来向我祝酒，表示感谢，他好像没有什么反应。同桌的诗评家张同吾提醒他："吕进是本届评委啊。"他看看我面前的名牌，这才发现是我，遂起身向我祝酒，说了一句："谢谢支持哟！"这第一次见面给我的印象，就是这人不善公关，好像并没有生活在现实世界里。在华文诗学名家国际论坛上，有一天他失踪了。一次大会预先安排他是主持人之一，会议的《指南》也印得清清楚楚，可是临开会了，却怎么也找不到他。我很着急。我以为他游山玩水去了，有些生气，一问，正躲在房间里写诗呢。

诗歌天地里的敏锐快捷和世俗世界里的"漫不经心"构成巨大的张力。这就是诗人黄亚洲。

有诗人悄悄问我：黄亚洲这样写诗行吗？我说，行的。亚洲的诗有比较多的叙事元素，这就是造成别人担心的原因。其实，黄亚洲写小说是写小说，写剧本是写剧本，写散文诗是写散文诗（例如《男左女右》的四、五、六、七辑），写诗是写诗。我评价一首诗的隶属度时喜欢用宋代诗人王安石的两个词。第一个："寺人之言。"寺人，中国古代宗庙祭祀的祭司。《左传》："国之大事，在祭与戎。"既是祭词，就要保持向善，滋润情感，持人性情，使之不坠。我以为会有几个特点：严肃性，高雅性，心灵性。第二个："诗家语。"诗的语言是普通语言构成的不普通的言说方式，我以为应该具备音乐性、弹性和随意性。用这两条来检验黄亚洲，他可是真正的诗人。散文叙述世界，诗体验世界；散文具有较强的历史反省功能，诗以它对世界的情感反应来证明自己的优势；散文显示外部世界的丰富，诗披露心灵世界的精微。黄亚洲的诗读起来诗味十足啊。

他的诗里的叙事成分是诗的叙事，这是黄亚洲之所以是黄亚洲的一个特色，也许可以命名为"黄亚洲方式"吧！

是为序。

（黄亚洲：《男左女右》，中国文联出版社2013年版）

除却巫山不是云

——序《诗意巫山》

翻翻传世之作《全唐诗》和《全宋诗》，仅唐代和宋代，写巫山的诗就不少。《巫山高》就是乐府的古题，唐代诗人沈佺期、张九龄、孟郊、李白、李贺，宋代诗人王安石、范成大、苏东坡，都留下了诗篇。元稹《离思五首》第四首的名句"曾经沧海难为水，除却巫山不是云"，虽然诗人是在纪念亡妻，却对世世代代的读者产生了强烈的诗意冲击，让人们保存着对美到极致的巫山的向往。

2012 年 12 月，当巫山红叶漫山遍野灿烂的时候，一大群国内外著名诗人来到巫山，他们是出席第四届华文诗学名家国际论坛的嘉宾，这本《诗意巫山》就是论坛的诗选。大巴是晚上到达巫山县城的，台湾诗人台客坐在我旁边，他被巫山的夜景震撼了："吕进兄，巫山太漂亮了！"是的，巫山是重庆美丽的东大门：一江碧水，两岸青山，三峡红叶，四季如画。我告诉台客，这里的人文山水更美，秦代就设立了巫县，巫山龙骨坡发现的 200 万年前的巫山人化石就是我们亚洲最早的直立人类啊！而且，这里再不是李白唱的那样："昨夜巫山下，猿声梦里长。"一座日新月异的巫山正在书写一篇现代诗章呢。

我也是第一次踏上巫山的土地，其实我和这座古城神交已久。新诗研究所的向天渊教授和他的太太冯雨女士都是巫山人，和我亦生亦友，彼此了解，情感真挚，向天渊的谨严治学和冯雨的贤淑能干都使我和他们靠得很近。重庆市文联的党组书记王超是我推心置腹的朋友，当年调到重庆时，我是主席，他是从巫山县长任上调到文联的，也因此我从他那里知道了许多巫山的故事，知道了大昌古镇，他也多次怂恿我去巫山看看。巫山现任县委书记何平是从西南大学出去的，他是生物学的学术带头人，在校内多有接触，而且，他在市林业局任副局长时，我在文联负责，所以，我们当然很熟。2004 年，我和铁凝、刘心武、余华、莫言、苏童等组成中国作家代表团，作为主宾国的代表，出席巴黎图书博览会，我们每人在巴黎做了一场报告。应法方请求，我的讲题是《中国情诗》，法国著名汉学家李枫教授等三位专家担任同声翻译。我从《诗经》的《关雎》一直谈到新诗《神女峰》，有法国朋友提问："神女峰在哪里?"我简单地介绍了诗意的巫山。这届国际论坛，巫山方面非常想邀请《神女峰》作者舒婷与会，我给舒婷发去手机短信，她回信抱歉：刚从四川回厦门，马上又要去柬埔寨，时间上冲突了。

行到巫山必有诗。国际论坛成功，诗歌也丰收。诗人毕福堂动作最快，论坛刚一闭幕，他担任主编的山西省文联的刊物《九州诗文》就推出了一组诗和照片。《重庆晚报》也冲在前面，接着好些国内外的诗歌刊物都在发表此次巫山之行的作品。傅天琳的诗是我们这一行的权威刊物《人民文学》刊登的，黄亚洲的组诗被收进他的最新诗集《男左女右》里，这部诗集由我写序。诗找到了每一位诗人，大家集体为巫山制作了一张诗的名片。多好啊，巫山，诗意栖居的地方！

是为序。

（师明萌主编：《诗意巫山：第四届华文诗学名家国际论坛诗选》，长江出版社 2013 年版）

春桑正含绿

——序冷雨桑《小记录》

　　重庆新诗的女性写作在近 30 年间日益形成声势，多姿多彩的
"红粉军团"在中国诗坛的一片惊喜当中排列成阵。傅天琳领军，虹
影、萧敏、李北兰这一代之后，邵薇、冉冉、雨馨、金铃子凸现，
这四位女诗人先后获得台湾薛林怀乡青年诗奖。西叶、梅依然、沈
利、杨晓芸、宇舒、白月、苏若兮、重庆子衣、海烟等人的群体性、
梯次性登场，使人兴奋。她们弹拨动人的琴弦，给我们送来心灵的
慰藉和柔美。

　　因为诗是情感的领域，因此，可以夸张地说，诗歌更属于女性：
在两性社会里更加敏感、细致、内向的女性。我一直比较关注女性
诗歌。1995 年，"世界妇女大会"在中国举行，我曾主编过一本世
界华文女诗人的诗集《北京之光》，成都出版社出版后，由四川代表
团带到大会作为四川的献礼之一。1999 年，我在上海《文学报》和
北京《诗探索》杂志同时发表《女性诗歌的三种文本》，要害是对
女权主义诗歌做出适当考量，为女性诗歌探索更加开阔的道路。这
篇文章被转载和引用比较多。2004 年，我和铁凝、迟子健、方方等
随中国作家代表团到访巴黎时，应法方之邀做了《中国情诗》的学
术报告，由法国著名教授李枫翻译。我谈的基本也是自古至今的中
国女诗人，从许穆夫人到舒婷。我国第一位女诗人也许是春秋时期

的许穆夫人吧，她是卫国国君卫惠公的女儿，她的诗《载驰》见于《诗经·鄘风》。《毛序》说："《载驰》，许穆夫人作也。"

有些人宣传女性诗歌就是女权主义诗歌，我想再次说，这太狭隘了，实在是个误区。其实，源于西方女权主义（feminism）的女权主义诗歌只是女性诗歌的文本之一而已。大陆的女权主义诗歌出现于 20 世纪 80 年代，比台湾晚了许多。女权主义诗人的艺术风格和表达策略各有千秋，但是，女权意识的张扬与言说方式的自白可以说是女权主义诗人的共同风貌。在她们那里，性别话语是唯一话语，她们在诗歌中的审美性存在和她们在生活中的现实性存在几乎是完全重合的。女权主义诗人往往倾心于吐露性别觉醒与性别欲望，表达对男性话语权力的怀疑与拒绝，表达对在男权社会中久已失落的自我的寻觅，但是又表现对男性的渴求。女权主义诗歌的落足点，是把两性对立认定为社会最为基本的矛盾，两性之间似乎存在不可逾越的鸿沟。但是在我看来，在改造自然和改造社会上，两性是有共同的向往、追求与承担的。我认为，男性并不是女性的天敌，正如女性也不是男性的天敌。在诗歌创作上，从来就有"男子而作闺音"的现象，曹雪芹在《红楼梦》里所作的钗、黛、湘云等的诗就是证明。

重庆的女性诗歌，总体来讲，与女权主义诗歌无缘，犹如在新时期与先锋派诗歌无缘一样。这就是重庆。重庆的女性诗歌的内在视野更开阔。女诗人的作品具有性别色彩，但是她们把女性的解放和民族的解放、女性的进步和社会的进步联系在一起。是女人，更是诗人。女诗人们从女性的视角、女性的感受、女性的细腻向读者披露自己有别于男性诗人的眼睛和有别于男性诗人的情感世界。在新时期的重庆，傅天琳在孩子与世界之间唱出的那些温馨的歌，全部属于女性，属于母亲。在《梦话》中，守候在熟睡的女儿身旁的妈妈守候着女儿的梦话：

如果有一天你梦中不再呼唤妈妈

而呼唤一个陌生的年轻的名字

那是妈妈的期待妈妈的期待

妈妈的期待是惊喜和忧伤

这美丽的忧伤就不属于男性诗人。而与傅天琳同时出现于新时期诗坛的男性诗人李钢却是别一番风采。他的《蓝水兵》：潇洒，帅气，豪放，"一个劲地蓝"，阳刚之气十足。傅天琳写不出《蓝水兵》，如同李钢写不出《在孩子和世界之间》。然而，在歌唱人性、歌唱时代上他们又是相通的。

现在，从三江之畔的合川古城又向我们走来了一位女诗人：冷雨桑。合川自古多诗情，尤其是在抗蒙的 36 年里，这里一显风流。2000 年，四川人民出版社出版王利泽先生主编的《钓鱼城诗词释赏》，收入自南宋以降歌唱钓鱼城的 202 首华章，我曾应王先生之邀写了题为《孤城雄峙万重山》的序。重庆北大门的冷雨桑，顺着合川的文脉而来，随着重庆的女性诗潮而来，她会给我们带来一位怎样的重庆女诗人呢？

冷雨，自然会让人想起余光中的《听听那冷雨》，一篇抒写缠绵而凄苦的思乡之情的美文。余光中在文章里说："雨是女性，应该最富于感性。"而桑树在中国古诗里却常常是安定、希望的象征。陶渊明的《归园田居》里描述的诗人向往的生活场景就是"狗吠深巷中，鸡鸣桑树颠"。南北朝有一首民歌《采桑度》："蚕生春三月，春桑正含绿。女儿采春桑，歌吹当春曲。"桑简直就是春的化身了。冷雨桑，由冬到春，由冷到暖，由沧桑到找寻，由尘世到诗意。多好的姓名啊！

冷雨桑的诗，给人最突出的印象就是平静，没有目下都市诗人常见的躁狂和焦虑。经历了坎坷的人生，体验过人间的沧桑，诗人的这份平静是令人感动的。用她的诗句来说，就是"我们爱，我们的爱，握在手上，/也要给自己一个理由和避让。/也要用那些宽容和善面，让内心安好"。好一个"让内心安好"，也许这就是解读冷雨桑的钥匙。

如果说诗意的栖居是人类的梦想，那么这个梦想在高楼大厦鳞次栉比的大都市似乎渐行渐远；如果说诗意的栖居是人类的梦想，那么这个梦想在灯红酒绿物欲横流的大都市似乎难觅踪迹。不是说诗意的栖居是田园生活的现代版，不是说繁华热闹美轮美奂的都市没有诗意，只是越来越多的人在物化生活中心态失衡，对诗意的感触越来越钝化。罗丹说，我们生活中不是没有美，而是缺少发现美的眼光。冷雨桑，就是这样一位从都市里能发现庸常生活中诗美的人。也许她的诗并没有很多叫人拍案惊奇的地方，让人觉得有些平淡，但她有一颗淡定的诗心：淡定得无惊无喜，无悲无忧，像行云流水一样随意、散淡和自然。这就是冷雨桑，这就是冷雨桑的诗。

重庆这个国际化大都市现代化进程中所经历的转型、阵痛和喧哗，在冷雨桑的笔下，在一位普通女性诗人的笔下，由习见为常的生活片段组成，这里没有蒙太奇的跳跃，这里没有呼天抢地的悲喜，更多的是生活常态的呈现，通过诗性的处理把城市生活的原初面貌带着诗韵呈现出来。在《小幺》一诗中，呈现的是母亲对婴儿无微不至的母爱："放在手掌心，怕摔着/含在嘴里，怕化/把她如何置放？就希望/她能够做个长长的美梦，让安静回到/时间的子宫。"城市拆迁，近些年来最常见，舆情纷纷，而在诗人的笔下，"放学的孩子走过的胡同，都将如潮退隐/那些星星和月亮经常出没的檐角，从此风蚀/老屋是在老了之后，被拆迁/被合同里的文字所覆盖"，在这里诗意的处理还是到位的，尤其是"那些星星和月亮经常出没的檐角，从此风蚀"留给人久久的回味。

　　　　"走过斑马线，天桥，银行门外

　　　　立交四通八达，人影憧憧

　　　　它们逼向我，它们像海水扑过来

　　生活在大都市的人们，或许对此不会陌生。这些普通的诗行呈现了诗人对庸常生活的一种诗意的反观与审视，用诗人自己的话说，即"重庆，重庆/其实在天空之下，更应该有幻想之塔/让光芒如花朵般照耀、眩晕"。梦想带来光亮。《重庆，5月20日夜》《一日书》《菠萝蜜》《你我的重庆》，这些篇章大都源于一种随遇而安的坦然，一种淡薄富贵的释然，源于对平淡无奇的生活的爱，"爱，就放在嘴里，慢慢咀嚼，让活色生香的生活/变直白和简单/让海洋/变得更加宽阔和饱满"（《小爱》），"大河乐于享受这一切生命的常态"（《大河》），"我们坐在城市阔大的街景中，被包容/被机声隆隆和人声宏阔收拾，展开，半蹲半就/我们是幸福的"。正因为保持一颗平常心，不以物喜，不以己悲，不因为都市人头攒动而卑于自身渺小，不因为都市富贵荣华而卑于戚戚贫贱，在一个没有英雄的年代，诗人告诉我们，她只想做一个幸福的小女人，微而不卑，贫而不贱。

　　现代都市生活中，很多人一方面享受乃至挥霍城市的繁华，同时又在切齿地诅咒都市的污染和冷漠；另一方面在矫情地缅怀田园乡野的美丽，同时又在拼命地逃离那山那水那狗的农村的寂寥。在诗人冷雨桑的笔下，乡村给她回忆但并不惊奇，诚如城市给她庸常但并不浅俗，她笔下的城市热闹而不躁动，她笔下的乡村安静而不唯美。"稻田又矮了一些/草桩向上，再向上，更加裸露/泥土是柔软的/祖辈弯腰，稻谷也弯腰/而土路是坚硬的，有时也直达月夜的埠口/以及思乡的船坞"（《黄昏》），即使看似歌颂的《一个美德的村庄》，其实都是安静地呈现农村田野的原初。《天命——写给母亲及小部分故乡》这首长诗的基本美质仍是"守住内心的安好"。诗人既不惆怅，也不惊喜，她的情感好像溪水一样任意流淌：平静倾诉，自然天成。

平淡是诗的一种风格。但是，不论长篇短制，这都只能是奇后之平，浓后之淡。没有奇在前，没有浓在前，平淡就成了地道的凉白开，平淡就成了平庸，诗味也就消失了。所以平淡风格是颇多危险的，要掌握恰当的"度"。吴乔的《围炉诗话》说："文出正面，诗出侧面。意思犹五谷也，文，则炊而成饭；诗，则酿而为酒。"写散文是用五谷做饭，写诗是用五谷酿酒。从五谷到饭，外形、气质、功用都没有变；而从五谷到酒，外形、气质、功用就都变了。诗人冷雨桑在艺术道路的探寻里一定要记住这个道理。

是为序。

（冷雨桑：《小记录》，重庆大学出版社 2014 年版）

论新时期诗歌与"新来者"（代序）

在 20 世纪的新时期，有三个诗歌的合唱群落：归来者，朦胧诗人，"新来者"。此外，还有资深诗人。把新时期诗歌仅仅局限于"朦胧诗"是不科学的。"新来者"不应被矮化或忽略，他们是新时期重要的诗歌群落。加强研究"新来者"对当下新诗的振衰起弊具有重大意义。

一 三个诗歌群落

诗人何其芳在 1949 年 10 月初写过一首《我们最伟大的节日》，热情欢呼"中华人民共和国／在隆隆的雷声里诞生"。新诗也在这"隆隆的雷声里"展开了新时代。

站在 21 世纪的制高点，回望新中国成立初期新诗的足迹，可以看到，那是新诗在新中国的试唱期。社会生活发生了翻天覆地的变化。"我们爱五星红旗／像爱自己的心／没有了心／就没有了生命"（艾青《国旗》）。但是，在与新时代协调步伐当中，许多从旧时代走来的老诗人最后还是喑哑了。

20 世纪 50 年代掀起了新中国新诗的第一个高潮，尽管带着历史的局限，但终究还是唱出了新的声音。一大批新人出现了，他们是新中国的儿子、新时代的歌手，在艺术上没有因袭的重负，吟咏新生活对于他们来说可谓如鱼得水，他们的颂歌和战歌给诗坛带来青春、朝气和繁荣。其后，由于诗内诗外的种种原因，尤其是错误地处理诗与政治的关系，新诗违背了自己的文体可能，路越走越狭窄，到了"文化大革命"，几乎面临崩溃。

改革开放唤醒了中国，也唤醒了新诗。改革开放给新诗创造的自由活泼的环境，是新中国成立后从来没有过的。

20世纪70年代末到80年代中期的新时期，是新诗复苏、探索、发展的重要时期。它同"五四"诗歌、抗战诗歌一起构成了中国新诗发展史上的三大高峰，推出了不少必将长久流传的名篇，也造就了一批诗歌新人。

在这个高潮中，有三个合唱群落：归来者，朦胧诗人，"新来者"。他们的不同歌唱构成了新时期诗歌的繁富。

在绮丽的春天里，一大批饱经风霜的诗人从社会底层、从被"奇异的风"卷去的地方归来。1978年，当人们在《文汇报》上发现了久已消失的艾青的时候，一股强烈的春天气息扑面而来。胡风和其他"胡风案"的诗人绿原、曾卓、牛汉、鲁藜、罗洛、冀汸、彭燕郊、鲁煤、卢甸归来了；穆旦、唐湜、唐祁及其他禁声的九叶诗人归来了；军歌作者公木、吕剑、苏金伞、黎焕颐、胡昭归来了；当年富有才华的年轻人公刘、白桦、沙鸥、晓雪、邵燕祥、孔孚、高平、昌耀、梁南、林希、周良沛、孙静轩重新在读者面前露面；《星星》全体编辑——流沙河、白航、白峡、石天河也重拾诗笔。"归来者"是一批相当成熟的诗人。他们本来就是家国命运的关注者。正如台湾诗人评价绿原的《童话》时所说，这是"溅了血的'童话'"。[1] 过去那个扭曲的时代曾经带给他们许多超出人们想象的种种苦难和创伤。"国家不幸诗家幸，赋到沧桑句便工"。[2] 苦难使他们深化了对现实的认知，加强了与底层民众的血肉联系和精神相通，"诗穷而后工"，他们迎来了创作生涯的第二个春天。一般来讲，

---

① 痖弦：《中国新诗研究》，台湾洪范书店有限公司1981年版，第91页。
② 胡忆尚选注：《赵翼诗选》，中州古籍出版社1985年版，第162页。

他们"第二春"的成就都超过了"第一春"。在历尽折磨之后，他们加强了自己诗篇的批判精神。在50年代曾经写出过《五月一日的夜晚》颂歌的公刘，现在以一首《哎，大森林》令人震撼。诗人是时代的思想者。从张志新烈士，诗人对"大森林"展开广阔的沉思和表达痛苦的警醒：

> 我痛苦，因为我渴望了解，
> 我痛苦，因为我终于明白——
> 海底有声音说：这儿明天肯定要化作尘埃，
> 假如今天啄木鸟还拒绝飞来。

然而"归来者"仍然坚守着自己的理想主义色彩和信念。他们支持改革开放。1980年，艾青在与青年作者谈话时说："假如能够写出这个开放精神，就是反映了时代精神。"① 他们相信"啄木鸟"，他们相信祖国不会"化作尘埃"，这是"归来者"在新时期的一个重要审美走向。像"归来者"高平唱的那样："冬天对不起我，/我要对得起春天。"

"朦胧诗派"和20世纪40年代出现的"九叶"派以及西方现代派在艺术上存在着呼应关系。当新诗由对历史的反思转向对自身的反思的时候，朦胧诗人以过去人们不熟悉的一些新奇表达方式赢得了年轻一代的喝彩。

其实，"朦胧诗"的称谓只是一场诗坛大争论的产物，并不准确。可以说，"朦胧"并不是这个诗群的基本特征。他们的许多代表性诗人及其代表作并不"朦胧"。所谓"朦胧诗人"基本是一个"知青诗人群"，这是一个特殊时代造就的"诗群"。比起"归来者"，他们很少有人受过"归来者"在受难前经历过的新中国成立

---

① 《艾青全集》卷三，花山文艺出版社1991年版，第468页。

以后知识分子的那种思想改造和再造，他们的内在视野更自由和开阔，知青生涯使他们对于"正统"的舆论持怀疑和解构的态度。他们年轻的心经历了从相信甚至狂热到"不相信"的过程。这是一个深刻的过程。就像食指在《这是四点零八分的北京》里所唱的那样："北京在我的脚下／已经缓缓的移动。"

好像是在写火车，其实这是一种深刻的移动：昨天在"移动"，中心在"移动"，信仰在"移动"，"崇高"在移动。移向何处，动向何方？年轻诗人们并不清楚，这就出现了迷茫。他们在寻找，在追求，在争论。但是，有一个共同点，就是他们在执着地用"黑色的眼睛"去"寻找光明"。舒婷在1977年写的《这也是一切——答一位青年朋友的〈一切〉》里说："一切的现在都孕育着未来，／未来的一切都生长于它的昨天。／希望，而且为它斗争，／请把这一切放在你的肩上。"虽然这"光明"、这"未来"、这"希望"是否属于正统的解说，并不十分确定，可是追求是确定的。家国为上，忧患意识，这正是"朦胧诗人"和"归来者"相通的地方，也是和中国传统诗学相通的地方。在艺术上，如果说，"归来者"多数是现实主义诗人，"朦胧诗人"却更具现代色彩。在长期封闭之后的中国，"朦胧诗人"使年轻读者颇感新鲜，效仿者众。

在新时期诗坛上其实还有一个"第三者"——"新来者"诗群。在双峰对峙的时候，"第三"往往具有重要的诗学意义和哲学意义。"第三"可以活跃全局，可以开拓空间，可以探寻新路，带来新的生态平衡。现在回过头来看历史，三个合唱群落中"新来者"的实绩其实不小，艺术生命其实非常持久。"新来者"到了新世纪已经属于老诗人，但是他们中间的多数人还在歌唱，他们对中国诗坛仍然保持着影响。"新来者"属于新时期。他们的歌唱既有生存关怀，也有生命关怀。化古为今，化外为中，这是"新来者"共同的审美向度。"新来者"的艺术胸怀广，艺术道路宽，读者群不小。

这里所谓的"新来者"，是指两类诗人。一类是新时期不属于朦胧诗群的年轻诗人，他们走的诗歌之路和朦胧诗人显然有别；另一类是起步也许较早，却是在新时期成名的诗人，有如"新来者"杨牧的《我是青年》所揭示，他们是"迟到"的"新来者"。"新来者"诗群留下了为数不少的优秀篇章。

"新来者"是时代的守望者，因循守旧、拒绝探索，或者躲避崇高、全盘西化，都不是他们的美学追求。他们也许承认，"'人人心中所有，人人笔下所无'这句古话，可以作为好诗的标准"①。他们为同时代人打造诗意的家园，努力对时代做出"诗意的裁判"②。

当全国许多读者为雷抒雁的《小草在歌唱》流泪的时候，当傅天琳的"果园诗"和"儿童诗"令人赞叹的时候，当叶文福的尖锐诗行激起广泛回应的时候，当张学梦对未来的憧憬给人们带来遐想的时候，人们认识到了"新来者"的人格魅力和艺术魅力。

但愿，一支羽箭，
射落一个冬天。
——桑恒昌《羽箭》

即使有一天消失了
也消失在
春天的笑容里
——李琦《冰雕》

于是，一个青椰子掉进海里

---

① 吕进编：《上园谈诗》，重庆出版社1987年版，第11页。
② 恩格斯：《致劳尔·拉法格》，《马克思恩格斯全集》卷36，人民出版社1975年版，第77页。

静悄悄地，溅起

一片绿色的月光

十片绿色的月光

一百片绿色的月光

——李小雨《夜》

　　读者会感到"新来者"有股强烈的新气息，他们不同于 20 世纪 50 年代那批"新来者"。如果说，50 年代那批新人的"新"是新中国的"新"，那么他们的"新"就是新时期的"新"，他们带来的是对冬天的射击，他们带来的是春天的笑容，他们带来的是静悄悄的变革。在经历了长期的流浪以后，诗回归本位。就像铃木大拙和弗洛姆在《禅与心理分析》一书中所说："把生命保存为生命，不用外科手术刀去触及它。"① 没有"新来者"，就没有完整的新时期诗歌。

　　这说的是群落。其实在三个群落以外，还有不少资深诗人在歌唱。他们当中有些诗人唱得非常美，他们的艺术贡献非常有价值。我们不可能忘记臧克家、冯至、卞之琳、蔡其矫、严辰、邹荻帆、徐迟；我们也不可能忘记贺敬之、李瑛、梁上泉、刘征、刘章、严阵、顾工、雁翼、高缨、晓雪、韦其麟等。贺敬之的《中国的十月》、李瑛的《一月的哀思》、蔡其矫的《祈求》，都是影响颇大的作品。新时期诗歌之所以叫新时期诗歌，就是因为它是新时期的产儿。而新时期是大一统的粉碎者，它是多元、多风格、多向度的。正是诗坛的共同付出，才有了新诗史上的这个高潮。

二　两个个案

　　如果选出几位"新来者"作为个案研究的对象，雷抒雁显然

---

　　① ［日］铃木大拙、佛洛姆：《禅与心理分析》，孟祥森译，中国民间文艺出版社 1986 年版，第 33 页。

是合适的人选，拥有广泛影响的雷抒雁是论说"新来者"时绕不过的话题。

雷抒雁出版过《小草在歌唱》《掌上的心》等 15 部诗集。他的散文的数量远比诗集少，但是也不乏"粉丝"。当然，他的主要成就在诗，他是一位诗人。

雷抒雁当过兵，所以最早的作品《沙海军歌》是军旅诗集。1979 年 8 月号的《诗刊》同时推出了两首在全国读者那里引起心灵地震的诗篇，一首是叶文福的《将军，不能这样做》，另一首就是雷抒雁的《小草在歌唱》。那年雷抒雁 38 岁。

其实，张志新遇害的悲剧披露以后，几乎引起了全国所有民众，也包括诗人的强烈愤慨。归来者艾青写了《听，有一个声音》，归来者公刘写了《哎，大森林》，朦胧诗人舒婷写了《遗产》。雷抒雁的《小草在歌唱》影响最大，一经问世，就在全国卷起了汹涌澎湃的诗潮，真是"潮似连山喷雪来"。到处在传阅，到处在朗诵，到处在转载，一时洛阳纸贵。

这首诗是人们熟悉的政治抒情诗，但又是人们陌生的政治抒情诗，很典型地见出了"新来者"和归来者、朦胧诗人的联系与区别。《小草在歌唱》是祭奠张志新烈士的诗的花环。作为时代的歌者，雷抒雁对张志新，对"四人帮"，对新时期，唱出了自己的感受和思考。读这首诗，可以明显感受到诗人长久压抑的精神的畅快爆发，可以明显地感受到诗人对云卷云舒的时代风云的关注带来的使命感。《小草在歌唱》写的是大题材，落墨处却是"我"与"我们"。诗人处处把英雄和"我"与"我们"、昏睡与清醒、"柔弱的肩膀"与"七尺汉子"进行对比，在对比中咏叹人性的忏悔与觉醒，"虽在我而非我"①：

① 钱钟书：《谈艺录》，中华书局 1984 年版，第 311 页。

　　我们有八亿人民，

　　我们有三千万党员

　　七尺汉子，

　　伟岸得像松林一样，

　　可是，当风暴袭来的时候，

　　却是她，冲在前边，

　　挺起柔嫩的肩膀，

　　肩起民族大厦的栋梁！

　　20 世纪 70 年代是反思与反省的时代，也是思想狂欢的时代。我们的民族好不容易从灾难里走出来，从现代迷信里走出来，展开了至今还令历史激动的伟大的思想解放运动。久被践踏、久被摧毁的人性、人道、人情温柔地重现在人们面前。过去的一切都要站在人性的法庭上为自己的存在辩护，或者失去存在的权利。所以，生命感就成了那个时代人们对于诗歌的期待。朦胧诗人的成功就在于他们的生命感，无论是舒婷的浪漫情怀，还是北岛的冷峻思考。

　　《小草在歌唱》的艺术魅力在于归来者的使命感和朦胧诗人的生命感的融合，这正是"新来者"的显著特征：

　　如丝如缕的小草哟，

　　你在骄傲地歌唱，

　　感谢你用鞭子

　　抽在我的心上，

　　让我清醒！

　　让我清醒！

　　昏睡的生活，

　　比死更可悲，

愚昧的日子,

比猪更肮脏!

抒写时代风云的大手笔,又深入人的内心世界,着笔于反省、忏悔和思索与呼唤,这就形成了一股强大的感人的力量,赋予政治抒情诗以新的品格和新的空间。一首富有艺术生命力与感染力的诗篇诞生了。

在其后的创作道路上,随着年龄的增长,随着阅历的丰富,随着人的精神空间的开拓,雷抒雁的诗歌显示了新的进展。用他的话来说,就是一位诗人应当和自己的局限性做斗争。他说:"我们写诗的过程,是不断和自己的狭隘性做斗争的过程。一个好的诗人能够接受各种风格的诗。要善于宽容和接受,我认为这是诗人必备的一种精神。"① 他的诗,"呐喊"的成分减少,观照内心世界的作品增多;时代放歌减少,精神滋养的作用加强。但是雷抒雁始终是雷抒雁,小草依然在歌唱,他依然关注时代。他的视野扩展了。《小草在歌唱》以后,他基本写抒情短章,写山,写江,写太阳,写蝴蝶。在他的歌唱里却始终有时代的投影。他不认同"诗到语言为止"之类的"理论",因为,对诗人雷抒雁来说,诗绝不仅仅是语言。1993年,他有一首《铸钟》:"我们一开始就把灵魂/交给了青铜。"铸钟就是铸造灵魂,金属与灵魂的融合,金属与生命的融合,金属与声音的融合:"钟声不用翻译/一百个心灵里/有一百种含义/每一种含义都是惊醒。"在此,我们仍然会感受到那个和小草对话的雷抒雁,倾听小草、解剖自己的雷抒雁,只不过他似乎比之过去更平和一些,他的歌声比之过去更内敛一些。但是他瞩目的还是时代,还是人民,"钟"的后面站着的还是时代和人民:"斑驳于钟身的图案和文字/只是钟的发肤/钟的名字叫声音。"他看重诗与读者的血肉联系。他

---

① 《对话三秦大地走出的人民诗人雷抒雁》,《三秦都市报》2009 年 5 月 24 日。

不喜欢玩外在的技巧。在他看来，诗一定要寻求和读者的沟通。中国诗人就得尊重和发扬中国诗歌的技法，不要走洋化的路。有的诗虽然很"现代"，但很难进入，很难感知，这是他不愿意走的路。他依然注重承传中国诗歌的优秀传统。雷抒雁不赞成完全仿效西方，他珍视具有几千年历史的中国诗歌传统，他说，他很想回到中国诗歌的源头去看看。他的诗总是有中国风度。

现在再说叶延滨。

1980 年 10 月号的《诗刊》发表了叶延滨的组诗《干妈》，这位正在北京广播学院文艺系文艺编辑专业就读的大学生立即引起广泛关注。《干妈》写出了知青时代的诗情。自传色彩很浓的诗，记录了"狗崽子"的"我"和勤劳、善良、贫穷的陕北"干妈"在那个特殊年代结成的母子般的情谊："从此，我有了一个家，/我叫她：干妈。/因为，像这里任何一个老大娘，/她没有自己的名字。"那个岁月，那个"血统论"像瘟疫一样发散的岁月，"我"——连知青也像躲避瘟疫一样讨厌的人，却在这里得到了"干妈那双树皮一样的手"的爱抚，在"暖暖的热炕上"。《干妈》的意义还不止于知青生活。这首诗的动人之处还在于诗人对于历史的深沉反思和勇敢追问："'共产党人好比种子，人民好比土地。'/啊，请百倍爱护我们的土地吧——/如果大地贫瘠得像沙漠，像戈壁，/任何种子，都将失去发芽的生命力！/——干妈，我愧对你满头的白发……"这是 1980 年，这是全民族觉醒的年代。朱先树当年写过一篇评论叶延滨的文章《写自己和人民相通的那一点》。他说："青年一代是思考的一代，这话在某种意义上是有道理的。他们敢于思考，而且非常敏锐和深刻。叶延滨的诗也具有这样的特点。"[1] 《干妈》点燃了众多读者（尤其是知青读者）的心是必然的。《干妈》是叶延滨的成名作和代表作，是艾青《大堰河，我的保姆》的现代版，是知青下乡的情感

---

[1] 吕进编：《上园谈诗》，重庆出版社 1987 年版，第 164 页。

记录，也进入了新时期的新诗经典。

发表《干妈》时，作者是北广 1978 级的学生，叶延滨这个大学生当年 32 岁。那时，刚恢复高考，1977 年、1978 年的两个年级入学时间只差半年，这可是令我们这一代教师最难忘的年级。他们吃了不少苦，更懂得人生，也更珍惜人生，更成熟多能，人才济济。可以数出好多好多现在为人熟知的姓名，叶延滨就是中间的一个。他是哈尔滨人，其实他很早就随父母南下四川，所以和四川更有渊源。他在四川成都读的小学，在四川西昌读的中学，西昌现在还为他们那里出了叶延滨、王小丫、沙玛阿果而自豪呢。他在成都为《星星》伏案了 12 年。

叶延滨的坐标无可争议地属于"新来者"，他是这个群落的翘楚，这是打开他的诗歌世界大门的钥匙。不懂此，就会从根本上不懂叶延滨。我记得叶延滨曾说他的诗是放在三个点组成的平面上的：在时代里找到坐标点，在感情世界里找到和人民的相通点，在艺术长河里找到自己的创新点。这三点构成的平面其实可以视为"新来者"共同的发展平台。

在新来者中，叶延滨的人文底蕴深厚、内在视野开阔，所以他是一个有自己的感觉系统的诗人：洞明世事，心胸宽广，情感丰富，眼光高远。他的随笔、杂文、散文也很出色。艺术研究的原则是隐藏研究者，显现研究对象。研究叶延滨，一定要把这一切都加以研究，才能复原他的本像。他的散文作品同样显示出他的这一文化底蕴带来的感觉系统。在散文作品里，他谈的"自己看得起自己"，是可以作为人生座右铭的。关于人的"九不可为"，关于"小人之八小"，这些言说真是精辟之极。

在"新来者"中，叶延滨的生活积累很丰富，如果军马场也算"兵"的话，那么，工农商学兵，除了"商"，他几乎都干过。没有在陕西曹坪村的生活，哪有《干妈》呢？一位诗人没有代表作是最大的悲哀。写了一辈子，在诗人群里、在诗歌的发展流程中你究竟是谁呢？诗人有了代表作，就有了诗学面貌，有了艺术生命，有了人文密码，有了诗史座位。人文底蕴和生活积累为叶延滨提供了一位优秀诗人的独特元素。叶延滨的诗的精神向度是现代的。他站在今天去审视世界与历史，这样，他给予读者的就是以现代的太阳重新照亮的世界，使读者享受到属于自己时代的美感。1999 年，我受重庆市委宣传部委托，和毛翰在编选三卷本的《新中国 50 年诗选》时确定的原则是：入选诗人基本是一人一首。但是叶延滨的作品我选了两首，除了《干妈》，我还选了《环形公路的圆和古城的直线》。我觉得，后者代表了诗人歌唱新时代的新趋向：古城就是历史，就是记忆；环形公路就是今天，就是向往。其实这种审美取向一直贯穿了新时期以后他的创作。请读《中国》：

一位金发碧眼的外国女郎，
双手拳在胸前，
"How great China……"
她赞美着老态龙钟的长城。

不，可尊敬的小姐，
对于我的祖国，长城——
只不过是民族肌肤上的一道青筋，
只不过是历史额头上的一条皱纹……

请看看我吧，年轻的我——
高昂的头，明亮的眼，刚毅的体魄
你会寻找不到恰当的赞美词，
但你会真正地找到："中国"！！

叶延滨的诗就是这样年轻、阳光、明亮，给人带来新世纪的新情思。用诗学用语来说，这就叫"独出机杼"，这就叫"诗之厚，在意不在辞"。他的《年轮诗选》在中国改革开放30年的时候出版。这30年，祖国发生了多么深刻的巨变，祖国正在和平崛起。诗人所说的"年轮"，岂止是诗人"一圈又一圈的包围，一次又一次的突围"，也是祖国在30年里"一圈又一圈的包围，一次又一次的突围"。通过诗人的年轮，折射出的是国家、社会、时代、同时代人的年轮。《年轮诗选》对这30年做出了如恩格斯所说的"诗意的裁判"。

从《不悔》开始，叶延滨已经奉献出了20来部诗集。30年间的他是有变化的，比如理性成分略有增加。这很自然。年岁的增长、阅历的丰富必然带来理性的成熟，他近期的作品尤其显露出这个走向。2006年写的《位置是个现代命题》，2007年写的《握在手中》，这类近作的哲学意味是20世纪的诗歌中少见的。再比如，对生命的关怀比较显眼。诗有两种基本关怀：生存关怀和生命关怀。一位诗人也许更善于写作某种关怀，但是诗人一般会把两种关怀都纳入笔下，而且两种关怀的轻重其实和时代有关。战争年代、动乱年代，生存关怀的诗会多一些；和平年代、安定年代，生命关怀的诗会多一些。所以叶延滨的这一变化和时代是紧密相连的。再如题材范围的扩大，出访诗落墨不俗，有些忆旧诗写得相当出色。一组"少年纪事"，还有《不丹》，还有《裤腿上的清晨》，诗章让人过目难忘：童心让人温馨，童趣让人温暖。站在成年回望少年，诸多留恋，诸多感慨，使人想起曾卓的诗行："经历了狂风暴雨，惊涛骇浪/而今我到达了，有时回头/遥望我年轻的时候，像遥望/迷失在烟雾中的故乡。"但是，在我看来，正可谓万变不离其宗，叶延滨还是那个叶延滨。他没有"商"过，但是他的智"商"却够高了。他的诗有如他的人，始终聪慧和机敏。他的精神向度始终是关注现实、关注人生的。他的诗始终明快而又节制。关于节制，我们来读他的《阵亡者》吧：

　　　　追悼会是活人的礼节
　　　　烈士墓是青山的伴侣
　　　　此刻对于你
　　　　都是些往事
　　　　你刚完成一种选择哟
　　　　选择轰轰烈烈的开始

　　　　一张泪水浸透的手帕是你
　　　　一封没有发出的家信是你
　　　　我想为你写一首诗
　　　　哪知道诗也随你去
　　　　——好久好久
　　　　一只燕子又在檐下啁啾
　　　　也许它是从你那儿来的
　　　　我却听不懂它的歌声……

　　诗在"听不懂的歌声"里。趣在言外，味在笔外，韵在墨外，诗在诗外，留给读者广阔的想象空间和回味空间。叶延滨的诗从来这样，不糟蹋汉语，明快、朴素但又节制、含蓄，他的诗给我的印象是遵从"隐"的民族诗歌美学的诗，他给读者的始终是"更咸的盐"。

　　叶延滨在中国资历最长、最有影响的两家诗刊《诗刊》和《星星》都担任过主编，这是前无古人的。《诗刊》的几位前任主编邹荻帆、张志民、刘湛秋、杨子敏我都很熟悉，至今还很怀念。站在这个纵览全国诗坛的位置上，叶延滨就有一些诗论。编辑写诗论都很少空论，很少"高头讲章"，而是在诗里说诗，在动态里说诗歌发展。他说的许多意见，其实就是新来者的见解。

三　一点结论

研究 20 世纪新时期的诗坛，除了朦胧诗，绝对不能忘记归来者，绝对不能忘记"新来者"，绝对不能忘记三个诗歌群落之外的一批资深诗人。新时期诗坛是相当丰富的，留给历史的经验是相当有价值的。一说到新时期就只有朦胧诗，是一种狭隘，也是一种梦呓，不符合新诗发展史事实，因而必将被历史所修正。

在诗歌精神上，"新来者"在使命感上和归来者亲近，在生命感上和朦胧诗人相通。在艺术技法上，他们追求"至苦而无迹"。"诗人'至苦'，诗篇里却'无迹'，这才是优秀的诗篇"。[1] 在艺术技法上，"新来者"可以简称为转换派：他们珍爱中国几千年的优秀民族传统，但是主张对民族传统要进行现代化的转换；他们重视借鉴域外艺术经验，但是主张对域外经验要进行本土化转换。在诗歌路向上，他们主张多样、多元，主张不同艺术追求的诗歌相互包容和尊重。他们知道，在同一时代里，不同诗歌其实都生存在彼此的影子之下。就是在"新来者"之间，他们的美学寻求和语言理想也有差异。在新时期以后，他们各自走的诗歌之路和塑造的艺术个性也有区别。

仅仅把新时期诗歌归结为"朦胧诗"是一种偏执，这样的文学史不能称作信史，"归来者""新来者"以及资深诗人们在新时期那样多的名篇抹得去吗？历史证明，"新来者"不应该被矮化或忽略。历史已经接纳了他们，他们留下的佳作在三个诗歌群落里是最丰富的。

且回顾新时期的四次全国性诗歌大奖。

---

[1]　吕进：《现代诗的"有"与"无"》，《人民日报》2009 年 8 月 28 日。

1979—1980 年的全国中青年诗人优秀诗歌评奖，共有 36 篇作品获奖。获奖者中有归来者公刘、白桦、边国政、林希和流沙河；有朦胧诗人舒婷、梁小斌；有资深诗人刘征、纪鹏、刘章、未央、雁翼、王辽生；其余皆为"新来者"，他们是：张万舒、李发模、骆耕野、张学梦、陈显荣、曲有源、雷抒雁、梁如云、韩瀚、熊召政、林子、毛锜、叶文福、高伐林、徐刚、傅天琳、朱红、肖振荣、杨牧、叶延滨、赵恺和刘祖慈。

第一届全国优秀新诗（诗集）评奖（1979—1982）获奖作品中，有傅天琳的《绿色的音符》获得二等奖。

第二届全国优秀新诗（诗集）评奖（1983—1984）有 16 部诗集获奖。其中，新来者占了 5 部：杨牧的《复活的海》、周涛的《神山》、张学梦的《现代化和我们自己》、李钢的《白玫瑰》、雷抒雁的《父母之河》。

第三届全国优秀新诗（诗集）评奖（1985—1986）有 10 部诗集获奖。其中，"新来者"占了 7 部：叶延滨的《二重奏》、吉狄马加的《初恋的歌》、李小雨的《红纱巾》、刘湛秋的《无题抒情诗》、梅绍静的《她就是那个梅》、叶文福的《雄性的太阳》和晓桦的《白鸽子，蓝星星》。

可以看出，随着归来者和资深诗人的逐渐老去，随着部分朦胧诗人的出国和搁笔，"新来者"在中国诗坛的分量日大，影响日深。离开他们，不仅难以说清历史，也难以说清今日诗坛。

在诗努力回归本位的时候，许多问题怎样处理？"新来者"留下了宝贵的艺术经验。例如，诗的个人性与个性化，内视性与社会性应该如何处理？"新来者"的经验是：摒弃个人化，追求个性化，内心生活的价值在任何时候都取决于它与社会生活的联系。又如，诗的小众与大众、形式艺术与形式主义应该如何处理？"新来者"的经验是：诗是以形式为基础的文学，诗的形式本身就是诗的重要内容，诗情不纳入诗的形式何以为诗？但是外在形式"过剩"，是在玩弄形式，和读者形成"隔"，使诗越来越小众，此乃诗之大忌。只求形式的古怪惊人，并不是通往繁荣之路。再如，诗的一元与多元应如何理解？唯我独"花"，唯我独"家"，是违背诗的创作与发展规律的。在新时期，在现在的新世纪，"定于一尊"是不可能的，也是一种狂想幼稚病。历史不会开倒车，坚定地坚持多元，就是坚定地走向繁荣。

"现代人类的科学思维是多种独立的科学——具体的科学（自然科学和社会科学）和抽象的科学之间复杂的相互作用。"[1]"新来者"是新时期诗歌研究重要而复杂的课题，对"新来者"的研究，对于当下新诗的振衰起弊尤其具有学术价值和现实意义。

（吕进编：《中国新时期"新来者"诗选》，重庆出版社 2014 年版）

---

[1] Поспелов："Теориялитература"，Высшаяшкола，1985 年，第 1 页。

人生不回头，回头情太多

——自序

　　这是继《吕进诗文选》《岁月留痕》之后的又一本随笔集。和《岁月留痕》一样，编入的主要是刊登在《重庆晚报》上的随笔，去年的和今年（2014）的，也有少部分选自《人民日报》、《诗刊》和《文艺报》。有些篇什转载比较多，除了纸媒的文摘报刊，主要是各种网站。

　　人生苦短。但是，在这短短的人生中，我能够遇到这么多令人感动的人和令人难忘的事，实在是一种幸运。思念别人是一种温馨，被别人思念是一种幸福。人生不回头，回头情太多，走过的风景给我思想和力量。我也遭遇过屈辱和诽谤，不过，那已经"翻篇"了。时间是最高的权威，它总是最终给世界一个公正的判断。远去的痛苦会成为财富，给予人生以宽度、深度和厚度。就像普希金的诗句说的："一切都是瞬息，／一切都会过去。／而那过去了的，／就会成为亲切的怀恋。"

　　甲骨文的"老"字像一个弯腰的人倚仗的形象。"神龟虽寿，犹有竟时。腾蛇乘雾，终成土灰。"来到世界是一种偶然，而离开世界则是一种必然，老年，正是离开的前奏。《庄子·外篇·天地第十二》说："寿则多辱。"好几位现代作家都曾以"寿则多辱"为题写过文章，我不太同意这个说法。

　　只要大体健康，我们在当代看到的更多是"寿则多尊"。年龄其实只是一种心态：有五十岁的老人，也有八十岁的年轻人。年轻人可能早衰，老年人也可能保持一颗年轻的心。对于老人，剩下的来日无多，但是如果有年轻的心态，就会知道，余下的时间里，每一天的自己都比明天的自己年轻。"多尊"的前提是"自尊"。在事业上，你不再是运动员，而是裁判员，你的裁判一定要跟上时代，要为新的思想吆喝，要替年轻一代开路。在家庭里，你给子女的爱是无限的，而子女给你的爱则是有限的，这是一个铁的规律，因为他们也有了自己的子女。因此，体谅下一代，关爱下一代，就是一种自尊。进入老年，仍然需要以爱人之心做事，以感恩之情做人，拥有老年阶段的优雅风度，这样的老人是受人尊重的。

　　在编选《落日故人情》时，还有许许多多的人生故事涌来，除了诗论和诗，我还会将随笔写下去，在我的记忆还没有背叛我的时候。

　　20世纪90年代，我在莫斯科大学做了半年的高级访问学者。在那里，结识了当时的汉学系系主任卡拉别相教授夫妇。我应邀到卡拉别相家里做客，他夫人谭傲霜，俄语名字叫拉达莎，当时是副教授，在吃饭时告诉我，她一早就去买菜，对商店的人说："今天要招待吕进教授，得给我选好的蔬菜呀。"在汉学系送别我的会上，当主持人宣布会议结束时，谭傲霜居然举手发言："再等一等，我在为吕进教授写诗，还没写完哟。"后来，我曾邀请卡拉别相到新诗研究所讲学，谭傲霜也一起来了，老朋友在西南大学久别重逢，分外高兴。去年，我在新加坡的一家书店里偶然发现了用中文写成的《谭傲霜回忆录》，由台湾秀威书局出版。恰好《吕进诗学隽语》也是这家书局出版的，于是通过这家书局得到了谭傲霜在莫斯科家里的电话。二十年不通信息，热气腾腾地把电话打过去，可是，谈俄语，谈汉语，谭傲霜却很客气又很尴尬地回答说："真对不起，实在对不起，哎呀，我怎么想不起你呢？你到过莫斯科吗？"

　　如果我会失忆的话，那得抢在失忆之前，把应该留给世界的故事写出来，不负此生，不负己心。

　　　　　　　　　　　　　　　《重庆晚报》2014 年 11 月 14 日

　　　　　　　　　　（吕进：《落日故人情》，重庆出版社 2015 年版）

琴声里的期待

——序郑大光明《笔是长长的河》

  诗人胡万俊向我推荐郑大光明，其时我正在国外。好像过去没有听说过这位诗人，他四个字的名字倒引起了我的好奇。自然会联想到"正大光明"这个词，宋代理学大师朱熹在《答吕伯恭书》里写的："大抵圣贤之心，正大光明，洞然四达。"莫非未曾谋面的这位"郑大光明"也期盼拥有一颗"圣贤之心"吗？

  近日浏览了这本诗集，的确感到一派光明。诗人写流水和青山，写草原和云彩，写岁月，写季节，写古人，写老外，在诗句的背后都有对世界的钟情，对生命的眷恋，对人性的期待。诗歌不是反映世界，诗歌的天职是反应世界。诗就是诗人对客观世界的主观反应。对于诗人来讲，世界本来怎么样并不重要，重要的是世界在这位诗人看来怎么样，也就是古人讲的，要从五谷上升为美酒。诗追求的是按照诗的抒情逻辑重新拆卸、重新组装的世界，是心灵的太阳重新照亮的世界。德国学者黑格尔在他的名著《美学》里说过，艺术越发展，物质因素越下降，精神因素越上升。有如建筑、雕刻这些象征型艺术是物质溢出精神，诗是精神溢出物质：诗人"肉眼闭而心眼开"，世界的一切向诗人的内心集中、融化，得到诗的生命。

  诗人因此好像是第一次来到世界，他"视于无形，听于无声"，给外在世界的一切重新命名，郑大光明的《草语》就是证明。在他的笔下，草有了情感，草有了语言，荣枯之间，有无之间，这是诗歌世界的草了：

至今我还相信：那些草是会说话的
长长短短
说着那些我们听不懂的话语

风来，它们低下头去，耳鬓厮磨
高高低低
它们比谁都懂得爱情的涵义

牛群走过，羊群走过，鹰扬马驰，那些草
朝朝暮暮
守着草原最私房的秘密，可是它们不说出来的

英雄来了，英雄死了，血馨雪溶，生生不息是草
枯了又荣，荣了还枯
它们读着庄子，诠释最原始的生命

我曾俯下身去，耳根贴着大地，想聆听草语
若有若无，似无还有
我相信它们在说话。虽然我们都听不懂

他写大草原：

就一些绿呈现在我的面前
大片大片的绿彻底的

　　呈现在我的眼前
　　一个飞行的意念引动
　　莽莽苍苍的歌谣

　　这个梦中草原多么有诗意啊，古老的歌谣飞行于"大片大片的绿"之间，自然会引动飞行的意念了。

　　郑大光明的诗是典雅的。司空图在《二十四诗品》里说"典雅"，有一句至关紧要的文字："落花无言，人淡如菊。"花是脱俗的："花开无声，花落无言，只有香如故"。菊是淡定的：淡在世俗之外，淡在荣辱之外。他的诗篇，有对生命的热爱，有对历史的感叹，有对未来的期待，但是绝对没有对庸俗和浅薄的容忍。这是纯净的诗。诗人在《十二月》里唱道：

　　请容我在雪的对面，在河的对岸
　　在花开之前。很认真地说起希望

　　生命是分层次的。美国心理学家马斯洛把人的需要分为生理需要、安全需要、爱与归属的需要、受尊敬的需要和自我实现的需要，他的"需要层次论"其实就把生命的层次明显地分开了。中国哲学家冯友兰则把生命的层次划分为自然生命、道德生命和天地生命。我们可以很容易地发现在我们周围存在着两种生命形态：庸俗的与高雅的，枯涩的与丰富的。高雅、丰富的生命是经过诗化加工的生命，即诗化生命。不必人人都做诗人，但是人人都应该追求做一个不写诗的诗人。也就是说，每个人都有机会为自己创造高雅、丰富的生命，每个人都有可能用自己的生命写出一首动人的无字诗。

　　艾青在《清明时节雨纷纷》里这样写周恩来：

原来应该是诗人

却做了总理

    大诗人的两行诗就让周恩来的生命的厚度、亮度和高度呈现出来了。周恩来，一个和世俗绝缘。和枯涩绝缘而充满诗意的人。英国红衣大主教纽曼也有一段著名的话："大学不是培养诗人的地方。但是，如果一所大学不能激起年轻人的诗心荡漾，那么这所大学没有凝聚力是毫无疑义的。"没有诗意的大学会是一个没有梦想、没有追求、没有情趣的处所，它理所当然地就会失去魅力。

    典雅的诗是宝贵的，典雅的人是可爱的。这是郑大光明的魅力。

    我想再次提到黑格尔，他有一句话具有非常高的诗学价值，这就是：诗是清洗的艺术。西方作家说："诗是精致的讲话"，和"清洗"有关。我的理解，有两种"清洗"：诗的内蕴要清洗，诗家语也要清洗。清洗杂质是诗的天职。

    诗的内蕴的清洗是指诗人的非个人化程度。诗是恍惚而来，不思而至，须其自来，不以力构。但是诗人的体验常常是"人人心中所有"，越是优秀的诗人，这种现象越明显，大诗人总是非个人化的。"海内存知己，天涯若比邻""人事有代谢，往来成古今""夜来风雨声，花落知多少""欲穷千里目，更上一层楼""多情自古伤离别，更那堪，冷落清秋节"，均是许多人之所感，不少人之所悟，几乎人人之所思，诗篇言人之难言，自会从诗人的内心走向受众的内心，自是亲切，自会传诵。

    另外，诗人又必须是高度个人化的，这指的是他的表达策略。诗是"空白"艺术。诗人不是踏步前行，而是跳跃前进。宋代王安石把诗歌语言称为"诗家语"，有其道理。诗家语不是特殊语言，更不是一般语言，它是诗人"借用"一般语言组成的诗的言说方式。一般语言一经进入这个方式就发生质变，意义后退，意味走出；交际功能下降，抒情功能上升；成了具有音乐性、弹性、随意性的灵感语言、内视语言。这里就有两种清洗：时间的和空间的。诗不在连，而在断，断后之连，是时间的清洗。余光中的《今生今世》是悼念母亲的歌。诗人只写了一生中两次"最忘情的哭声"：自己出生和母亲去世、中间是母亲的一生，全部清洗掉了，但悲痛之情，跃然纸上。诗不在面，而在点，点外之面，是空间的清洗。《木兰诗》写木兰打仗，只写了二十个字："万里赴戎机，关山度若飞，朔气传金柝，寒光照铁衣"，之后就是"将军百战死，壮士十年归"了。"愿为市鞍马，从此替爷征"的点，"归来见天子，天子坐明堂"的点，构成广阔的面。跳跃的诗人就是这样善于以"不说出"来传达"说不出"，而情感世界常常是说不出的。意在言外，趣在笔外，诗在诗外。诗和禅是相通的。禅不立文字，诗是文学，得从心上走到纸上，以言来言那无言，以开口来传达那沉默。这是诗人永远面对的难题。有人说："口开则诗亡，口闭则诗存。"在表达上，诗人越个性化越好，理想境界是"人人笔下所无"。每一位诗人都应该是不可重复的。

在清洗上再下功夫，我对郑大光明的琴声有别样的期待。就像他的诗句所说的："春天，可以种下多少翅膀，多少希望啊！"

2013 年 10 月，养伤中。

（郑大光明：《笔是长长的河》，重庆出版社 2015 年版）

低处的露珠

——序毕福堂《露珠之光》

2014 年 8 月,《中国新时期"新来者"诗选》由西南师范大学出版社出版。

这是我长久以来就准备着手选编的集子。我把我在《文艺研究》2010 年第 3 期发表的论文《论中国新时期诗歌与"新来者"》搁在诗选的前面,作为代序。所谓"新来者",我指的是 20 世纪新时期一个庞大而有影响的诗群,就是当年不写朦胧诗的年轻诗人。新时期诗坛的老诗人有"归来者"诗群和不属于"归来者"的资深诗人,新时期诗坛的年轻诗人有朦胧诗群和"新来者"诗群。四个诗群相互辉映,他们动人的合唱成为中国新诗发展史上令人怀想的辉煌岁月。

《中国新时期"新来者"诗选》共选入 99 位"新来者",以山西诗人毕福堂打头,以军旅诗人朱增泉押尾,因为,诗选是以诗人姓氏的拼音排列的。"A"姓诗人、如阿垅、阿红都不是"新来者","B"姓的"毕"自然就当上排头兵了。

福堂是典型的"新来者",他在 20 世纪的新时期开始写诗。一个北京新华社警卫连和天安门国旗班的小战士,沿着诗之路前行。他从李瑛那里学得处理艺术和生活的关系的真经,他从李钢那里学得诗家语的锤炼,他从洛夫那里学得意象的创造,最后成为在《人民日报》《光明日报》《人民文学》《诗刊》《解放军文艺》《星星》等大报大刊上发表作品的诗人。他的诗观和部队的"新来者"代表诗人雷抒雁、周涛如出一辙。既有生存关怀，也有生命关怀，这正是"新来者"共通的审美追求。

山西是一方古代大诗人明星璀璨的土地，尤其是在唐代，许多山西诗人引领群伦。如王勃所说："高阁名篇千古稀，天涯海内耀光辉。"光耀唐诗的山西诗人很多，今河津人王勃（649或650—676或675），今汾阳人宋之问（约656—712），今太原人王之涣（688—742），今太原人王昌龄（？—约756），今祁县人王维（约701—761），今运城人柳宗元（773—819），今祁县人温庭筠（812—870？），还有王绩、卢纶、元好问，以及因祖辈世居于太原，而自称"太原人"的河南人白居易，等等。

新诗百年，山西现代诗人能在全国领军的人物却罕见，但是这块土地上仍然诗意浓郁，我认识或知道的山西诗人就不少。周涛算是有全国影响的领军者，是谈及新时期边塞诗时的必须话题。董耀章、张不代、张承信、周所同、郭新民、梁志宏、潞潞、李杜、唐晋，以及其他好几位，都有才气。李玉臻（寓真）刊布的聂绀弩一案的材料令我震惊，也佩服作为法官、作为诗人的寓真的一颗正直的心。

这不，从屯留又走来了毕福堂。屯留是个古城，县名起源于春秋时期赤狄的支属留吁，晋国剿灭赤狄后，改名纯留，后又在春秋末年改名屯留。唐武德五年（622年），县治迁至今屯留县城。清代进士梁迪的《留城早春》一诗，极言屯留的美，诗中有"上党天高四望遥，留城佳气动春潮"之句。毕福堂就这样带着深厚的历史积淀向我们走来。

1986年，中国新诗研究所成立后不久，召开诗歌研讨会，山西诗人中，董耀章和毕福堂应邀与会，这是我和福堂友谊的开始，掐指算来，居然已经过去快 30 年了。其间，他去夏县"扶贫" 1 年，又去长子县挂职了 6 年，去守候尧的故里，守候尧的长子丹朱受封的"丹城"，守候"填海"的"精卫"的故乡。这 7 年没有见到他，但是时而会听到他"当县官"的消息。下乡 7 年，2010 年回到山西省文联后，2012 年、2014 年他都来到西南大学，连续出席我们的两届华文诗学名家国际论坛。

福堂为人真挚、热情、义气、善良，大家都喜欢他。2012 年 12 月上旬，第四届华文诗学名家国际论坛在西南大学举行，120 余位来自十几个国家的学者、诗人出席。在一次吃饭中，他们一桌的诗友"王"瘾大发，居然以家乡地域为依据，相互封王，福堂受封"晋王"。台湾《葡萄园》诗刊事后对此趣事还加以报道。

其实，历史上的几位晋王可都不太靠谱。晋王司马昭就架空、欺辱曹魏第四位皇帝曹髦。《汉晋春秋》记载：曹髦写《潜龙》一诗，表达苦闷之情，被司马昭在朝堂上大声斥责。曹髦不能忍受，把心腹大臣找来商议，说出了那句名言："司马昭之心，路人皆知。"另一个晋王司马炎的好色也是"路人皆知"。统一天下后，司马炎居然禁止全国老百姓结婚，便于他挑选宫女。灭吴后，又将孙皓后宫五千美女全部纳入后宫，终日淫乐。

福堂这位"晋王"当然不是这种人了，不然他怎么会成为大家的好朋友呢？他是三代贫农之后，血管里流淌着世代农民殷红的血；他是人民军队培育出来的军人，就像国旗班一样，站得直，站得稳，站得久。诗如其人，福堂的诗真实淳朴，厚重天然，有农民的悲悯，也有军人的坚强。读他的《露珠之光》，我屡受感动。诗人就应该这样：眼睛向下，走到低处，融入民间，关注家国。那些眼睛总是向着自己，只倾诉一己悲欢、杯水风波的人，实在没有资格和福堂这样的真诗人站在一起。

《老子》第四十九章："圣人恒无心，以百姓之心为心。"低处就是"圣人"的高处。福堂站在低处，就占据了精神高处，他是一位低处的同情者，又是一位高处的思想者。

《露珠之光》共4辑，无论是"老井""等你"，还是"寒山寺之钟 谁在敲响""多年来 我低头走路"，我们看到的都是一位永远把低处挂在自己心上的诗人。

望着雪花，诗人想到的是农民的汗水——

　　　农民种田流汗，老天适时降雪
　　　他们原本都是血脉般的水呀
　　　——《雪花如期降下来了》

断水的日子，诗人想到的是国家的脉管——

　　　断水的日子　猛然发现
　　　不露声色的脉管何等重要
　　　它和心脏密不可分
　　　——《断水的日子》

他为刨煤矸石的女孩叹息——

　　　刨煤矸石的女孩
　　　希望在这个越发寒冷的冬天
　　　找回一丝久违的温暖
　　　——《寒风中　刨煤矸石的女孩》

他给马路清洁工投去尊敬的目光——

　　　　仿佛昼伏夜出的动物

　　　　总也见不到太阳

　　　　——《马路清洁工》

　　2014 年 10 月，福堂参加第五届华文诗学名家国际论坛，攀登重庆武隆的仙女山，诗人想到的是背脊，这是神来之笔啊——

　　　　如果没有这些

　　　　上上下下骨节般的阶梯

　　　　这些接力似的弯弯曲曲的背脊

　　　　即使一部的断裂

　　　　世间的惊叹何以抵达

　　　　——《仙女山的阶梯》

　　诗人即使寻访苏州、扬州、凤凰古城、曼谷，他的眼仍在低处，心仍在高处——

　　　　陪衬在小桥流水旁

　　　　你整日闷闷不乐

　　　　横竖不露一丝笑容

　　　　甚至不止一次任苦涩的泪珠

　　　　从石缝间点点滴滴渗出 渗出

　　　　——《假山石》

　　我们可爱的诗人，肚里"没有脂膏"的诗人，当某些文学艺术作品热衷于官场、商场、情场的时候，他依然向着低处；在这薄情的时代，他依然唱着他深情的歌；在这物欲横溢、世风低俗的时尚里，他依然执着地向往着完美的人格、高贵的人生——

我只知道　皎洁的月辉

是世界的乳汁

——《旅途中　月亮一路相随》

像那草木之下的蚂蚁

小的不能再小　低的不能再低

低到极处　哪里都是安乐窝

——《多年来 我低头走路》

假如有天我收拢了翘起的视线

就是收拢了我的整个一生

——《等你》

福堂的诗可以说时时处处都是和"低处"相连的。这正是打开福堂的诗的殿堂的钥匙，也正是他的诗打动我的地方。《新来者诗选》以他的《等你》开篇，我弄不明白，这首《诗刊》1988 年第11 期发表的诗，怎么会被收进《古今情诗》、《秘藏爱情诗精选》和《当代青年诗人情诗选》中。我读到的好像不是情诗呀，如果要说"爱情"，那也是和低处相通的大写的"爱情"吧！诗歌读者从来就有误读的权利，但是编者可没有这个权利。

福堂的第一本诗集《摇篮梦》是由天津百花文艺出版社在 1991年推出的，已经过去 24 年了。24 年磨一剑，"可怜九月初三夜，露似珍珠月似弓"。从《露珠之光》，我们可以看到诗人毕福堂的拓展和探索。今夜露水重，明朝太阳红。我有把握地祝福诗人霞光满天的明天。

　　是为序。

　　　　　　　　　2015 年 4 月 13 日于中国诗学研究中心

　　　　　　（毕福堂：《露珠之光》，三晋出版社 2015 年版）

倾听最后的吼声

——序韦晓东《以笔为枪:重读抗战诗篇》

诗是双重关怀和双重干预的艺术:生命关怀与生存关怀,生命干预与生存干预。这两种关怀与干预并不会平行,在不同的语境下,诗会有不同的基本审美倾向。在和平安定的时代,诗的天平会更偏向"生命关怀",诗叙说着人性、人道、人情的生命体验;在革命、动乱、战争的历史时期,诗会更倾心于"生存关怀",呼唤着社会雷电和时代风云。当然,优秀的"生命关怀"的诗,写到极致,也有"生存关怀"的厚度;而优秀的"生存关怀"的诗,写到极致,也会有"生命关怀"的内蕴。

抗战时期的诗,绝大多数是"生存关怀"的铁血歌唱。当日本侵略者的铁蹄践踏神州大地时,大江南北都点燃了抗日烽火,"中华民族到了最危险的时候/每个人被迫着发出最后的吼声"。五四时期、抗战时期和新时期是中国新诗的三大高潮。抗战诗歌这个高潮的特殊价值在于,它不仅仅属于新诗发展史,而且属于中国现代史——它是中华民族八年抗战的诗的足音,它是中华儿女爱国情怀的诗的记录。

"一腔热血沸腾时,万里汪洋起波澜"(张自忠)。在外敌入侵的烽烟里,诗人们几乎都提笔上阵,国破山河碎,时代的诗风也为之一变。"生存关怀"站到了前台,曾经把写诗作为"灵魂的苏息"

的诗人戴望舒就是典型的一例。卞之琳在为《戴望舒诗集》写的《序》里说戴望舒有"一种绝望的自我陶醉和莫名的惆怅。直到全面抗日战争爆发以后，他才转而参与了为民族解放和社会进步而斗争的有责任感的诗人的行列"。在香港的监狱里，被日本人抓捕而受尽毒刑拷打的戴望舒，写下了《狱中题壁》（1942 年 4 月）和《我用残损的手掌》（1942 年 7 月）这些传之久远的名篇。卞之琳认为，《我用残损的手掌》是"他生平也许是最有意义的一首诗"。戴望舒的沉雄悲壮的抗战诗就永远留在诗歌史上了。

《后汉书·班超传》说的"投笔从戎"，在抗战诗人这里是"以笔从戎"。他们并不"投笔"，而是捏紧笔杆，以笔为枪，冲向战场。我刚刚出版的《大后方抗战诗歌研究》一书（重庆出版社）的第八章《著名诗人在大后方的诗歌创作》就分节研究了"以笔从戎"的臧克家、冯至和艾青：臧克家不属于任何流派，冯至是后来的九叶诗派的老师，艾青是七月派诗人。当我们今天读到韦晓东这个选本，重温抗战诗篇的时候，的确深深感觉到，如同晓东所讲："每一位抗战诗人都是抗战老兵。"

由于战争和政治的因素，抗战诗歌从地域上划分为四个板块：大后方、解放区、沦陷区以及海外。《以笔为枪：重读抗战诗篇》对这四个区域都有所注意，并且发掘出了几位过去被忽略的诗人。英国诗人威斯坦·奥登的入选，说明一些外国诗人进入了编者的视野：英国、美国、苏联，甚至日本诗人，也有在中国写抗战诗的。

我记得我曾经为《人民日报》写过一篇《对再生的呼唤——重读郭沫若〈凤凰涅盘〉》。"温故而知新"，那么重读抗战诗篇有些什么新的感受呢？择其大要而言之。

其一，和其他历史时期的诗相比，抗战诗歌是最接地气的诗，是最大众化的诗，真正成为国民的心声、民族的呐喊。抗战时期诗人们通过朗诵诗、方言诗、街头诗、枪杆诗等诗体的创造，努力丰富诗与大众的联结渠道，从入选的一些诗篇可见端倪。这些，都是抗战诗给我们留下的宝贵的艺术经验。诗必须坚持大众化，诗的生命只能由读者赋予。时下流行的"凡大众喜爱的诗就不是诗"的言论不值一驳。诗一经公开发表，就成了社会产品，也就具有了社会性。所以公共性是诗在社会的生存理由，也是诗的生命底线。无论写"生命关怀"，还是写"生存关怀"，诗背对受众，受众肯定就背对诗。

其二，抗战诗歌对民族形式十分看重，不仅在创作里多有坚持，而且在大后方展开了讨论。大众化和民族化其实是一个问题的两面。诗绝对不能以"创新"的名义去超出诗的美学边界。既然是诗，就得拥有诗的基本审美规范；既然是中国诗，就得遗传中国诗的审美密码。近年诗坛上有的"理论家"频频宣传"新诗，新就新在自由"，宣传忽略甚至放弃诗之为诗的文体要素，将新诗推向困惑和无序的境地。回望抗战诗篇，这类腔调实在应该休息了。

其三，抗战时期还有一个值得注意的诗歌现象，就是传统的诗词曲在新文学里沉寂近乎 20 年之后，奇迹般复苏，发出了响亮的声音。初期的中国新诗致力于爆破，现在回顾，这种爆破带有历史的必然性与合理性，没有爆破就难以拓出新路。然而这种爆破又是简单与粗放的，连同我们民族的传统诗学精华也成了爆破对象。这就给新诗留下了"先天不足""漂移不定""名不正、言不顺"的祸根。在很多新诗人纷纷投入民族解放洪流的同时，传统诗词的创作也迎来了崭新的春天，并在抗战救国的主旋律下发挥了不可替代的重要作用。很多新诗人是从传统文化和旧诗词的浸染中成长起来的，在民族危难的关头，他们也创作了很多优秀的诗词，产生了良好的社会效果，形成了中国现代文学史上传统诗词复兴的美丽华章。《以笔为枪：重读抗战诗篇》编选的旧体诗词占了相当分量。它展现出，除了新诗人，抗战诗人的队伍还有许多写旧体诗的生力军，包括众多抗战将领、政治家、等。

本书从抗战全面爆发的 1937 年到日寇投降的 1945 年，分年编选，成为抗战诗的编年史：屠杀与苦战—煎熬与相持—投降与胜利，构成全书的结构脉络，这种体例颇富新意，方便读者动态地了解诗歌中的抗战和抗战中的诗歌。我们生活在"互联网＋"的时代，编者运用微信场景杂志的形式，在移动互联网上推广本书，也是一个新鲜做法。

南京的诗人里，我的朋友和学生应该不算太少。很多年前，我还曾为南京诗人叶庆瑞的诗集写序，但是我和晓东却缘悭一面。上个月我在国外接到他发来的 E－mail，这本诗选，他邀请了贺敬之和丁芒题词、冯亦同和我写序，他希望我能够同意。今年是抗战胜利 70 周年，诗歌界也策划了一些项目，艾青研究会主编的《我爱这土地——艾青抗战诗选》就已经出版。晓东这个选本是相当有意义的。接到晓东的信，我还突然想起吴奔星生前对我的嘱咐："你要为我们南京做事啊！"于是决心参加到这件工作中来。

晓东先后在两大传媒集团服务 20 多年，策划能力颇强，多有建树。我读了他为本书入选诗篇写的赏析，体会到我这位没有见过面的朋友的文学才华。我祝贺《以笔为枪：重读抗战诗篇》的问世。

是为序。

（韦晓东编著：《以笔为枪：重读抗战诗篇》，南京师范大学出版社 2015 年版）

多少话留在心上
——序《一捧黑土，两国情怀》

中国和俄罗斯都是文化厚重的文明古国。中国文化发端于农耕，俄罗斯文化发端于游牧，由此带来各自的一系列特征。中国文化曾经是世界文化的高峰，具有融入他文化的强大的消化功能；俄罗斯文化是兼有欧亚双重特征的双头鹰文化，在东西方文化中带有"中间性"和"包容性"。中俄两国在地理上又是近邻，"远亲不如近邻"，这样的两种文化的交流就是一种必然。中俄文化交流算来已经有了近 800 年的历史，从成吉思汗西征至今。这种交流的高峰是俄罗斯的"十月革命"、中国的"五四运动"前后和中华人民共和国成立初期，中俄文化两次在狂欢中拥抱。这种拥抱的基本品质是"以俄为师"，主要是俄罗斯文化给中国大地带来新视野、新思维和新梦想。

当下有一个流行很广的伪命题——"文化全球化"。在有些人笔下，文化全球化就是文化的西方化、美国化。其实，全球化特定的是指科学和技术标准的一体化，和狭义的文化、文学无关。一种语言的存在就是对文化全球化的抵御，各个民族的语言文化绝对不会被所谓"全球化浪潮"所吞没。文化交流的灵魂恰恰就是彼此吸收营养，以推动多样化文化的发展，而不是相反。多样化的世界才是可爱的世界。

从 20 世纪 70 年代开始，中俄文化的交流发生了重大的流向性变化。60 年代中苏两国的执政党交恶带来中俄文化交流的停滞，而改革开放中的中国文化在迅猛发展的物质文明的基础上给徘徊中的俄罗斯造成冲击，带去思考。逐步恢复的中俄文化交流现在调了个头，它的基本品质是"以华为师"，中国文化深刻地影响着今日的俄罗斯。

我正是在这种语境下到达莫斯科大学的。从 1993 年秋到 1994 年春，我在莫斯科大学担任了半年的高级访问学者。中国教育部同意的我的课题是"中国新诗在俄罗斯的翻译、出版与研究考察"，莫斯科大学指定的我的合作教授是谢曼诺夫，他是一位著名汉学家，也是中国北京大学的客座教授。莫斯科大学号称欧洲智库之一，它的办学方式和治学方式带给我许多启发。莫斯科大学也给了我暖暖的情谊，我和汉学系系主任卡拉别捷扬茨教授签署了西南师范大学中国新诗研究所与莫斯科大学汉学系结成友谊单位的协定书。在送别我的仪式上，汉学系送了我一件特殊的礼物：折叠式的圣诞树。有一次我在系办公室，秘书玛尔伽丽达告诉我，办公室的圣诞树可以折叠起来，装进一个纸盒。我听后大感兴趣。说者无意，听者有心，在我离别莫斯科大学的时候，汉学系居然割爱，让我把这棵圣诞树带回中国。回国后我向中国诗歌界介绍情况，有些诗人此前对于自己的作品被译成俄语一无所知。《星星》诗刊还对我做了专访。

我在麻雀山（当时叫列宁山）的莫大主楼居住了半年，俄罗斯人的善良、文化修养和艺术气质，尤其是老一辈人对中国的友情，给我留下了很深的印象。我曾在北京《诗刊》上发表了一组诗《风雪俄罗斯》，一共 10 首，老诗人臧克家读到后专门来信夸奖。

由四川大学出版社推出的《一捧黑土，两国情怀》是一本很有意思的读物，吸引读者眼球的当然是沙依诺夫的传奇，而寻找沙依诺夫又是另一个传奇。两个传奇叠加，传达的是中国与俄罗斯、中国人与俄罗斯人，文化的相遇与文化的相融。

沙依诺夫是我的老师，推动寻找沙依诺夫的是刘勇等我当年在西南师范大学外语系俄语专业的学生，两个因素叠加，使我对这本书的兴趣倍增。我一直想帮助学生们做点什么，但是，事情太多，虽然早已是"70后"，仍然忙个不停：校内校外，国内国外。唯一能做的，就是抽出时间写出这篇序言吧！一篇序言难以尽诉衷肠，就像俄罗斯歌曲《莫斯科郊外的晚上》唱的那样："多少话留在心上。"

我在1952年从川西实验小学毕业，考入成都七中，念初中，我们是春季毕业，教育部规定那一年全国的初中春季班一律休学一学期，转入秋季班。我在家休息一个学期后，1955年秋季考入成都七中，念高中。我们高58级有9个班，我在1班。我们班的高中俄语课一直由温国华老师执教，但一年级上学期的俄语课是沙依诺夫老师上的。

和川西实小一样，成都七中也是四川省的重点学校，师资很强。我记得沙依诺夫老师长得很帅，鼻子下有两边翘起的小胡子，白皮肤，蓝眼睛，穿着一双长筒皮靴。他的俄语似乎有些地方音，比如"O"这个字母在轻读时他并没有弱化，仍然发"O"的音。据学生们的追踪，沙依诺夫在成都生活了60多年，直到离世。我不知道他后来汉语讲得怎样，他给我们上课的时候，汉语不太好，而我们的俄语又不好，虽然成都七中初中就上俄语课了，但师生之间交流仍然很少。那个时代学生班的"头目"是团支部书记，我一直是58高1班的团支部书记，但也和沙依诺夫老师没有什么交道。我记得，每位学生都有学号，沙依诺夫老师可能不认识我们的中文姓名，抽问时就叫学号，且有规律。他抽"1号"，下面必是"11号"，再后是"21号"。而如果开始是"2号"，下面必是"12号""22号""32号""42号"等。

沙依诺夫那一代已经过去了，但是中俄的友谊却永远不会过去。

这从成都电视台的刘勇以及他的大学校友宋立新、胡继铭，从白美鉴、钟雪茹，都可以见证，也从柳芭、奥丽雅身上可以见证。我们这一代中国老人就更是普遍地都有俄罗斯情结：喜欢俄语，爱唱俄罗斯歌曲，钟情于俄罗斯的文学和艺术。我是俄语出身，曾是俄语专业高年级的主讲教师，后来和诗歌翻译家邹绛等一起发起成立外语系汉语教研室，在此基础上建立中国第一家中国新诗研究所，我所接触的俄罗斯汉学界的朋友几乎人人都有浓得化不开的中国情结。俄罗斯诗人普希金说过："不论是多情的诗句，漂亮的文章，还是闲暇的欢乐，什么都不能代替无比亲密的友谊。"中国和俄罗斯的这种文化交流随处可见、随时可感，并不止于"中国年"或者"俄罗斯年"。我想起20世纪50年代在中国广为流行的一首俄语歌曲《莫斯科—北京》："英雄的人民永远站起来／淳朴的人民携手向前进。"

（刘勇主编：《一捧黑土，两国情怀》，新华出版社 2015 年版）

清水出芙蓉

——序《屿夫诗选》

重庆是一座诗城。"下里巴人"出自远古的重庆，"竹枝词""巫山高"也出自重庆。重庆和唐诗的关系非常密切。新诗与重庆，也是一个有兴味的话题，臧克家的"一双宠爱"之一的《泥土的歌》、"太阳与火把的歌手"艾青的《火把》、余光中的《乡愁》，这些名篇都和重庆连在一起。

重庆写新诗的人历来很多，可以说，每个时期都在梯次性地出现，这个"梯"和那个"梯"不闹别扭、不打内战，还能对话，还能彼此呼应，还保持着互敬互爱，这种现象在全国并不多见。

这些年，重庆金融界也出诗人。重庆银行原行长汪崇义虽然不写新诗，但是他的古体写得的确有功力。不久以前，我为郑大光明的诗集《笔是长长的河》写过序，这不，现在屿夫又向我们走来了。汪崇义是到北碚看望过我的，而屿夫，像郑大光明一样，我还没有找到时间和他见面，杂事实在太多，身不由己啊。但是，诗如其人吧，我读了《屿夫诗选》，感到屿夫就站在了我的面前。

也许从诗艺来讲，屿夫还可以做这样或那样的努力，但是最重要的不是诗艺，而是诗质。屿夫的诗如山间清泉，清新淡雅，属于我喜欢的这一类。《屿夫诗选》中的许多诗，来自心灵，诗以情生。诗人亲近自然，寄情山水，拥抱人生，憧憬明天，给人以向上、向前、向着阳光的感觉：

> 为什么没有停下来
> 欣赏太阳下的美
> 驻足，与自然亲近
> 哪怕短短的，一分钟
> 叹息何事太匆匆
> 错过，会是永远的失落梦的距离

诗是艺术，艺术来自生活又必定高出原生态生活。常人是写不出诗的。只要真正进入写诗状态，那么，在写诗的时候，常人一定会变成诗人——在诗人状态下，他洗掉了自己作为常人的俗气与牵挂，从非个人化路径进入诗的世界。非个人化就是常人感情向诗人感情的转变、原生态感情向艺术感情的提升，没有这种转变和提升，就没有诗。屿夫就是这样，诗中的屿夫已经不是常人屿夫，他在发现美、创造美，他在诗的太阳照亮的世界里欢喜着，忧愁着，思想着。

他的《诗人》，是组诗《台岛游吟》中的一首：

> 嗅着清淡的花香
> 你，载着我
> 穿过大街小巷
> 一个劳人，忙碌
>
> 为生活打拼在都市

因了车中的这一束花
我诚恳地说，你
是一个诗人
真正的诗人在生活里
这句话，让你笑了

笑容就像车中的花
香水百合，一路馨香

在庸常的生活里，感受到芳香，发现了诗。这正是屿夫作为一个诗人的证明。他是在生活里的真正的诗人。做作的悲痛，无病的呻吟，和我们这位诗人是无缘的。他属于阳光，属于白云，属于火热，属于大地，属于沉思。

请读屿夫笔下的四季：

春天到了
这是放飞心情的季节
让心飞向花丛和白云

夏天到了
这是沸腾心灵的季节
让心火热地拥抱生活

秋天到了
这是收获心血的季节
让心似土地五谷丰登

冬天到了

这是沉思心绪的季节

让心如北方雪的洁白

　　我觉得这样写诗很好。屿夫在生活里寻找诗，打造自己的诗意人生。这就是情商。智商做事，情商做人。现在普遍出现的"有知识没文化""有文凭没教养""有生命没乐趣"的现象，正是缺乏情商的结果。屿夫的生活就比有些人的生活充实得多，有趣得多，美得多。

　　屿夫并不准备进入文艺界，他在金融界做事，只是文艺界的"票友"，因此，对他过多地去谈什么技巧、流派、理论，纯然是可笑而无效的。他就做一个诗意的人，这就够了：金融圈里的诗人，诗人里的金融家。这不很好吗？

　　《屿夫诗选》呈现的不是不讲技法。如果没有技法，呈现在我们面前的就不会是诗了，而只是优美诗意的蹩脚表现。只不过他的技巧不是刻意的，而是"清水出芙蓉，天然去雕饰"罢了。

　　当然，随着写诗资历的增长，屿夫必定会在写作中探寻自己的路，进一步走向成熟。在写诗上，我们中国人是得天独厚的。汉语是诗歌的文字：它的语法规则最少，所以在词类变化、文字搭配上最灵活；省略最多，所以最含蓄、最多义、最简洁。同时，汉语一个字就是一个音节，而且有字调，所以最富音乐美。所有这些，使得汉语成为世界上最富有诗歌特质的文字之一。宋代王安石把诗歌语言称为"诗家语"是有其道理的。诗家语不是特殊语言，更不是一般语言，它是诗人"借用"一般语言组成的诗的言说方式。一般语言一经进入这个方式就发生质变，成了灵感语言：意义后退，意味走出；交际功能下降，抒情功能上升。屿夫正在向"诗家语"靠拢，他通向"诗家语"的道路是正确的，我很欣赏。我相信他会在此后的艺术路途里进一步慢慢体会、慢慢创造，在诗的道路上徐徐向前。

是为序。

（屺夫：《屺夫诗选》，文汇出版社 2015 年版）

心事浩茫

——序黄亚洲诗集《舍她不得》

成熟的诗人都会有自己的风格，或者反过来说，风格是一位诗人成熟的证明。

朱光潜这样说到风格："风格就像花草的香味和色泽，自然而然地就放射出来。"在当代诗坛上，我的朋友黄亚洲就是已经具有自己风格的成熟诗人。翻开他的诗集，黄氏风格就自然而然地呈现出来，绝对不会与其他诗人混同。

读《舍她不得》，首先会被诗人的悲天悯人、感时伤事的诗行所震动。我不由想起鲁迅在八十一年前写的那首《无题》："万家墨面没蒿莱，敢有歌吟动地哀。心事浩茫连广宇，于无声处听惊雷。"

是的，"心事浩茫"就是黄亚洲风格的第一元素。读亚洲的诗，最强烈的印象就是诗人从来和祖国心心相连：反思她的昨天，焦虑她的今天，期盼她的明天。这是一位忧患意识很强的诗人，他是祖国的儿子，闲花野草不属于他。这本以《舍她不得》用作书名的新的诗集，同样标明了诗人贯穿诗集的自始至终的赤子情怀。

英国作家狄更斯的《双城记》是这样起笔的："那是好得不能再好的时代，那是糟得不能再糟的时代；那是一个明智的岁月，那是一个愚昧的岁月；那是一个信心百倍的时期，那是一个疑虑重重的时期；那是一个光明的季节，那是一个黑暗的季节；那是充满希望的春天，那是令人绝望的冬天。我们拥有一切，我们一无所有。

大家都在升天堂，大家都在下地狱。"狄更斯的描绘，和当下的祖国多么相似啊：我们所处的时代，是一个伟大的时代，又是一个正在转型中的复杂时代。在这个时代里，改革与混乱共生，崇高与卑鄙并存，廉洁与腐败同在。因此，对于诗人来说，焦虑与期待就构成了无尽的灵感。

面对"越来越瘦"的祖国，诗人感叹：

在重症监护室，我日夜陪伴祖国
我没有刷牙，衣衫不整，满身锈斑
真的想放弃
可是，舍她不得，我团团转啊
我的——娘啊

诗人"敢有歌吟"，言众人之不能言，诗歌的"亲切性"（黑格尔语）就增加了，诗歌的分量就更重了。

其实，黄亚洲的这种风格就是我国诗歌传统的现代版，它从远古走来，带着深厚的承传与时代的创造。诗歌会永远地求新变，然而"变"中总是包含着"常"，这就是民族传统。循此，可以更深刻地把握传统诗歌——发现古代作品对现代艺术的启示；可以更准确地把握现代诗歌——领会现代诗篇的艺术渊源；可以更智慧地预测未来——在变化与恒定的互动中诗的大体走向。

看看中国古代的优秀诗人，哪一位不是"心事浩茫连广宇"呢？"心摧泪如雨"的李白、"穷年忧黎元"的杜甫、"文章合为时而著，歌诗合为事而作"的白居易，都"心事浩茫"啊。以身许国，准备马革裹尸的辛弃疾、"家祭无忘告乃翁"的陆游，不是在用墨，而是在用血和泪铸造辞章。黄亚洲继承的就是这样的优秀文脉。但是，黄亚洲是现代诗人，他有更多的现代中国人的焦虑和沉思，这是他高出把"爱国"和"忠君"连在一起的古人的地方。黄亚洲的"爱国"就是"爱民",这是他的深情大爱的两个侧面。

他到山东,想起管仲:

> 一个国家不再实事求是之后
> 历史就饿细了腰,分成
> 上下两册
> 上册往往是喜剧,下册往往是悲剧
> 好像没有一个朝代,不是这样

"好像没有一个朝代"能跳出历史的宿命,话外话,弦外音,余音绵绵。

他到黄河的壶口瀑布,瀑布使诗人感受到的居然是民族的形象,真是惊人之笔:

> 一个憋屈得这么厉害的民族
> 不允许他选择一个地儿,来一番痉挛、叫喊、疯狂
> 不可想象,也不人道

他到英国的大英图书馆,站在装着中国线装书的玻璃柜前:

> 都不知道是什么年代从中国拿走的
> 左手拿走的时候,右手是不是举着枪
> 抑或是刀,刀刃滴血
> 抑或是一些碎银子
> 中国人比较爱钱他们一向明白

—— 337 ——

刀枪是一般之笔，但是，"碎银子"的诗句就闪光了。从侵略者，诗人突然回过身来，注视我们的同胞。他什么也没说，他却说了很多很多。忧患意识转到了国民性。再读他的《死法》一诗，诗人讨论了各种死法，笔锋一转，对于有些人，"死其实跟生也差不多"：

> 对酌之中，才发现事情简单
> 上班、唱歌、做官、听雨，全是死法

对那种"混在人间"的人，亚洲的诗行不就是严厉的棒喝吗？

作为现代中国诗人，黄亚洲的"心事"是深刻的。诗人寻求的是——具有相对于固有体制的独立性，相对于庙堂意识的自由性，相对于流行风气的批判性，相对于功利心态的超脱性。

尽管当下一些时尚诗评家和时尚诗歌编辑不以为然，我坚持认为：既然是诗人，就应该是时代的发言者、民族的沉思者、历史的评判者。我认为，亚洲和我是同道。近年喧嚣尘上的那些专注于抒写一己悲欢、杯水风波的浅薄、庸俗的诗，在《舍她不得》面前应该羞愧吧。

英国诗人弥尔顿说过一句很有意思的话："谁想做一个诗人，他必须首先做到让自己成为一首真正的诗。"如果写诗的人自己并不是诗，背对家国和父老，冷漠时代和历史，读者的远离和厌弃，就是必然的了。

黄亚洲是快手，这是人所共知的。世界被他的双眼摄入，沿着身体的通道，待到从笔尖流出时，已经是诗句了，不过半天一天、半个小时一个小时而已。

湘江摄入，湘人流出：

> 面临湘江，我总会联想到骨头与骨头的对决

那一次是在隔壁的江西省，在庐山
湘人毛泽东与湘人彭德怀。其实
那一次，双方皆有骨折

诗会摄入，枫叶流出：

《十月》的诗会在十二月召开，那么
两个月的时差，就由长沙爱晚亭的枫叶
负责连接

一条砧板上的鱼摄入，妙趣横生的世界流出：

一条鱼游上砧板，用尾巴抖尽
最后一滴河流
它以后还需为伍的水，就不叫水
叫汤

世界就是这样各得其所的
水变成汤
汤又变成水

汤勺醉了，倒进河里，又是
唱歌的卵石

砧板上的一条鱼经过诗人身体后，简直奇妙呀：循环的世界，
错位的世界，丰富的世界。
亚洲的诗，和一般的诗不一样，有点"不修边幅"：眼前景，口

头语，随意舒展。他的诗也常常有不规整的脚韵，而且往往不换韵，喜欢一韵到底。但是，他的诗行长长短短，他的跨行自自由由，他的言说总是带有叙述成分——这种叙述不像散文那样，讲求人物和情节，而是讲求场地、情景、细节。按照一般的诗法，他的诗得修剪。但是，如果修剪了，就没有黄亚洲了。

"不修边幅"正是黄亚洲诗歌的迷人边幅，正是黄亚洲区别于其他诗人的地方之一，也是黄亚洲风格的要素。

亚洲的诗从诗体上给读者带来别样的审美，好比我们看惯了盛装美女，而穿破洞牛仔裤的女郎也会有一番异样风采。破洞牛仔裤是尖端时尚，也是一种对于艳丽盛装的小小叛逆。更重要的，破洞牛仔裤是对审美世界的丰富。

诗集《舍她不得》一共有十三辑，是诗人黄亚洲最近的足迹、最新的诗思。我最近事繁，但是打开这本诗集后就放不下来了：舍它不得啊！一口气读完，十分愉悦。感谢亚洲带给我的享受！

当然，成熟的诗人除了有自己的风格之外，还得有一个特征：有自己的代表作。记得当年我主编《新中国 50 年诗选》时，杨牧打电话问："选的我的什么？"我说："《我是青年》呀。"杨牧叹气："又是《我是青年》。"我说："杨牧老弟，这可是你的幸福与成功。代表作是诗人在诗歌史里的立足之地呀，没有代表作的诗人，他的面目是模糊的。"的确这样，说到闻一多，就会想起《死水》；说到艾青，就会想起《我爱这土地》；说到臧克家，就会想起《老马》；说到卞之琳，就会想起《断章》；说到曾卓，就会想起《悬崖边的树》；说到舒婷，就会想起《鸢尾花》；说到叶延滨，就会想起《干妈》。希望有一天，说到黄亚洲，大家就不约而同地从他数量不少的优秀诗作中想起他的一首或几首诗。这样的话，亚洲就会在诗歌史上更加凸显出来。这也许应该是对血管里"全是各个时代的青春"的亚洲的祝福吧！

（黄亚洲：《舍她不得》，现代出版社 2015 年版）

白水诗人梁上泉

——序《梁上泉的抒情诗(1953—2013)》

如果谈论重庆新诗，大体上应该从吴芳吉开始吧！吴芳吉之后，在 20 世纪 20 年代，重庆走出了创造社的早期诗人邓均吾，在 30 年代以后走出了诗人何其芳、杨吉甫，走出了"脱帽志变"（卞之琳语）的方敬，走出了沙鸥，形成了强大的新诗文脉。到了 20 世纪 50 年代，有一颗耀眼的诗星出现，这就是梁上泉。

诗人何其芳在 1949 年 10 月初写过一首《我们最伟大的节日》，热情欢呼"中华人民共和国／在隆隆的雷声里诞生"。新诗也在这"隆隆的雷声里"展开了新时代。站在 21 世纪的制高点，回望新中国成立初期新诗的足迹，可以看到，那是新诗在新中国的试唱期，这个披满阳光的时期一直延续到 1957 年上半年。"我们爱五星红旗／像爱自己的心／没有了心／就没有了生命"（艾青《国旗》）。社会生活发生了翻天覆地的变化，20 世纪 50 年代中国新诗掀起了一个高潮，尽管带着历史的局限，但终究还是唱出了新的声音。一大批新人出现了，他们是新中国的儿子、新时代的歌手，在艺术上没有因袭的重负，吟咏新生活对于他们来说可谓如鱼得水，他们的颂歌和战歌给诗坛带来青春、朝气和繁荣。

洪子诚、刘登翰 1994 年在人民文学出版社出版的《中国当代新诗史》里是这样提到梁上泉的："一大批青年作者，如公刘、邵燕祥、李瑛、白桦、严阵、梁上泉、雁翼、傅仇等，都是在这个阶段走上诗坛，开始他们富有活力的雄心勃勃的歌唱。"这里提到的"青年作者"后来都成了中国诗坛的领军人物。在国外的著述中，法国巴黎第七大学东亚出版中心出版的《中国当代文学史稿》尤其值得注意，因为它是国外有关我国当代文学史的第一部著作。《史稿》在《梁上泉、白桦与顾工》一节里，称这三位诗人是"在迷人的边疆风光和少数民族多姿多彩的生活情调中培育出诗情的诗人"。

《梁上泉的抒情诗》收入 1953—2013 年这 60 年间的大量诗作，其实，上泉初次发表作品的时间更早。1948 年，达县中学学生梁上泉的处女作就经过老师李冰如的推荐在上海的杂志露面了。60 多年来，梁上泉行吟于祖国的山山水水，登山则情满于山，观水则意溢于水，披星戴月，足迹遍布，火热的诗情不择地而自出。

的确，对于 20 世纪 50 年代的梁上泉，最得心应手的领域是边疆和少数民族的世界。50 年代既是成名的岁月，也是硕果累累的记忆，许多至今富有影响的名篇，如《高原牧笛》（1955），《阿妈的吻》（1955），《月亮里的声音》（1957），《望红台》（1961），《大巴山月》（1961），都是 50 年代及稍后的作品。从诗歌史回望，50 年代在梁上泉研究里应该用粗体字，正是 50 年代铸就了梁上泉之成为"这一个"的基本艺术个性和诗学要素。《阿妈的吻》和《月亮里的声音》在大多数情况下几乎是各种诗歌选本的梁上泉作品首选。梁上泉的早期作品就显示了他的抒情诗在其前其后几十年中几个常见的美学要素。

首先，诗人认定自己是祖国的儿子。《阿妈的吻》写阿妈在吻着自己的祖国，其实诗人也在吻着自己的祖国，这是那个时代最普遍的情感。诗人与时代同行，与人民同心，坚守着一个诗人的使命感与崇高感。对于梁上泉来说，只要公开发表，诗歌就绝对不是"私歌"，诗歌诚然来自诗人内心，但是最终应该进入读者内心。只爱恋自己，只倾吐个人身世，这是诗人梁上泉所不屑意的。其实，这种诗歌美学正是中国传统诗学的核心。中国诗歌历来有关怀民间疾苦、忧患国家命运的以家国为上的遗传，自古以来中国诗人就视那种只做自己灵魂的保姆的诗为下品，而是追求第一等襟抱，寻觅广阔的诗的内在视野。吴芳吉就说："三日不书民疾苦，文章辜负苍生多。"

在文学体裁的定位上，中国与西方有很大区别。西方推崇戏剧文学，把戏剧文学视为文学的王冠，而悲剧则是这个王冠上的一颗珍珠。中国是诗的国度，在中国文学看来，诗是文学的王冠，抒情诗则是这个王冠上的一颗珍珠。叙事诗、剧诗在我们民族都会被看作诗的变体。中国散文具有诗的特征：文中常常出现诗句，寻求诗的含蓄简洁与平衡结构，都有对诗魂的追求。而诗魂，正是评价一部散文作品的最高标准。当一部小说、一出戏剧，被称道为"像诗一样"的时候，无疑就是得到了很高评价。抒情诗就是语言的艺术，在散文未尽之处就出现了抒情诗。诗不是情感的"露出"，它是情感的"演出"；读诗，其实主要就是欣赏诗的语言。诗人注意传达什么情感，他同样注意怎样传达情感，注意让一种情感如何在诗的光环中呈现于读者面前。诗的这种言说方式，宋代诗人王安石就叫"诗家语"——既联系又区别于散文语言的诗歌语言。梁上泉的诗歌语言流畅明快、清新铿锵，给人一种难言的美感，这是梁上泉诗歌的第二个美学要素。混浊晦涩、扭捏作态的作品在梁上泉这里根本没有立足之地。上泉的语言是诗化处理了的民歌语言，是现代化处理了的古诗语言，民歌和古诗成了他运用现代汉语写诗的两大源泉。《大巴山月》是这样起笔的：

> 月亮，月亮，
> 挂在大巴山上；
> 山上，山上，

多少眼睛张望!

如随口而出,如行云流水,大有"明月出天山,苍茫云海间"的李太白的风采。《月亮里的声音》以"归来的路上琴声还很明朗,/正像这深夜里满街的月光"两行作结,这样的结尾使我们想起许许多多的优秀古诗,真是趣在笔外,意在诗外,"不愁明月尽,自有夜珠来"。

梁上泉的抒情篇什几乎都是"能歌的诗"——音乐性、旋律感很强,此是他的作品的第三个美学要素。他的诗,就像《阿妈的吻》《月亮里的声音》一样,讲究节奏,讲究押韵,读起来琅琅上口,听起来优美悦耳。所以,他的作品常常被谱成歌曲,为中国新诗传播方式重建提供了范式。《小白杨》《我的祖国妈妈》在 21 世纪为诗人赢得了众多粉丝。记得 2006 年 7 月,重庆市文史书画研究会访问团访台,梁上泉和我都随团前往。这是我第三次访问台湾,前两次都是中国作家协会的出访团成员,这一次我充当了沟通重庆与台湾邀请方的使者。访问团从台北到台南的途中,在一家小饭馆就餐,餐毕略作休息,大家建议唱唱卡拉 OK,店家拿出歌单,《小白杨》居然赫然在目,而且,台湾诗人个个会唱,唱得如痴如醉。现在有些不太读诗的年轻人只知道梁上泉是《小白杨》的词作者,好像上泉只有《小白杨》一样,使人哭笑不得。即如《阿妈的吻》和《月亮里的声音》,每节 4 行,节奏鲜明,分别押"发花"韵和"江洋"韵,abcb 的韵式,余音绕梁,回环往复。这是现在流行的"口水诗"所望尘莫及的。

注重社会关怀,语言明亮,富有音乐之美,这就是抒情诗人梁上泉的风貌。随着时间的推移,随着诗人人生经验的积累,上泉的诗的生命关怀的成分显然在增加。这就让他的歌唱增添了厚度——1991 年写的《棋盘》:

夜空无际，星斗历历，
一盘永远下不完的棋。
古老的棋子在陨落消失，
人造的棋子又填补上去。
银河虽不是楚河汉界，
却密集着最强的兵力。

这就不止于颂歌和战歌了。这里有深沉的人生体验：世事如弈，刀光剑影，风云奇诡，局局出新。诗歌就是这样：深刻的社会体验的极致就通往生命体验，而深入的生命体验的极致就通往社会体验。

1993 年出版的《六弦琴》中有一首《鸟和人》：

笼中鸟，在树上对话，
遛鸟人，在树下对话。
鸟谈的什么，人懂吗？
人谈的什么，鸟懂吗？
我觉得鸟语还好理解，
人语反难解答。

此诗与顾城的《远与近》有异曲同工之妙。人间的复杂，人世的悲凉，人性的扭曲，人际的设防，"却道清凉好个秋"！但是，后来的这些诗篇还是流淌着梁上泉的血脉，我们看到的依然是那个祖国的儿子，那个语言闪光的诗人，那个富有音乐质感的艺术家。即使蒙着诗篇作者的姓名，我们依然可以说出他是谁。

梁上泉的原名是梁上全，所谓"全"，是父亲寄望他能成"人王"。这可不是诗人的向往啊，于是，改"全"为"泉"，"泉"者，"白水"也，他有名句："在山泉水清，出山泉水洁。"他要做一个白水一样的纯净诗人。这种故事在那个时代也许不止一个，我就也有类似经历。我的原名是"吕晋"，父亲希望我能不断"晋升"，我也自作主张，在小学时代就自己改名了。

"白水"其实是中国深刻的人生哲学。我们要"发现东方"。1820年以前，中国的 GDP 占了世界的 1/4，是世界的超级大国，只是近百年在西方工业革命面前落伍了。中国有 3000 年的强国历史，100 年的屈辱史，情况不断变迁，中国却永远统一，而且具有极强的消化力，重要原因正在文化。我们要寻求传统文明与现代文明的连接点，让文明的继承性推动中国重新走向辉煌。

"白水"哲学来自老子。日本学者认为老子是中国文化和东方文化的代表。其实岂止东方，西方的大人物爱因斯坦、黑格尔、海德格尔、尼采都对他推崇备至。联合国教科文组织调查，现今发行量最大的世界文化名著，除《圣经》外，就是《老子》。老子的哲学可以说就是水的哲学，老子就是一位白水哲学家。他对于人的修养提出要以水做榜样。他说，最高的善行都具有水一般的品性，所谓"上善若水"。水是高雅的：无色无味，清明洁净，似动似静。水是生命的源泉，在生命演化中起到了重要作用，它是包括人类在内的所有生命生存的重要资源，也是生物体的重要组成部分。水这么重要，却从来不争，所谓"人往高处走，水往低处流"。正因为水处在低下的位置，博大包容，所以才能够成为百川河流汇合的地方，成为浩瀚的大海。"江海所以为百谷王者，以其善下之，故为百谷王"。

我和梁上泉相交近 40 年，对他的印象就是"白水"：朴素低调，与人为善，虚怀若谷。他担任第七届全国人大代表时，曾联合 30 多位代表，提出关怀老人，设"重阳节"为"敬老节"的提案，现在这个提案已经变成现实；在某些是非关头，他不顾个人利害，勇敢地站在正义和真理一边；与人相处，他永远热情地关心人、帮助人。从来不想做官——不管是官方的官，还是民间的官，从来不摆名人架子，以诗为生命，寻觅"白水"人生。这就是梁上泉之所以获得这么多人敬重的原因。

从"白屋诗人"到"白水诗人"，描画出重庆新诗从初创到成熟的轨迹。在新时期，继承了历史传递下来的文脉，重庆诗群十分活跃，老年、中年、青年诗人热情合唱，抒情诗、儿童诗、讽刺诗、诗歌翻译全面丰收，出现了具有全国影响的抒情诗人傅天琳、李钢，傅、李之后，梯次性地出现了许许多多年轻诗人。诗的艺术之路正在这里延伸，加上重庆诗歌研究力量在全国的强大辐射，一座公认的诗歌重镇屹立在中国的西部，而梁上泉则是公认的重庆诗群的领军人之一。《梁上泉的抒情诗（1953—2013）》出版，值得庆贺！

中国新诗正在"立"字上下功夫。重"破"轻"立"，一直是新诗的痼疾。把新诗的"新"误读为不讲诗美规范，没有诗体法则，忽视诗坛秩序，这就形成新诗长期的尴尬局面：诗人难以写出来，读者难以读进去。而梁上泉从他的角度给我们提供了思考"立"的诗学空间，他在重建时代的意义是显而易见的。

2013 年中秋节，养伤中

[梁上泉：《梁上泉的抒情诗（1953—2013）》，载《梁上泉文集（第 2 卷）》，重庆出版社 2016 年版]

追风的女子

——序新加坡诗人舒然《以诗为铭》

我和舒然其实至今只见过一面。2015 年春节，我去新加坡休息。有一天，应新加坡诗人陈剑兄的邀请，我到武吉巴梳路的草根书室搞诗学讲座。讲座结束后，舒然趋前问候，并且一起合影。我才知道她是一位画家，新加坡鼎艺轩艺术中心的轩主。陈剑对我介绍说："她也写诗呢！"

回国以后，活跃的舒然加入了我的微信朋友圈。这样，相互了解就多一些了。前些日子，她给我来信，要出诗集，提出要请我写序。说实话，我有些忐忑：这位画家的诗究竟如何，实在心里没谱啊。

诗稿放了一段时间，为其他急事让路，这几天稍有空闲，赶紧把《以诗为铭》下载，一探究竟。没有想到，68 首诗，五辑，一口气就读完了。我的心里升起一股兴奋，而且，这兴奋越来越强烈。好样的，舒然！我遇到了一位优秀的女诗人，我真愿意为新加坡诗坛祝福。

诗与画，这是世界范围内自古而今的话题。德国诗学家莱辛有一本经典名著《拉奥孔》，着重说的是诗与画在构思和表达上的差别，主要的意思是，画是空间艺术，而诗是时间艺术。这本著作往往会进入我给研究生指定的"必读书目"里。其实，诗与画也有相通之处。据说，莱辛当年因为忙于写《汉堡剧评》去了，本来《拉奥孔》预定还有论述诗画一致之处的下部的。古罗马的西塞罗在他的《修辞学》里就说："诗是说话的画，画是静默的诗。"古希腊的艾德门茨在他的《希腊抒情诗》里也有类似的见解："画为不语诗，诗是能言画。"在中国美学这里，似乎更强调诗与画的相通。苏轼关于王维"诗中有画，画中有诗"的说法是很有名的美学论断，宋人郭熙也在《林泉高致》一书里写道："诗是无形画，画是有形诗。"

中国的画家，无论从事山水、花鸟，还是人物的创作的，一般除能画外，都能书、能诗，清代的郑板桥就被称为"诗书画三绝"。在现代画家中，齐白石的诗颇有艺术趣味和深度，诗界对《白石诗草》的评价很高。新诗人中，画家黄永玉写新诗，他的新诗诗集《曾经有过那种时候》写得机智幽默、趣味横生，曾获第一届全国优秀新诗（诗集）一等奖。黄永玉是和艾青、张志民、李瑛、公刘、邵燕祥、流沙河这些诗坛大咖一起获奖的。那一届获得二等奖的一共三位——胡昭、傅天琳、舒婷，都是一时之选。

我们读能画的诗人，比如闻一多、艾青，都会轻易地捕捉到他们诗章的色彩感和线条感。舒然同样如此，她的诗颇富画面感。《蓝色的树林》里，梦境、忧郁、爱情、蔷薇、足迹都是蓝色的。《油菜花开》里油菜花"复制太阳"，北京春短，"转身便是红红的叶子"，而狮城呢，"蓝蓝的海水如此深情"——

在乌节的水泥地表
长不出倔强的玫瑰
金黄色是宿命的蛊惑

那人，带我去你的故乡
带我淹没在阡陌之间
带我去看油菜花开

　　诗人在以丰沛的才情，挥动彩笔，着色世界。这经过诗的太阳重新照耀过的世界，五彩缤纷，充满美感、神奇和诗意。

　　在中国诗歌史里，女诗人从来都占有一席之地。《诗经》305 首中，有 19 首确认是女性创作。有唐 290 年间，出现了 207 位女诗人，其中李冶、薛涛、鱼玄机、刘采春并称"唐代四大女诗人"。王建的《寄蜀中薛涛校书》流传至今："万里桥边女校书，枇杷花里闭门居。扫眉才子知多少，管领春风总不如。"

　　品读舒然，的确会感受到她展现的女性的体验方式、审美态度和语言理想。她抒写了女性奇妙的心理世界：瘦削的音符，细腻的琴弦，凄婉的甜柔，美丽的疼痛，喧闹处的静静沉思，子夜时的热情开放。

　　乡愁，似乎是新移民诗人舒然的一个常见主题。"从海风里苏醒过来/故乡已在遥远的北方"。在黄昏的克拉码头，诗人也许又想起了"隔着一片海/隔断了后半生"的故乡——

　　　　夕照是心扉，疼痛的背景
　　　　铺满不忍落幕的乡愁

　　这种乡愁是刻骨铭心的。在乡愁面前，女性的"怕被问及"，这种细致入微的人生体验，多么打动读者啊！

　　舒然的诗，带给我们的不仅仅是乡愁，更是淡淡惆怅里对人生执着的爱，以及对未来年轮的向往。她有一首《周年》，诗尾是这样的——

　　　　在别处的生活里低声吟唱
　　　　奔跑，并策动着新的图腾
　　　　于是，每一个日子

都有年轮生长的声音

她是"种春风的人",她"祝福每一个灵魂获得自由/无论来自哪块土地"——

种一缕春风吧
种一些祝福与希望
种一些宁静与安详
像当初种桃种李一样

黑格尔说:"爱情在女性身上表现得最美。"爱情,几乎是全球女诗人的永恒主题,舒然也是弹奏情歌的高手。我在北京《诗刊》发表过一篇论文《中国情诗》,这是我2004年随中国作家代表团参加第24届法国图书沙龙时在巴黎的讲演稿。我说:"几千年的中国情诗形成了自己的传统:含蓄,委婉,与'性欲'拉开距离,筑造情感的境地。"舒然的爱情诗继承了这个传统,她拒绝描写性行为的情色诗,让自己的笔下流出的是柔柔的温馨、温婉、温情。

第3辑《金色时光》里有好几首余味久长的诗——

你是松下宁静的琴
我是指间跃动的音
忘尘的旋律
演绎缠绵缱绻的风情

在这首诗里,不仅有"琴"和"音"的意象,诗人还打造了许多新鲜意象,来低吟那"金色时光"。

在诗的技法上,舒然懂得节制,这是对诗的大彻大悟。翻读

《以诗为铭》，没有随意的走笔，没有多余的技巧，她写得内向，写得收敛，她的诗是微风掠过心灵的竖琴发出的一串柔美乐音，短暂，而又在读者心上留得久长。这样，舒然的诗自然就会吸引读者，就有味外之味、笔外之趣。

诗总是体现着两种对立倾向的和谐：一与万，少与多，"尽精微"与"致广大"。诗人总是兼有两种品格：内心倾吐的慷慨和语言表达的吝啬。优秀诗人是"寓万于一"，而后又"以一驭万"的能手。他的诗如果是冰块，那就只露八分之一在水面上，那藏在水面下的八分之七正是读者作为半个诗人的联想、想象与创造的空间。

随意举出《清理内存》吧——

清理玫瑰书签的余香
清理漏夜的雨滴

清理红叶飘零的呓语
清理潺潺的山溪

清理石头上的往事
清理月光里的诗章

清理内存
清理有关那人的记忆

天啦，在清理内存里也找到了诗，而且，是如此凄美的诗。"有关那人"，她什么也没说；"有关那人"，她说了很多很多。她不把话说尽，她充当的是读者的心灵向导：给你一朵花，让你闻到春的芬芳；给你一片叶，让你看到林的翠绿。这正是舒然的诗艺手腕呀！

　　"追风的女子"舒然相当有才华。她的诗已散见于新加坡和其他国家的一些报刊，《狮城组诗》入选新加坡《2013 文艺协会年度文选》。我希望她时时"都有年轮生长的声音"。

　　是为序。

　　　　　　　　　　　　（舒然：《以诗为铭》，锡山文艺中心 2016 年版）

洁白的完美与遗忘

——西贝《静守百年》序

诗的天空理所当然地应该更多地属于女性。诗是仰仗想象力的艺术，一个没有想象力的人是很难成为诗人的，而女性最善于张开想象的翅膀。诗是情感的领域，诗与冰冷的个性无缘，而女性从来就是情感的富有者和守护者。诗是内视的文学，诗不善于讲述外视世界的复杂故事，而女性常在内在世界流连。诗的自传性、私人性、身世感、无名性等文体特征都与女性的天性相通。

当然，女诗人作为社会的成员，她不会选择把女性当作双性社会唯一的支柱。所以，几乎所有和我有交往的知名汉语女诗人，无论是大陆的舒婷、傅天琳，还是台湾的席慕蓉、蓉子，在写诗的时候，都对单一的性别立场保持警觉。她们宣称，自己首先是诗人，而不只是女性，诗是属于整个社会的。

女性诗歌不必是一个题材概念，但一定是一个性别概念。也就是说，对于女性诗歌，"女性"是创作主体的限定词。如果我们判定闻一多的《忘掉她》、臧克家的《当炉女》、余光中的《女高音》是女性诗歌，显然就不妥帖了。男性诗人的女性题材诗作不属于女性诗歌范畴。相反，女性诗人的"他者"题材作品的归属无疑仍是女性诗歌。因为，女性诗歌显示给读者的是女性的视角、女性的感应和女性丰盈的生命力。

我们读读澳大利亚女诗人西贝的《小白鼠》吧：

小白鼠长大了
就要被剪破肚子
因为小的时候
人把某种抗体
注入它们的体内

宁静的试验室
小白鼠用血
养殖那些抗体
它们的肚子在膨胀
行动迟缓艰难

小白鼠被剪开了
血流进玻璃的量杯
白色的尸体
象用过的包装袋
堆在垃圾箱里

观测鲜红的血沉淀
透明的抗体浮出
我蓦然想到
从痛苦中分离禅的过程

玻璃的量杯其中
百分之一是抗体

百分之九十九

是小白鼠浓稠的血

复杂与微妙的情感体验。这种对于痛苦的小白鼠的悲悯情怀，来自女性的敏感和细腻：一条活生生的生命，受够折磨、流尽鲜血以后，就这样变成了垃圾箱里的白色尸体。但是，西贝是诗人，她不可能就在悲悯面前止步，由小白鼠的死亡过程，她想到了禅与痛苦的人生。于是现实世界的小白鼠变成了诗歌意象的小白鼠，蕴含了诗人深一步的诗思。

欣赏西贝的诗集《静守百年》，就是在和一位富有教养的女诗人对话。在喧哗的世界里，她宁静地守护着自己的内心。她不拒绝对日常生活的表达，而是从表达里显示出，她从寻常的事物里寻找诗美的能力，寻找心灵的栖居地的能力。

以心观物，是西贝写诗的基本方式。无论是写内心状态，写身世，写风景，还是写草木，她的运笔方式多是现实的心灵化。用唐代诗人王昌龄的话，她是在"以心击物"，然后使"物皆著我之色彩"（王国维语）。"击物"，就是以"心"去分解"物"和重组"物"：物因心变，变得似而不似，不似而似。她笔下的世界就这样变成了她的心灵太阳重新照亮的崭新世界。

下面是西贝的《雪》：

雪落在冬天的路上

多么喧哗的街道

行人和他们的孩子走来

雪僵硬了凝成一片透明的冰

雪落在隆起的屋顶

多么温暖的房子
雪融化为晶莹的泪
顺着屋檐滴落

雪落在荒凉的山野
太阳照不到的地方
她静静地绽放
一片洁白的完美和遗忘

这的确是雪，它落在路上，落在屋顶，落在荒野。但是，这更是诗歌世界的"雪"，它是泪滴，它能绽放。在"雪"的背后是诗人，一位女诗人对洁白的向往："太阳照不到的"人生和世界的洁白。

观察西贝的另一个角度，是她不仅是女诗人，而且是来自中国的女诗人。在她的诗篇里，随处可以读到乡愁：碧绿的，蔚蓝的，或者其他颜色的。一床旧被子也可以触发诗思："无法割舍的，是旧被子/那温暖熟悉的气息/那贴在皮肤上的/温柔细薄的惬意"。诗人这样吟唱盐水湖里盐与水终究要面对的分离，盐水湖啊，是"莹白苦涩的结晶"。而诗人对滴滴答答的水龙头的感应，是它在寂静的夜里哭泣。"失眠的人彻夜/在黑暗里聆听"。在汉语诗歌里，月亮从来是相思的符号。"海上生明月，天涯共此时"（张九龄），"露从今夜白，月是故乡明"（杜甫），"春风又绿江南岸，明月何时照我还"（王安石），都是千古名句。在静寂的月夜，诗人问道："今夜月光的叹息/是否会使你醒来？"

诗集里有一首《悬浮液》，很精彩：

细小的油珠
漂浮在水中

它们，永远

不会溶于水

任凭你怎样搅动

它们悬浮着，漠然

带着游离的孤独

诗总是这样：诗笔落墨的地方不一定是诗人想告诉你的，诗在笔外，情在墨外。诗人写的是悬浮液，实际上是在倾诉一种惆怅，倾诉一种游离的孤独。我猜想，这可能是移民澳洲初期的作品吧，浓浓的乡愁带来的孤独不离不弃，"任凭你怎样搅动"，总是游离在他乡，悬浮在异国。西贝还有一首《无根的植物》："美人鱼在海底不停地弹着琴/歌里歌外漂泊的游魂/唱着叶落归根"。这首诗不由使我想起菲律宾诗人云鹤的名作《野生植物》：

有叶 却没有茎

有茎 却没有根

有根 却没有泥土

那是一种野生植物

名字叫

游子

是呀，无论是在亚洲还是在澳洲，游子的思绪其实是相同的，不同的只是诗人的表达。比起云鹤，西贝的表达更内在、更婉转、更具女性气质。

西贝是华裔，汉语是她的母语。汉语是目下世界上 1/3 以上人口运用的语言，也是联合国的工作语言之一。如果从仰韶文化算起，汉语的历史可以追溯到四五千年以前。这是人类的骄傲：我们的星球竟然拥有生命力、延续力、更新力如此强大的语言。从诗的角度，汉语简直就是天赋的诗的语言。汉语的文字不是表音文字，而是表意文字，这就具有很强的营造意象的功能，有的文字本身就是意象。汉语的文字不是音素语言，而是音节语言。一般而言，一个汉字就是一个音节，丰富的单音词，再加上汉语语法不像其他语言那样繁杂和严密，比较松散。这就使汉语具有十分灵活的组合功能：虚实相融，语序自由，词类变换犹如万花筒。西贝的母语为她开拓了诗的天地。

当下有一个流行很广的伪命题——"文化全球化"。在有些人那里，文化全球化就是文化的西方化、美国化。其实，全球化特定的是指的科学和技术标准的一体化以及狭义的文化和文学无关。一种语言的存在就是对这种所谓"文化全球化"的抵御，各个民族的语言文化绝对不会被所谓"全球化浪潮"所吞没。文化交流的灵魂恰恰就是彼此吸收营养，以推动多样化文化的发展，而不是相反。《易经》说："物相杂，故曰文。"多样文化的世界才是可爱的世界。

在澳大利亚，华裔人口虽然只有100万人左右，但是汉语是英语之后占据第二位置的语言，这也许给诗人西贝创造了合适的语境。打开《静守百年》，可以看到西贝驾驭汉语的能力。她的诗大多属于"有篇无句"的类型。这种类型的诗，按照中国古人的话，是"气象混沌，难以句摘"的。一首诗就是一个场景、一个画面、一个或几个意象，诗人用整首诗来柔柔地感染、打动读者的心。西贝不追求"立片言以居要"，不着意打造警句，而是让诗整篇地从自己的内心流出来，写这样的诗是要求诗人的语言功力的。比如我们刚才谈论的《小白鼠》《雪》《悬浮液》，都是以诗意内蕴饱满的意象表达诗人对生活的感悟，根本无法割裂地抽出几个诗行去阅读、评论。

观察西贝的第三个角度是她的专业出身。她是天津人，当年在南开大学读书，在天津大学教书，都是数学。移民澳洲以后，取得信息网络技术硕士，在澳大利亚从事系统分析程序设计等项目。一句话，理科女。可是，她却是非典型的理科女，自幼就喜欢读诗，在理科之外，也许是滋润心灵的需要，也许是对美的渴望，她一直写诗。她的诗之路，从1984年走来，从中国走到澳洲，而且，越走越自如。这让我想起20世纪80年代中国兴起的文艺批评新方法热。开拓者之一的林兴宅教授在《文学评论》上发表过一篇当时颇具影响的论文，题目很有趣：《文明的极地——诗与数学的统一》。

在《静守百年》里，我们可以轻而易举地从诗人的运思方式和表达方式里发现数学家的影子，比如上述《小白鼠》中的"百分之一"和"百分之九十九"；又比如《秋千》中的"把优美的弧线/抛向开花的树顶""欣喜并不顾一切/在四维的春天/横冲直撞"；《荧屏》中的"按某种程序自成宇宙/用星星刻画黑暗""无穷个0和1/永远也走不出的循环"；等等。

和许多人的印象相左，诗与数学其实是近邻，将二者的手拉起来的是它们共有的抽象性。在各种艺术品类里，诗与空间艺术的绘画疏远而与时间艺术的音乐接近。音乐是纯粹的内心活动，它否定了视觉艺术的空间性，属于流动的艺术，随后它又对自己的声音进行否定，双重否定给予音乐高度的抽象。诗也是这样，它以形式为基础，纯度很高。诗美体验是内心体验，只可意会，不可言传。诗总是强化意味、弱化意义，将具象的可述性降低到最大限度，将抽象的可感性提升到最大限度。在文学的诸品种中，如果从散文的角度看，诗是"没有内容"的文学，是说废话的文学。抽象专业出身的西贝爱上抽象文学的诗，这就不足为怪了。也许可以评判，西贝的诗的脱俗、优雅来自她本人的气质，西贝的诗的简洁、纯粹来自数学的影响。

当然，诗是文学。如果说，数学是从抽象出发，到达抽象，那么，诗就不能止步于抽象，它一定要将抽象的诗思化为意象。这样，诗才能是诗。直接的诗思宣泄是不能构成诗的,诗思是"说不出"的抽象,只有意象才能说尽诗思,诗人打造意象,将诗思裹在意象里,以"不说出"来代替"说不出",以意象来"尽意"。就像刘熙载在《艺概》里所说:"山之精神写不出,以烟霞写之;春之精神写不出,以草木写之。"这个道理,数学出身的西贝是了然于心的。西贝在意象上着力。《静守百年》带给读者许多难忘的意象,以及蕴含于意象里的无尽情思。西贝常常以两个意象,交叉地倾诉自己的情怀。2014 年写的《路面》,以"依色彩定论"的"初雪"和"依表象定论"的"暴雨",由一个稍纵即逝的诗意瞬间,圆满地发现了由路面引起的诗思。2008 年写的《伤》,以颜料的"受伤"和乐曲的"受伤",写出了"油彩和音符满地/纯洁的痛苦依旧/而泪水重现温柔——"。意象能力是判断一位诗人高低文野的重要标尺,应该说,西贝的诗艺手腕是高强的。

澳大利亚是一个美丽的地方,我和这个国家情丝相连。我有好些学生和朋友目前在这个"骑在羊背上的国家"工作或生活。有的在中国驻悉尼总领馆,有的在悉尼的澳大利亚博物馆,以及其他地方。我们在重庆举办的两年一届的华文诗学名家国际论坛,澳大利亚作家何与怀先生不远万里前来与会。2007 年 6 月,我曾随重庆市专家休假团到过这块"南方大陆"。

今年我在外国发现了两位优秀的汉语女诗人:新加坡的舒然和澳大利亚的西贝。今年真是幸运的一年啊!我的朋友澳门大学的朱寿桐教授近年提出了"汉语新文学"的理念,我很赞同。这个理念从空间上打通了全世界的汉语新文学。汉语,而不是国家,不是民族,不是意识形态,不是政治制度,被认定为汉语新文学唯一的划分依据。这个理念从事实性存在出发,赋予汉语新文学以最辽远的疆界:汉语新文学,由中国、东南亚、欧美澳等三个板块组成。汉语新诗也是这样,这是很大的"言语社团"。澳大利亚的汉语女诗人有一群，她们在异质文化圈里很有作为，她们的诗歌也属于汉语新诗，我这里推荐的西贝就是其中相当富有才华的一位。"相当"这个词的分量很重，我在这里是很郑重地用出这个词的。

《静守百年》分为五辑，《静寂》《身世》《风景》《草木》共收入103首新诗；第五辑《古词新韵》有填写的68首古词，基本是2015年的试笔。《静守百年》出版，值得祝贺。这是汉语新诗在澳大利亚传出的美妙乐音。

是为序。

（西贝：《静守百年》，中国青年出版社2016年版）

为诗吆喝

——周鹏程主编《中国当代诗人代表作名录》序

《中国当代诗人代表作名录》收有一千余位诗人的代表作，并附有作者简介及照片，工程浩大。

对于一位诗人，代表作就是他的面貌，他的个性，他在中国新诗历史长河里的坐标。诗人黄亚洲最近将有一部新的诗集问世，我在为这部集子写的序言中谈到代表作的价值与意义："当然，成熟的诗人除了有自己的风格之外，还得有一个特征：有自己的代表作。记得当年我主编《新中国50年诗选》时，杨牧打电话问：'选的我的什么？'我说：'《我是青年》呀。'杨牧叹气：'又是《我是青年》。'我说：'杨牧老弟，这可是你的幸福与成功。代表作是诗人在诗歌史里的立足之地呀，没有代表作的诗人，他的面目是模糊的。'"

打开这本诗选，应该肯定编者的眼光。诸如卞之琳的《断章》、牛汉的《悼念一棵枫树》、郑愁予的《错误》、雷抒雁的《小草在歌唱》、食指的《这是四点零八分的北京》、海子的《面朝大海，春暖花开》、李元胜的《我想和你虚度时光》等的确是他们毫无争议的代表作。有些大诗人，比如艾青、臧克家、冯至、戴望舒、余光中、洛夫的代表作不止一首，就得从编选角度进行斟酌了。编者也非常注意诗坛出现的新的经典作品，这就使得这个选本洋溢着时代的新鲜气息。

这本诗选的入选者大部分是未名诗人。对于未名诗人，诗选编者的出发点是挖掘人才、集结精英，为他们的未来发展喝彩，给他们送去支持和鼓励。未名诗人都是选入一首发表于大的报刊的 50 行以内的作品，也可以算作他们此一时期的"代表作"吧！

新诗现在不缺刊物，到处都是庙堂的或民间的诗刊；新诗现在不缺活动，到处都有诗会、研讨会、采风；新诗现在不缺奖励，到处都在颁发名头繁多的诗奖；新诗更不缺诗人，到处都有"无人赏，自鼓掌"的诗人。新诗缺乏的是读者，这是新诗最大的致命性的危机。已经百年的新诗，至今仍然基本游离于中国的社会生活、文化生活、学校教育和家庭教育之外，和古诗词完全不能同日而语。

缺乏读者有诗外原因，更有诗内原因。就诗内原因而言，未名诗人一定要守住两条边界，别去相信那些时髦理论家的梦呓。

第一条边界，是诗与时代的联系。诗无非表达两种关怀：生命关怀与社会关怀。和平时期，生命关怀的诗更多；动乱时期，社会关怀的诗更多。其实在诗史上留名的优秀诗篇，无论是表达哪种关怀的，都有一条诗的艺术通道与时代相连，无非生命关怀的诗隐在一些，社会关怀的诗显在一些而已。诗背对时代，时代就背对诗，这是诗歌艺术的铁的法则。

第二条边界，是形式感和音乐感。没有形式感和音乐感的人可以写散文，但绝对称不上是诗人。就像歌德在《自然和艺术》中所讲："在限制中才能显出身手，只有法则能给我们自由"。诗肯定要不断出新，但是诗之为诗一定有自己基本的美学规范，即"变"中有"常"。抛弃"常"，新诗的"出新"就会走出诗的边界，成了别的什么非诗玩意儿。对鼓吹"无限自由"的"诗论"千万信不得。

这本诗选的编者周鹏程是重庆"70 后"和"60 后"交叉点上的作家和诗人。在新闻媒体打拼多年，现为"首先传媒"董事长，出版有诗集和报告文学集，也主编过一些作品选。

　　我的杂事多，精力又不够，和许多我为之写序的诗人一样，鹏程和我尚无一面之缘。他是胡万俊的朋友，而我和万俊亦师亦友，因诗结缘几十年，从 20 世纪 80 年代起，我的日记里就常常记录有万俊的名字。鹏程又是蒋登科的朋友，登科被认为是中国诗坛"吕家军"的嫡系，他也曾为鹏程写过序。所以，对于我来说，鹏程是熟悉的陌生人。

　　鹏程的祖籍是四川巴中。巴中，北魏即置巴州。"卧向巴山落月时，两乡千里梦相思"，唐代诗人王勃、李白、杜甫、严武、项斯等等都为巴中留下了名篇佳句。韦应物在蒋登科的家乡恩阳当过官，他的《送令狐岫宰恩阳》被收入《全唐诗》。巴中境内风景名胜不少，摩崖造像即多达七千余尊。在革命年代，巴中又是著名的"根据地"。20 世纪 30 年代的"通南巴"，可是川陕苏区的中心，徐向前、陈昌浩的红四方面军总指挥部即驻节于此，这里孕育出了 28 位开国将军。巴中这片土地真是古老又神奇啊！

　　为诗吆喝的《中国当代诗人代表作名录》出版，我送上祝贺。

　　是为序。

（周鹏程主编：《中国当代诗人代表作名录》，白山出版社 2016年版）

梁平：三面手与双城记

——序《梁平诗歌研究》

梁平的人生地理坐标和我恰好相反，他从重庆去到成都，而我这个成都人却在重庆生活。当年梁平离开重庆，似乎带有几分愤懑与怅然。这有他的《陋室铭》为证："四十五年，背井离乡。一二三步，单走独唱。有诗文在，无安生床。原燕鲁官所，现老子作坊。怕不速之客，好几口黄汤。夜来摘星星、揽月亮。无官场堵清心，无红袖添乱忙。是重庆崽儿，就敢作敢当。却原来，天要我爽！"

但是梁平终究是梁平，这个"重庆崽儿"很快就挥去烦恼，进入角色，在锦城活出精彩，"爽"起来了。他到成都是去接诗人杨牧的棒，担任《星星》诗刊主编。《星星》是新中国创刊最早的诗刊，在诗坛享有威望，地不分南北，粉丝很多。我担任过多年《星星》的编委，虽是挂名，也引以为荣。

1979 年，《星星》的复刊号上有这样的编者告白："天上有三颗星星，一颗是青春，一颗是爱情，一颗就是诗歌。"梁平到成都的时候，社会已经变化了，诗歌在社会上的位置也已经变化了，第三颗星星已经黯然失色。在一个没有诗意的时代，如何提高一家诗刊的覆盖面和影响力，梁平的压力可想而知。

梁平拒绝以"低保"为目标，他使出浑身解数，要闯出新路。他成功了。在梁平的手里，《星星》发展为旬刊，一个月出三次刊：

原创、理论、散文诗各占一句，获得广泛的点赞。《星星》继续带给人们诗意，发出那特有的明亮光芒。

梁平也是一位诗评家，这是一种必然。一家大刊的主编，如果没有理论思考的能力，他的刊物肯定就是没有方向的，也是没有深度的。随风飘的刊物没有魅力。读读梁平的诗歌评论集《阅读的姿势》吧，一位睿智的评论家就站在你的面前了。他接触各色写诗的人，参加各样诗歌活动，观察各种诗歌现象，这种和诗人、诗坛的"零距离"就形成梁平评论的基本特色：接地气，在场感。

这可不是天上飞的"空军"，这是百米冲刺的地上部队。梁平对诗的脂粉气、铜臭气和娱乐化的批评，对名头很大、种类繁多的诗奖的剖析，对纸上的诗和网上的诗的关注，都十分准确。梁平对诗人自爱自重、保持内心纯净的呼吁，对诗人在"回暖"的热闹里保持冷静与清醒的提醒，都说明他的眼光实在犀利。他认为，诗歌不应该成为噱头，炒作诗歌是对诗的伤害，不是社会生了病，就是诗歌自己生了病。同时他坚信：只要血是热的，诗就不会死去。这些言论多么珍贵啊！

诗论一般有两种：学者的和诗人的，前者如朱光潜的《诗论》，后者如艾青的《诗论》，两部《诗论》是中国现代诗学的基石。梁平是诗人论诗。他的诗论不屑在概念上绕圈子，不会摆出一些洋人的语录来吓唬读者。他不是在诗外谈理论，而是钻进诗内去谈诗。他用的是诗的语言，抽象里有具象，理论里有美感，令人亲近，令人喜欢阅读。

然而，在诗人梁平面前，诗刊编辑的智慧，诗评家的光彩，统统被遮蔽了。因为，谈起梁平，他的诗的气场更大。梁平从高中开始写诗，但是走上诗坛还是在20世纪80年代。那是中国诗歌辉煌的年代，名叫新时期诗歌。构成新时期诗歌的诗人，在已成名者中有艾青、穆旦那样的"归来者"群和臧克家、冯至那样的资深诗人群；在年轻人中则有北岛、舒婷那样的朦胧诗人群和雷抒雁、叶延滨那样的"新来者"诗人群。梁平属于"新来者"。

梁平出的诗集很多，从 20 世纪 80 年代开始拨动诗的琴弦，梁平已经出版了多部诗集，有《山风流人风流》，有我写序的《拒绝温柔》，有《梁平诗选》，有《巴与蜀：两个二重奏》，有作为第一个外国诗人写波兰的诗集《琥珀色的波兰》，这个集子在波兰被翻译成《近远近》出版。细细数来，还有《诗意什邡》《巴蜀新童谣一百首》《家谱》《三十年河东》《汶川故事》《深呼吸》，已经浩浩12 部。他的诗是都市生活的韵律、是一个现代人的生存体验，是一个中国人的深层反思。见到梁平，第一眼印象是仪表堂堂、男子气概。接触久了，又会感觉到他细腻秀气的内涵。他的诗也正是这样：大气，然而又内蕴着一股秀美。诗人叶延滨评价说："他的诗歌有一种精神上的高贵感，带有很深的文化含量和历史智慧。"这是中肯之论。

梁平诗歌的最大特点是诗人关注时代、表达历史的能力。他是思想者、担当者。我觉得在这一点上，他和我的另一个朋友黄亚洲很相像。他的诗歌世界里没有个人秘史、风花雪月，有的是对于大生活的爱恋、对于大时代的倾心。他总是快捷地对现实事件做出诗的反应，在汶川大地震第二天，他的长诗《默哀：为汶川大地震罹难的生命》就已经现身于《人民日报》《华西都市报》了，就在这首诗里，他第一个以诗的名义呼吁共和国国旗为这些普通生命降下半旗。

梁平一再告白：诗一定要与社会有瓜葛。他说："我是希望我的诗歌与社会息息相关，与生命息息相关，与我们身边的人息息相关，成为现代社会的真实版本。"这正是当年的"新来者"们的审美取向。从大地吸取力量，自然就会强壮健康。在中国诗坛上，许多"新来者"获得了更为长久的艺术生命，这正是他们能够"长寿"

的秘密。

30 多年的创作道路见证了梁平是多面手。他写抒情诗,又写巴蜀童谣;他写短章,又写长诗。在中国诗坛,梁平以善于驾驭长诗著称。他的长诗博大,厚重,视野开阔,文化韵味浓郁。长诗《重庆书》是一部有影响之作。在 1300 多个诗行中,诗人穿行了几千年的重庆:历史的重庆,人文的重庆。诗人迈进了重庆背后的世界——生命,价值,希望,现实。《重庆书》的丰厚与深刻,令人击节赞赏。可以说,《重庆书》非梁平莫属。他生于这座浸润着巴文化的古城。当他远去成都,从锦官之城回望家乡,有那么多咀嚼,有那么多回味,有那么多漫步,有那么多反思。写作的空间,写作的契机,就自然出现了。长诗《三星堆之门》也是一种必然。从巴到蜀,以巴观蜀,神秘的三星堆就跳入了梁平的笔端。中国诗歌对于三星堆的长篇书写,梁平是当之无愧的第一人。诗人高洪波说起《汶川故事》,给予了这样的评判:"悲痛与温情交替,宏大与微末纵横,以文化纵深视野,展现大地震灾后重建的现实和历史。"

我以为,献给新中国成立 60 周年的 3500 余行的《三十年河东》是尤其值得注意的作品,它已经再版。这首长诗由序诗《东方大国:五千年与三十年》起笔,到跋歌《中国阳光》结尾,七个乐章,气势恢宏,从诗的精神高度全方位地展现了改革开放 30 年里中国的巨变。而诗人梁平似小泽征尔,挥动指挥棒,举重若轻,潇洒自如,调动诗句,完成了这个宏大的主题。

中国诗歌不乏长诗,像《木兰诗》《长恨歌》这样的篇章一直流传不衰。新诗也继承了这一传统。长诗往往能增加一位诗人的影响力和在诗歌史上的位置。如果没有《火把》,没有《他死在第二次》,没有《吹号者》,艾青的分量就会有所改变吧,至少就不能称为"太阳与火把的歌手"了。但是,长诗要求于诗人的更多:丰厚的文化积淀,博大的知识结构,以及多样的人生历练。当过知青、公社党委书记、国家公务员、刊物总编的大学中文系出身的梁平正够资格。

一首长诗的成败密码是它的构架：诗的前与后、重与轻、密与疏、张与弛的布局。梁平的长诗在这一点上是突出的。在时间的长河里，他自由自在地游泳，以各种姿态前行，探寻时间中的人和事，惬意极了。

有一个现象很有趣：一些人，当他在诗歌界担任什么报什么刊的负责人的时候，就有许多赞誉。发表一点东西，就被吹得不行。甚至没有东西，也被捧得上天。金钱、女人也主动投怀送抱。然而，一旦退下，就什么也没有、什么也不是了。真是中国式的悲剧！梁平却不是这种人。他有实力，他是中国诗人的实力派。现在不再兼任《星星》主编了，梁平还是梁平——当代有魅力的诗人梁平。

梁平到成都以后，自己也说有了两个故乡，他在演双城记。我不由想起狄更斯的小说《双城记》："这是好得不能再好的时代，这是糟得不能再糟的时代；这是一个明智的岁月，这是一个愚昧的岁月；这是一个信心百倍的时期，这是一个疑虑重重的时期；这是一个光明的季节，这是一个黑暗的季节；这是充满希望的春天，这是令人绝望的冬天。我们拥有一切，我们一无所有。大家都在升天堂，大家都在下地狱。"《双城记》的这段开头和中国当下的时代有些相像。我们所处的时代，是一个伟大的时代，又是一个正在转型中的复杂时代。在这个时代里，改革与混乱共生，崇高与卑鄙并存，廉洁与腐败同在。在这个最好的也是最糟的时代，我们多么需要诗歌啊！

梁平在重庆期间，我们是朋友。当他在宦途中顺利发展时，当他在生活里失利时，我们都是哥们儿，是全天候的朋友。我很珍惜这份情谊。在他去成都以后，我们的交往很少了，不过彼此是心灵相通的。对于诗歌，对于诗坛的是是非非，我们几乎总是持有一致的看法。"人情似纸张张薄，世事如棋局局新"。在当下的功利社会风气里，友情是贵如金的。

在梁平的诸多头衔里，有一个是"一级作家"，这和我有点关系。作为重庆市文联主席，我兼任重庆市文学艺术系列高级职称评委会的副主任。那年开会时，任文化局局长的主任出差，评委会由我主持。正是在那次评审中，担任《红岩》杂志主编的梁平被评为一级作家。他的条件是足够的，我也是铁面评委。记得他通过以后，我连电话也没有给他打一个，他也似乎没有给我打什么电话。友谊归友谊，公事归公事。这是那些年来重庆市第一次评一级作家。我很为他高兴，也很为拥有这样的朋友自豪。

但是，对于梁平，我也一直有一个遗憾藏之于心。我担任过多届鲁迅文学奖以及鲁奖的前身全国文学奖的评委，梁平却至今和这个权威的、不是什么老板或地区出钱消遣的大奖失之交臂。虽然梁平本人并不在乎，我却一直内疚。凭实力，凭影响力，似乎不应该这样吧！

《梁平诗歌研究》中选入的评论，从不同视角打量了诗人梁平。这对于欣赏梁平、研究梁平，都是有价值的。过去曾经出版过一本《梁平诗歌评论集》，也是我写的序。《梁平诗歌研究》比前一本更丰富。我想说的是，对梁平的研究显然还不够，作为当代优秀的诗人、评论家、编辑家，他是一个具有学术价值的研究对象。梁平还在发展，评论应当跟上他的步伐。

是为序。

2016 年 3 月 27 日

（吕进、蒋登科主编：《梁平诗歌研究》，四川文艺出版社 2016 年版）

小诗的泰华诗圣

——《曾心小诗 500 首》序

读曾心的小诗实在是一种审美享受。在泰华诗坛，我觉得，岭南人是抒情诗的诗仙，曾心是小诗的诗圣，他们两位代表了当今泰华诗歌的高度。

我认识曾心是在中国，在广东韶关，可能已经有十来年了吧。那是一次东南亚诗人的聚会，从那以后，我就一直关注着这位富有才情的泰国诗人。他的职业是医生，可是，他的心灵世界完全是诗的世界。就像《文心雕龙》说的那样，他"登山则情满于山，观海则意溢于海"。我每每有这样的阅读体验：世界经过曾心诗笔一点，刹那间就变成了妙不可言的诗美世界。一次普通的握手，在曾心这里，就被诗化了：

那次在鹭岛
握出一树凤凰花

这次在湄南河畔
握出一江温情

　　下次不知在何处

　　掌心早已握满思念

　　曾心在诗歌艺术上的成熟的标志，就是他的诗的平淡风格。他有一首《季节》：

　　宝贵的人生

　　只剩下一个

　　季节

　　冬

　　落其华芬

　　——一个平淡之境

　　可以在诗歌史上看到一个普遍现象：诗人越成熟，他的作品就越平淡。镂金错彩，珠光宝气，华词满篇，扑朔迷离，是年轻诗人易犯的毛病，是写诗幼稚病。"才大于情"绝对不是诗人高明的证明。如宋人苏轼所说："绚烂之极，归于平淡"，也如另一个宋人葛立方所说："落其纷华，然后可造平淡之境"。读曾心的小诗，读者很容易进入响应性状态。

　　不要小看诗的平淡，只有拥有写诗资历并懂得诗美奥秘的人才能攀登到这个高峰。平淡的诗读者易读，但这并不表示诗人易写；反过来，读者难读的诗，并不表示诗人难写。"苦而无迹"是一切有才华的诗人的共同特征。

　　曾心小诗的平淡还有佛光的普照。诗歌无国界，诗人有祖国。泰国是一个"黄袍佛国"，信奉佛教的人占全国总人口的 94.6%，三色国旗中的白色就象征着宗教，象征着宗教的纯净。因此，泰国文学与诗歌总是在佛光的沐浴下，在佛祖的怀抱中。曾心的小诗也显示了这一特征。他的诗，许多感悟方式和表达方式都有佛的光亮：一花一世界，一叶一如来。在曾心的小诗里，"佛"是常见题材。且读他的《佛》：

在半闭半开的佛眼前
我一无所求

从心灵的书架上
掏出珍藏的佛经
念诵再念诵

我也是一尊佛

诗人"也是一尊佛"。在他的小诗里，崇尚忍让、呵护安宁、爱好和平的心态完全可以触摸，这其实就是信仰佛教的泰国人的普遍心态。曾心有一首《秋叶》，可以当作诗人的诗美追求来读：

一片黄叶
飘落一潭秋水
有声有色有形

沉淀我的心湖
无声无色无形

内视点决定一首作品对诗的隶属度。诗人"肉眼闭而心眼开"，在心灵世界漫游。因此诗是不讲理（论）、不合（语）法的艺术，诗人"情到深处，每说不出"，像禅家所言："无数量，无形相，不可觅，不可求，不可以智慧识，不可以言语取。"诗是无言的沉默，无声的心绪，无形的体验。在这一点上，诗家的确和释家是相通的，而曾心是沟通诗家和释家的能手。

唐人司空图说："浅深聚散，万取一收。"德国学者黑格尔说过，"诗就是清风吹过竖琴发出的一阵短暂的乐音"。小诗只有短短几行，就更是短暂乐音式的诗体了。这注定了它是"以少少许胜多多许"的艺术，仰仗读者想象力的"空白艺术"，"妙于笔墨之外"的艺术。小诗诗人的基本功就是处理"一"与"万"的技法，诗人的高低、诗歌的文野的区别就在这里。小诗首先要善于从"万"取"一"。这个"一"，必须是体积小而诗的含量大的"一"；然后诗人就去最大限度地提炼"一"，去掉它的一切杂质，提升它的诗美纯度和厚度，"寓万于一"；再然后，诗人"以一驭万"，让这个"一"成为诗美世界的"一"。诗人没有权力将读者局限于原生态的"一"，而是用"一"去激发读者的想象力，让他们"精骛八极，心游万仞"。"一"是小诗的外貌，"万"是小诗的艺术容量。从这个角度，我们可以公平地说：曾心是位诗艺大家。他有足够的诗的敏感，善于从大千世界里选取、提炼那个"一"，再让"一"升华成"万"。诗是内视点的文学。曾心的小诗化心为物和以心观心的很少，基本是用以心观物作为内视点的存在方式，他留意客观世界里那些超出机制较强，也就是表现性较强的事物，以心观物，给了我们许许多多佳篇美制。

且读他的《油条》——

本来软绵绵

熬煎后

赤裸裸

紧紧相抱

不管外界多热闹
此时，只有他俩

且读他的《窗》——

众人睡了
我还醒着……

日夜睁大眼睛
因为我不放心这个世界

且读他的《浪花》——

跳出母亲的怀抱
追风逐雨

咯咯的笑声
突然撞到山脚
碎了
洒下尽是泪

且读他的《冰》——

晶莹剔透
没有一点私心

看我溶化后

一无所有

且读他的《黑瓜子》——

黑—白

阴—阳

阴的是月亮的女儿

阳的是太阳的儿子

一枚宇宙初始的胚胎

在曾心笔下，这样的诗篇太多太多了。这是油条、窗、浪花、冰、瓜子、这又不是油条、窗、浪花、冰、瓜子。像东坡居士所说："似花还似非花。"诗人带领我们巡游世界，但这已经是诗歌太阳重新照亮的世界了：到处诗意盎然，到处美不胜收。读者到了这个世界，就呼吸着诗美的幽香，张开了自己想象力的翅膀，也打开了自己哲理智慧的大门。"言近而旨远者，善言也"。诗人将普普通通的"一"的可述性减至最小程度，将它的可感性增至最大程度，这就给了"一"最多的机会，让它成为丰满、丰富、丰厚的诗的"万"。

冰心的《繁星》和《春水》奠定了小诗在中国新诗史上的地位。此后的近百年，小诗一直在发展。2006 年，在泰国出现了"小诗磨坊"——岭南人、曾心、博夫、今石、杨玲、苦觉和蓝焰，七位泰华小诗诗人吹响了集结号。加上作为指导者的台湾诗人林焕彰，这"7+1"的队伍"十年磨一剑"，使得泰国成为汉语小诗的重镇，队伍也扩大为 13 人。曾心在 2016 年初，有一首《诗的纤绳》，是为

"小诗磨坊"成立十周年而作的——

> 十一位赤脚的纤夫
> 拉着一架古老的石磨
>
> 和着 3650 个日夜星辰
> 顺着天地"呼隆"旋转
>
> 十年磨出一条诗的纤绳
> ——2410 首小诗的连线

　　"小诗磨坊"的诗人们运用汉语的纯熟,令人惊叹。生于泰国曼谷的坚谐·塞他翁(曾心)是"磨坊"的代表性诗人,他的《凉亭》是泰华诗坛的第一部小诗诗集。

　　诗是形式为基础的文学,对于诗,形式不仅是形式,也是内容。诗体集各种形式的美学因素之大成,无体则无诗。汉语新诗到 2018 年 1 月就已经百年了,在这一百年的探索里,许许多多的诗人进行了建设新诗诗体的探索,比如冰心、臧克家、郭小川、林庚、何其芳、卞之琳、邹绛等,都有显著的贡献。近些年,到处都有诗人在推进新诗诗体的多样化创造,格律体新诗和小诗的进展尤为令人瞩目。但是,诗体建设迄今仍是新诗文体建设的弱项。一些时髦理论家宣传什么"没有形式就是新诗的形式""新诗的灵魂就是自由"等,非常荒唐可笑。他们总想取消一切旨在创造新诗诗体的努力,贬低这种努力。歪曲这种努力,丑化这种努力。这是诗坛上的人们应当警惕的。在这样的语境下,我们尤其应当向泰国的"小诗磨坊"致敬,向曾心致敬,向他们在汉语小诗诗体建设上的贡献致敬,他们的贡献是具有文学史意义的。我坚信,历史会属于中外建设新诗诗体的诗人们。

十年来，曾心和我结下了深厚的友谊。他多次来重庆参加华文诗学名家国际论坛，还发表过主题讲演。他和钟小族主编的《吕进诗学隽语》在泰国以及中国大陆和中国台湾地区同时出版，还来西南大学出席这部书的研讨会。《曾心小诗 500 首》出版，我非常高兴，我愿意向曾心，也向"小诗磨坊"的朋友们合十，送上我的远方的祝福。

2016 年 12 月 13 日于北碚静斋

（曾心：《曾心小诗 500 首》，东南大学出版社 2017 年版）

诗与远方

——序陈岩诗集《爱上层楼》

　　《爱上层楼》的多数诗歌首发于微博，这是诗集的基本特点。所以，诗中时而会出现网络语言，诗的篇幅也特别短。

　　就篇幅而言，其实微博的 140 个字的上限并不少，应该说，对于抒情诗来说，实在是太多、太奢侈了。诗是仰仗空白的艺术。诗不能像其他文学样式那样，有一个完整的故事，使读者可以断断续续地阅读。它也不能像其他文学样式那样，可以运用悬念等来引动读者的好奇心，始终抓住读者。抒情诗必须一次读完，这样，它在篇幅上所得到的权利就在所有文学样式中是最小的。在《美学》第三卷中，德国学者黑格尔有一段我以为是很精辟的话："事件构成史诗的内容，像风飘过琴弦一样震动诗人心灵的瞬息感觉构成抒情作品的内容。因此，无论抒情作品有怎样的思想，它不应该太长，往往应该是很短的。"

　　短小篇幅对诗人形成空前的挑战。在诗歌这里，对于诗人，每一个字都要求付出清洗与选择的辛苦；对于读者，诗人的每一个字都是一个深渊。元代柯敬仲长于画墨竹，明代诗人李东阳有一首《柯敬仲墨竹》："莫将画竹论难易，刚道繁难简更难。君看萧萧只数叶，满堂风雨不胜寒。"有没有能力驾驭空白，把"满堂风雨"简为"萧萧数叶"，这历来是判断诗人工力的重要标尺。那种以日常生活的口水话取代诗家语的人，他的诗人资格是大可怀疑的。

正是在诉说的慷慨和用语的吝啬的交织里，我高兴地发现了诗人陈岩。他的诗，信任、尊重读者的想象力和二度创造力，把一切多余的东西尽量推出诗外，"简"到了最小空间，干净到了最大限度。

读一读《爱上层楼》的开卷之作《一错再错》吧："你扣错了第一颗纽扣/一直扣错下去/直到最后你还不承认/说这是一种艺术。"一共才 31 个字，看似大白话，却内蕴了多少诗化的加工啊！诗人在说生活琐事？在写现实事件？在回望历史？真正的诗并不在诗内，它在笔墨之外，意象之外，诗篇之外。31 个字的诗写出了 31 万字的散文、310 万字的小说。这就是诗和非诗文学的区别。

陈岩曾在团中央工作，生活在北京，我和他缘悭一面。他早就有了编选《爱上层楼》的想法，并且早早地请了冰心生前为封面题签。也许是工作太忙，也许是性情使然，一直拖到现在，才交给出版社。阅读诗集，可以捕捉到，他是一位"五岳寻仙不辞远，一生好入名山游"的旅者，"古来圣贤皆寂寞，唯有饮者留其名"的饮者。但是，他的诗告诉我，他更是拥有诗和远方的人。诗，净化、提升了这位旅者和饮者的情感世界，对生命的敏感，对自然的情感，对社会的痛感，化为随处喷发的灵感。

疏远诗歌是缺乏文明教养的表现。在新时代，给膨胀的欲望套上道德的缰索，给庸俗的风气增添人文的情怀，守护生命，守护心灵，守护诗与远方，用诗的温柔来抚摸人的内心，就非常急迫。新时代需要新方位，需要敏锐的感悟者，需要有深度的思想者。现在诗歌的总体状况是热闹中的寂寞：诗坛热闹，诗歌寂寞。时代需要接地气、近人气、有底气、寻大气的诗。

《爱上层楼》终于面世了，我希望能听到诗人新的歌唱。

（陈岩：《爱上层楼》，团结出版社 2017 年版）

诗人的芬芳

——序李永才《南方的太阳神鸟》

从《故乡的方向》算起，《南方的太阳神鸟》已经是诗人李永才的第六部诗集了。如果没有记错，此前他还曾给读者捧出过《城市器物》、《空白的色彩》、《教堂的手》和《灵魂的牧场》。

"南方"是诗人的地理坐标，并不是诗笔的地理坐标。"四鸟绕日"的太阳神鸟是古蜀人的图腾，倾心自由、向往光明的太阳神鸟，是诗人的精神坐标。永才说："我希望自己是一只充满神性的鸟。"

我想起戴望舒，想起他那首被点赞为"最纯的诗"的《乐园鸟》——"飞着，飞着，春，夏，秋，冬，/昼，夜，没有休止，/华羽的乐园鸟，/这是幸福的云游呢，/还是永恒的苦役？"这就是诗人的宿命：飞着，寻找着，无休止地追寻乐园之境，上下求索而无所依归，"寂寞"而又"永恒"。诗人是常人，他在写诗的时候又不是常人。当他提起诗笔，他就洗净了尘世的烟火与喧哗，摆脱了常人的俗气与牵挂，"肉眼闭而心眼开"，在他的内在世界飞翔。太阳神鸟正是诗人的象征。

永才出诗集是 2011 年以后的事，其实，他很早就开始写诗，他是从 20 世纪 80 年代走过来的校园诗人。80 年代是中国的温暖年代，也是新诗的彩色年代。在四川师范大学外语系就读的永才，钟情于缪斯：写诗，办诗刊，组织社团。在他所交往的诗友中，有好些当时也和我打过交道。

永才是去到蜀国就读和工作的巴人，他的家乡在涪陵。所以，在他的身上，在他的诗里，读者很容易就感受到他的巴人气质：热情、豪爽和耿直。80年代的校园诗人是一个很有风采的群体。从这里走来的李永才，在写诗上的艺术积累是丰厚的，读他的诗，会体味到他的手腕的纯熟和对现实的淘洗工夫。读读《和平菜市》吧，最寻常的生活，最平凡的角落，诗人居然就可以寻觅出诗意，提炼出诗思——"守车老人坐在门口，数十年如一日/坐实的椅子，坐着坐着就旧了/对面的洋槐花，如老人头上的白发/风吹过一次，槐花就落一次"。岁月的流逝，生命的流逝，以及岁月与生命的流逝带来的沧桑，尽在诗外。日子在旧，白发在落。这就是诗，这就是诗家语。如果用日常语去解读，就会很愚蠢，很无奈，也很无效。诗难以说破，说破就不是诗了。

永才的诗，无论是写明媚还是写忧伤，无论是锦城走马还是梦枕江南，无论是短曲还是长制，都显示了诗人的才华，并且披露出这不是随意涂鸦的写诗的人，而是一位有理论修养、有自己美学追求的诗人。

永才曾对我说："我是重庆人，却在成都做事。你是成都人，却在重庆讨生活。"此言不虚。所以，《南方的太阳神鸟》那些书写芙蓉城的篇章，特别搅动我这个游子的乡思。故土难离，故乡难忘。

当我在《南方的太阳神鸟》的《后记》里读到永才这样的宣示的时候，我是很赞同的："随时提醒自己要有更多的现实关怀和人类永恒的主题。更多地选择一些关乎人类社会，自然与生命的公共题材，加以提升和转化。而不再去写那些小情小景和个人化小情感的东西。这或许就是我持有的诗歌审美向度。"我觉得，永才正是在探寻通往大诗的路，对于写诗30年的他，这应该是一种必然吧。我们现在面临着新诗的热闹年代，但是，说实话，在层出不穷的诗奖、研讨会、大赛、朗诵会的后面，在这些热闹场面的后面，是寂寞。很看到接通时代的大气，接通大众的地气，连接传统的底气，真正的诗人，会用他的芬芳滋润同时代人的心灵。祝贺李永才新作的问世。

是为序。

（李永才：《南方的太阳神鸟》，四川民族出版社 2017 年版）

春天的眼睛

——序杨平《就这么一直爱着》

　　杨平和我接触并不多，但是他给我留下的印象不错。他似乎并没有某些"诗人"的那些令人诟病的癖性，沉静，踏实，细致，中规中矩，使人觉得他是一位值得信赖、可以交往的人。我读过他的一些诗，同样给我留下的印象不错。诗如其人，他的诗和他的人完全合拍，不以奇句取胜，在平淡里显深刻，在短章中出精致。

　　除了写诗，杨平为重庆诗坛做了不少事，他主事的《几江》诗刊，并没有几年，就在重庆的民刊里成为佼佼者。所以，当他向我索序的时候，我就一口答应下来，尽管还有好几本诗集在等待序言哩。好在，我对杨平的诗并不陌生。

　　读《就这么一直爱着》，第一印象就是，杨平有对诗美的敏感。在他的笔下，平凡的世界一下子就充满诗意了！无论是花朵、麻雀、青蛙，还是鸣蝉、飞雪、闪电，都被诗酿造了，提升了，净化了，获得了诗的生命。这是做一位诗人的资格的证明。看山还是山，看水还是水，哪里还有诗人呢。诗人进入写作状态以后，他一定是"肉眼闭而心眼开"的，"心眼"所见，"似花还是非花"，"万相非相"，这才有诗人。

　　杨平喜欢春天和秋天，诗集里的许多篇章都属于这两个季节。这是诗人气质的又一披露。生命是流动的，时光是流动的，万物是流动的，所以诗从来亲近流动。漫漫夏日，枯索冬季，太静，太僵，不大容易受到诗的青睐。杨平写夏天和冬天也是避开静止和僵硬，而是写蛙叫，写飞雪，都是落墨于流动。至于由枯而荣的春天，由荣而枯的秋天，正好与生命的流动、时光的流动、万物的流动相通，诗情自然由此而生。

杨平笔下的春天和秋天是别开蹊径的，美制佳篇不少，是杨平自己的春天与秋天。读读《春天也会痛吗》——

"我只知道/秋天会痛/秋天痛的时候/树叶会飘下来，果实会掉下来//春天也会痛吗/春天的痛是谁叫出来的"。

旅美诗人彭邦桢的《月之故乡》流传很广："天上一个月亮/水里一个月亮/天上的月亮在水里/水里的月亮在天上"。他曾经写过一首《花叫》，是他的得意之作。当年他来新诗研究所讲学时，对听众说，"谁说过花会叫？只有我"。而杨平的春天是油菜"喊黄"的，他的春天和秋天是"会痛"的。他也完全可以说，能写出这样的春天和秋天，"只有我"。

诗集里那些写游历的诗篇一般不如写人生的出彩。杨平写人生，有中年人的甜蜜与疼痛、中年人的沉思与睿智。《一生》，从生到死，从母亲到母亲，只有 13 行。他的《白发》给了我一个感动。女儿为诗人拔白发，感叹"越拔越多"："对我来说/白发是从岁月里抽出来的/一根根银丝啊/——很珍贵"。

"春天在树枝上苏醒/到处是春天的眼睛"。读杨平的诗，他的那双"春天的眼睛"，给我们美，给我们爱，让我们更多情，"一直爱着"这世界，"一直爱着"这人生，多好啊！

说来台湾也有一位诗人叫杨平，多次到访新诗研究所，还和日本大诗人谷川俊太郎一起参加过学生为我举办的烛光生日晚会。而重庆的杨平是江津人，写诗多年，这本集子收入他的诗歌 130 多首。他的诗，水平起伏不大，基本都在一个水平线上，很稳定。没有镂金错彩、珠光宝气，有的是在单纯、朴素里浓浓的诗情和独特的表达。

在浮躁的当今诗坛，我点赞杨平和全国许多诗人静静地走的这样的诗歌之路。诗坛现在似乎是一个名利场：诗会，诗奖，诗赛，好不热闹。但是，好诗都是在宁静中诞生的。其实，名利最不可靠。洞穿名利，才会宠辱不惊。为名利不惊者，才有可能成为艺术生命比较久远的诗人。

我希望诗坛给予杨平和杨平们更多关注。安徒生说过："镀的金会磨光，猪皮倒永远留在那儿。"

我祝贺杨平诗集的出版。

（杨平：《就这么一直爱着》，团结出版社 2018 年版）

和风伴行

——序严建文诗集《风中的行者》

　　严建文是个工科男，大概是锻造方面的专家吧。读《风中的行者》，却给我一个大大的意外，意外的惊喜：这是合肥工大的工科教授写的吗？他是栖居在诗意世界的人啊，内心世界如此丰富，如此宽阔，又如此多彩。建文是诗人金铃子向我推荐的。我对金铃子说，这位工科男杠杠的啊。

　　建文的确是风中的行者，对"完美"的渴望是行走的原动力：

　　　　风醒了，我望着大地
　　　　大地也醒了

　　　　诗人在风中前行——

　　　　路在等我，总有走不完
　　　　走不完的人生
　　　　上。中。下。或者更多
　　　　就像我永远造不出完美的机床
　　　　永远的渴望

　　建文诗作的最大特色就是诗中那个饱满的"我"，这个抒情主人公贯穿了他的整部诗集。作为抒情主体，诗歌书写诗人自己的酸甜苦辣，书写所面对的现实，似乎是天经地义的事。晚清黄遵宪曾说"我手写我口，古岂能拘牵"就是这个道理。诗人有话要说，情之所系，兴必生焉，自然发而为诗。

　　诗本来就是一种从"我"而来的文学品种。没有"我"就没有诗。个性的解放与诉求在"五四新文化运动"之后迅速高涨，所以诗歌成了新文学的排头兵。但这种解放与诉求绝不是以自己为本位的"个人"，而是如周作人在《人的文学》中所说的"个人主义的人间本位主义"。新诗如果要获得真正的繁荣，完成从量变到质变的飞跃，肯定需要让"个人"与"人间"实现诗的渠道的联结，需要让诗人的"我"和"大地"实现诗的渠道的联结，让"人生"和"风"实现诗的渠道的联结。这样，"我"的抒情就会因了接地气而大气：丰厚，深邃。

　　读建文的诗，可以迅速地捕捉到他的诗歌中渗透着的诗人的孤独与寂寞，就连"我的热爱"里也透着他孤独的叹息。读《城堡》，读《2月19日过798》，读《猎豹》，可以发现，任何时间、任何地点、任何意象都会唤起诗人的孤独感。请看《猎豹》——

> 无数有形的，无形的猎豹
> 它们留下你可以
> 寻找的足迹
> 留下风声

　　对于孤独的人来说，就连思念也只是孤独感的另一种呈现形式。或许，诗歌本身就是一个孤独者的修行。我们在前辈诗人那里可以很容易地就发现这种孤独感：艾青，冯至，穆旦。也许只有在孤独中，诗人才会聆听到诗神的耳语。孤独感把诗人变成了一个类似于本雅明所说的"漫游者""观光客"。"漫游者""观光客"的身份本身就揭示了"自我"与"他者"的分离，这种现代人的文化心态是工业文明后所特有的。"江南的雨"（《江南的雨》）"北方的城"（《春夜》）"十里三村"（《十里三村》）"阴冷的巴黎"（《三月的巴黎印象》）……在这种漫游观光中，诗人并非一个零度写作者，而是融入了自己的切身感受。这也就使得建文的诗打下了自己特有的精神烙印。

　　建文的诗有着流动的时间，诗人在时间流动中的沉思。"风"是诗集的中心意象之一，风就是永远的流动啊。《风中的行者》集合了春夏秋冬四季，白昼黑夜，诗人在时间中感受自己——

　　　　银杏叶落了，落了，它飘过对面的街灯

　　　　陷入温柔的春泥

　　　　它是否与我一样看见了春

　　　　看见来年，一树的盛大

　　　　重生枝头

　　诗属于世界，属于生命，所以属于流动。因为，世界是流动的，生命是流动的。所以，无论古今，也无论中外，静态很难产生诗情。而在一年四季里，由枯到荣的春天，由荣入枯的秋天，总会引起诗人的万般感触，得到世人的青睐。在建文的《二月的思念》《我在黑夜里潜行》《兰花开了》等诗篇里，时间的流动感特别醒目。诗人是思想者，但是他不是哲学家那种思想者，他是诗人。诗人不必把时间上升到一个形而上的哲学层面，作诸如海德格尔的《存在与时间》那样的思考，而是在时光的流逝中感受生命，感受世界的"逝者如斯"——

异乡的水土，我有些许不适

我在岸边坐下

把跟随多年的行囊放下

坐在河边

看着随波逐流的世界

逝者如斯

　　如果我们单纯就《逝者如斯》这首诗来看，由于"那些被允许的幸福"并没有确指，因此，想念也就变成了一个具有多重阐释功能的词语，于是，"随波逐流"的世界就超越了个体精神层面，从而给读者提供了更为丰富的想象空间。

　　西方有句话说"一千个读者就有一千个哈姆雷特"，中国与之相近的是"诗无达诂"。其实任何人的诗作都不一定就是一个标杆，诗人的写作本来就是为了卸载多余的荷尔蒙，抒发自己的即时感受，因此，只要能够通过写作让自己的内心恢复平静，从而认真去理解生活，理解人生，充满诗意地生活在大地上，这就足够了。尤其是对这位工科专家的诗，我们的天职是点赞、欣赏。从诗艺角度去做学究式的探究实在没有必要，也很可笑，何况建文的诗艺手腕不俗。

　　《风中的行者》即将出版，而且，我得知要同时出版英文版，因为建文担任董事长的公司和英语国家有广泛联系。在序言的最后，我当然要祝贺诗集的出版。除此之外，我还想祝福我这位没有见过面的诗友，祝福他带着诗歌灯盏的远行——

我终究是一个远行的人

不是孤单地行走，因为我带着河流

带着诗歌的灯盏

里面背负着沉甸甸的梦

爱的憧憬

（严建文：《风中的行者》，环球文化出版社 2018 年版）

华韵与蕉风

——《新世纪东南亚华文诗歌精选》及《新世纪东南亚华文小诗精选》序

    由朱文斌、曾心主编的《新世纪东南亚华文诗歌精选》和《新世纪东南亚华文小诗精选》两部诗选出版，实在是新世纪华文诗坛的一件盛事。除了东帝汶，东南亚十个国家，不管是"半岛国家"还是"海岛国家"，都有代表性诗人入选。诗选编者的眼光精准，入选诗人的确是该国华文诗人的翘楚，有好些也是我的朋友，不少诗人还来过重庆，到访中国新诗研究所。两部诗选以国家为单位，以诗人年龄排序，每位诗人由简介、诗作、诗歌赏析三个部分组成，的确便于读者品读，值得点赞。

    东南亚有 90 多个民族，其中，华侨、华人有 3000 多万，如果把中国除外，占了全世界华侨、华人总数的 70% 还要多，是世界上华侨、华人最多的地区。所以，我们星球的华文诗歌，由中国、东南亚、欧美澳的三个板块组成，这就毫不足怪了。东南亚这个当今世界经济发展最有活力和潜力的地区之一，是中国的南邻，也是世界华文诗歌正在成熟的一个富有特色的组成部分。像菲律宾云鹤这样的东南亚诗人，在中国也有名气，他的《野生植物》在 20 世纪 80 年代的中国就流传很广。早在 1989 年，我主编的《外国名诗鉴赏辞典》（河北人民出版社）中，就选入了几位东南亚诗人的作品。

在东南亚，除了泰国，大多数国家都曾经沦为殖民地，因此，独立运动是前辈诗人共同的难忘记忆。在东南亚的华文诗人中，就有些令人景仰的独立斗士，像马来西亚的已故诗人吴岸就是一位为沙捞越的独立而献身的人。他曾和妻子同时被关进政治犯集中营，长达十年，囚禁于同一监狱，两夫妻却不得见面。他告诉我，集中营每两年就给一次忏悔机会，然后释放。他坚持不认错，直到第十年，得知狱外的独立运动早已风消云散，才踏出狱门。我最后一次遇见他的时候，他的健康状况已经很差，肾切掉一个，胆囊也割了，还得了肺癌，他幽默地笑着对我说："我是个缺斤短两的人呀！"吴岸的诗写得非常出色，我们应该永远记住他。更多的华文诗人在自己国度的经济、文化发展中做出了显著贡献。

东南亚华文诗歌有两个文化来源：华族文化和本土文化。东南亚诗人既有母土诗学，又有本土情结。二者的交融构成东南亚华文诗歌的基本特色。尽管东南亚各国华文诗歌有"同中之异"，但是有更多的"同"：它们都拥有母土和本土的双重诗歌遗传，我把它称为华韵和蕉风的双重诗学。我们从母土诗学和本土情结出发就可以大体解读东南亚的华文诗歌。

华韵首先来自诗歌的文字，来自华文。华文是世界上使用人数最多的文字。华文也是非常丰富的文字，从古代的象形文字发展到今天，积累的文字数量颇多，1994年版的《中华字海》就收入87019个字。华文是天生的诗歌文字：语法规则最少，所以在词类变化、文字搭配上最灵活；省略最多，所以最含蓄、最多义、最简洁。同时，华文一个字就是一个音节，而且有字调，所以最富音乐美。所有这些，使得华文成为世界上最富有诗歌特质的文字之一。

华韵还来自几千年的母土诗学的浸润，比如小诗就是中国诗歌的一个传统：从唐代小令到现代小诗。从新诗来说，冰心的《繁星》和《春水》奠定了小诗在中国新诗史上的地位。此后的近百年，小诗一直在发展。2006 年，在泰国出现了"小诗磨坊"——岭南人、曾心、博夫、今石、杨玲、苦觉和蓝焰，七位泰华小诗诗人吹响了集结号。加上作为指导者的台湾诗人林焕彰，这"7＋1"的队伍"十年磨一剑"，使得泰国成为东南亚华文小诗的重镇，队伍也扩大为 11 人。"小诗磨坊"的诗人们运用华文的纯熟，令人惊叹。生于曼谷的坚谐·塞他翁（曾心）是"磨坊"的代表性诗人，他的《凉亭》是泰华诗坛的第一部小诗诗集，我尊称他为"小诗的泰华诗圣"。近年由曼谷留中大学出版社出版的曾心著、吕进点评的《曾心小诗点评》，在东南亚热销，先后再版三次，销售超万册，打破了近百年来泰华新诗销售量的记录，创造了一个奇迹。中国的报纸为此做了大幅报道。

曾心曾请我为他的《凉亭》题词，我写了佛家语的"不可说"，这三个字其实就是小诗的精髓所在：口闭则诗在，口开则诗亡；肉眼闭而心眼开；诗是无言的沉默；等等。

本土情结是东南亚诗歌的情感走向。

诗人们站立在本国的土地上倾诉着爱恋与心动。从移民意识到身份认同，是华人诗人的共同轨迹。他们的诗作里，有蕉风扑面的南洋风情，有对所在国弱势群体和底层人生的关注。

华韵与蕉风的交织，催生出当今世界的东南亚华文诗歌，这是一片神奇土地长出的神奇花朵，它的前景必然辉煌。新加坡近年涌出了一批年轻的华文诗人，如陈志锐、周德成、舒然。舒然到过中国新诗研究所，她的诗集《以诗为铭》是我和新加坡诗人陈剑先生写的序，中国台湾诗人洛夫题签。这里用舒然的诗句来结束这篇序言吧：

今天，每一个枝桠都是撑开的手掌

触摸阳光，于是阳光不再流浪

等待时间饱满的果实，如约而来

像六月的树一样挺拔，幸福

像纯净的水一样自然

（朱文斌、［泰］曾心主编：《新世纪东南亚华文诗歌精选》，浙江工商大学出版社2018年版）

水过无痕

——序《岭南人小诗选》

我曾在澳门大学做过《汉语新诗的外国群落》的讲演，那篇讲演稿后来刊登于《星星》诗刊。我写道："汉语新诗是覆盖我们星球的诗歌现象，写作汉语新诗的，既有中国两岸四地的诗人，也有侨居海外的诗人，同样，还有外国诗人。"

在泰国，这个群落的主要成绩在小诗。最早出现的泰华小诗在20世纪30年代，当时鲜有影响。其后，岭南人从70年代开始发表小诗，成为泰华小诗的先行者。形成气候是在2006年7月，由主编泰国《世界日报》的台湾诗人林焕彰发起，泰华诗人岭南人、曾心、博夫、今石、杨玲、苦觉、蓝焰和林焕彰组成了"7＋1"的"小诗磨坊"诗社。11年过去，"磨坊"现已硕果累累，每年推出一本小诗诗集，加盟者也增加到了11人。

"小诗磨坊"诗社的盟主是曾心，主心骨是岭南人。岭南人是"磨坊"中的老大哥，写小诗的资历最长、影响最大，备受尊敬。岭南人的职业是经商，但是他从来亲近缪斯。他说："诗，让我走过风雨，穿越时空。"

读岭南人的小诗，最突出的感受是诗里的禅意。

禅是从梵文意译过来的词，禅学的核心就是悟，即"无明"之雾散尽过后的一种静默、无言的澄明之境。诗与禅正是在"悟"上相通：禅道在妙悟，诗道亦在妙悟。

岭南人的诗，淡雅，纯净，禅意浓厚。诗人走出世界以观照世界，走出人生以观照人生。和世界、和人生的这个审美距离，就赋予他的诗以高贵的气质。他的诗，没有功利欲求，尽除世俗之气，给予读者的是山中之气，水中之光，花中之香，女中之态，难以道破，只能会心。

　　　　深山空无一人
　　　　叶落无声

　　　　只闻鸟鸣啾啾……

　　　　叶落无声
　　　　深山空无一人

　　这首五行诗的题目是《叶落无声》。以"鸟鸣"反衬"无声"，以"叶落"反衬"无人"，前后两个诗节形成回文，让诗行回旋在你心里。"天人一物，内外一理，流通贯彻，初无间隔。"记得魏尔伦说过："最纯的诗是一种音乐"，读这样的诗篇，难道没有聆听天籁之音的感觉吗？在这部诗集里，这样的诗比比皆是，可谓美不胜收。又比如六行诗《八十读王维》：

　　　　灯下，亲近王维
　　　　　潺潺一道清泉
　　　　石上流
　　　　　流来雪白
　　　　流来清澈

明月照青松

"老年唯好静，百事不关心"，这是老杜进入老年后的感慨。明月，清泉，青松，使人想起袁枚在《续诗品》里的话："钟厚必哑，耳塞必聋。万古不坏，其惟虚空。"

岭南人的小诗还有一个显著特点，他善写禅意：拥抱自然，静观万物，花开草长，云飞雾散。但他并不执意去人为地寻求哲理。他的诗，求真，求善，求美。这还不能说到点子上，他的诗最大的亮点是求本。求人性之本，诗与可感的物质世界、可欲的功利世界保持了审美距离，造出清雅之境。

请读《自画像》吧——

一首自由体的小诗
像我

我的人如我的诗
不押发呆的脚韵
也不讲究平平仄仄
仄仄平平

这就是真诗人的状态啊：不受拘束，不讲规矩，但求灵魂的舒展，意志的自由。

诗是以形式为基础的文学。从一个侧面而言，形式就是诗的内容。诗是没有转述意义的艺术，没有形式，诗也就消失了。岭南人的诗，好似诗人并没有在形式上用心，一切均很平淡。其实这是一个错觉。岭南人的四行诗、五行诗、六行诗，好像都是诗无定节，节无定行，随意拈来，自由挥洒。中国古人说"苦而无迹"，用在这

里正合适。岭南人的平淡是险后之平，浓厚之淡；是绚烂之极，归
于平淡。像宋人葛立方《韵语阳秋》所说："平淡而到天然处。"这
里有大技法存焉。

《岭南人小诗选》开卷第一首是《水过无痕》：

水过，真的无痕吗？

水中石知道
河岸知道
岸边的树也知道

无痕是外在的，无痕饱含了内在的磨难和修炼。禅意是无言的
悟，所谓"情到深处，每说不出"，或者如比利时诗人梅特林克说
的那样："口开则灵魂之门闭，口闭则灵魂之门开。"以言来言那
无言，以开口来传达那沉默，这是诗人永远要面对的难题。禅不立
文字，但是诗是文学，必须立言，得从心上走到纸上。诗人在
"忘言"中寻思，在寻思之后还得重新寻言。西谚说："语言是银，
沉默是金。"如果不能将"银"提炼为"金"，就不能称为诗人了。
中国学者钱钟书《谈艺录》讲得甚为透辟："了悟以后，禅可不著
言说，诗必托诸文字""非言无以寓言外之意；水月镜花，固可见
而不可捉，然必有此水而后月可印潭，有此镜而后花能映影"。岭
南人的词语清洗、意象塑造，都有"苦"藏在后面。在诗体上，
他也是变化多端，四行体、五行体、六行体没有凝固，在方寸之
间，开辟出活跃的空间。

岭南人本名符绩忠，生于中国海南文昌，是道地的岭南人。符
先生今年已经85岁了。去年他和泰华作家林太深同时生病，我很焦
急，常请和我在网上联络较多的曾心先生转致问候。为他的诗集写

序的事儿，他已经向我说了几年了。现在诗集终于编成，即将出版，实在值得庆贺。"99"这个数字很吉祥。但愿诗长久，中泰广流传；但愿人长久，千里共婵娟。

（岭南人：《岭南人小诗选》，留中大学出版社 2018 年版）

坚守钓鱼城

——序赵晓梦长诗《钓鱼城》

一

对于诗来说，分量不一定表现为数量。"以少少许胜多多许"恰好是诗的特征与优势。有的优秀诗篇，仅仅几句就是一部长篇小说的分量。但是，生活给长篇叙事诗也留下了宽阔的平台，诗并不只是属于抒情短章。

翻开诗史，可以轻易地发现，优秀的诗人除却写出了脍炙人口的短诗，也毫无例外地拥有叙事长卷。中国新诗发展史上的艾青是影响了一两代人的诗人，他就被称"太阳与火把的歌手"："向太阳"是抒情短章，而"火把"则是长篇美制。如果把《火把》、《吹号者》、《他死在第二次》、《古罗马的大斗技场》和《清明时节雨纷纷》这些长篇叙事作品拿掉，艾青将是不完整的，他的历史地位也许会重写。只有既研究"太阳"，又研究"火把"，研究"太阳"与"火把"的内在联系，才能从总体上更好地把握艾青。

把话题拉回古代，中国是崇尚抒情短诗的国度，但是古代民间的叙事诗也源远流长，《陌上桑》《孔雀东南飞》《十五从军征》《木兰诗》均为名篇。至唐代元白之后，文人叙事诗出现，杜甫的"三吏""三别"，白居易的《长恨歌》《琵琶行》几乎妇孺皆知。

最近几年，好些诗人都在尝试写叙事长诗。现在赵晓梦又捧出了《钓鱼城》，这似乎是他的第一部叙事诗。

二

晓梦是故土情结比较浓厚的诗人。他是合川人，而占地 2.5 平方公里的钓鱼城就位于合川的嘉陵江南岸 5 公里处。何况，钓鱼城从来就落满了历代诗人的目光。记得在世纪之交，四川人民出版社出版《钓鱼城诗词释赏》一书时，未曾谋过面的主编王利泽先生就请我为这本书写过序，记得那本书收入了古今书写钓鱼城的诗词 100 多首。

古代那场持续了 36 年之久的钓鱼城保卫战，是宋蒙（元）战争中强弱悬殊的生死决战。成吉思汗之孙、蒙古帝国大汗蒙哥亲率部队攻城，但"云梯不可接，炮矢不可至"，钓鱼城坚不可摧。蒙哥派使者前去招降，使者被守将王坚斩杀，蒙军前锋总指挥汪德臣被飞石击毙。1259 年，蒙哥本人也在城下"中飞矢而死"。于是，世界历史在钓鱼城转了一个急弯，正在欧亚大陆所向披靡的蒙军各部因争夺可汗位置而发生内斗，急速撤军，全世界的战局由此改写。钓鱼城因此被誉为"上帝折鞭处"，南宋也得以延续 20 年。

三

叙述诗的结构有几种基本类型，纪事型、感事型、故事型，晓梦的《钓鱼城》应该属于纪事型。晓梦在史料搜集上，看来花了许多功夫。但是，诗只是诗，不是史学。以诗补史，不是诗人晓梦的使命。叙事诗是诗，它的纪事当然就不同于散文的纪事。寻找人性的复杂与美，探索人的内心世界的冲突与期盼，这是诗人回望历史时感兴趣的天地。情节第一，情节统驭结构是散文；而情味第一，情味统驭结构才是诗。作为诗的一个品种，叙事诗与其说是在讲故事，不如说是在唱故事。既是诗，魂魄必是情味，诗意、诗境、诗趣由此而生。叙事诗回避过分复杂的情节，简化过分众多的人物，以便给情味以空间。从古到今，叙事诗往往喜欢选取读者早就熟悉的故事，以便在叙述上节省笔墨，把诗行让给情味的书写。依照情节发展的干巴巴的叙事，诗就难免会"丧魂落魄"了。

《钓鱼城》的故事并没有依照历史的时间连贯性而次第展开，它由攻城者和守城者两个方面的主要人物的内心自白构成全诗，一共三章。

第一章《我们的弥留之际》，以蒙哥开始，蒙哥夫人、前锋总指挥汪德臣押后，披露了这三个人在弥留之际的遗憾、痛苦、仇恨、挣扎的心。派招降使者，挖地下通道，都遭失败，最后是飞石结果了汪德臣，重伤了蒙哥。曾经是"天下再大，不过是马蹄的一阵风"的蒙哥，曾经是所向披靡的蒙哥，现在遇到的却是"客死他乡的宿命"：

> 我要的城还在
> 仅仅只是打湿了脚背

第二章《用石头钓鱼的城》，展开了钓鱼城守将余阶、王坚、张珏的内在世界：坚强，镇定，耐力，以及"白鹿洞书生"余阶的"舌尖的乌云下面 \ 是山风无法辩解的判决词"的无奈，王坚的"浑浊的酒杯装不下几多愁"的郁愤和张珏的"从钓鱼者到被钓者"的悲凉。

第三章《不能投降的投降》，王立、熊耳夫人、西川军统帅李德辉相继登场。全章的中心人物是守土如命的王立。南宋大势已去，蒙哥有"屠城"遗诏，他必须在"名节"和全城 10 万民众"生死"二者之间做出选择：

> 后世的非议，我已经无暇顾及！

王立倾吐的内心积愫，他的无私无畏的选择，使人想起清人赵藩作于成都武侯祠的那首楹联:"能攻心则反侧自消,从古知兵非好战;不审势即宽严皆误,后来治蜀要深思。"王立敞开了"审势"的心灵打斗,人格在打斗中从"忠君"升华到了"爱民",从小我升华到了大我。

《钓鱼城》都是诗中的人物在自白,诗人从所写对象里退去了,这首诗的突出结构特征就是钓鱼城和曾经与它结缘的各种人物仿佛在自出现、自说话,不需要诗人的解释或解构,也不需要诗歌的再现或再造。其实,在"自出现,自说话"里有诗人在,他是高明的导演,躲在历史舞台的后面。这是历史的外在痕迹和诗人内心生活的和谐,仿佛是历史现实本身,其实是诗的太阳重新照亮的历史天空。

在全诗的叙事结构中有一个黏合剂和推进器,这就是反复出现的"再给我一点时间"。蒙哥说:"再给我一点时间——长生天\让我醒来,给我的遗嘱留点时间。"王坚说:"再给我一点时间。我不是一个喜欢\热闹的人。古老的山顶太吵太乱!"王立说:"再给我一点时间。一城人的心跳\遇到了难题。……"时间的基本特点是它的单向性:时间总是从过去流向未来,不可能从现在流向过去。哲学家芝诺的名言:"人不能两次踏入同一条河流,人甚至一次也不能踏入同一条河流。"时间无时不在流淌,世界每刻都在变化。所以,"再给我一点时间"其实是一种遗憾,一股苦痛,一份担当。人说:"天下事,了犹未了,何妨以不了了之。"对于攻城者,对于守城者,其实都难以"以不了了之",真是"长使英雄泪满襟"啊!

四

《钓鱼城》的灵感语言的光彩令人心动。

这首长诗可以说是晓梦呕心沥血之作。作为一家大型都市报的常务副总，他是一个整天忙得跳脚尖舞的人。这半年里，稍有闲暇，晓梦就立即回到这首诗的世界里，字斟句酌，几易其稿。据我所知，诗人梁平也给了他许多精当的指点。当我读到 2018 年 9 月底的定稿的时候，我的眼睛亮了。大的结构没有变化，但是诗的张力和亮度大大加强了。好多精彩的诗行，叫人爱不释手，节节赞赏。这就是宋代王安石说的"诗家语"呀：诗家语不是特殊语言，更不是一般语言，它是诗人"借用"一般语言组成的诗的言说方式。一般语言一经进入这个方式就发生质变，外在的交际功能下降，内在的体验功能上升；意义后退，意味走出；成了具有音乐性、弹性、随意性的灵感语言、内视语言，用薄伽丘的说法，就是"精致的讲话"。

下面是我随意的摘句：

蒙哥——

没有进取心的道路，丈量不出
马蹄的脚步

蒙哥夫人——

天下很大，有你的地方
才有我的容光焕发

汪德臣——

他们骄傲的态度，
埋葬了我马背上的天赋

余阶——

　　我能确定，我睡在星辰和月亮之间
　　睡在前世捡回来的记忆里，也睡在
　　石头砌成的一个个城门洞里

王坚——

　　护国寺向晚的钟声，撞出一城人
　　压抑已久的癫狂和醉态

张珏——

　　隔窗而望，冷月无声，
　　死亡的弓弦拉满告别的心跳

王立——

　　时光已折旧，青苔的城墙已泛黄
　　用石头钓鱼的青春岁月已成往昔

熊耳夫人——

　　我在遥远的马蹄中抵达旧年的琴声
　　抵达熟悉而又陌生的国度

李德辉——

城有多大孤独，恐惧就有多大

字是寻常字，意却不是寻常意了。这些字不具有辞典意义，因为它们构成了诗家语。诗人的最大无能无非是自造一些忽悠读者的艰涩语言，或者，直白地说出诗情的名称，而灵活铸造"诗家语"则是诗人资格的证明，晓梦是获得了这份证书的。

诗的灵感语言、内视语言能否出现，和诗人的意象手腕有密切联系，意象是诗人深入对象和深入自己的结晶。意象提高了诗的可感性，增添了诗的丰富性。从某个角度来说，意象就是深度。诗是无言的沉默。用一般语言很难道尽诗的情味，国外有人甚至说："口闭则诗在，口开则诗亡。"克服这种困境的办法就是求助于灵感语言，求助于意象，就是中国古论说的："尽意莫若象""立象以尽意"。

《钓鱼城》这首长卷的"石头"和"鱼"的意象值得留意。诗人以心观物，在诗中，物因心变，诗的意象就出来了。传说在远古，三江之地洪水泛滥。突然从天上降下来一位巨人，他站在山巅的巨石上面，手执长长的钓竿，从滚滚滔滔的洪流中钓起来无数鲜鱼，让灾民渡过饥饿的难关，这是钓鱼城名称的缘起，这个石头城正在钓起蒙军这条大鱼。

诗中"石头"与"鱼"给全诗增添了简约性和生动性，给读者以想象空间的辽阔，省略了许许多多散文语言。正是"石头"与"鱼"的不精确性带来了诗的丰富性。

五

"雄视三江"的钓鱼城是英雄的城。世纪初，周谷城先生曾挥毫写下"坚守钓鱼城"五个大字，把钓鱼城那股英雄气和同样需要"坚守"的当今时代接通。我们生活在崇高与卑鄙并存、美丽与丑陋共生的转型时代，我们难道不需要发扬一股正气，"坚守钓鱼城"吗？

热爱生我养我的祖国，以鲜血保卫母亲的土地，需要"坚守钓鱼城"；以人民的生死为第一选择，抛弃个人私心杂念，需要"坚守钓鱼城"；在当今声色犬马的诸多诱惑里，保持纯净和淳朴，也需要"坚守钓鱼城"。从这个视角，长诗《钓鱼城》述说的岂止只是一个历史事件？诗从来就是一个多面体的艺术，"诗无达诂"，手握这卷长诗，读者将有发挥自己想象力的无限空间。

六

赵晓梦是一位早慧诗人和作家。从初中到高中到大学，由于他出众的写作能力，一路"保送"和"特招"。现在，他已步入中年，已经是一位资深的媒体人了。他被"特招"到西南师范大学后，我就认识他，也很看重他。现在，长诗《钓鱼城》问世，我要向晓梦致以祝贺和祝福，也许，这首长诗，将会让诗歌圈更多的人熟悉诗人赵晓梦。我也要祝贺和祝福钓鱼城，可以预计，这部长诗一定会给这座英雄城增添动人的旋律和诗的遐想。

2018 年国庆节于西南大学

（赵晓梦：《钓鱼城》，中国青年出版社 2019 年版）

城市诗的探路人

——序曹剑龙诗集《凌晨三点》

　　如果花园的一位浇水工在花丛里突然发现了一株很美的花，他的心情是不难想见的，这就是我读完《凌晨三点》后的状态。说句实话，"沪上诗人"我并不陌生，此前却几乎没有读过剑龙的大作。去年吧，经诗人陆萍介绍，我们在微信上加了朋友圈。一直到瑞箫在临港主持会议，我才和剑龙见面。剑龙给我留下很好的印象，因此，他要我写序的时候，我就答应了。对我而言，这实在是一种冒险。现在，我读着诗集，高兴地想：谁说上海只有经济没有诗意，这不又来了一位诗人吗？

　　诗集一共五辑，大半都是城市诗。这些诗以城市为书写对象，展示现代城市的风貌。不但有城市里的各种风物，还有城市里的各色人物，乃至大门的猫眼、电灯的开关、阅读的毛边书、QQ、电子账单以及蚊子、蚯蚓都被他发现了诗意。

　　久住城里的外孙
　　今天招待，第一趟进城
　　玩的，他二大爷

　　一桌菜，烧好

有荤有素，清蒸油炒
二大爷立马喝高

"你们城里人，真傻
给狗吃肉，喂猫吃鱼
自个，却啃野菜"

大爷挟块肉，接着说
"在我们乡下
一般，野菜只喂猪"

外孙听毕，两眼发呆——
乖乖，也真是我
他二大爷的！

这首《他二大爷》写得满有诗趣。城市生活和农村生活转换中的对峙与对抗，爷爷和外孙的对话与对比，城市人的全新生存方式就这样呈现在读者面前。读者知道而说不出的城市生活的变迁，被诗人点破了，这就是诗人的才华，所谓"人所难言，我易言之，自不俗"。

我再转一首《这是凌晨三点的城市》：

这个时辰
裸露的白亮
在霓虹灯下晃荡
酒嗝味的嘶喊更响
灯晕被挽进豪车

鬓影燃烧
暧昧的气息释放

与此同时
各大医院前门
乌鸦鸦一排黑色长龙
月光被夜色挤扁
从远方赶来的病人
不及诊疗
又落下疼痛

  夜晚是城市最真实的面貌：晃荡，疼痛，暧昧，无奈。诗人仅用了两个诗节，就一动一静地用诗的手术刀把城市夜晚分解。

  并不是所有写城市的诗就是城市诗，也并不是所有居住在城市的诗人就是城市诗人。宋代张俞有一首人们耳熟能详的《蚕妇》："昨日入城市，归来泪满巾。遍身罗绮者，不是养蚕人。"这显然不应该归于城市诗，它虽然写了城市，但是诗的视角是蚕妇：蚕妇的忧愁、不平与愤懑，蚕妇的田园意识。现代城市诗的灵魂是现代城市意识。在《凌晨三点》里我们可以看到剑龙是在以城市人的现代眼光来观照城市，他发现了城市里新的栖居方式、新的生命觉醒，因而提炼出了属于现代城市的全新诗意。诗集里有一首《点亮》：

太阳下去时
掉成一枚
火柴头

"嚓"地响一声

划出
彤彤晚霞

我相信
等到夜幕盖上来
定被灯光烧漏

古今诗人留下了多少首书写夕阳的诗啊，有谁这样写过吗？这是现代人的夕阳，没有哀叹，没有感伤，有的是属于现代的奇思异想。我还想提及《颈椎病》：

某人看书读报坐久
终于熬到像一个思想者
副作用是拧巴，成了
资深颈椎病患者

得病的头颈怪了，朝右倾向
便疼得厉害
而稍向左偏斜一点
丝毫不觉难受

言在意外。好像在说颈椎病，又好像没有说颈椎病，诗人的话很锋利，这种言说，其实在《凌晨三点》里不少。诗集的厚度，诗集的重量，大大增加。心领神会的读者的趣味与联想，大大增加。诗人就应当是思想者、发言者啊！诗集里累累出现的敏感、幽默感、荒诞感都是现代城市人的精神状态。黑格尔曾经在他的《美学》里说："我们应该要求诗人对他所表现的题材有最深刻最丰富的内心体验。"

剑龙正是在做这样的努力。

在这本诗集里，剑龙尝试用口语写诗，但是他的诗，我以为和诗坛流行的"口语诗"并不相同。剑龙的诗不从俗，他的语言保持了诗的脱俗气质，他的选材和世俗划清了界限，保持了诗的贵气，这些，我是很赞同的。口语写诗是新诗的一个传统，镂金错彩、扑朔迷离，其实是写诗幼稚病。平庸俗气、低级趣味，其实是写诗的歧途。

《凌晨三点》里也有比较长的诗，比如获奖的写江南的诗，但一般都是短诗，这也是值得"打 call"的。诗不能像其他文学样式那样运用悬念等来引动读者的好奇心，始终抓住读者；它也不能像其他文学样式那样，有一个完整的故事，使读者可以断断续续地阅读。因此，诗在篇幅上所得到的权利在所有文学样式中是最小的。一与万，简与丰，有限与无限，是诗家语的美学。诗人总是这两种相反品格的统一：内心倾吐的慷慨和语言表达的吝啬。

曹剑龙兄是一位城市诗的探路者。在当今世界，城市的现代化正在吞食城市的个性化，但是相似性无法满足人们对世界的多样性、多彩性、多元性的向往。纽约成为纽约，除了它的现代化，还因为它的包容的文化性格；伦敦成为伦敦，除了现代化，还因为它的贵族的文化性格；莫斯科成为莫斯科，除了现代化，还因为它的艺术的文化性格。上海也有上海的文化性格。所以，作为上海人的剑龙恐怕还得注意上海的城市意识与其他城市的城市意识的联系与区别。此外，城市不仅是空间概念，更是时间概念。城市是流动的、发展的，今天的空间是过去时间的文化积淀的结果，也是未来时间的文化积淀的起点。从这一点上，也期望剑龙在城市诗的探路中加以注意。

（曹剑龙：《凌晨三点》，上海文艺出版社 2019 年版）

存　目

1. 吕进:《后记》,《新诗的创作与鉴赏》,重庆出版社 1982 年版。

2. 吕进:《前记》,《给新诗爱好者》,重庆出版社 1984 年版。

3. 吕进:《〈一得诗话〉书后》,《一得诗话》,四川文艺出版社 1985 年版。

4. 吕进:《愿世界充满爱——序培贵编:〈台湾爱情诗选〉》,《台湾爱情诗选》,长江文艺出版社 1987 年版。

5. 吕进:《马及时〈泥土与爱情〉序》,马及时:《泥土与爱情》,玉垒诗社 1989 年版。

6. 吕进:《致诗友(代序)》,《党旗,心中的旗》,花城出版社 1991 年版。

7. 吕进:《中国新诗的永恒主题(编后记)》,《党旗,心中的旗》,花城出版社 1991 年版。

8. 吕进:《〈中国现代诗学〉书后》,《中国现代诗学》,重庆出版社 1991 年版。

9. 吕进:《跨世纪的展望——〈中国跨世纪诗丛〉总序》,杨星火:《月亮姑娘　波梦达娃》,广西民族出版社 1992 年版。

10. 吕进:《后记》,《吕进诗论选》,西南师范大学出版社 1995 年版。

11. 吕进:《泥土的歌——序唐诗〈走向那棵树〉》,唐诗:《走向那棵树》,中国广播出版社 1996 年版。

12. 吕进:《跋涉者的自白（序文）》,柳易冰:《太阳里的岛》,海南国际新闻出版中心 1996 年版。

13. 吕进:《〈四川百科全书〉前言》,四川百科全书编纂委员会编,吕进主编:《四川百科全书》,四川辞书出版社 1997 年版。

14. 吕进:《中学生的必读书——序〈中国新诗一百首赏析〉》,艾晓林编:《中国新诗一百首赏析》,重庆出版社 1998 年版。

15. 吕进:《检阅与期望——〈现代文学沉思录〉跋》,《现代文学沉思录》,西南师范大学出版社 1998 年版。

16. 吕进:《万米云霄思广远——序〈杨光彦诗词集〉》,杨光彦:《杨光彦诗词集》,重庆出版社 2000 年版。

17. 吕进:《前言》,《文化转型与中国新诗》,重庆出版社 2000 年版。

18. 吕进:《〈西南师范大学中国现当代文学研究文丛〉总序》,《西南师范大学中国现当代文学研究文丛》,西南师范大学出版社 2002 年版。

19. 吕进:《魅力龙乡》,李明忠:《龙乡的诱惑》,成都时代出版社 2002 年版。

20. 吕进:《诗人的七弦琴——序王富强音乐作品选集〈祖国恋〉》,王富强:《祖国恋》,作家出版社 2003 年版。

21. 吕进:《永远的初恋——萧萧诗集〈一路高歌〉序》,萧萧:《一路高歌》,广东旅游出版社 2003 年版。

22. 吕进:《海韵——序王顺彬诗集〈带着大海行走〉》,王顺彬:《带着大海行走》,重庆出版社 2005 年版。

23. 吕进:《纸上人生（序）》,杨矿:《阳光若隐若现》,中国文联出版社 2005 年版。

24. 吕进:《第三种诗学的理论言说——谢应光〈中国现代诗学发生论〉序》,谢应光:《中国现代诗学发生论》,中国文联出版社 2005 年版。

25. 吕进：《琵琶起舞换新声——谭明诗集〈光芒与蝶〉序》，谭明：《光芒与蝶》，重庆出版社 2007 年版。

26. 吕进：《中国新诗的格律化道路——序许霆〈新诗格律与格律体新诗研究〉》，许霆：《新诗格律与格律体新诗研究》，雅园出版公司 2007 年版。

27. 吕进：《与有肝胆人同行，从无字句处读书——序钱志富〈中外诗歌研究〉》，钱志富：《中外诗歌研究》，人民文学出版社 2007 年版。

28. 吕进：《志富的诗——序钱志富〈到了舍身崖〉》，钱志富：《到了舍身崖》，人民文学出版社 2008 年版。

29. 吕进：《八仙过海——2010 年〈小诗磨坊〉序》，林焕彰主编：《小诗磨坊（泰华卷）》，世界文艺出版社 2010 年版。

30. 吕进：《从新时期到新世纪——序谭明诗集〈梦幻与钟声〉》，谭明：《梦幻与钟声》，重庆大学出版社 2010 年版。

31. 吕进：《走向新诗的盛唐——序〈东方诗风〉论坛 10 年诗选》，万龙生主编：《东方诗风论坛 10 年诗选》，重庆出版社 2012 年版。

32. 吕进：《诗歌功能的一次发掘和拓展——序朱美云〈朱氏诗文疗法〉》，朱美云：《朱氏诗文疗法》，西南师范大学出版社 2012 年版。

33. 吕进：《令人兴奋的"第一"——序向笔群〈山地诗情——土家族新诗创作评论〉》，向笔群：《山地诗情——土家族新诗创作评论》，航天工业出版社 2013 年版。

34. 吕进：《向"新来者"致意——〈"新来者"诗选〉后记》，《中国新时期"新来者"诗选》，重庆出版社 2014 年版。

35. 吕进：《二月春风——序〈柳春诗词选〉》，柳春：《柳春诗词选》，人民日报出版社 2014 年版。

36. 吕进：《上有庙堂之高，下有江湖之远——〈中国现代诗学丛书〉

总序》，《中国现代诗学丛书》，人民出版社 2016 年版。

37. 吕进：《重庆新诗的一本影集——序蒋登科〈重庆新诗的多元景观〉》，蒋登科：《重庆新诗的多元景观》，西南师范大学出版社 2017 年版。

《吕进序跋集》编后记

序跋是一种兼具叙事与议论功能的文体，用以说明书籍的写作意图、编排体例、内容大意，也可以介绍作者生平。文学作品的序跋也是文学批评的一种重要形式。为书籍做序跋的传统在中国可谓是源远流长，现存最早的序跋当属《诗大序》。《诗大序》也是中国最早、最完整的诗歌理论作品，集中概括了先秦以来儒家关于诗歌的主要观点，涉及诗歌的产生、功能、表现手法，对此后的文学史和经学史都产生了重要影响。自《诗大序》以来，中国形成了序跋书写的传统。本书选入吕进先生的诗学序跋 121 篇，其中全文录入 84 篇、存目 37 篇。这些序跋是管窥吕进诗学理论体系的一个窗口，吕进诗学是响应新诗建设的号召诞生的具有中国特色的系统的新诗理论，它的内容太过丰富，不是这篇短短的后记所能讲完的，这里只谈论吕进诗学的基本品质。

吕进诗学的一个基本品质即是求实。因其求实，所以持论平和，不哗众取宠，不故作惊人之语以博取公众关注。他珍视传统，他的诗学理论体现着中国古典诗学的深厚积淀，但又不固守传统；他重视域外经验，他的诗学理论借鉴了国外人文社会科学的优秀成果，但又不拘泥于国外理论的成规；他对新时期"新来者"的挖掘纠正了以往谈及新时期诗歌只有朦胧诗的成见与偏见；他提倡新诗艺术风格的多元与多样。凡此种种，都清晰地向我们展示着吕进诗学理论体系的求实品质。学术研究必须求实，正如时间是诗歌作品的称重机一样，历史也必然会淘洗掉那些不尊重事实，哗众取宠、思想偏激的诗论。

吕进诗学的另一基本品质是其人民性与大众性。无论是在创作界还是在学术界，人民性、大众性在今天似乎已经成了"过时"的词汇，但是，失去了读者，新诗、诗论都只能面临枯萎与消亡。吕进的诗学论著不是高头讲章，不追求新奇的理论，不玩弄花哨的技巧，不使用唬人的名词。方法并无优劣之分，功力却实实在在的有高低之别。吕进先生本身就是诗人，他是真懂诗的，他的诗论不是从理论出发谈诗，也不是站在诗外谈诗，而是进入诗内谈诗，真正做到了深入浅出。行文过程中使用的又是诗的语言，行云流水，妙笔生花，这为他的作品赢得了更多的受众。

本书的编写过程得到了吕进先生的大力帮助，他发来的电子文稿为编者省去了不少录入之功，编者在此过程中也有幸得以与吕进先生接触，近距离领略他的风采。之前读吕进先生的文章，总觉得他不像是一个现代意义上的专业知识分子，而更像是传统社会中心存家国情怀的士大夫。他强调诗歌与诗人的统一、学术与学者人格的统一，他的眼光所关注的不是杯水风波，不是一己悲欢，而是大苦难、大伤痛。想来这样的人在如今这个功利的时代，精神上应该是感受着孤独的吧。但在生活中，吕进先生却是十分随和开朗的，他平易近人、幽默风趣，丝毫没有大学者的架子，反倒十分乐于与我们这些学生交往。许是因为与诗相伴，他的心态非常年轻，乐于接受新事物。他的为人与治学，都为我们这些后辈树立起了一个榜样。

谨以此表达对吕进先生的无限敬意。

张文晨

2019 年 9 月 26 日于西南大学